박태순 중단편 소설전집 5

속물과 시민

책임 편집·해설 서은주

일러두기

1. 『박태순 중단편 소설전집』은 박태순의 작품 세계를 집성해 널리 알리고 그 문학사적 의미를 새롭게 조명하려는 목적으로 기획되었다.
2. 수록 작품의 순서는 발표 시기 순에 따랐으며, 최초 게재지를 작품의 마지막에 밝혀 적었다.
3. 맞춤법, 띄어쓰기, 외래어 표기 등은 현행 한글 맞춤법과 외래어 표기법에 따라 수정했다.
4. 한글 표기를 원칙으로 삼았으며, 필요한 경우 괄호 안에 한자를 병기했다.
5. 간접 인용과 강조는 ' ', 직접 인용과 대화는 " ", 단편소설은 「 」, 장편소설은 『 』, 잡지는 《 》, 영화 등과 같은 작품은 〈 〉으로 표기했다.
6. 시 구절, 노래 가사 등의 직접 인용은 들여쓰기로 표기하였으며, 등장인물의 편지글이나 낙서 등은 이탤릭체로 표기하였다.
7. 이제는 사용하지 않아 의미가 불명확한 단어는 각주를 붙여서 설명하였다.

속물과 시민

걷는사람

『박태순 중단편 소설전집』을 펴내며

소설가 박태순이 타계한 것은 2019년 8월 30일이었다. 그때 영안실에서 조촐한 추도식을 연 우리 후학들은 고인의 문학 세계를 제대로 정리해 널리 알리는 일의 중요성에 대해 쉽게 의견을 모았다. 그로부터 5년, 우리는 이제 박태순 문학 전집의 첫 번째 성과물로 『박태순 중단편 소설전집』을 세상에 내보일 수 있게 되었다. 스스로 자랑스럽게 생각한다.

주지하듯, 박태순은 소설 이외에도 특히 국토 기행과 현장 르포 같은 산문, 역사 인물 평전, 제3세계 문학 번역 등 다방면에 걸쳐 활발하게 집필 활동을 했다. 엄혹한 시기 무소불위의 전제와 폭압에 맞서 자유실천문인협의회(현 한국작가회의)의 창립도 주도했는데, 그 과정을 꼼꼼히 기록하고 정리해 하나의 문학적 유산이 되게 한 것도 오롯이 그의 몫이었다.

소설로 국한하더라도 박태순은 한국 현대문학사에 자못 의미 있는 발자취를 남겼다. 무엇보다 그의 소설은 시대와의 고투 없이 쓰인 작품이 없으니, 중단편의 경우, 예컨대 「무너진 극장」에서 「외촌동 연작」으로, 거기서 다시 「3·1절」과 「밤길의 사람들」로 나아가는 계보가 이를 여실히 증명한다. 월남민의 자식으로 그는 도시 빈민의 삶을 묘사하는 데 자신의 생 체험을 유감없이 발휘했으며, 경제 개발 과정에서 소외되거나 심지어 추방된 또 다른 빈민들의 집단적 형성 과정에도 집요하리만큼 큰 관심을 기울였다. 또한 그는 소설을 쓰되 마치 성실한 사관처럼 당대를 생생히 기록하는 것은 물론, 한 걸음 나아가 시대를 관통하는 정신의 실체를 찾아내기 위해서도 부단히 노력했다. 이는 1960년 대학에 입학하자마자 독재 정권의 흉탄에 벗을 잃은 자의 순결한 부채 의식에서 비롯했으되, 1970년 전태일의 죽음, 1980년 광주 오월에 대한 부채 의식과도 무관하지 않을 것이다. 당대의 총체적인 현실은 늘 그의 소설의 기점이자 마땅히 가 닿아야 할 과녁이었다.

따라서 그는 소설을 쓰되 골방에서 저만의 우주를 구축하는 데에는 관심이 없었다. 그의 소설은 곧 이야기였는데, 고맙게도 장삼이사 필부필부의 이야기는 사방 천지에 널려 있었다. 그는 발품을 팔아 가며 그런 이야기를 듣는 데 실로 많은 시간과 노력을 기울였다. 국토와 민중에 대한 무한한 애정이 그를 추동했다.

그러나 그의 소설에 대해 이런 식의 고식적인 평가만 반복하는 것은 바람직하지 않다. 그가 동시대의 다른 어떤 작가들보다 고집스러운 측면이 많은 것은 사실이지만, 다른 한편 그는 굉장히 풍성하고도 열린 오감의 소유자였다. 문학 청년처럼 오직 사전에만 남아 있을 낱말들을 수두룩 되살려낸 것도 하나의 사례일 터. 게다가 문학에 대한 그의 놀라운 열정이라니! 작품 목록을 작성하는 과정에서 우리는 등단 직후부터 가히 초인적인 힘으로 소설에 매진한 한 사람의 전업 작가를 목격할 수 있었다.

이번 『박태순 중단편 소설전집』에는 그동안 거의 언급되지 않았던 작품들도 여러 편 발굴해 실을 수 있었다. 그의 문학에 대한 이해와 평가가 한층 넓어지고 또 깊어지는 계기가 되기를 바란다.

박태순 전집 간행위원회의 얼개를 짠 이후 곧바로 박태순 전집 편집위원회를 구성했다. 소설가 김남일과 시인 이승철, 그리고 부지런히 그의 작품을 읽어 온 후학들로 김영찬, 김우영, 박윤영, 백지연, 서은주, 오창은, 이수형이 위원으로 참여했다. 이후에도 많은 이들이 힘을 보탰고 짐을 나누었다. 이 자리를 빌려 고인의 가족에게 가장 먼저 감사의 인사를 드린다. 특히 장남 박영윤은 처음부터 끝까지 뒷바라지만을 자처해 간섭은 하지 않되 물심으로 온갖 도움을 아끼지 않았다. 어려운 출판 사정에도 불구하고 기꺼이 출판을 맡아 준 '걷는사람'의 김성규 대표의 결단, 그리고 어렵고 짜증스러웠을 편집과 제작의 실무를 맡아 준 여러 직원의 노고도 기억해야 한다. 일일이 호명해 드리진 못하지만 전집 간행에 시량의 우정을 보태 준 많은 벗과 독자들에게도 고마운 마음을 전한다. 마지막으로, 고인의 동기로 긴 세월을 함께해 온 염무웅 선생이 간행위원회 위원장을 맡아 주셨기에 이 모든 작업의 첫발을 뗄 용기를 얻었음을 밝힌다.

박태순 전집 간행위원회는 앞으로도 장편 전집과 산문 전집을 계속해서 펴낼 예정이다. 많은 관심과 격려를 부탁드린다.

2024년 12월
박태순 전집 편집위원회

차례

박태순 중단편 소설전집 5권

잘못된 이야기

잘못된 이야기

물밀 듯이 닥쳐오는 험한 세파(世波)라고 그는 나른한 목소리로 말한다. 내가 정말이지 이렇게 신파조의 인생이 될 줄이야 누가 알았겠어? 그는 반문하면서 맥없이 웃는다.

"그런 세파에 시달린 몸이 갈 데도 없고 쉴 데도 없는 거, 그런 막막한 심정 알겠어? 유일한 길이 있다면 그냥 시달림을 받아내는 거, 어느 끝까지 가나 내버려 두고 있는 거, 그 길밖에는 없어. 일종의 절망의 방식으로……."

절망의 방식이라니 도대체 그게 어떤 것인가 하고 그녀는 고개를 갸우뚱하면서 묻는다. 절망의 방식도 다 있나?

"그러니까……."

그는 사팔뜨기 눈을 만들면서 말한다.

"절망에 절망스러워하던 것은 도리어 젊은 시절의 사치 같은 것이었어. 그때 우리는 막연한 나름으로 절망을 즐겼는지도 몰라. 절망할 수 있다는 건 젊음의 특권인 줄로 생각했겠지. 절망은 특권이 아니야. 그건 즐길 수 있는 것도 아니야. 그건 그 자체로 삶을 이루는 것이고, 그게 생활이야. 그러니 이런 생활은 절망이 자기를 표현하고 있는 구체적인 방식인 거야, 이놈의 것은 너무 완강하고 그런가 하면 괴팍스러울 정도로 완고하지. 우리가 할 수 있는 것이라곤 그냥 이놈이 하는 대로 끌려가고 따라가는 것뿐인지도 몰라. 어디 어떻게 끝판이 나나 짐짓 지켜보는 심정이야 갖고 있지. 바로 우리가 중년의 인생에 들어섰구나 하는 의미가 이렇게 되는 것 같구."

"어려운 이야기를 하는 걸 보니까 정말 요새 어려운 모양이네."

그녀가 잠시 뒤에 판정관처럼 말한다. 그녀의 목소리 또한 퍽이나 늙은 여자의 어조다. 그러나 잠시 뒤에 그녀의 얼굴에는 넌 항상 그렇게 따분한 시늉으로 죽는 소리나 늘어놓더라, 넌 항상 그런 식으로 별수 없었지……, 하고 딱해 하듯이 미소가 번져나간다.

대낮, 도시, 귀청을 못 견디게 구는 소음을 배경으로 깔아 목청을 돋우어 대화를 나누는 남과 여. 양복에 넥타이를 매고 한눈에 월급쟁이임을 알 수 있는 남자, 그리고 남성의 눈요기를 너무 원색적으로 시켜주기에는 제 나이가 의식된다는 듯한 식의(그러나 결코 초라하게 보이기는 싫어 제법 돈을 처들인 듯한) 의상을 걸친(그 의상이 구체적으로 어떤 명칭을 갖든 간에, 양장임에는 틀림없는) 30대 초반쯤으로 보이는 여자.

그래, 그건 네 말이 맞다, 하고 그는 속으로 생각한다. 우리 어머니처럼 고생을 많이 겪은 분도 많지 않을 터지만 어머니는 한번도 절망 어쩌구 하는 소리를 입에 담지 않았지. 그런 수작을 토설하다니, 무슨 어처구니없는 짓이냐. 모든 사람들은 자신에 관해서는 입을 다물고 있다. 정치인들이 이 세상이 잘못되고 있다는 사실에 대해서 항상 입을 다물고 있듯이 말이다. 그저 프로야구에나 흥미 있는 체하는 것이 세상살이의 예절이라는 것 아니더냐. 진짜로 고통스러워지는 대목, 절망스러워하는 사연일랑 완전 범죄처럼 어떤 형편에서도 결코 드러내 놓지 말고 조작해 두어야 하는 것 아니더냐.

대학물을 먹었다는 건, 자기가 느끼는 고통을 남들보다 조목조목 잘 설명해내는 능력 따위를 발휘하기 위해서는 아니지 않는가. 무슨 유치한 수작이었던가. 더구나 이런 구미호 같은 여자에게 그런 소리를 내뱉다니? 아냐, 구미호 같은 여자는 아니지. 이 여자는 처녀 적에도 항상 모든 사내들의 보모 역할을 하고 싶어 하는 것 같았지. 그래서 이 여자는 연애 상대라기 보다는 남자의 누님 노릇 내지는 누이동생 노릇으로 적합한 것처럼 부담을 느끼게 하지 않았지. 적어도 나에게는 그랬어. 그래서 철딱서니 없이 절망 어쩌구 하는 소리를 지껄이게 되었겠지. 그의 그 알량한 월급쟁이 생활이 봇물이 터지듯 범람하려는 것을 막기 위해 급전을 끌어들여 그 돈을 방금 써 버리고 돌아 나오고 있다는 사실, 집안에 속을 썩히는 인종이 있어 그 뒷갈망을 하느라 허둥거리고 있다는 사실을 이 여자가 눈치 챘을 리도 만무한 터에 자진해서 나 이렇게 따분한 인간이올시다, 하고 자랑하고 인정받고 싶어 하는 소년처럼 굴게 된 것이야말로 그가 헤픈 감정으로 엮인 말랑말랑한 사내로 여전히 유보되어 있다는 증좌였다.

애초에는 그런 일이 발생하리라고는 생각하지 않았다. 우연히 길거리에서 마주쳤을 때 어찌 그런 일이 일어나리라고 알았겠는가? 서울 하고도 중심가, 광화문통에서 무교동으로 들어가는 어귀에서 버스를 타기 위하여 기다리고 있었다. 첫 문장은 이렇게 시작된다. 그러다가 그는 이 여자를 만났던 것이다.

7년 만인가, 8년 만인가, 서로 계산해 보면서 말이다.

"무슨 연구소 직원으로 나가고 있다는 이야기를 들은 것 같애. 고등학교 선생을 하다가 괜히 애들 앞에서 미욱진 소리를 해 가지고 물러났다던가 하는 이야기도 들은 것 같고. 그래서 그런지 골샌님 냄새는 풍기지 않는데 그래? 누구한테 들었는가 하면 오양석이에게서 들었을 거야."

"오양석? 자주 만나는 모양인가?"

그녀가 근자에 오양석을 어찌 만났을까 그는 수상쩍어서 물었다. 그녀는 가정주부로 감금당할 나이가 지나고도 남았다. 그리고 그가 아는 한 그는 분명히 가정주부였다. 그것도 적당한 권세의 맛과 돈 냄새를 제 풍채만큼이나 거느리고 있다는 풍문을 뿌리는 그런 남자의 아들이 그녀의 남편이라고 들었다. 남해안 바닷가 마을을 같은 고향으로 둔 상경 학생들이 만들었던 향우회는 그들이 그 회원이었을 때 제법 이야깃거리들을 만들어냈었다. 그때 그는 향우회 회장이었고 그리고 이 여자는 총무를 맡아서 했었다.

"그냥 우연히 만났던 거야, 오늘 이패엽 씨를 우연히 만난 것과 비슷하게 말야. 교회 갔다 오는 길거리에서……."

아 그렇지, 교회에 다니는 사람들도 있지. 그건 절망의 방식이 아니라 희망의 방식일까? 이패엽은 다시 이렇게 반문한다. 무슨 소리인지 모르겠는데? 절망의 방식에 대해서는 아까 설명을 들었구, 희망 어쩌구 하는 건 또 뭐야? 그녀가 질문이 많은 학생처럼 그를 바라보며 종알거린다.

"일주일에 한 번씩 자기의 하느님을 만나러 가는 사람은 어쩌면 낙천가들인지 모른다는 생각이 얼핏 든 거지 뭐. 자기의 하느님을 만든다는 것, 일주일에 한 번씩 만난다는 것, 말하자면 그런 이들은 배포 유하게 절망의 방식이 아니라 구원의 방식이 있으리라고 생각할 테니까 말야. 믿음이라는 간판을 달든 감미로운 착각이든 간에 말이지."

"아냐, 틀렸어. 나는 나의 하느님을 갖고 있지 않아. 만들지도 않왔어. 내 딸애의 하느님을 따라가는 것 뿐야. 걔의 하느님보다도 그 애가 소중해서 내가 믿는 건 딸이야. 물론 나의 하느님은 없지만 이런 생각은 하게 되는 거야. 인생이란 위안을 받아야 하는 어떤 것이라는 믿음 말야. 믿음이 허락되지 못한다면 그냥 주장이라고 해도 좋겠지."

믿음이든 주장이든 인생이란 위안을 받아야 하는 어떤 것이다 하는 생각은……. 아, 그런 아늑한 소시민주의가 아직은 가능한 모양이군 그래? 이패엽이 이렇게 말하자 하느님을 믿는 딸의 어머니인 그녀는 악간 골이 난 표정을 짓는다.

"패엽 씨는 여전히 그 어조가 비꼬여 있네? 세상이 꼬여 있는 것이 아니라 말이지."

그녀는 안됐다는 표정을 짓는다.

"요새 신문을 보면 해결사라는 직업이 있대. 참 마음에 드는 말이거든, 이런 매력적인 해결사라는 단어가 고작해야 범죄 수사 용어로 등장하는 건 못내 아쉽지만 말야. 아마도 우리 사회가 가난하다는 증거겠지. 선비 사(士)자를 붙인 해결사라는 단어를 들으면서 나는 위안사(慰安士)는 없는 걸까 혼자 생각해 봤어. 동물적인 남자들이 만들어낸 위안부 따위의 어감으로서가 아니라, 그러니까 낮은 차원이 아닌 약간 고상한 차원으로서 말야, 언어의 타락이 인간의 어리석음으로부터 일어난다면 착각이라 할지라도 우리가 고상한 인간일 수도 있으리라는 희망의 언어는 있을 수 없을까? 우리 자신의 순결화 작업도 있어야 할 것 같은데……. 어때? 동의 않겠지?"

나도 별수 없지만 너도 별수 없는 모양이군, 생각하면서 그는 안심한다.

"차라도 한잔 사 달라고 유혹하는 소리인가?"

"차야 늘 마시는 것이고 패엽 씨가 대화를 사 주겠다면 팔 수 있는 이야기는 있을 거야."

이야기? 아, 그렇지. 이야기라는 것이 있지. 밤새도록 떠들어도 여전히 미진하던 이야기. 시시하게 시작해서 엄숙하게 파장이 나는 연애 이야기……, 6·25 때 집안사람들이 이리저리 경정거리며 기구한 역사로 얼멍과 덜멍을 만들어 버린 이야기……. 입에 똥이라도 물고 있는 듯 항상 찌푸린 얼굴로 사람들을 대하는 사람, 식초를 많이 먹인다는 곡마 단원 출신이 아니면서도 갈대처럼 허리, 목, 얼굴을 연방 숙이면서 사람들을 대하는 사람, 철없이 골목 대장 노릇을 하다가 세상의 구조가 그런 것이 아님을 깨달아 골목의 똘마니로 전락하여 사람들을 무조건 피해 다니는 사람, 그리고 이런저런 사람이 손바닥의 손금만큼이나 빤한 마을 길에서 서로 부딪고 어우르고 깍깍거리면서 이런저런 그런 사연 슬픔 기쁨을 만들어내는 고향 이야기라는 것도 있고……, 상경 학생들이 향우회라는 걸 만들어 젊음의 어리석음을 광고하고 다니던 청춘의 이야기라는 것도 있고…….

"내 이야기를 들어주겠다면……, 이야기를 들어주는 장소는 내가 살 테니까 어때?" 하고 그녀가 붇는다.

"위안사 노릇을 해달라는 이야기?"

"실은 그래. 해결사 노릇까지 해 달라고 하지는 않을 테니까 다른 걱정은 안 해도 될 거야."

요사이 그의 울적한 심정 같아서는 정말이지 옛날처럼 이취(泥醉)가 되도록 술에 적셔져서 땡깡이라도 부려 봤으면 싶다고 그는 말한다. 그러나 사회생활에 인품이 생겨 그 값을 하느라 자기 자신만 질근질근 껌처럼 씹어대고 있을 뿐. 넥타이에 목을 달아 멘 강아지 노릇에 겨워 세상의 유능함을 자신의 무능과 무력함으로 확인하는 기준을 삼으면서……

"됐어, 그 정도면 패엽 씨는 위안사로서의 자격을 갖춘 셈이야. 적당히 살찐 고민, 그건 접대부의 필요 요건이라면서? 소위 그런 걸 가리켜 인간적이라고 하는 것 아니겠어? 내가 지금부터 하는 이야기를 그 인간적이라는 체에다가 걸러 가지고 나한테 대답을 내려 주었으면 싶어지는 거야."

요구와 조건을 달면 재미가 없지, 하고 그는 말한다. 그냥 아무 생각 없이 술 한잔 마실 수 있겠구나, 느껴지는 자리가 좋으니까 말야. 그건 그렇고 도대체 그 이야기는 어떤 것이기에 거창하게 운을 떼는 것이지? 향우회 회장과 총무 관계로 만날 적에 이패엽은 유정심에게 흔히 '동무!'라고 느낌표를 넣어서 호칭했고 얘, 쟤로 말을 터놓고 지냈었다. 그 당시 이패엽은 자신의 처지를 가리켜 '능지'의 상태에 놓여 있다는 따위로 재담을 쓰곤 했었다. 옛날 대역 죄인에게 내리던 최대의 형벌, 머리, 양팔, 양다리, 몸뚱이를 여섯 부분으로 토막을 치는 '처참'을 집행하기 전 '능지'의 상태가 그 자신이라는 따위의 주장이었다. 젊은 시절에는 아무리 어이없는 농담이라도 통용이 되는 법이다. '표현의 극대화'로 고민의 극소화를 기할 수 있을는지 모르는 것 아니냐 따위의 소리를 겁 없이 지껄이면서 말이다. 이런 '능지' 상태에 처해 있었던 이패엽이 유정심을 향우회 총무 이상의 다른 무엇으로 대해 준 적은 한 번도 없었다. 그들은 그야말로 친구 사이였고 그리고 친구 사이로서는 그렇게 흉허물이 없었다. 더구나 그때 이패엽은 실연을 감당하고 있었다. 고장 근처의 소도시에서 시작된 이패엽과 황애재의 연애는 향우회 멤버들에게 필요 이상으로 잘 알려진 사건이기도 했었다. 유정심은 도리어 이패엽과 황애재 사이에 끼어들어 향단이 역할을 자청해서 맡기도 했었다. 그것이 인생의 무게를 저울질하지 않아도 되는 젊은 시절에 서 푼짜리 고민을 놓고 서로를 이해해 주고 격려해 주는 방식이었다. 그런데 여섯 토막을 친다는 '능지'의 그 여섯 토막 중 어느 한 토막도 이패엽은 제대로 풀어내지를 못하였다.

그의 여섯 마당 중 어느 한 마당에서도 그는 성공하지 못했다. 그것은 대체로 이런 방식으로 나타났다. 어느 날 갑자기 향우회장이 행방을 감추었다. 얼마 후 향우회원들에게 알려진 바로는 회장인 이패엽이 잠깐 감옥 구경을 하고 나온 뒤 제 한 몸 건사하기 위해 친구들과 떨어져 나가 엉뚱한 직장 생활자가 되었다는 것이었다. 그에게 부양해야 할 존속뿐 아니라 비속이 주렁주렁 매달려 있다는 사실이 그의 사회생활의 품질을 여하히 결정지어 놓고 있느냐 하는 문제는 순전히 그 자신의 개인사에 속하는 일일 것이었다. 그는 황애재와의 소문나 버린 인간관계를 제대로 맺지 못했을 뿐 아니라 젊은 세대의 역사의식 완수 사업에서 손만 댔다가 겁에 질려 도망쳤으므로 그 대목에서도 실패한 것으로 간주되었다. 그렇다면 여섯 토막 중에서 그 뒤의 세 번째 토막, 즉 그의 사회생활은 어떠했을까. 그의 친구들은 '꼭꼭 숨어라, 머리카락 보일라.' 하고 그를 비난했었다. 향우회장에게 걸었던 고향 사람들의 기대를 그는 저버렸다. 동시에 향우회원들이 대개 서울에서 살아가고 있다면 그 친구들 사이의 기대도 그는 저버린 것이 되었다. 그리고 다시 몇 년이 흘렀다. 향우회 시절의 일쯤은 이미 지나가 버리고 만 한 시대의 풍속도에 불과하게 되었다. 이미 그들은 다른 시대의 풍속도에 편입되었으므로 '추하게 늙을 일밖에 남지 않은' 인생 잉여자들이 되었다고 할 수가 있었다.

"그런데 오늘 왕년의 총무 유정심이가 이렇게 나를 적발해 내고 있는 중인 거야,"

"우리가 만나야 할 일이라는 건 거의 완전히 원인 무효가 되었는데도 말이지?" 하면서 유정심이 웃는다.

"그건 그래. 넌 시집살이에 바빠야 할 몸이고 딸의 하느님을 제대로 건사해 주어야할 터인데 무슨 경황에 이처럼 외간 남자를 만난다는 거냐?"

"외간 남자? 넌 여전히 문자 속이 밝구나." 하면서 유정심은 계속 웃는다.

"오늘 내가 어디 들렀다가 여기 오는 길인지 알겠어?"

유정심은 잠시 뒤에 재치 문답에 나온 TV 출연자처럼 입을 뗀다.

"여성 문제 상담소,"

"글 부스러기 자료라도 뽑아내려는 것이었을까?" 그가 묻는다.

이패엽이 향우회장으로 있던 시절 그는 대학에서 일어났던 사건으로 횅하니 감옥 구경을 하고 나오게 되었고 아마 같은 때 유정심은 김사명과 결혼했을 것이었다. 김사명은 자기 아내가 대학원에 가고 싶다고 하였을 때 그것이 그의 사회적인 위치에 걸맞는 요식 절차로 이해했던 모양이었다. 유정심은 향우회 총무로 있을 적에 그랬던 것과 마찬가지로 이른바 농촌 문제에 관심이 있었고 그녀가 여자인 까닭이었겠지만 농촌 여성 문제에 관한 논문 자료를 긁어모으며 다닌 적이 있었다.

"벌써 오래전에 그런 거 집어치운 줄 모르나 부지? 대학원이라는 데에 8개월 정도나 다녔을까? 등록은 세 번 했지만 실제로 드나든 건 그 정도밖에 안 되겠다고 따져본 적이 있어. 나 같은 주제에 공부가 가당키나 해? 문제가 많은 여성이 찾아가는 곳이 여성 문제 상담소인 줄은 알았지만……, 바로 그런 곳에 찾아가서 비로소 깨달은 것이 '아 참, 그렇구나, 내가 바로 여성이었지.' 하는 것이었으니 말야, 이런 나에게 공부가 가당키나 하겠어?"

남성 문제 상담소는 어째서 없는 것일까?

이패엽은 유정심의 결혼생활이 겉보기와는 달리 원만치 못한가 보다고 비로소 이해하게 되었다.

"여성 문제 상담소에서 나와 가지고 걷다가 보니 갑자기 사람이 그리워졌어. 내가 막 지껄여 대는 말, 참고 들어줄 사람이 없을까 꼽아봤지만 마땅한 사람이 없었어. 전화 걸어서 불러낼 여자애들도 없었어. 남이 불행하다고 느낄 적에 그 남의 불행을 자신의 행복의 척도로 삼으려는 애들이야 불러내 봤자 내가 더 피곤해질 테구 말이지. 그러다가 패엽 씨를 이렇게 우연히 만난 거야. 거기라면 내 이야기 들어줄 수도 있지 않을까 순간적으로 생각이 들어서 반가웠던 것인데. 자신은 없어. 절망의 방식 운운 떠드는 걸 듣노라니 이 남자도 여성 문제 상담에는 서툴겠구나 알아졌으니 말야. 억지로 참고 내 이야기 들어줄 수 있을까 모르겠어."

"그냥 술이나 마시고 있으면 되겠네? 그러니까 술 마시는 것 방해하지 않는다면, 나도 네가 하는 이야기 방해할 일은 없지 않겠어?"

"그럴 줄 알았지. 그래서 술집으로 끌고 가야겠다고 아까부터 생각했던 거야, 넌 술 마시고 난 이야기 뱉어내고, 그렇게 할 수 있는 장소를 찾아서……."

한강 건너 강남 땅에 당도하여 백화만발한 꽃 보듯 빌딩의 수풀 속을 헤쳐 찾아든 숲길, 전화를 걸고 온 유정심이 의자에 앉으면서 이패엽에게 묻는다.

"돈에 대한 철저한 안보 의식 같은 거 패엽 씨가 짐작할 수 있을지 모르겠어."

돈에 대한 철저한 안보 의식이라……? 짐작하는 체할 수야 있겠지만…… 나 따위가 짐작한다고 말한다면 어림도 없는 소리 하면서 비웃겠네. 담배를 태울까 술을 마실까 망설이다가 후자를 택해 이패엽은 보리술을 마신다. 으리으리한 저택 앞을 지나가는 행인이 만리장성처럼 겹겹이 담을 쌓고 철장을 두르고 화등잔 몇 배 크기의 보안등을 달고 경보 장치를 해댄 그 집 울타리를 바라보면서 저 울타리 안쪽의 사람들은 과연 어떻게 사는 것일까 요량을 해볼 적에……, 막연히 자기 방어에 철저하겠구나 짐작을 해보는 게 고작이겠지. 그러니 그들이 갖고 있는 돈에 대한 안보 의식 같은 거야 모른다고 하는 게 정직하겠네.

"그건 그래. 돈에 대한 김부만 씨의 철저한 안보 의식, 패엽 씨는 알 도리가 없는 거야, 김부만 씨는 그렇다 치고 그의 아들인 김사명은 어떨 것 같애? 그냥 한 번 짐작하는 척해 볼 수 있겠어?"

대학 다닐 때 남해안 시골 출신으로 상경한 학생들의 향우회 모임 회장이었던 이패엽은 약간 쓸쓸한 표정이 되어 생각에 잠긴다. 김사명은 바닷가의 고등학교 동창생들에게 참으로 거북한 존재였다. 김사명은 향우회원으로 나다닌 적은 없었다. 그렇다고 해서 그가 이패엽들과 마찬가지의 고향 출신의 같은 또래 대학생이라는 사실이 달라지는 것은 아니었다. 돈을 뜯으러 누군가가 찾아가면 아주 인색할 만큼의 찬조금을 내기는 했었다. 그때 이패엽은 거의 가망성이 없는 황애재와의 사랑싸움에서 패배하지 않기 위해 안간힘을 쓰고 있었는데 그것은 황애재를 잃어버린다면 그의 인생 자체를 잃어버리는 것과 같다고 그가 초조하게 믿고 있었기 때문이었다. 황애재의 편에서 보자면 이패엽의 이런 판단은 부당한 것이었다. 그녀는 그냥 평범한 여자였다. 그의 극성에 못 이겨 자기의 처녀를 그에게 주기는 하였지만, 그것은 그냥 평범한 여자가 또렷하지 못한 상태에서 겪듯이 일어났던 것이지 무슨 대단한 다른 의미를 붙일 건덕지가 있는 것은 아니었다. 이패엽은 고민 많은 시골 출신 상경 대학생이 그러하듯 자기 자신을 과장하는 습관이 있었다. 그렇지 않고서는 괴물과 같은 서울과 자기 자신 사이에 냉엄하게 존재하는 간격을 메울 도리가 없었다. 이패엽은 물론 스스로 영웅이 됨으로써 그 간격을 메우겠다고 착각하는 상태를 오랫동안 지속시킬 수는 없었다. 황애재의 존재가 그에게 그러한 점을 알려주었다. 그 자신을 형편없는 무지렁이 인간처럼 느낄수록 그의 사랑인 황애재는 반대급부로 더욱 고결한 여자가 되지 않을 수 없었다. 이런 시소 놀이의 원리가 그의 사랑싸움이었던 셈이니 그 자신도 그러려니와 황애재도 죽을 지경이 되지 않을 수 없었다. 물론 같은 고향 마을 출신인 그와 황애재의 집안 사이에는 축축하기 짝이 없는 묘한 끈과 같은 것이 맺어져 있었고, 그들의 연애를 의혹에 찬 눈으로 반대하는 분위기까지도 있어서 그들은 마치 운명이니 숙명이니 하는 따위의 말을 실습하고 있는 듯한 착각도 하고 있었다. 황애재가 이패엽에게서 어렵사리 탈출하여 이패엽을 기아처럼 폐기 처분해 버렸을 적에(그 얼마 후 그는 잠깐 감옥 구경을 갔다 오게 된다.), 향우회 총무를 지냈던 유정심은 김사명에게 시집갔다. 김사명과 유정심의 결혼은 향우회 멤버들에게 한동안 풍성한 화젯거리를 제공해주었다. 우연히 유정심을 만나 아파트로 데리고 온 친구는 부득부득 스메타나의 〈팔려간 신부〉 서곡을 틀어 함께 감상하고는 했다. 유정심이 팔려간 신부였는지는 확실히 몰라도 김사명이 그녀를 금력과 완력으로 빼앗아간 것만은 틀림없으리라고 입방아들을 찧었다.

"김부만 씨의 돈에 대한 안보 의식은 나름대로 역사를 갖고 있는 거야."

이패엽이 말이 없자 유정심이 다시 입을 연다.

"물론 대단히 잘못된 역사의식이기는 하지만 말야. 그 전의 이야기는 할 것 없구 5·16 군사 혁명이 일어났을 적에 김부만 씨는 예편해서 어느 지방 부시장으로 부임을 했었구 조금 뒤 어느 곳 군수가 되었대. 그는 군수 재직 2년 뒤에 공금을 유용한 사실이 탄로 나서 면직당하고 약 삼 개월간 감옥도 갔다 왔어. 그러나 그가 유용했다는 공금보다는 자기 명의로 둔갑시켜 두었던 부동산이 날라리 같은 재주를 피우게 된 거야. 밑도 끝도 없이 땅값은 부풀어 오르고 그는 셈도 할 수 없을 만큼 돈방석에 올라앉은 거야. 하지만 그는 사회생활의 면에서 보자면 공직에 나설 처지도 못 되고 남에게 유식을 떨 만한 학력도 없고, 그렇다 해서 사람들로부터 인심을 벌고 있는 것도 아니었어. 도리어 그에게는 모든 사람들이 자기 돈을 뜯어먹으려고 덤벼드는 야차 같은 존재들로 보였어. 부동산은 제 노력으로 번 것이 아니기 때문에 그는 불안감을 해소할 수 없었어. 그의 재산은 피땀 흘려 일군 것도 아니고 경제학자들 말처럼 확대 재생산 과정을 거쳐 이루어진 자본도 아니었어. 결국 그는 자본가라기보다는 수전노에 불과했어. 그의 돈은 자본이 아니라 그냥 자금이었을 뿐야. 이 나라 재벌들 중에는 농업 자본, 상업 자본, 산업 자본의 개념을 잘 궁굴려서 사회에 기여했노라고 뻐기는 축들도 있지만, 그는 애당초 그럴 필요도 능력도 없었어. 부동산과 고리대금업으로 호화 주택에 자가용에 외국행에 복잡한 여자관계 따위로 갖출 것을 다 갖추게 되었으니 말야. 이런 사람들이 이렇게 한 시대를 풍미하며 호령하며 살아가고 있을 적에 학창시절 너 같은 아이들은 민중 운운하고 있었으니 참으로 딱한 일이더라. 물론 나도 그때는 몰랐지만, 막상 시집을 가고 보니…….”

유정심은 우스갯소리를 하고 있는 것임이 틀림없을 터인데도 이패엽이 쓴웃음을 지을 동안 정작 자신은 웃지를 않는다.

“민중은 딱하지 않다. 물론 민중 운운했던 나 같은 자들은 딱했겠지. 더욱이 우리 양반 가문의 종부(宗婦)께서는 얼마나 더 딱한지도 모르시는군? 잘못된 이야기의 고리를 벗어날 수가 없는 거야. ‘네 죄를 네가 알렷다’도 모르시네? 돈에 대한 안보 의식은 너에게는 없었니?” 하고 이패엽이 묻는다.

“네가 물을 줄 알았어.”

유정심은 한숨을 쉰다.

“네가 황애재와 연애할 적에 내게는 이른바 나를 사모한다는 사내애가 하나가 아니라 ‘들’로 있었어. 김사명이 나에게 접근했을 때 나는 그가 사냥감으로 나를 지목하고 있는 이상의 것은 아니라는 것을 알았어. 자가용, 나이트클럽, 드라이브, 관광 호텔의 방정식에 여자애들은 사족을 못 쓴다면서? 김사명이 나에게 처음 제시한 것도 이런 방정식이었고 인수분해 아닌 옷 벗기기 분해를 일사천리로 적용시켜 보려고 했었어. 난 순수했다기보다는 교활했을 거야, 김사명이 내게 덮어씌우려는 이런 일차 방정식을 단호히 거절했거든. 김사명은 하는 수 없이 내 주가를 높게 매겼겠지. 보통 계집애 다루는 수법으로는 안 넘어간다. 이것 봐라, 였을 거야, 그다음 공식에도 나는 완강히 거절했어. 이런 식으로 한 단계 한 단계 내 위치를 향상시킨 결과 김사명은 점점 나를 높게 평가하게 됐구, 그의 집에서 알게 되는 데까지 이르렀어. 그의 어머니는 우리 집안 내력을 조사한 끝에 반대했지만 그의 아버지는 어수룩하게 여겼던가 봐. 그러는 가운데서도 김사명의 사냥놀이는 나를 겨냥하여 더욱 안달내게 되었는데 어떤 면에서 그것은 내 사냥놀이기도 하였을 거야. 사로잡힌 것은 내가 아니라 그의 마음이었거든. 결정적인 순간에 가서 나는 강간을 당하는 것처럼 되었구, 그리고 그것은 결혼이라는 수확을 거두었어. 돈에 대한 안보 의식이 나에게 있었어. 어떻게 나에게 그런 게 없었겠어? 어차피 여자라는 게 섹스 시장에 내놓은 상품처럼 여겨지는 세상에 자기 자신 비싼 물건이 되자면 그건 돈에 대한 안보 의식을 빼놓을 수는 없는 거란 말야. 돈에 대한 안보 의식에는 철저하자, 그렇게 해놓고 그다음 단계로 돈 이외의 다른 모든 것들은 안보가 아니라 해방되게 하고 구가가 되도록 하자, 내 생각은 이랬을 거야. 결혼은 하지만 내 생활은 결박당하지 않도록 하자……."

어디서 많이 듣던 이야기로군. 영화로 소설로 유한계급 어쩌구 하는 이론으로……. 이패엽은 이야기보다 술 마시는 일에 전념하겠다는 듯한 표정을 짓는다. 유정심은 남의 불행을 자신의 행복함의 척도로 삼는 이패엽의 태도에 자포자기한 듯한 표정이 된다.

그래 좋아. 어차피 나는 술 취한 여자가 속이 메슥거려서 구토하듯 내 이야기를 쏟아 버려야 할 처지니까 네가 듣든 말든 상관 안 해.

김사명은 어땠어? 돈에 대한 안보 의식이……? 자신과는 상관 닿지 않는 남의 이야기, 아무렇게나 되어도 좋을 타인의 신세타령을 마지못해 들어주기 위해 이패엽이 이렇게 예절 차려서 물어준다. 이패엽은 철없던 시절의 그와 황애재와의 연애를 회상한다. 철없던 시절이란 어떻게 정의되는 걸까? 그건 자신의 선의(善意)를 내세우는 일차 방정식으로는 이 세상을 인수분해할 도리가 없다는 것을 미처 깨닫지 못하는 시절이며, 그리하여 악의(惡意)의 이차 방정식으로 되게 하는 시절이었다. 황애재는 조선 유학생의 '사랑합니다.' 소리를 받아준 일본 처녀가 주변 일본 사람들의 '조센징' 소리를 감당 못 하고, 그리고 자신의 진심이 어떤지 갈피를 못 잡다가 〈장한몽〉 식으로 이패엽을 이수일로 만들어버렸다. 황애재는 김중배에게 시집갔지만, 어쩐지 신통치 못하다고 했다.

유정심은 얼마나 외로웠던 것인가. 김사명은 어땠어? 돈에 대한 안보 의식이? 하고 이패엽이 예절로 물어준 데 대해 기쁜 표정이 된다. 그녀는 이패엽을 이해하기 시작한다. 그가 저렇게 생뚱한 표정을 짓는 것은 당연하다. 어떻게 그가 짐작할 수가 있을까. 돈이 너무 많아서 안보 의식에 철저한 사람들의 이야기를 어떻게 그가 이해할 수 있단 말인가. 그의 생활과는 너무도 판이한 꿈나라 속에 사는 듯한 사람들의 이야기에 어떻게 그가 관심을 가질 수 있으며 가질 필요가 있다는 말인가.

그녀는 이러한 이패엽이 답답하고, 그리고 이제부터 그녀가 털어 놓으려는 이야기 속의 주인공으로 등장할 그녀 자신이 답답하다. 아무래도 이야기 상대를 잘못 골랐지 뭐야, 하고 그녀는 한숨을 쉰다. 그녀가 아무리 절실한 어조로 이야기해 봐야 그는 무덤덤한 표정을 지을 뿐 그녀의 절실함을 이해해 주려고 하지 않을 것은 너무도 뻔하다. 영화, 소설, 이론으로 어디선가 많이 듣던 이야기라고 마치 엉터리 관념 소설을 공격하는 해박한 문학평론가처럼 핀잔이나 줄 것이다. 그건 한국소설이 가난한 이야기만을 써대는 것이 딱히 가난만이 진정한 문학의 소재라고 자각해서라기보다는 잘못된 부의 세계에 대해 한국 소설가들이 전혀 알지도 못하고 알 수도 없기 때문이라는 사정과 비슷한 일이다. 그녀는 결혼한 후에도 더러 소설을 보면서 얼마나 이를 갈았던가. 그녀가 겪고 있는 일과 같은 것을 읊어주는 소설은 없었던 것이다. 그래 좋아, 어차피 나는 이해받기 위해 내 이야기를 끄집어내려는 것은 아니었어. 이야기하지 않으면 못 견딜 만큼 답답해서 내 이야기 들어줄 사람을 찾아 나선 길이었으니까, 이패엽이가 어떻게 느끼든 상관할 것은 없는 거야. 그녀는 또르르 굴러내리는 눈물 한 방울을 무슨 귀한 보석인 양 손톱으로 뜯어낸다.

"김부만 씨가 돈에 대해 안보 의식을 느낄 만한 이유는 있었어. 그런데 김사명에게는 그런 이유조차 없는 거야. 이유는 없지만 그는 안보 의식에 철저했어. 아버지보다 더 철저했어. 아버지에게는 인간적인 측면이 있었지만 그에게는 그것이 냉혹하게 과학적으로 철저했어. 김부만 씨는 유용을 했든 횡령을 했든 돈을 획득한 사람이지만, 김사명은 애당초에 소유했던 거야. 그는 참으로 한 시대의 문법이 정확하게 자기를 맞추었던 사람이었어. 존경을 받을 만한 거야."

"나는 하나의 가재 집물과 같은 존재였지 뭐. 남들이 까무러칠 정도로 호화 주택을 건사해서 살아가자면 식모에 정원사에 보일러공이 있어야 되는 것과 마찬가지로 아내라는 부속품도 있어 줘야 하는 거란 말야. 아내라는 게 있어 줘야 사회생활, 가정생활, 친척들과의 내왕과 사교생활에 내세워 구색을 맞출 수가 있고 또 뒤치다꺼리할 수 있는 거란 말야. 하지만 어디 그뿐이야? 대장부가 호색하는 건 당연한 일이니까 아내가 있어 줘야 호색해도 그게 대장부 노릇 하는 셈이 된단 말야. 아내가 하는 일이란 남편과 잠자리를 함께하는 것이 아니라 남편이 마구 드러내 놓고 한 다스쯤의 여자들과 놀아나도 내색하지 않은 채 얼마든지 그래라, 나는 아내로서 가정을 지킨다 하는 역할이 된단 말야. 남자로 하여금 주색잡기를 마음껏 하기 위한 명분으로서의 아내의 존재……, 그런데도 난 바보 같은 여자였어. 난 김사명을 비난할 수만은 없는 거야. 돈에 대한 안보 의식 같은 건 내게도 있었구, 그것 때문에 결단을 내리지 못한 채 우물쭈물 끌려온 것이 나였으니까 말야."

너 이혼하려고 하는 거니? 비로소 화다닥 놀란 표정으로 이패엽이 묻는다.

"물론 그래. 그래서 여성 문제 상담소에도 들락거렸던 거구 말야, 가보니까 참으로 여성들은 문제가 많더란 말야, 이 세상 사내들이 문제를 제기해 줘서 말야. 상담이라는 게 재미있었어. 순전히 형식적인 것이었어. 날마다 구름 떼같이 몰려들 오니까 직원들인들 그럴 수밖에 없겠다 싶기는 했어. 상담이 목적이라기보다는 몇 건 올렸느냐 그 통계를 내는 게 목적인 것처럼 보였어. 문제가 많은 여성이 찾아가는 여성 문제 상담소에서 '아 참, 그렇구나, 내가 바로 여성이었지.' 하는 걸 깨닫자 정말 오랜만에 기쁜 마음이 들었어. 나는 마치 내가 통속적인 여성이 아닌 무엇인 것처럼 생각해 오고 있었어. 다른 사람과 격리되어 외따로 떨어져 있다가 인간 대열에 합류돼 들어온 것 같은 반가움, 게다가 이렇게 이패엽 씨도 만났으니 오늘은 얼마나 재수 좋은 날인지 모르겠어, 정말이지."

"어린애는 어쩌려고 하는 거지?"

"하느님을 믿는 딸은 안 놓치려고 해. 저쪽에서는 아들을 안 놓치려고 하고."

"그럼 진짜로 이혼을 하는 거냐?"

"애먹었어. 안 해주려고 해서 말야. 하기야 나처럼 편리한 아내의 좌석을 다른 여자로 갈아 끼우기도 어려울 거야. 게다가 호적 명부를 뜯어고치는 건 사회생활의 품격을 떨어뜨리는 것처럼 생각되어 싫기도 할 거구 말야. 이런 역경을 물리치고 드디어 이혼을 획득해 낼 수 있었던 내 능력과 더불어 시대의 변화라는 게 작용하기도 했어. 시대가 변하니까 그 집안이 약간 기우뚱거리고 있는 거야. 시대가 변하지 않았던들 난 그 소굴에서 탈출하기가 그만큼 어려웠을지 몰라. 나의 새 시대는 이렇게 오고 있는 거야."

벌써 저녁 다섯 시가 넘었다. 술집의 여자 종업원들이 출근하기 시작했다.

"내가 바쁜 몸이라 이렇게 노닥거릴 시간이 없는데 왜 이러지?" 하고 이패엽이 말했다. 이패엽도 그렇지만 유정심도 술에 취했다. 거기에다가 출근한 여자들이 재깔거려 대어 술집은 그야말로 흥청 망청한 분위기가 되었다.

"얼마나 좋은 세상이니? 우리가 이혼을 쟁취할 수 있는 세상에 살 수 있다는 것. 내가 얼마나 감사히 여기는지 넌 짐작도 못 할 거야."

"넌 취했어." 하고 이패엽이 약간 도덕적인 어조로 말했다.

"병신같이 굴지 마. 굴레 벗은 망아지가 풀밭에 나와서 오랜만에 향기로운 풀들을 뜯어먹는 데 참견하지 마. 요새 국산 영화들을 보면서 내가 얼마나 감동하는지 아니? 여자들은 너울을 벗고 브래지어를 벗고 그야말로 해방을 만끽하고 있더란 말야. 사내들은 몰라. 자기들 쾌락을 위해서 여자들을 노리갯감으로 삼아 농락하고 어쩌고 자기들 좋을 대로 생각하지만 그게 아냐, 여자들이 자진해서 벗었어, 노리갯감이 되는 척하면서 스스로 그 귀찮은 것들을 벌렁벌렁 벗어 버렸단 말야. 아무도 이건 못 말려. 끝 가는 데까지 가는 거야. 타락이구 나발이구 떠들고 싶은 것들은 떠들라고 해, 노예로 살았던 자들이 해방되면 사람답게 사는 줄 아니? 천만에, 한바탕 마당극부터 벌여서 끝없이 놀아나고 보는 거야. 탈을 쓰고 춤바람이 나기도 하면서 말야. 옷을 벗으면 몸뚱이가 해방되는 거구 탈을 쓰면 신분으로부터 해방되는 거야. 이 두 가지를 한꺼번에 해내도 되는 세상이 얼마나 좋은 세상이니? 이 술집이 얼마나 좋아? 이제 조금 있으면 유부녀들이 탈을 쓰고 떼거리로 몰려올 거야. 몸뚱이를 해방하기 위해, 춤을 추기 위해……. 수지 맞는 놈들은 이렇게 놀아나는 사람들 뒤에서 지독한 계산들을 하고 있겠지만 재주 피우는 원숭이는 자기 재주에만 관심을 두면 되는 것이고 돈을 버는 중국놈은 돈에만 관심을 두면 되는 거니까. 왜 그런 걸 우리가 따져야 하는 거니?"

애초에는 그런 일이 발생하리라고 생각하지 않았다. 우연히 길거리에서 마주쳤을 때 어찌 그런 일이 일어나리라고 알았겠는가? 그러고 보면 한때 향우회 총무로 있었던 유정심은 한때 향우회장이었던 이패엽을 지금에 이르도록 잘 보필하는 보좌역을 충실히 해내고 있는 셈이었다.

"오늘 밤의 행사는 아직 끝나지 않았어. 춤이라도 추실까?"하고 유정심이 말했다.

"뭐가 어쨌다구?"

"넌 어쩜 옛날과 마찬가지로 그렇게 답답하기만 하니?"

유정심이 깔깔 웃어댔다.

"보나 마나 옛날과 마찬가지로 따분하게 지내는 줄 내가 짐작했지 뭐야? 그러구 보면 내가 춘향이 마음을 가졌나 봐. 널 위해서 해결사 노릇에 위안사 노릇까지 해줄 생심을 냈으니 말야. 척하면 삼

천포야,"

"넌 취했어. 이제 가야 해."

"꼼짝 말고 앉아 있어 봐, 좋은 일 해주는데 왜 이래?"

유정심은 계속 웃어 댔다.

"저기 누가 오는지 보기나 하지그래?"

이패엽은 처음에는 그녀를 알아보지 못했다. 그녀가 자리에 와서 앉았다. 이패엽과 그녀는 다음 순간에 다 같이 놀라 버렸다. 유정심이 웃어 댔다.

"어떠니? 첫사랑인 황애재를 오랜만에 재회하는 기분이?"

이패엽이 황애재를 첫눈에 알아보지 못한 것이 무리는 아니었다. 그녀는 마음껏 뚱뚱해지기로 작정을 낸 듯한 중년 여인이었다. 선은 무너지고 면은 넓어졌다. 그리 길다고 할 수 없는 세월이 처녀 적 그녀의 몸매를 허물어 활짝 꽃을 피우던 나뭇잎들마저 시들해지고 덩달아 우글쭈글한 고목으로 바꾸어 놓은 듯하였다. 그의 머릿속에서 황애재는 고추처럼 맵던 연애 시절의 그 여리여리한 모습으로 기억되고 있었기에 눈앞에 나타난 이 중년 여인에게서 더욱 이질감을 느끼게 되는 것인지도 몰랐다. 술에 취해서 이런 것인가 아니면 가슴 속에 무슨 미련이라도 있어서 이러는 것인가, 그는 체머리를 흔들었다.

"아까 이 술집에 들어올 적에 내가 전화를 걸었잖아? 왕년의 연인들을 재회시켜 주기 위해 이 향단이가 얼마나 가슴이 두근거렸겠어?"

유정심이 너스레를 놓았다.

"짧았던 처녀 시절의 추억을 자양분으로 삼아 여자는 일생을 견뎌 나간다지 아마? 그 추억이 첫사랑의 키스와 같은 경우에는 여자의 일생이 비록 험할지라도 그것만으로 능히 참으며 이겨낼 수가 있다고도 하고……."

유정심이 다시 종알거렸다.

"너 왜 그러니? 그런 따위 말은 다 감미로운 사기술에 불과한 걸. 처녀 시절 연애라는 건 일종의 어리석음의 표현, 자기를 속이는 달콤한 거짓인 거다. 남성우위 사회에서 여자가 노예적 존재에 불과하다는 것을 배우게 되는 쓰디쓴 훈육 과정……. 어때, 이패엽 씨? 나 많이 달라졌지?"

"아무래도 어떻게 된 건지 이야기를 해 줘야겠네. 나 말야, 그냥 이혼한 것은 아니어서 위자료라는 것을 뜯어낼 만큼은 뜯어냈어. 나도 살아야 하니 그건 당연한 일이야, 좋은 시절 다 지나갔으니 내 인생도 탕진할 재산이 있어야 견디겠더란 말야. 나두『유한계급론』같은 책을 봤으니까 비곗덩어리로 식충이처럼 명줄을 부지해 나가자면 이런 식으로 타락해야 하는 건가 짐작하고 있어. 놀 수는 없고 무얼 할까 하다 보니 술집을 차리자 했던 거야. 나 같은 거한테 이런 시설을 갖춘 술집 마담은 딱 격에 어울리겠다 싶었어. 그게 차라리 온당하지 않겠어? 결혼이라는 게 인간성을 파괴하면서 허울만 미신 숭배처럼 섬기는 것이라고 느꼈다면 자신이 인간임을 지탱하게 하는 그런 새로운 허울이 어디 따로 있을 수 있을까? 그래 술집을 차리려고 하면서 보니까 이 계통에 대해 아는 사람이 필요했는데, 글쎄 황애재가 경양식집을 꾸려 본 적이 있다지 뭐야. 그 알량한 결혼을 했다가 오기로 떨어져 나와 혼자 지내면서 말야. 요새 여자들은 이혼하기 위해서 결혼하나 봐. 만나 가지고 내가 듣고 싶은 정보를 들었어. 나 곧 술집 차릴 거다. 황애재더러 취직하라고 했더니 얘는 망설이고 있는 중이지만 말야. 그런데 얘도 이패엽 씨를 한 번 봤으면 싶대지 뭐야. 뭐 사과할 게 있다나. 이패엽 씨에게 오해를 주었다는 거야. 그런데 그 연애 시절 자기가 어리석어서 그걸 몰랐다가 요새 와서 깨닫게 되었다지 뭐야. 그런저런 이야기 나누며 처녀 시절의 어리석음을 사과하고 싶다는 거니까 이패엽 씨는 엎드려서 큰절 받게 생겼어. 그건 그렇고 이패엽 씨, 얼굴을 왜 그렇게 우그러뜨리고 있는 거야? 왜 그래?"

"네 이야기가 너무 감미로워서……."

이패엽이 이렇게 유정심에게 빈정거리는 말을 던졌다.

"리얼리즘의 결여……, 이패엽 씨가 대학 때 잘 쓰던 말을 이렇게 다시 뱉어 보니까 옛날이 그리워지는 걸, 네가 나에게 하고 싶은 말이 그거지? 리얼리즘의 결여……. 유정심의 리얼리즘의 결여는 더욱 심해졌다는 말. 무슨 허튼소리를 하고 있느냐는 거지?"

"역시 향우회 총무는 회장의 심중을 잘 아는군그래."

"그렇다면 이패엽 씨의 리얼리즘은 무엇일까? 이패엽 씨의 리얼리즘의 결여는 없는 걸까?"

유정심이 드디어 따지고 들었다.

그는 유정심을 보는 것이 아니라 볼품없는 중년 여인이 되어 버린 황애재를 약간 슬픈 듯한 표정으로 바라보며 생각에 잠겨 있었다.

"황애재 씨, 어머니 근황은 어떤지?"

이패엽은 유정심의 리얼리즘론을 묵살한다.

"우리 어머니? 큰오빠 집에서 며느리 구박받다가 작은오빠 아파트에서 며느리 구박받고 계시지 뭐. 온통 딸년인 나 때문에 그 걱정만 하고 있으니 두 며느리가 심술을 낼 만하지 않겠어? 유일한 낙은 딸의 신수가 좀 펴지겠는지 점쟁이 찾아다니는 일이고……. 이패엽 씨 어머니는 어떠시고?"

"우리 어머니?"

그는 전혀 예기치 못한 질문을 받았다.

"그러고 보면 어머니에 대해 생각조차 해 보지 않은 것이 정말 오래된 것 같군. 그냥 고향에 계시지만 약간의 사연도 생겼어."

"옛날 애인을 만난다는 것은 잊어버리고 있던 어머니에 대한 화제를 떠올리게 된다는 의미?"

유정심이 새뚝새뚝했던 마음을 풀면서 이렇게 말했다.

이패엽은 그의 어머니 근황에 대한 이야기를 꺼내기 시작했다. 서울로 올라와 자식 뒷바라지하며 함께 지내자 해도 고향 뜰 수 없다고 마다하는 어머니. 시체를 남기지 않고 작고한 아버지의 무덤을 만들 수 없어 아버지 무덤 자리라고 당신이 정한 곳에 노간주나무를 심어 그것을 키우고 있는 어머니. 그는 노간주나무에 대한 이야기를 했다. 노간주나무를 아궁이에 넣어 불 때 본 적 있니? 그건 그냥 타들어 가는 게 아니라 탕탕탕 총을 쏘아 대는 것 같은 소리를 내면서 타들어 가는 거다. 측백나무과에 속하는 거니까 가시 같은 잎이 촘촘히 붙었는데 이놈의 것이 세 개씩 뺑뺑 돌려 붙어 있어서 아궁이에 넣으면 탕탕탕 터지면서 불꽃을 내거든. 탕탕탕 소리만 나면 기겁을 하는 어머니가 왜 아버지 무덤 자리로 정한 곳에 노간주나무를 심었는지 그 뜻을 모르겠더란 말야. 그는 다시 어머니 근황 이야기로 화제를 돌렸다. 폭삭 망한 지주 집안의 맏딸, 시집 잘못 와서 고생 복을 줄줄이 이고 엮고 다니는 운명의 여인. 그러나 모진 인생길을 묵묵히 참고 견디며 될성부르지 않은 농사일에 시름을 묻어 버리는 전형적인 농촌 여인, 난 지금도 우리 어머니가 이런 분임에 틀림없다고 생각하지. 어머니가 재혼하겠다고 하였을 때 자식인 내가 먼저 그러한 일을 주선 못 한 불효에 마음이 아팠지. 막상 고향에 내려갔을 때 사람들에게 들었던 추문……. 지금 세월이 어떤 세월인데 당연하지 않으냐고 나는 도리어 그런 추문에 아랑곳하지 않았어. 말하자면 거룩한 어머니보다는 인간적인 어머니가 내게는 더 편했으니까 말야. 그로부터 연속된 어머니의 여러 요구 사항들……. 이분 역시 공동체 사회에서 뛰쳐나와 이익 사회 내지 물신화 사회에서 살고 있다는 것을 깨닫고 있나 보다고 여겼지. 단 한 번이자 마지막이다 하고 돈이 필요하다 하시기에 빚을 져 가지고 어머니의 요구를 채워드렸지. 물론 그게 단 한 번이자 마지막으로 끝난 것은 아니었지만.

"동생은 어떻게 지내?" 황애재가 다시 묻는다.

이패엽은 술 마시는 것이 대답이라는 듯 술을 마신다. 조금 뒤에 그는 엉뚱하게도 영화 이야기를 꺼낸다.

"그게 무슨 영화였는지 제목이 생각나지 않는데 알랭 드롱이 형사로 나오는 불란서 영화였어. 은행 강도단과 알랭 드롱의 대결인데 고참 형사가 인간적으로 나오는 알랭 드롱에게 충고하는 거야. '갓난애는 범죄를 저지르지 않는다. 하지만 사람들이란 자라면서 누구나 조만간에 범죄자가 된다. 성인은 모두 범죄다.'라는 이야긴데 결국 우리가 인생을 살아간다는 것은 조서를 쓰는 것과 같겠구나 하고 여겼지, 물론 조서를 쓸 때 형사는 단 한 번에 만족하지는 않지. 트집을 잡아 자꾸 되풀이해서 쓰도록 하는 거야. 스물아홉 살, 아직 미혼, 구류 사실까지 포함한다면 전과 3범. 신체적 특이사항 별로 없음. 문신 없음."

"동생 때문에 걱정이 많은가 봐."

"난 몽테크리스토 백작처럼 아버지를 대신해서 복수를 해야 하는데 대학까지 나왔으면서 아무것 하나 제대로 못 해내고 있거든.

내 동생은 달라. 중학 2년까지밖에 못 다녔지만 자기 이력서 아닌 조서를 쓰는 데 있어서 철저해지려 하고 있어. 난 막연하기는 하지만 이런 식으로 느끼는 게 있어. 내가 할 일을 할아버지, 아버지가 졸경을 치르며 다 해 버려서 정작 내가 할 수 있는 일이라는 건 이분들이 유한으로 남긴 뒤처리라는 건데, 이것마저 제대로 못 해내고 있어. 그다음으로 내가 할 수 있는 일이란 다산성(多産性)의 여인 맞아 자식 낳아 주는 것이 되겠는데, 여기에 또 하나, 동생을 지켜야 되는 덤터기가 붙는 거야. 이 녀석은 나에게 괴로움을 주면서도 전혀 미안해하지를 않아. 이 녀석은 가해자가 될 수 있는 기회를 찾고 있는 거야. 이런 이유로 이 녀석은 나를 괴롭힐 권리를 갖고 있어. 기가 막힐 노릇은 이 녀석의 명분이 맞는다는 데 있어. 치사한 소시민, 비겁자, 허약한 인간, 무능한 인간이 바로 나라고 일러주는데 모두 다 사실이거든. 아주 구체적으로 말해서 나의 리얼리즘이 있다면 그건 다른 게 아니고 천이백만 원의 빚을 지고 있다는 데 있어. 빚이 나의 리얼리즘이고, 현실은 나의 허위의식이고……."

"물밀 듯이 닥쳐오는 험한 세파……, 우리가 정말이지 이렇게 신파조의 인생이 될 줄이야 누가 알았겠어?"

유정심은 아까 이패엽이 했던 말을 그대로 반복하면서 쓰게 웃는다.

시간이 어떻게나 흘러갔는지 이패엽은 너무도 술에 취한 나머지 잘 기억해낼 수가 없었다. 하지만 풍선 속에 휘말려 들어가 맨질맨질한 풍선의 고무 껍질을 왕 터뜨려 놓는 것 같은 황애재와의 잠자리 느낌을 기억해내지 못할 정도로 정신이 없었던 것은 아니었다. 예전이나 지금이나 황애재는 분명한 여자는 못 된다고 그는 그녀를 깔보았다. 그러니 그녀의 인생 갈무리하는 솜씨가 뻔한 것이 될 수밖에 없나 보다. 너에게 사과하고 싶다고 했던 느낌은 사실은 이거였어. 넌 항상 빚진 죄인처럼 빌빌거려 가지고 뭐랄까, 빚쟁이마저 미안하게 만드는 것 같은 그런 사내였어. 그래서 도리어 내가 빚을 진 느낌. 그걸 갚는 건 복수가 될까? 너에게 좀 성숙한 나를 한번 주고 싶다는 거, 네가 성취시켜 주었으니 난 그걸로 좋아. 너의 잠자리 솜씨는 여전히 서툴기는 하지만, 너의 실감은 그것뿐이야. 내게 있어서는 말이지……. 그런 따위의 소리를 지껄여 대고 있었던 것이다. 다시 만날 일은 없게 되겠네, 하고 그가 퉁명스레 말한 것이 그녀에게 그러한 비난을 하고 싶어서였을 것이다. 그렇지 뭐, 뭣하러 다시 만나? 하고 그녀가 말했다.

"금전적인 채무는 일반적으로 보아 그 사람의 무능에서 연유되기보다는 사회생활을 제대로 유지해내지 못하게 하는 정신적 결함에서 연유된다고 나는 생각해. 네 형편에 빚이 천만 원이 넘는다면 그건 큰일이야, 빚이 리얼리즘이 되면 정말 그건 곤란해. 그렇다고 내가 널 도와줄 처지도 아니고 그래서도 안 되는 거니까. 이런 말 괜히 하는 소리기는 하지만, 따분해하는 너보다는 좀 근사해진 너를 봤으면 좋았겠다는 생각은 드는 거야. 너는 그렇다 치고 이런 소리 나불거리는 나는 뭐냐고 묻고 싶겠지? 옛날의 나와 달라진 것이 있다면 버리고 내맡겨 버린다는 것이 뭔지를 알게 되었다는 걸 거야, 스스로 버리고 스스로 내맡겨 버리는 거, 되는 대로 내버려 두는 거, 한자로는 자포자기라고 하는 거야. 자포자기는 절망하고는 달라. 그냥 사는 방식이야. 절대로 무슨 계획 같은 거, 목표 같은 거 세우지 않고 인스턴트커피처럼 녹아나면서 사는 거야. 자기를 버리는 거, 그러니까 나로서 사는 게 아니고 세상이 살게 해주는 거로서 사는 거 있지 않겠어? 우리가 미국으로부터 배운 문화, 자유당

이니 공화당이니 하는 체제에서 국민 된 도리로서 알아낸 생활이라
는 게 혹시나 이런 게 아니었을까 생각도 해봤어. 이런 내가 그냥 대
한민국의 평균인이겠거니 그렇게 믿기도 해. 너와 연애니 뭐니 하면
서 속을 썩일 때 정작 우리의 속을 썩인 것은 무엇일까 따져본 적도
있어. 고향, 가족, 현실, 믿음, 희망……, 따위의 말이었을 거야. 그런
거 버리고 나면 이렇게 홀가분해지는 걸 그땐 몰랐던 거야. 그런데
내가 볼 때 넌 아직 그런 거 안 버리고 있는 것 같아. 어리석어서 그
런가?"

　아, 너는 결국 그런 여자였던가 하고 그는 놀란 눈으로 그녀를
바라보았다.

　"나는 너와는 다르다. 나를 버리지 않는다. 자포자기는 절망하고
는 달라. 절망은 하지만 자포자기는 안 해."

　"어려운 이야기를 하는 걸 보니까 계속 어려워해야 하겠네?" 하
고 황애재는 비웃는 듯한 표정으로 유정심이 했던 것과 비슷한 말
을 이패엽에게 했다.

　애초에는 그런 일이 발생하리라고는 생각하지 않았다. 우연히 길
거리에서 마주쳤을 때 어찌 그런 일이 일어나리라고 알았겠는가?
서울 하고도 중심가, 광화문통에서 무교동으로 들어가는 어귀에
서 왕년의 향우회 회원이었던 유정심을 만났을 때, 그로 해서 옛날
에 사귀었던 황애재를 만나게 되리라고 예상이나 했었겠는가. 만남
의 결과는 무엇이었을까.

　절망이 자기를 표현하는 구체적인 방식이 생활이라고 그는 말했
었다. 그러니 절망은 하지만 자포자기는 안 한다고 말했었다. 말해
놓고 나서 무슨 유치한 수작인가 하고 그는 자책했었다. 하지만 그
는 유정심과 황애재를 통하여 자포자기와 절망의 차이를 확인하였

던 것이었을까.

물밀 듯이 다가드는 인파를 헤치고 나아가면서 이패엽은, 무척이나 많이 '인간적인 이야기'를 나누었음에도 왜 이렇게 뒤끝이 공허해지는 것일까 자문하였다.

그것은 그 이야기 자체가 잘못된 것이기 때문이었다. 그리움도 없이 성의도 없이 돌발적으로 이루어진 황애재와의 잠자리가 그랬던 것처럼……. 잘못된 이야기는 아무리 마음을 열어서 늘어놓아 보아도 사람을 더욱 초라하게 만들 뿐이다.

제대로 된 이야기를 어떻게 찾을까. 그는 그에게 무엇이 결여되어 있는지 깨달은 것 같았다. 이따금씩은 제대로 된 이야기를 들어야 한다. 도시에 그런 이야기가 없다면 농촌으로, 고향으로 찾아가기라도 해야 한다. 오늘의 세상에 그런 이야기가 없다면 옛날로 시간을 거슬러 올라가기라도 해야 한다. 그리고 그 자신 이따금씩은 제대로 된 이야기를 자신에게뿐 아니라 남에게 들려주기라도 해야 한다.

잘못된 이야기판에서 헤매다가는 결국 잘못될 수밖에 없는 것은 이야기만이 아니라 그 사람 자신이 되어 버린다. 삶에 관한 것이라고 해서 모두 다 이야기가 되는 것은 아니다. 제대로 된 삶을 살지 못한다고 해서 그 이야기마저 제대로 되지 않아서는 안 된다. 잘못된 삶의 잘못된 이야기 속에서의 방황……, 그러다가는 간신히 버텨 나가는 모든 것이 무너져 내릴지도 모르는 일 아닌가. 그거야말로 자기를 내버리는 짓, 자포자기의 노릇이 될 수도 있는 일이었다. 절망은 하지만 자포자기는 안 한다고 그는 분명히 잘라서 말하기도 했으니 말이다.

나의 어리석음, 죽을 때까지 계속되어지리라 하고 그는 중얼거렸다. 잘못된 것이 잘못되었다는 것을 간신히 느끼는 순간에서만 잘못돼서는 안 될 진실의 체계를 짐작하는 그는 패잔병처럼 걸어 갔다.

《소설문학》, 1983년 5월호

앞 남산의
딱따구리

앞 남산의 딱따구리

1.

산 설고 물 설은 곳, 눈물 고개 넘어서 당도하는 땅— 이렇게 말할라치면 무슨 흘러간 노래 같은 소리냐고 할지 모르지만 그런 곳이 있었다. 오왕근은 행전 차고 괴나리 봇짐 메어 타달타달 그곳으로 걸어 들어간 것은 물론 아니었다. 배낭 메고 등산화 신고 완행버스에 실려 찾아갔었다. 범바위라는 지명을 갖고 있는 그 산골짜기. 1970년대 중반의 일이었다. 온몸이 쑤시듯이 그가 사람 사는 일에 어찌할 바를 몰라 열병에 걸린 듯 천방지축으로 헤매 다닐 적이었다. 이때에 그를 붙잡아 주었던 유명숙이 그 범바위 출신이었노라 했었다.

"가 봐, 들어가 봐. 우선은 그게 좋겠어."

유명숙은 그렇게 말했었다.

"어디인 줄 알고, 내가 어떻게?"

오왕근은 서울을 별로 벗어나 본 적이 없는 아스팔트 보이답게 그런 산골짜기를 어찌 찾아가야 할지 엄두가 나지 않았다.

"지금 네 심정은 짐작을 해. 모두들 산에 들어갈 때에는 엄두가 나지 않는 거야. '못 살아도 나는 좋아, 외로워도 나는 좋아' 하는 건 유행가에서나 나오는 소리거든, 그렇게는 못 살게 되어 버렸지.

'정든 땅 언덕 위에 초가집 짓고' 이런 것두 다 옛날 이야기야. 그렇기는 하지만 '초가 삼간 지어 놓고, 양친 부모 모셔다가……' 천년만년 살고자 산골로 들어갔던 사람들이 없었던 것은 아니었어. 어떻니? 내 말이 대단한 모순 같지?"

아닌 게 아니라 유명숙의 말은 종잡을 수가 없었다. 자기에게 무슨 이야기를 하려는 것인지 알 수가 없었다. 그럴수록 오왕근은 제한 몸 건사하지를 못해 유명숙에게 어이없는 에스 오 에스(SOS)를 보내고 있는 자신의 처지가 갑갑하게만 생각되었다. '누나한테 부탁할 일이 있어' 하고 오왕근은 유명숙에게 전화를 했었다. 그들은 클래식을 주로 틀어놓고 있는 '아다지오'라는 음악실의 단골 손님들로 서로 아는 사이였었다. 그 음악실을 운영하던 장갑출은 인생의 템포마저도 '아다지오'여서 자신의 사업장이 몇몇 단골손님들의 출입처로 제공되고 있다는 것으로 만족했을 뿐 도무지 손님을 끌려고 하지를 않아서 얼마 안 가 문을 닫게 되어 버리고 말았지만, 하여튼 간에 그 음악실의 전성 시절에는 괴팍한 위인들만이 용케들 모여든다 싶게 나름대로 독특한 분위기를 갖고 있었다. 말하자면 교회가 마음이 가난한 자, 헐벗은 자, 굶주린 자, 병든 자를 향해 문을 열어 놓고 있는 것이라면 '아다지오'는 정신의 가난뱅이, 환자, 음악에 굶주린 자, 헐벗은 자들이 모여드는 곳이었다. 주인인 장갑출은 그 당시 가장 좋은 품질로 친다는 매킨토시 상표의 음향기기를 간신히 갖추어 놓을 수 있었던 것에 흥분해서 그랬는지, 아니면 실제로 자신이 콘서트홀의 무대에 서 있다고 착각해서 그랬는지 음악이 흐르면 항상 카라얀의 흉내를 내곤 했었다. 단골 손님들이 연주 실황을 보고 듣는 것처럼 느꼈는지는 확실치 않았지만…….

민달수(멘델스존)의 음악에서 돈을 빼면 무엇이 남는가? 그야 콩나물 대가리도 안 남지. 차갑석(차이코프스키)의 음악에는 악마가 있다고 불란서 소설가 줄리앙 그린이 말한 것은 맞는 말인가. 이 세상에 백조의 호수가 없다는 것만은 틀림없지. 변도변(베토벤)선생과 박은오(바그너) 선생의 공통점과 차이점은? 그런 따위의 재담이나 늘어놓고 있었다. 유명숙이 유명하게 된 것도 특히 베토벤과 바그너의 공통점과 차이점을 비교하라는 출제에 대해 명답을 내렸던 데에서 이루어진 것이었다.

　"공통점…… 둘 모두 여자가 바라는 이상적인 남자의 상에는 안 맞는다는 것이구요…….."

　"왜?" 음악실 주인 장갑출의 질문.

　"너무 커서."

　"무어가?"

　"변 선생은 늘 코다가 커요. 박 선생은 그 무한 선율이 너무 크단 말예요. 내게는 그저 비탈리의 샤콘느 정도가 좋거든요."

　"그럼 차이점은?"

　"한 남자는 여자의 마음을 범하려 하고 다른 한 남자는 몸을 범하려 해요."

　유명숙은 톨스토이의 소설 「크로이체르 소나타」에 나오는 간음과 엘리어트의 장시 「황무지」에서 트리스탄과 이졸데 서곡이 어떻게 시로써 해석되고 있는가를 설명해낼 만큼은 유식한 여자이기도 했다. 그것이 그 여자가 바하를 좋아하노라 하는 변(辯)을 이루기도 했었다. 아, 점잖은 바하.

　"우리 유명숙이가 그처럼 위대한 작곡가일 줄은 몰랐는걸."

　사내들은 유명숙의 터무니 없는 유식함에 이렇게 혀를 내둘렀다.

유명숙은 작곡가들에 대한 작곡가였다.

그러나 다 지나간 시절의 이야기였었다. 인생이란, 또는 사회생활이란 '서로가 서로에게 고통과 절망을 분배시켜 가는 방식이다'라는 식으로 느끼고 있을 적에 소위 클래식에서 위안을 얻어내려고 하는 따위의 태도는 전혀 비(非)음악적인 감상 방식일 것이었다. 태풍이 불고 있는 망망한 대해에 난파되어 간신히 구명정에 올라 타고 있는 듯한 느낌― 말하자면 그들은 사회에서 난파되어 버린 듯한 느낌을 그런 음악실에 찾아와 고전 음악을 통해 건져 올릴 수 있으리라 믿었을 것이었다. 물론 그것은 말도 안 되는 착각이었었다.

"누나는 정말로 음악이 인생을 설명해 주고 있다고 믿는 거요?"

언젠가 '아다지오'에서 나와 싸구려 소줏집에 동행했을 적에 오왕근은 유명숙에게 물었던 적이 있었다.

"아니, 안 믿어. 음악은 인생을 설명 못 해. 특히 클래식이라는 것이 어떻게 조선 토종들의 인생을 설명해줄 수 있겠니? 인생이란 것을 너무 비참하게 생각하면 못쓴다 하는 정도의 것을 알려주는 거겠지. 다만 착각이라 할지라도 내 인생을 저런 음악으로써 재해석받고 싶다고 느낄 적은 있는 거야. 뽕짝은 확실히 인생론을 주장하지만 뽕짝을 통해 내 삶의 모습을 들여다보기는 싫으니까 말야."

유명숙은 오죽 갑갑했으면 클래식에 걸어서 제 삶을 들여다보려 했을까 하고 그는 측은한 심정에 잠긴 적도 있었다. 아마 그래서였을 것이었다. 조그만 사회, 조그만 삶의 궁리(窮理)에만 분주했던 오왕근이가 그 작은 틀의 생활마저도 영위하지를 못해 백척간두에 서게 되었는데 그야말로 망망대해에서 난파되어 버린 듯한 심정에 빠져서 문득 유명숙의 얼굴을 떠올리게 된 것이었다. 그는 직장에서 쫓겨나고 가정에서 버림받은 것에 그치지 아니하고, 마치 싸구려 범죄 영화에 나오는 자처럼 쫓기는 몸이 되어 있었던 것이었다. 대학 다닐 때 데모 주동자로 몰려 도망 다닌 적은 있었지만 이것은 그에 비할 바가 아니었다. 우선은 시간과 공간을 벌어야 했다. 당분 간 어딘가에 틀어박혀 있어야 했다. 말하자면 왕년에 그가 틀어박혀 있곤 하였던 음악실 '아다지오'와 같은 아지트에…….

생(生)의 불협화음을 통해 비로소 갈구하는 화음(和音)의 세계. 그런데 그를 만난 유명숙은 전혀 엉뚱한 소리를 하고 있었던 것이었다.

"눈이 오려나 비가 오려나 억수 장마질려나, 만수산 검은 구름이 막 밀려온다."

"나더러 가 보라고 하는 그 범바위라는 산골짜기가 그렇다는 거요?"

유명숙이 너무 엉뚱한 노랫가락을 읊고 있었기에 오왕근은 묻지 않을 수 없었다.

"그렇기두 하고, 그 이상이기도 하고……."

"도대체 무슨 이야기예요?"

"응, 이게 우리 민요 〈정선 아리랑〉에 나오는 가사인데, 그러니까 노래 가사이기도 하고 범바위골의 막막한 경치와 그곳 사람들의 심정을 읊은 것이기도 하고 말야."

유명숙은 그러면서 범바위골을 어떻게 찾아가면 되는지 지도를 그려주고 또 그곳 사람에게 소개하는 편지를 써 주었다.

"하여튼 가 봐. 가 보면 알아. 언젠가 너 물었던 적 있지? 음악이 인생을 설명해줄 수 있겠냐고 말이지. 그때 내가 그렇지 못할 거라고 대답했을 거야. 이왕 가거들랑 그런 것도 좀 따져 보고 그리고 그곳 사람들이 유명숙이란 여자를 어떻게 생각하는지도 알아 봐."

이러면서 유명숙은 다시 정선 아리랑 가사를 흥얼거렸다.

강물은 돌고 돌아 바다로나 가지
이 내 몸은 돌고 돌아서 어디로 가나
앞 남산에 딱따구리는 생구멍도 뚫는데
우리 집 저 멍텅구리는 뚫린 구멍도 못 뚫네
아침저녁 돌아가는 구름은 산 끝에서 자는데
예와 이제 흐르는 물은 돌부리에서만 운다
석새베 치마를 둘렀을망정
네까짓 하이칼라는 눈 밑으로 돈다

"이건 정선 아리랑의 가사이지만, 실은 내 인생이기도 한 거야."
하고 유명숙은 말하면서 한숨을 폭 쉬었다.

2.

세파에 시달린 몸 만사에 뜻이 없어 홀연히 다 떨치고 지
향 없이 가노라니 풍광은 예와 달라 만물이 쓸쓸한데 해 저
무는 저녁노을 무심히 바라보며 옛일을 추억하고 시름 없
이 있노라니 눈앞의 온갖 것이 모두 시름뿐이라……

태산 준령 험한 고개 칡넝쿨 엉크러진 가시 덤불 헤치고
시냇물 굽이치는 골짜기 휘돌아서 불원천리 허덕지덕 허위
단심 찾아왔건만 님은 보고도 본체 만체 돈담 무심

달은 밝고 명랑한데 관동 명승 좋은 경치를 무심히 바라
볼제 스며드는 찬 바람이 옷깃을 스칠 적에 내 가슴엔 번민
과 고통으로 아름다운 이 풍경도 좋은 줄을 모르니 닥쳐올
이 설움을 어찌 참아 볼까

3.

"정선 아리랑이 아니라 정선 아라리인 거래요. 서울 사람들이 잘 못 소개한 거래요."

하고 김옥분 할머니는 말했다.

오왕근은 유명숙이 일러준 대로 범바위골의 임치왕 씨의 집으로 찾아갔는데, 아이쿠, 그처럼 험하디험한 곳에 틀어박혀 있는 심심 산골은 그로서 처음 가 본 것이었다.

마장동 시외버스 터미널에서 평창 가는 직행 버스를 탔을 적에만 하더라도 그는 그냥 느긋한 여행 떠나는 심정에 잠겨 있었다. 그러나 평창에서 정선으로 들어가는 지방 버스의 승객이 되면서는 사정이 달라졌다. '비행기재'라고 부르는 고개는 저절로 한숨이 나올 만큼 구절양장의 아흔아홉 굽이 험한 길이었다.

버스에 타고 넘는 데에 이런 지경이니 미투리 신에 행전 차고 괴나리봇짐 걸머메어 걸어 다녔을 옛적 사람들은 과연 어떠했을까.

"아아, 산이 막혀 못 오시나요. 아아, 물이 막혀 못 오시나요." 하는 유행가는 8·15 직후 느닷없이 생긴 3·8선을 한탄하는 가사였지만 정선 땅이야말로 이처럼 산이 막히고 물이 막혀 있는 고장이었다. 석탄 광산 덕분에 기찻길이 뚫려 철도로 들어오는 것이 더 편하다는 말이 실감이 갔다. 그런데 범바위골은 이런 정선 땅에서 태백 산맥 쪽으로 더 파고 들어가야 한다 했으니 버스로 두 시간 거리라 하였다.

"이왕 가거든 그곳 토박이 할머니한테서 정선 아라리를 꼭 들어 보도록 해. 음악이 인생을 설명해줄 수 있겠느냐고 너는 물었지만 정선 아라리는……. 그건 음악이 아니라 조선 토종의 여인사(女人 史)이니까 말야. 그래서 나는 그 노래를 무서워하는 거야."

도대체 유명숙과 〈정선 아라리〉라는 노래 사이에는 무슨 관계가 맺어져 있는 것일까 그는 궁금해 하였다. 그래서 이 노래에 대한 관계 자료를 챙겨놓기도 했는데 그 가사가 굉장히 다양하고 길다는 것에 우선 놀랐고, 그 가사 내용의 절실한 바 있음에 다시 놀랐다. 그리고 그 가사가 정선 땅의 험준한 지형과 산골 살림의 한(恨)을 여실히 묘사하고 있음을 직접 와서 확인하게 되었고 더욱 실감하게 되었다.

"유명숙이가 소개를 해줘서 왔다 이 말이지요? 아무리 그렇기로서니 이런 궁벽진 곳에 어떻게?"

묻고 물어서 간신히 임치왕 씨 집으로 갔을 적에 그는 느닷없이 찾아온 서울 사람에 대하여 놀라움을 금하지 못하였다. 오왕근은 정신적으로 고민되는 바가 있어서 휴양을 해야 할 처지라는 것과 우리 민요에 대한 연구를 하고 싶은 평소의 소망을 관철해보고 싶어 찾아온 것임을 밝히었다.

"그렇다면 명숙이와는 어떤……?"

"제가 누님으로 모시는 분이지요. 제가 도회지 생활에 몰려 정신적인 위기 상태에 놓이게 되자 '그렇다면 산으로 들어가 봐라' 하고 권유한 겁니다."

"글쎄, 이곳이 물 좋고 공기 맑은 것은 사실이어서 중병에 걸린 사람이 요양차 찾아오는 일이 건성드뭇하게 있기는 하지만서두……. 아무러나 이왕 왔으니 그럼 잘 지내보도록 해요."

산골 사람들은 외래객에 대하여 의심이 많은 편이었으나 한번 마음을 열어놓기만 하면 그렇게 순박할 수가 없었다.

"정선 아라리를 완창(完唱)할 수 있는 사람이 이제 와서는 많지가 않아요. 그나마 고령의 할머니들이라 얼마 안 가서는 이 노래마저 사라지게 될지두 몰라요."

임치왕 씨는 이러면서 그의 이모가 되는 김옥분 할머니가 그 노래를 완창할 수 있는 분 중의 하나라고 하였다. 오왕근은 아예 카세트 녹음기까지 마련해서 그 노래를 듣기로 예정을 세웠다.

"글쎄, 이젠 그 노래도 별로 부르지를 않아서……. 끝꺼정 다 부를 수 있을지 모르겠네."

김옥분 할머니는 팔순의 노인이었다.

"완창하려면 일곱 시간쯤은 걸릴 텐데……."

"일곱 시간이나요?"

"시간이 문제가 아니라, 그 노래 부르자면 워낙 부르는 사람 자신부터가 눈물을 쏟아야 하니, 에구 지긋지긋한 우리네 인생, 눈물 많은 우리네 인생이 서러워서……."

정선 아라리는 그냥 민요가 아니라 응어리진 삶, 그 자체였다. 정선 아라리는 성악가가 명곡 부르듯이 부르는 노래가 아니었다. 목욕재계하고 잡스러운 것을 피하여 제(祭)를 올리듯 한 사람의 모든 정성을 다 바쳐 피눈물 나는 인생 사연을 정화시켜 주게 할 경건한 의식(儀式)처럼 치르게 되는 거룩한 행사와도 같았다. 김옥분 할머니가 그러하였다. 오왕근의 소청을 받아들여 그 노래를 불러 주겠다고 하였지만, 그것을 준비하는 데에 며칠간의 말미를 잡아 놓고 있었던 것이었다. 조용필이나 하춘화가 부르는 〈정선 아리랑〉이 결코 아니었다.

게다가 김옥분 할머니가 그 노래를 부르기로 한 날에는 예정하지 아니하였던 손님들이 밀려와서 그 자리가 더욱 경건해졌다. 어느 지방 대학의 국문과 교수가 학생들을 데리고 민요 연구를 나왔다가 합석하게 되었고. 또 서울의 국사학과 대학원생 두 명이 다른 연구의 답사차 나왔다가 동석하게 되었다. 그 대학원생들은 장차 결혼하기로 약속했다는 남녀 한 쌍이었는데, 동학의 제2세 교주인 최시형이 은신해 다니던 산간지방을 현지 추적해 보고 있다는 것이었다. 즉 제1세 교주인 최제우가 대구 남문시장에서 효수를 당하고, 영해와 문경에서 봉기했던 이필제의 난이 좌절된 뒤로 최시형은 관헌에 쫓기는 몸이 되었는데 이때에 그가 강원도 땅의 삼척, 정선, 고한, 사북 일대에까지 숨어 다닌 흔적이 기록으로 전해진다는 것이었다. 그 대학원생들은 그 당시의 동학교도의 후손들이 아직껏 이런 산골에 살고 있지 않을까 그것도 확인하는 중이라 하였다.

김옥분 할머니의 노래 부르는 의식(儀式)은 이런 학구(學究)들의 방문으로 더욱 엄숙한 분위기를 이루게 되었다. 드디어 할머니의 노래가 시작되었다.

아리랑 아리랑 아라리요오으흐흥
아리랑 고개로 날 넘겨만 주소

강원도 금강산 1만 2천봉 8람 9암자 유점사 복단 위에 칠성단 도두 묻고 팔자에 없는 아들 딸 낳아달라고 석달 열흘 노구에…… 치서어어엉을 말고…… 길 떠난 나그네 괄세를 마라

미친 년의 팔자가 원앙금침에…… 잠자기는 오초에도 글렀으니……

김옥분 할머니는 노래를 부르면서 눈물을 흘리기 시작했고, 오

왕근을 비롯한 그 자리에 모인 사람들도 노래를 들으면서 눈물을 흘리기 시작했다.

4.

정선 아라리라는 곡조 자체가 험준한 산골의 지세(地勢)를 반영하고 있었다. 평지 길을 걷듯 흘러가던 노래는 문득 눈앞에 칼날같이 솟구친 구절양장 눈물의 고갯길을 만나 숨차게 기어오르기 시작하여 사람의 애간장을 모두 녹여내듯 가쁘게 고성(高聲)으로 솟구쳐 하늘에 닿을 듯 고갯마루로 올라서서 타고 넘어야 하는 것이었다. 그렇게 굽잇길을 넘어 당도한 산골의 생활은 서럽고 애달프다 못해 자근자근 오장육부를 씹어 대는 것과 같은 가락으로 펼쳐지고 있었다.

"에구, 이년의 팔자. 어떻게나 살아왔던지……. 에구 치가 떨려서……. 나처럼 고생을 이고 지고 엮고 겪은 년두 따로 있을까."

노래 한 곡조가 끝날 적마다 김옥분 할머니는 마치 판소리 명창이 '아니리'를 부르듯 이런 사설을 집어넣었다.

"우리 아버지, 할아버지가 한말에 동학당에 다니고 또 의병장을 아다녔다는 거여, 그래 가지고서도 왜놈 세상이 되는 걸 막지 못하자 이 몹쓸 산골로 숨어들었다는구먼. 이왕 틀려 버린 세상에 모진 목숨 끊지는 못하고 산골에 틀어박혀 산짐승처럼 사는 날꺼정 살다가 가자는 것이었겠는데, 이 산골 살림이 그게 오죽한 거여? 우리 명숙이란 년이 이런 산골로부터 잘 도망질을 쳤지. 그러나 저러나 그년이 제 얼굴 코빼기도 보이지 않으니, 이 늙은 애미 고려장 치는 셈을 잡는가, 빨리 죽으라고 불감청이언정 고소원을 하는 것인가."

5.

"그러니까 김옥분 할머니가 유명숙 씨의 어머니가 됩니까?"

정선 아라리 노래를 들은 다음 다시 임치왕 씨의 집으로 돌아왔을 때 오왕근은 이렇게 물었다.

"그게 그렇지, 약간의 사연이 없는 것은 아니지만."

"어떤 사연입니까?"

"세상이 어지러워져 사람들은 이런 산골로 들어오네만, 실은 이런 산골이야말로 난이란 난은 모두 만나는 걸세. 왕조 시대에는 의적들이 모였고 왜정 시대에는 항일 의병장이나 동학 가담자들이 들어왔었지. 화전을 일구며 짐승처럼 살았지. 8·15 해방이 되자 이번에는 이 일대가 빨치산 루트가 되어 숱한 사람들이 죽었지. 그 통에 어이없는 자식들을 낳는 여인네들도 생겨나고……. 알겠나, 정선 아라리도 그러하겠지만 이런 산골짝의 노래라는 건 이런 모든 사연들이 겹겹이 쌓이고 맺혀서 그게 노래가 되는 것이란 말이거든."

김옥분 할머니가 유명숙이란 딸을 낳게 된 말 못 할 사연, 그리고 김 할머니와 유명숙이 정선 아라리라는 노래에 대해 품고 있는 애절한 관계 같은 것이 어렴풋한 대로나마 짐작이 되었다.

"자네가 음악을 좋아한대니까 하는 말이지만, 노래라는 건 또 다른 측면도 갖고 있어, 자네가 믿을지 어떨지 모르지만 이래 봬두 내가 만주, 중국, 시베리아 일대를 헤매 다녀 본 몸이라네. 비록 산골에 처박혀 있지만 나처럼 비참하게 세상 견문을 쌓은 사람도 이 세월에는 많지 않을 게야."

"무슨 얘기인지 듣고 싶네요."

"창피스런 얘기이지. 내가 왜정 말기에 일본군에 끌려갔다네. 요새도 왜놈 노래 부르는 자들을 만나면 치가 떨리지만, 서조팔십(西

條八十)이란 자가 작곡한 일본 군가(軍歌)깨나 불러야 했었지. 종
전이 되었을 적에 내가 화태(華太)에 있었지. 소련군 포로가 되어 시
베리아 벌판을 이리저리 끌려다녔어. 왜놈 군가 대신에 이번에는
〈볼가강의 뱃노래〉니 〈스텐카 라친〉이니 하는 러시아 민요깨나 불
렀지. 그중에서도 〈바이칼 근처에서〉라는 노래는 아직껏 기억을 하
고 있네. 한번 불러 볼까?"

풍요한 바이칼의 끝없는 야산을
정처 없이 방황하는 나그네

싸움에 패하여 끌려온 사람과
어두운 세상을 벗어나 이 길을 걷는다

바이칼 근처에서 멈춘 나그네
어두운 세상을 느리게 가며 슬픈 노래 부른다

"유명숙 씨는 언제 어떻게 해서 이 산골에서 벗어나 서울로 올라
간 겁니까?"
오왕근은 궁금해하던 것을 마침내 물어보았다.
"그 애도 참 눈물이 많아야 할 사연이 있지. 열여섯에 민며느리 비
슷하게 시집이라고 갔는데 그 시집 사정이 말이 아니었어. 그 왜 정
선 아라리에도, '앞 남산의 딱따구리는 생구멍도 뚫는데 우리 집 저
멍텅구리는 어쩌구, 하는 노골적인 가사도 있네만. 그 비슷하게 남
편이라는 것하고 의마저도 좋지가 못했지. 정선 아라리에도 '석새
베 치마는 둘렀을망정 네까짓 하이칼라는 눈 밑으로 돈다'라는 얘

기가 있지만 명숙이가 도시로부터 이곳에 찾아왔던 그런 하이칼라 사내 녀석하고 밤도망질을 쳤었지. 고시 공부하던 녀석이라던데 나중에 아마 합격을 했대지? 명숙이야 그 사내를 이곳 빠져나가 서울 올라가기 위한 징검다리로 삼았을 테니까 무슨 결혼 같은 거 할 처지는 아니었겠지. 하지만 걔가 늦게 공부 시작해 대학도 나왔고, 또 뭐라더라 요새 와서는 '복부인' 소리도 듣는다는 소문이라니, 지독한 데가 있는 것만은 틀림없겠네."

6.

오왕근은 범바위골에서 두 달을 머물렀다가 서울로 돌아왔다. 긴 세월은 아니었지만 그는 인생을 보다 성실하게 그리고 의욕적으로 살아낼 수 있을 것 같은 원기를 그 산골짜기에서 회복하였다. 그의 눈에는 이 땅에서 사는 모든 사람들이 다 거룩하게 보였다.

그는 서울 생활이 어느 정도 안정되어 갈 무렵 유명숙에게 전화를 걸었다.

"갔다 왔어? 그래 어때? 범바위골이 말야."

"그걸 전화로 어떻게 말해요?"

"그래? 그럼 우리 집에 놀러 와, 벨라 바르톡의 음반을 하나 구했는데 그 연주가 마음에 들거든. 와서 이 음악이나 듣지그래?"

그는 유명숙이 사는 강남 땅의 맨션아파트로 갔다. 현악기와 타악기와 첼레스타를 위한 음악이라는 곡을 유명숙은 틀어 놓고 있는 중이었다.

"그래, 바르톡의 음악이 인생을 설명해 주고 있는 겁니까?"

오왕근은 유명숙에게 비난을 퍼붓고 싶은 심정을 이런 말로 표현했다.

"어느 정도는 그럴걸? 드보르작은 순진한 친구여서 미국 땅에서 '신세계'를 보았지만 바르톡은 우뭉스러워서 현악기와 타악기와 첼레스타가 문명이라는 이름 밑에 얼마나 끝없이 시달림을 받아내야 하는지, 망명 이민을 간 미국 땅에서 시달림의 음악을 발견해 내었으니 말야. 저 악기(樂器)들이 불쌍하지 않어? 계속 저렇게 낑낑거리고 있어야 하니……. 그놈의 지긋지긋한 문명(文明)."

"이 집에 정선 아라리 레코드는 없어요?"

"없어."

"그것 참, 있다면 좋겠는데……."

"너, 나를 비난하고 싶어진 거니?"

"물론 그래요."

"그러고 보면 넌 그 나이가 되어서도 아직껏 인생의 선의(善意)를 믿어 두고 있는 모양이로구나. 그런데 내가 알아채고 있는 것은 인생의 악의(惡意)인 걸."

"악의? 무슨 뜻인지 점점 모를 소리만……."

"넌 물었었지? 저런 음악이 인생을 설명해 주느냐고 말야. 넌 아직도 깨닫지 못하니? 음악이 인생을 설명해 주고 있다고 생각해서 듣는 게 아니라는 사실 말야. 그 질문 자체가 잘못되어 있다는 사실 말야. 우리는 너 나 할 것 없이 인생을 빼앗겨 버렸다는 거. 인간의 소외가 아니라 소외가 곧 인간인 거다, 알겠니 너? 그 텅 비어 있음의 상태를 무엇인가로 채워야겠는데 그게 무얼까? 음악이 인생을 설명해 주고 있다면……. 그런 음악은 도리어 큰 문제가 될지 몰라. 난 도망친 거다. 줄곧 도망쳐온 거란 말야. 인생을 설명해 주는 음악에서부터 인생을 설명해 주지 않는 음악 쪽으로 말야."

"인생과 음악의 이혼이라?"

"그래, 그것이 음악을 들어주는 이유인 거야."

"그 인생도 불쌍하고 그 음악도 불쌍하게 되었……."

"이제야 알게 된 모양이구나. 백건우 피아노 연주회에 근엄한 표정으로 몰려 있는 위선적인 청중이 그게 우중(愚衆)이 아니라 뭐겠니? 그런데 백건우는 자기가 자기에게 들려주는 음악만 연주하고 있더란 말야. 청중에게 들려주는 연주는 전혀 하지 않고 말야. 그런가 하면 판소리 감상회에 몰린 양복쟁이들은 어떻데? 문학동네 애들 표현대로 하자면 민중의 공동체적 정서를 퍼 담고 있을 그런 판소리를 드뷔시의 음악 듣고 있는 것처럼 듣고 있는 꼬락서니들이라니?"

"불쌍한 여자, 불쌍한 음악, 불쌍한 인생들—나, 너, 우리."

오왕근이 말하자 유명숙이 결론을 내리듯 덧붙였다.

"세상이 타락하면 음악이 타락한다는 소리는 공자도 했잖니? 나는 안 돼, 너도 안 돼, 그러나 타락하지 않은 음악이 있는 한 이 세상이 구원될 수 있으리라는 희망은 남아 있겠지. 나야말로 범바위골을 찾아가야 할라나 봐. 아, 과연 내가 속죄 받을 수 있을까? 그 노래를 통해서 말야."

유명숙이 꺼이꺼이 울면서 몸부림을 쳤다. 그 모습이 마치 참된 음악을 연주하기 위해 안간힘을 다하는 몸짓처럼 보였다.

《객석》, 1984년 4월호

침몰

침몰

1.

아파트 단지를 벗어나면 식료품상과 복덕방들의 간판이 요란한 상가 건물을 만나게 되고 그 앞으로는 장차 아파트가 새로 들어차기로 예정되어 있으나 현재는 슬라브 집과 루핑을 얹은 집들이 촘촘하게 박혀 있는 무허가 주택촌으로 빠지는 길목을 지나가게 된다. 그 조그만 네거리에 흔히들 물역 가게라 부르는 건재 상점과 철공소 또는 '아파트 전문 수리 센터' 따위의 간판을 달고 있는 너저분한 점방들이 보이고 그밖에 전기상회, 자전거포, 순대국집 따위들이 얼섞여 있다. 이런 점포들 근처가 근자에 이르러 어린이 놀이터 아닌 어른들 놀이터를 방불케 하고 있다. 산업사회는 노사 간의 갈등 못지않게 고용 기회의 관문을 놓고 새로운 세대의 진입과 채 늙지 않은 세대의 퇴장을 사이로 하여 경쟁이 거세진다고 하더니 어떤 경로로 빈둥거리는 몸이 되었든 간에 막일이라도 해 볼 수 없을까 해서 집을 나선 중늙은이들이 저렇게 물역 가게 앞 공터에서 담배 꽁초 가심해 가며 빈둥거리고 있는 것이다. 경제 불황이니 물가 상향 조정이니 따위의 말들이야 신문에서 늘 접하는 것이라 무가무불가(無可無不可)로 실감이 없지만 대열에서 밀려난 위인들 먹고 살기가 힘들어지고 새로운 대열을 찾지 못해 방황하는 겉늙은이들의 숫자가 늘어나게 된 것만은 이 건재 상점 부근의 어른들 놀이터를 봐도 실감할 수가 있다. 그러니까 온수 파이프를 뜯는다든가 변소를 개수한다든가 그런 일거리를 가진 아파트 입주자들 중에서 제 딴에는 돈 아낀다고 물역 가게에 들러 인부를 부탁하는 경우가 생기니까 아마도 그런 기회에 생력꾼 노릇이라도 하겠다고 저렇게 문전성시를 이루고 있는 것에 틀림없어 보였다. 하지만 그런 노릇이라는 게 고상한 직장일 같은 것은 못 되는 터이고, 그들 스스로는 나는 그런 날품 노릇할 위인은 아니노라, 다만 심심하고 따분해서 나와 본 것뿐이노라 하는 표정들을 짓고 있는 것이지만, 그럴수록 그들 사이에서는 묘한 분위기 같은 것도 생겨나는 듯하였다.

그들은 나다니는 행인들, 특히 아파트 단지로부터 흘러나오거나 흘러 들어가는 여자들이 그 길목을 지나칠라치면 그 등장부터 퇴장 후까지도 집요하게 훑어보고 또 핥아보는 것이었다. 그 표정은 예사스런 것이 아니었다. 아마도 그들이 놓여 있는 따분한 처지로 해서 고리삭은 낯빛을 하게 되는 듯하였다. 나름대로 연애에 결혼에 군주전부리 색사까지도 두루 겪어 보았음직 하였으니 헝클어진 심사도 동하는 것이겠고 거기에 아파트 입주자들에 대해서 품고 있는 억하심정에다가 그들 집안의 마누라나 딸자식에 대한 가련한 마음이 있어서 다른 처지에서 사는 듯한 그런 여자 행인들을 대하는 눈길이 복잡하게 되는 것 같았다. 하기야 서민촌으로 가는 비포장도로와 아파트 단지 진입로가 엇갈리는 이 길목은 늘상 어수선하였다. 그것이 그럴 수밖에 없는 것이 자가용에 비디오를 생활 필수품으로 여기는 아파트 주민들이 가장 참지 못하는 것이 깨끗하지 못하고 추접한 사람들이었다. 그러나 서민촌 사람들에게 느껴지는 것은 길 비키라고 빵빵 눌러대는 클랙슨 소리에 죄지은 자처럼 비슬거리다가 얼굴에 된통 자동차 매연가스나 뒤집어써야 하는 것이니 서로의 감정이 어긋날 수밖에 없었다. 게다가 뜬벌이라도 있을까 하여 몰려든 사람들 또한 나름으로 겨운 사연들이 생겨나는 탓이었다. 몇 번의 강도 사건이 일어나서 아파트 입주자들은 주거 환경이 불량하다 하여 건설회사, 구청, 경찰에 진정서를 넣고 항의하는 일이 있었다. 그런가 하면, 교통사고를 내고 뺑소니쳐 버린 차량을 찾아내고자 서민촌 주민들은 두 눈에 쌍심지를 돋우었다. 거기에 물역 가게 근처에 인부들이 들락거리니까 노점상들마저 꼬여 들어 그들끼리 아귀다툼을 벌이기도 하였다. 그렇기는 하지만 아파트 단지와 그 초입의 서민촌은 평상시에는 다사로운 사이로 지내는 것 같기는 하였다. 이런 말은 아파트에서 일하는 파출부라든가 청소부 또는(경비원들의 눈치 보아가며 출입하는) 계란 장수라든가 생선장수 행상꾼들이 대체로 이 서민촌 주민들이어서 그런 나름으로 아파트 사람들과 어우러져 돌기 때문이었다.

입주자들과 주민들은 이처럼 생활의 편의와 먹고 사는 생계가 연결될 적에는 공존 관계를 유지하는 듯싶은데, 유행숙은 요 근래 거기에는 겉에 드러나지 않는 다른 쪽의 표정도 있다는 것을 느끼게 된 것이었다. 그 여자는 그냥 무심히 물역 가게 앞을 지나다녔으며 그 공터에 사내들이 떼 지어 몰려 있다는 것마저도 별다르게 느끼지를 않았다. 사람이란 결국 자기 보고 싶은 것만 골라서 살펴보게 되는 게 아닌가. 그녀는 같은 아파트에 사는 사람들이 어떻게 살고 있나 궁금해 했을지언정 청소부 아줌마가 돈을 몇 푼 받으며 또 그 생활이 어떠한지 알려고 하지 않았다. 그러고 보면 유행숙이가 아파트를 벗어나 버스 정류장이 있는 곳으로 가다가 만나는 건재 상점 앞의 사내들을 눈여겨 의식하게 된 것 자체가 그녀의 생활에 어떤 변화가 일어나서인지도 모르는 일이다. 그전에는 도통 무관심했는데 자신의 사는 모습에 화들짝 놀라는 느낌을 갖게 된 얼마 전부터 그들의 세계가 눈에 띄었던 것이다. 더구나 그들이 지나다니는 여자들을 음침하고 탐욕스런 표정으로 마치 발가벗겨 핥아보듯이 하고 있는 줄은 어느 날 느닷없이 알아차린 것이었다.

그것은 새로운 세계의 발견이었을까. 그렇지는 않았다. 그렇다고 온실 속의 화초가 바람 세찬 바깥세상으로 나와서 추위를 타는 그런 종류의 느낌 같은 것이었을까. 그렇지도 않았다. 타자의 시선, 어디에 가든지 타자의 시선들은 있었다. 자신이 여자임을 느끼도록 해 주는 시선. 자신을 여자로 느끼도록 만들어놓는 사내들의 시선은 항상 그녀의 뒤통수에 혹처럼 따라붙어 있었다. 또는 마주쳐오는 바람을 맞아 눈에 티가 들어갔나 눈자위를 비벼 보는 것과 같은 그런 느낌이었다. 사내들은 인간이었고 인간인 사내들이 타자의 시선으로 뚫어져라 살펴보는 여자들은 사내들이 인간이라는 의미에서의 인간은 아니었다. 여자였다.

바로 자신을 그렇게 여자로 느끼도록 해 주는 그런 사내들의 시선은 항상 그녀의 앞에, 옆에, 뒤에, 위에, 아래에 있어 왔다. 그 여자 혼자 방 안에 있을 적에도 그것은 있었다. 어떤 시인은 '사랑도 사람의 일이라……' 하였지만 그런 깨달음은 시인에게나 가능한 것이지 일반인들에게는 그렇지 아니한 모양이었다. 사람의 일이란 사내가 하는 것이고, 여자가 하는 것은 사랑의 일이었다. 사람의 일과 사랑의 일이 완고하게 분간이 되는 사회에서 사랑의 일에 서툴거나 성실하지 못하거나 적극적일 수 없는 여자는 어찌해야 하는 것일까. 말하자면 유행숙은 이런 명제 앞에 직면해 있는 듯한 생활을 해 오고 있었다. 그런데 자기만 그런 숙제를 떠맡고 있는 것이 아니라 다른 여자들 중에도 그런 고민을 안고 있는 경우가 의외로 많다는 것을 알게 되었다. 그러니까 물역 가게 앞에 나앉은 사내들의 공허한 시선이 그녀를 어떻게 꿰뚫어왔던 것인지 알아차리게 된 사연이기도 하였다.

2.

그 이야기의 시작은 밤늦게 귀가하는 버스 칸에서부터 이루어진 것이었다. 그날따라 유행숙은 온몸이 녹초가 되도록 혼곤하여져서 버스에 올라탔을 적에서부터 헐값에 술 취해 버린 여자처럼 마구 흐느적거렸다. 도심 지대에서 회전하여 변두리로 나가는 버스여서 빈 좌석이 있었다. 유행숙은 맨 뒷좌석으로 갔다. 다리를 뻗고 졸기에는 여러 사람이 함께 앉도록 돼 있는 뒷좌석의 끄트머리 창가 쪽이 나으니까 그러하였다. 궁둥이를 떨어뜨려 털버덕 주저앉은 다음 유행숙은 해일처럼 밀려드는 졸음에 벌써 반쯤 잠이 들어 버린 상태에 있었다. 그녀는 실제로 깜박 졸았을 것이었다. 한여름철 논둑의 개구리 울음소리처럼 와글거리는 주위의 소란에 정신을 차리고 보니 버스는 벌써 다음 정거장에 와 있는 중이었다. 유행숙의 곁으로 20대 초반을 갓 넘긴 듯한 캐주얼 차림의 처녀가 단거리 선수처럼 달려와 자기 앉을 자리를 간신히 확보했다. 버스는 이미 만원이 돼 가고 있었다. 유행숙이 창밖을 내다보다가 창 안으로 시선을 돌렸을 적에 문득 옆에 앉은 아가씨가 말했다.

"미안하지만 말예요."

그 처녀는 졸음이 꽉 긴 탁탁한 목소리를 유행숙의 귀에 쏟아부었다.

"나 말이죠, 파산리 두 정거장 앞에서 내리는데 그 정거장에 닿을 무렵 해서 좀 깨워줄 수 있겠어요?"

유행숙은 그 처녀애를 바라보았다. 젊은 처녀는 가엾게 느껴질 정도로 혼곤하게 졸린 얼굴로 멍하니 유행숙에게 시선을 던지고 있었다.

"내가 어디까지 가는 줄 알고 그런 부탁을 하는 거예요?"

웃으면서 유행숙이 말했다.

"하기야 나, 파산리까지 가기는 가니까, 그런 부탁 들어줄 수도 있겠지만……."

"그럼 부탁해요. 나 천당 가고 싶을 만큼 졸음이 와서……. 고맙다는 말은 이따가 할게요."

가엾은 영혼, 유행숙은 이미 잠에 곯아떨어진 그 처녀를 보면서 마치 남에게 연민을 던져 주는 것 외에는 할 일이 없게 된 늙은 수녀와 같은 심정으로 이렇게 속으로 중얼거렸다. 여공일까, 아니면 무슨 햄버거니 가락국수니 따위를 파는 그런 간이 점포의 여자 종업원쯤일까, 성스러운 몇 푼 돈을 위해 자신의 심신을 극도로 피곤하게 만드는 그것이 사회생활이라고 알았던 처녀 시절의 기억은 유행숙에게도 있었다. 인생은 고해이다 따위의 소리는 종교인이거나 철학자 또는 유행 가수의 입을 통해서 발설될 수 있는 게 아닌지 몰랐다. 정작 그런 소리를 내뱉어 마땅할 사람들은 워낙 피곤하고 경황이 없어서 다만 실컷 잠이나 좀 잤으면 하는 생각 이외에는 달리 따져 볼 여유도 없을 것이었다. 얼마나 고단하였으면 이런 만원 버스 속에 곯아떨어지면서 생전 처음 보는 여자에게 깨워달라고 부탁하였을까?

버스는 지구 자체처럼 사람들로 무거워지면서 한정 없이 달려나
갔다. 하루하루 시간 메우는 것이 너무 고되어 마음껏 잠이나 잤으
면 싶었던 젊은 시절의 체험은 유행숙에게도 있었지만 그러나 낯선
사람에게 깨워달라고 부탁할 숫기는 가지지를 못했었다. 잠이란
좋으나 싫으나 세상을 차단시켜 놓은 제집 방구석에서만 자는 것
으로 알았지 만원 버스 속에서 그럴 수는 없는 노릇이라는 따위의
도덕에 길들여졌던 탓이었을까. 아니면 자신의 마음을 쉽사리 남에
게 열어 보이지 못한 탓이었을까. 하지만 유행숙은 마치 시험을 앞
둔 학생이 제 엄마나 언니에게 깨워달라고 부탁을 하듯 하는 이 처
녀가 밉광스럽지는 않았다. 도리어 그런 엄마 내지 언니가 맡아야
할 역할을 타인에게 당부하는 이 낯선 여자의 절실함(그 피곤, 그
졸음)을 이해할 수 있겠다 싶었다. 어느덧 버스는 도심 지대를 갈라
서 변두리로 나와 속력을 내고 있었으며 "자, 그만 일어나요." 하고
유행숙은 그 젊은 처녀의 어깨를 흔들었다.

그 처녀가 억지로 눈을 떴다. 그 처녀의 눈앞으로 바짝 다가붙어
서 있는 남자 승객의 불룩한 양복바지의 지퍼가 얼씬얼씬 흔들리
고 있었다.

"잘 잤어요? 어찌나 맛있게 자든지……."

유행숙이 말을 붙이면서 웃었다.

"아까 제 잠을 깨우실 적에는 막 안타깝다 못해 서럽기까지 했어
요." 하고 하남숙이 말했다. 그 처녀의 이름이 하남숙이었다. 무슨
생각으로 그랬는지 남숙이는, "제가 커피 한잔 사도 되겠어요? 늦
은 시간에 여자 혼자 다방에 들어가면 사내들이 이상하게 그러거
든요. 커피 한잔 사게 해 주세요." 하고 말했고, "좋아요, 어차피 밤
시간은 강물처럼 흘러가는 거니까, 그 강가에서 잠시 쉬어 가는 것

도……." 어쩌고 하며 유행숙은 격에 맞지 않게 소녀티 내는 소리를 하며 하남숙을 따라 버스에서 내렸다. 그가 하차할 곳도 아니었지만…….

"남의 재산 빼앗는 강도라든가 절도도 나쁘지만 곤하게 자는 사람의 잠을 깨우다니, 아까 버스 칸에서는 이런 잠 도적도 나쁘다, 하는 생각을 했어요. 워낙 피곤했거든요. 그런데 서서히 잠에서 풀려나면서 제 몸뚱이가 한결 신선하고 깨끗해졌어요. 아주머니가 제 잠자는 걸 보호해 주신 덕분에……."

"내가 아주머니라구?"

이러면서 유행숙은 웃었다.

"그렇다고 언니라고 할 순 없잖아요? 적당한 명칭이 없네요. 우리 말은 남한테까지 언니, 동생, 아주머니 식으로 가족 간의 호칭으로 부르도록 하지만, 처음 만나는 분을 격에 맞게 대접할 그런 마땅한 어휘를 안 갖고 있는 것 같아요. 내 가족 아니면 모두 남이라는 사고방식이어서 그런지……? 이름이 어떻게 되세요?"

"유행숙."

"언니라고 해도 되겠네요. 행숙이, 남숙이…… 성이 다르기는 하지만 숙(淑)자 돌림 같기도 하니 말예요. 제가 언니라고 부르는 거 허락해 주세요. 저는 오빠, 남동생 빼고는 맏딸이자 외동딸이어서 늘 언니라는 위치에 결핍증을 느끼거든요. 하기사 남성 중심 사회에 적응하는 데에는 집안에서부터 이골이 나 있지만……."

하남숙은 약간 수다스럽고 까부는 기질의 처녀애인 듯하였다. 20대 초반의 여자애들 특유의 그런 발랄함을 드러내면서 마구 재잘거려 댔다. 여자의 생에 있어서는 처녀 시절 잠깐 때에 묘한 방목(放牧)의 기간이 있기 마련이었다. 이미 30대 중반에 와 버린 유행숙에게는 이런 남숙이를 바라보는 것이 흥미로웠다. 나의 20대 초반 시절의 그 고삐 풀린 망아지 흡사하게 경정거리며 세상 사물들의 사소한 징후에까지 놀라곤 하던 그 여린여린한 감수성들은 다 어디로 사라진 것이었을까? 어느 쪽이냐 하면 유행숙은 부모와 남동생의 뒤치다꺼리를 젊은 나이에서부터 감당해 와야 했던 맏딸이어서 여동생의 위치 감각에 결핍증을 느껴 오고 있었다. 이 애가 날 억지로 언니로 만들어 준다면, 난 그보다는 약간 상쾌한 마음으로 여동생을 늦게 가지게 되는 게 아닐까, 유행숙은 이렇게 생각하면서 만원 버스가 묘한 인연을 만들어 줄 수도 있겠구나 하고 느꼈다.

"실례지만 어떤 분이세요? 전 그냥 좋으신 분이라는 건 알겠지만 구체적으로……."

"글쎄……. 내 이야기는 별로 할 게 없는데 어쩐다?"

유행숙은 마치 무슨 연속 방송극에 나오는 그늘 있는 여주인공처럼 약간 칼칼하게 웃었다.

"어머, 왜요?"

"다른 사람한테 내놓을 만한 인생을 가진 게 없어서……. 좀 더 정확하게 표현하자면, 다른 사람에게 들킬 만한 인생을 살아온 게 아니라서……."

"보통 사람들이 아닌……, 그러니까 비보통의 사람들이 늘 그런 겸손을 떤다던데요?"

"거기는 보통 사람?"

"보통보다 밑으로 처지는 반(反)보통일 거예요. 남들은 두 눈 부릅떠서 세상 째려보느라 경황이 없다는데 저는요, 늘 졸린 낯색으로 잠만 쏟아내고 있거든요. 왜 이렇게 피곤해 하는지 모르겠어요. 석근이라는 사내애가 요새 제 주변에 얼씬얼씬하고 있는데요, 개

말에 따르자면 내가 반(反)건강에, 비(非)건강, 그리고 불(不)건강까지 쌓여 있어서 그렇대요."

"그럼, 그 사람은 건강한 사람?"

"그럼요. 나이는 찼는데, 고등학교 졸업장도 얻을 처지가 못 되어서 일 나가며 대입 검정 시험 준비하고 있는 중인데요, 다른 건 몰라도 건강 하나만은 타고난 애예요. 자기가 너무 건강하다 보니까 그런지 건강하지 않은 모든 것들에 대해서 도무지 참으려고 하지를 않아요."

"건강한 사람은 건강하지 않다는 게 어떤 건지 모를 텐데? 우리 속담에도 병에 걸려 보지 않으면 건강의 고마움을 모른다고 했듯이……."

"그럼요. 저두 석근이한테 그런 소리를 했어요. 아픈 사람더러 왜 건강하지 못하고 낑낑대느냐, 소리 지른다고 해서 건강해지겠느냐구 말예요. 하지만 석근이는 다른 소리를 하는 거예요. 저의 불건강, 반건강, 비건강은 그냥 막연히 건강하지 않은 그런 상태하고는 다르다지 뭐예요? 건강해지려고 하는 게 아니라 글쎄 불건강해지려고 해서 그렇다는 거예요. 제가 여러 가지로 고민이 많거든요. 집안 문제두 그렇구 성격두 원만치 못하구……. 앞으로의 제 인생이 뻔해 보이기만 해서 쉽게 절망하는 쪽이기두 하구……. 그런데 석근이는, 그뿐인 줄 아세요? 걔 말에 따르자면 불건강한 역사, 불건강한 문화, 불건강한 분단, 불건강한 신문, 불건강한 텔레비전, 불건강한 대학, 하다못해 어린애들 군것질 과자 이름에 이르기까지 모든 게 아주 불건강하다지 뭐예요? 저야 잘은 모르지만 걔 말을 듣고 있노라면 우리가 어째서 이런 불건강한 처지에 놓여 있을까 싶기는 해요."

그렇지, 방황하는 젊은 애들이 있기 마련이지. 너도 먼지 낀 통 속의 격자 속에 네 젊음을 가두어 놓자니 갑갑한 모양이구나. 하지만 사람의 삶을 건강, 불건강의 기준으로 놓아 따지는 게 어떤 의미일까. 유행숙은 하남숙이 들려주는 젊은 애들의 어법에 묘한 저항감을 느끼면서 과연 자신은 그런 기준으로 제 삶을 들여다본 적이 있었던가 자문해 보았다. 신체적인 불건강이야 방관할 수 있는 것은 아니겠지만 삶 그 자체의 건강 유무를 검진한다는 것은 그녀에게 있어서 약간은 생소한 이야기가 아닐 수 없었다. 도대체 그런 경황이 있었을까? 삶에 관한 종합 진단? 그런 종합 진단을 받아낼 만한 정신적인 비용이 자신에게 있었을까? 없었다. 어림도 없는 이야기였다. 요새 젊은이들은 그렇다면 그럴 만한 능력이 있다는 것일까. 경황없이 허둥거리며 30대 중반으로 흘러온 것처럼만 여겨지는 유행숙은 약간 경이로운 심정으로 하남숙이라는 처녀애를 바라보고 있었다. 그가 하남숙을 그처럼 처음 만났던 것이 1978년 가을철의 일이었는데, 이 맹랑한 아가씨로 해서 장차 어떤 소용돌이에 휘말려 들어가게 될 것인지 그때에는 물론 전혀 예상하지 못했다.

3.

12-1011. 이런 숫자는 물론 전화번호를 가리키는 것은 아니었다. 교도소에 갇혀 있는 재소자의 수인번호도 아니었다. 그러나 생명체는 이런 숫자와 관련하여 정처 없이 방황을 했고, 다른 한 생명체는 밑도 끝도 없는 아픔과 인고의 늪 속에서 허우적거리고 있었다. 그 이야기는 버스 칸에서 우연히 만나 알게 된 유행숙과 하남숙의 그 뒤의 후일담 비슷한 사연으로 펼쳐지게 되었다. 그때 유행숙이 자

기 사는 아파트의 동과 호실 번호를 하남숙에게 가르쳐 주었는데, 언제 한번 놀러 와도 돼요. 나 혼자 살고 있으니까, 하고 유행숙은 말했고, 네, 한 번 꼭 놀러가겠어요, 정말이지 즐거웠어요, 하고 하남숙은 말했었다.

"12동 1011호라면…… 어머나, 내 생일과 같아요. 10월 11일이 제 생일이거든요. 12동이라는 것만 기억을 해 두면 쉽게 찾아가겠네요."

하남숙은 이렇게 호들갑을 떨면서 꼭 찾아가겠노라고 다짐을 하였고, 그래서 유행숙은 내 사는 곳을 괜히 가르쳐준 게 아닐까 찜찜해 했었다.

유행숙이 나중에 알게 된 사실이지만 하남숙은 '근대화 슈퍼 체인'이라는 데에서 물건을 대 주는 식료품 가게를 운영하는 집안의 딸이었다. 그녀의 부친은 젊은 한때 사회의 전면으로 나서 보았던 적이 있었으나 그때가 해방 직후여서 예상 못 한 사태를 겪게 되었고 그 뒤로는 전혀 이렇다 할 만하게 사회 활동을 해 보지도 못한 채 무위도식으로 인생을 탕진한 사람이라 했으며 그녀의 어머니는 그런 남편 뒷바라지하며 생활 전선으로 나서서 건어물 도매상으로 전국 바닷가를 헤매 다녔다고 하였다. 지방 나들이 다니는 게 지겨워 식료품 가게를 내어 부모가 점방을 지키고 자식들은 그 덕으로 공부도 하고 장가들도 갔다. 하남숙은 여고 시절 성적이 좋지를 못해서 예비고사에 떨어졌고 전문학교에 들어갔으나 그녀의 표현대로 하자면 전문학교란 열등감만 잔뜩 배우게 하는 곳이고 방황하는 젊은애들을 일시적으로 수용하는 미아보호소 같기만 한 곳이어서, 차라리 그럴 바에야 미아가 되는 게 낫겠다 싶어 공부 집어치우고 공인회계사 사무실 경리 직원으로 취직을 했었다고 하였다. 하남숙은 다니던 사무실의 주인이 이상한 일로 감옥에 가게 되어 다시 떠돌이 생활을 하였고, 월급도 제대로 나오지 않는(이름만 거창한) 용역 회사의 경리로 취직하기도 했다고 하였다. 그러나 그런 직장 생활보다는 안석근과의 인생 사업에 오로지 충실했던 세월이었노라고 하였다. 안석근은 요 근래 와서 어린애처럼 보채는 중이었다. 검정고시에 붙어서 대학에 진학하기는 했는데, 아무튼 그 대학이라는 데를 제대로 다닐 수 없게 된 일을 만나면서 하남숙은 애인 건사하기에 무척이나 힘이 들어 하였다. 하남숙이 진땀을 흘려가며 안석근을 이해하고 서로의 인생을 한데 모아 도저히 헤어질 수 없는 사이로 똘똘 뭉쳐 갈수록 집안의 반대와 몰이해는 의외로 완강해져 갔고 주위의 아는 사람과 소원해지는 일도 만났다. 하지만 그럴수록 하남숙은 자기가 진심으로 안석근을 사랑하고 있음을 더욱 굳게 확인할 수 있었다. 하남숙의 사랑에는 그 자체로는 아무 문제도 없었다. 문제는 그들 두 사람을 둘러싸고 있는 세상 쪽에 있었다. 그 간단한 도식이 현실적으로는 결코 간단하게 풀리지 않고 있었다.

"우리는 우리가 옳다는 걸 믿고 있거든요. 하지만 이걸 현실 속에서 입증시키려고 하는 데 있어서 석근이하고 나하고는 방법론상의 차이라 할까, 그런 게 존재하는 거예요." 하고 하남숙은 말했다.

"석근이 주장은 뭐냐면요, 화해론을 펴서 언제까지나 그냥 저를 내버려 두어서는 안 되겠다는 거구, 그래서 저의 집안으로부터 저를 끄집어내야겠다고 우기는 거예요. 저는 좀 생각이 달라요. 제가 석근이를 놓치거나 또는 부모 뜻에 몰려서 다른 데로 시집가거나 할 리는 절대로 없거든요. 석근이를 이만한 남자로 만들기 위해 내가 얼마나 공을 들였는지 모르거든요. 석근이는 내 작품이고, 또 나는 석근이 작품이란 말예요. 다만 아직은 급할 게 없으니 우리의 사랑을 익히기 위해 조금 더 시간을 발효시키자, 조금만 더 뜸을 들이자 하는 게 내 생각이거든요."

하남숙은 이런 말을 하였는데, 언제나 사랑 이야기란 말하는 쪽에서 신을 내는 정도에 맞출 만큼 말을 들어주어야 하는 쪽에서 신이 나는 것은 아니어서 유행숙은 그냥 큰 실감 없이 네 소리가 도대체 무슨 소리냐 하고만 있었다. 사랑 이야기를 저런 식으로 할 수 있을까? 그건 사랑이 아니라 전투이고 독립운동이며, 연애 감정을 빼버린 채 고시 공부하듯 취직 시험 치르듯 또는 무슨 군사작전 펴듯 하는 그런 해괴한 연애인 것처럼만 보여졌다. 그러나 이런 느낌은 이미 늙을 일밖에 남지 않은 유행숙의 보수적인 생각인 것이지 하남숙에게 있어서는 전혀 이상한 것일 리는 없었다. 하남숙의 어법대로 하자면 문제는 하남숙에게 있었던 것이 아니라 유행숙에게 있었다.

12-1011. 이런 아라비아 숫자로 표시된 주거 공간, 그 획일화된 시멘트의 규격틀(이런 표현은 나중에 안석근의 입에서 나온 것이었다.) 속에서 결코 시멘트가 못 되는 한 여자가 그날따라 몸부림을 치고 있었다. 유행숙은 그날따라 혼자 사는 생활의 온갖 불편함과 불행감을 외롭게 괴롭게 겪고 있었다. 그 여자는 지병을 가지고 있었다. 그냥 단순한 신경통, 편두통, 장염, 치질, 생리불순, 불면증에 피로가 겹쳐서 일어난 지병이 아니었다. 그것은 아주 복합적으로 그 여자의 전신을 파고들고 침노하고 그리하여 갉아대고 허물어뜨리고 망가뜨려 가서, 마치 언젠가 실제로 있었던……, 와르르 무너지고 말았던 그런 시민 아파트처럼 그 여자를 폭삭 무너뜨리려고 하는 것만 같은 그런 지병이었다. 그 여자의 백 속에는 각종 항생제와 진통제, 수면제, 소화제, 강장제가 수북수북 쌓여 있었으며 그러는 통에 그 여자는 웬만한 병에 대해서는 용한 의사 뺨칠 정도로

잘 알고 있었는데 그게 무슨 소용일까. 자기 한 몸 건사하지를 못해 온갖 몹쓸 병의 덩어리 그 자체를 이루고 있는 것이 겉보기에 조금쯤은 뚱뚱한 그녀의 몸뚱이었다. 그 병은 그냥 단순한 질환이 아니라 그 여자의 인생 내력을 이루고 있는 것이기도 하였다. 그 폭력적인 사내. 그 무분별하였던 동거 생활 그리고 그 지긋지긋한 병원과 그 죽일 놈의 돌팔이 의사. 한 사내는 사랑이라는 이름으로 그 여자의 몸을 짓밟았고 다른 한 사내는 소파수술이라는 이름으로 그 여자의 내부에 칼질을 하여 엉망진창으로 만들어 놓았다. 그뿐만은 아니었다. 가족이라는 이름으로, 그러니까 아버지, 어머니, 언니, 누이동생들이 그녀의 인생을 뺏들어 가버렸다. 가정 문제는 결국 돈의 문제였다. 돈이 없을 적이 차라리 건강했다. 그 여자가 가족들을 쫓아내 버리고 혼자 사는 데에는 단순하지만은 않은 까닭이 있었다. 그 여자는 집안 식구들의 생계는 보장해 주고 있었다. 집을 하나 사서 내어 주고 그리고 빠듯할 만큼의 생계비는 틀림없이 보내주고 있었다. 그러나 그 이상의 뒷바라지는 딱 잘라서 거절해 놓고 있었다. 그런데 실질적인 가장인 그 여자 자신에게 필요한 것은 생계가 아니라 생활이었다. 젊었을 적에 못 겪을 일들을 겪었던 탓이었을까. 그녀는 이 세상을 어떻게 통과해 나가야 하는지 또는 이 세상으로부터 제 삶의 자리를 어떻게 뜯어 와야 하는지 알고 있었다. 최소한의 생계는 걱정하지 않아도 될 정도의 돈 마련은 해 놓게 되었다. 시내 중심가에 5층짜리 빌딩을 소유하고 있다면 월급쟁이나 장사꾼으로 그악스러워하지 않아도 먹고사는 문제에 골치를 썩일 필요는 없을 것이었다. 하지만 생계 보장이 생활의 느긋함을 가져오는 것은 아니었다. 생계는 보장되어 있으나 생활은 파괴되어 있었다. 유행숙은 그날 오전부터 낌새가 좋지 않다는 걸 느끼고 있었다.

그건 고리채 놓아서 복잡하기 짝이 없는 장부 공책 들여다보는 것 이상으로 사람을 못 견디게 만드는 노릇이었다. 고리채 놀이가 잘 풀릴 적에는 그런대로 재미가 쏠쏠하지만 한 번 꼬여들기 시작하면 이쪽저쪽으로 돈 채이고 꼭두새벽부터 남의 집 안방 쳐들어가야 하고 재판 걸고 딱지 붙이고 머리채 휘어잡고 싸움질해야 했는데, 결국은 돈 떼이고 사람 나빠지고 몸 상하는 결과나 만나는 것이었다. 아버지는 나이 들어갈수록 늦바람을 피우는 등 주책 부릴 궁리에만 바쁜 듯하였고 어머니는 어떻게 해서든지 딸년으로부터 한 푼이라도 더 뜯어내려고 온갖 계략을 다 부렸다. 남동생 녀석은 그것이 더했다. 누나 하는 일의 심부름마저도 제대로 못 할 지경이라면 돈은 벌지 않아도 좋으니 그냥 앉은 자리에서 가만있기만 하였으면 좋겠는데, 끊임없이 뚱딴지같은 판을 벌여 가지고 나대는 족족 손해만 보고는'제 누이에게 덤터기를 씌웠다. 유행숙이 딸애마저도 할머니, 할아버지에게 맡겨 놓고 저 혼자 아파트 생활을 하는 것이 이런 때문이었는데 그래 봤자 시달리는 것은 매한가지였다. 어머니가 득달같이 찾아와서는 하나밖에 없는 우리 집안의 대물림 아들 녀석 감옥 갈지도 모르게 생겼다고 들들 볶아 대기 시작했다. 유행숙은 끝내 참지 못하고 차라리 날 죽여요 하고 악다구니를 썼다. 어머니가 물러가고 나자, 이번에는 곧바로 남동생이 쳐들어왔다. 유행숙은 현관문을 열어주지 않았다. 이 녀석은 아파트가 떠나가라 문을 두들겨 댔다. 물정 모르는 파출부가 결국은 문을 따 주었고, 그리고 다시 악다구니, 결국은 고리채 놓았다가 뭉텅이 돈 떼이고 말았을 적과 같은 사태를 만났다. 동생이 물러나고 파출부마저 돌아가고 혼자 있게 되었을 때 유행숙은 오늘 밤 제 몸뚱이가 무사히 견뎌내지 못할 줄을 알았다. 낮 시간은 그래도 괜찮은데 밤 시간은 그 밤 시간마다의 악마라도 있는 것인지 한 번 몸의 예감이 이상하다 싶으면 얼마 후 온 방 안을 데굴데굴 굴러다녀야 했다. 그런데 그날은 더 악질적이었다. 그 사내가 들이닥친 것이었다. 강장완은 유행숙이라는 여자에 대해 착각을 해 오고 있었다. 아, 그 서투른 사내. 부양가족 하나 늘었다는 것 외에는 아무런 느낌도 그에게 남겨주지 않았던 사내. 어디서 대낮부터 술이라도 처먹었는지 혀꼬부라진 소리로 사랑이니 사업이니 결코 물러서지 않겠다느니 온갖 허섭스레기 같은 수작을 다 늘어놓았다. 나중에는 덜컥 겁이 날 지경이 되었다. 정말이지 저 사내의 손에서 영영 놓여나지를 못하는 게 아닐까 하는 비참한 생각이 들어 그 여자는 눈물도 흘리고 소리도 지르고 하였다. 모든 사람들이 왜 모두 하나같이 이 모양들일까. 모든 인생들이 어째서 구겨서 내버린 휴지 조각들처럼 너덜거리게 되었을까. 출발들은 이렇지가 않았다. 나름대로 선의도 있었고 풋풋한 미나리 냄새 같은 것도 서로 간에 풍겨 주었었다. 그 무엇 때문에 모두들 이 지경이 되어 버린 것이냐.

"저, 경비원인데요." 하는 아파트 구내전화가 걸려온 것은 강장완마저 꺼져 버리고 바야흐로 지랄병 걸린 사람처럼 그 여자가 끙끙거리기 시작할 무렵이었다.

"이상한 젊은 남녀 두 사람이 아파트 일대를 배회하고 있어서 여기 붙잡아 놨는데요, 글쎄 몇 동인지 동의 호수는 잊어먹었지만 1011호실인 것만은 분명한 그런 아파트 집을 찾는다는 겁니다. 그래서 아예 19동부터 시작해서 18동 17동 16동…… 식으로 뒤지기 시작했다지 뭡니까?"

경비원이 데리고 온 사람은 하남숙이었고 그리고 서로의 인생을 한데 모으기로 했다는 그의 연인 안석근이었다. 옛날 사람들은 얼마나 좋았을까요? 감나무 뒷집이라거나 우물터 맞은편 집이라는 식으로 찾아다녔을 거란 말예요. 하기야 사람마저도 제 숫자를 달고 있어야 하는 세상이니, 숫자를 잊어버린 제가 할 말이 없기는 하지만 말예요. 하남숙은 이렇게 조잘거렸다. 이 애들은 다를 거야. 적어도 애들은 구겨진 휴지 조각들은 아닐 거야, 하고 유행숙은 순간적으로 생각했다. 이 밤을 온전하게 넘기지 못할 징조에 막 시달리기 시작하던 참이어서 유행숙은 무엇보다도 저 혼자 있지 않아도 되게 생겼다는 것이 반가웠다. 형틀에 매달아 주리 틀림을 당하려고 하다가 뜻밖에 찾아온 암행어사라도 만나는 것과 같았을까, 그녀의 몸이 순간적으로 가뿐해졌고, 그리고 그녀는 안도의 한숨을 내쉬었다.

"몹시 배고픈 표정들인데 그래? 내게 음식 만들어 먹는 취미가 있거든. 뭐 맛있는 거 해 먹을까?" 하고 유행숙이 말했다.

4.

시달림을 당하는 것도 사람들 때문이고 위안을 받고 마음을 푸는 것도 사람들로부터인 것이었다. 귀찮은 것도 사람들이고 소중한 것도 사람들이었다. 도대체 사람들이란 어떻게 생겨 먹은 종자들일까. 유행숙은 이런 엉뚱한 생각에 잠겨 들었다. 사람들이 지긋지긋해서 모두 내쫓고 저 혼자 아파트 살림을 차렸던 것이 언제인데 이제는 혼자 지내려니 외롭고 무섭고 아파서 못 견디겠다고 사람을 끌어들이고 있으니 말이다. 사실은 하남숙이 먼저 그런 말을 해왔다. 저 말예요, 석근이랑 구청에 가서 혼인 신고 했어요. 그리고 내친김에 아예 사본을 떠 가지고 등기로 집에다가 부쳤어요. 누가 뭐래도 우린 합법적인 부부관계가 되었거든요. 결혼식이야 올리지 않았으니 사회적으로는 부부가 아닐지 몰라도 말예요. 하남숙의 이런 말에 그것두 참, 사랑도 과학적으로 하고 결혼도 논리적으로 하네, 하고 유행숙은 웃었다. 안석근이란 녀석은 왜소한 체구에 얼굴 반만큼은 잡아먹고 있는 안경에 그리고 표정도 빈곤한, 볼품없는 용모였다. 그야 물론 우리는 철저해지려고 해요. 왜 그런 줄 아세요? 지금의 어른들은 이 세상을 어떤 식으로 차지하고 있습니까? 제대로 참답게 노력을 해 가지고 제대로 참답게 제 몫아치로 차지해야 할 것을 차지하고 있나요? 헐렁하게 엉성하게 그러면서도 게걸스럽게 차지하고 있다 할 대목은 없을까요? 안석근은 겉보기와는 달리 이런 식의 소리를 늘어놓아서 유행숙은 그건 그래, 젊은이들은 어느 때를 막론하고 제 차지할 자리가 잘못 놓여 있어 그야말로 설 자리가 없다는 느낌을 받기도 하겠지. 그러나 조금 더 있다 보면 자리를 잡는다는 것은 곧 자리를 잘못 잡아나가기 시작했다는 것을 뜻하는 것이 된다는 걸 알게 될 걸? 이런 식으로 응대를 했다. 저희들은 안 그럴 걸요, 하고 하남숙이 말했고, 그래요, 나는 믿겠어, 아니 믿고 싶어요 하고 유행숙은 말했다.

그날 저녁 분위기는 하남숙의 표현대로 하자면 '화기알알한데요' 쪽이었다.

"내 말이 맞지, 형? 행숙 언니는 우연히 버스 칸에서 만났지만 건강해야 할 세상과 불건강한 세상의 상관관계에 대해서 느낌을 갖고 있는 분이라는 것 말야."

"그런 느낌이 어떻게 되는지 아예 말씀해 주시죠?"

하남숙이 '형'이라고 호칭한 안석근이 유행숙에게 말했다.

"타락한 사회는 타락으로 유지되기 때문에 타락 이외의 것을 느끼려고 하는 게 또 다른 타락이 될지도 모른다고 생각할 지경으로 내가 타락한 사람이라는 것 외에는 몰라요."

"구악을 물리치겠다는 사람들이 신악을 일으켜 가지고 그것이 18년 동안 고여 있었으니 그 정도가 어느 정도일지 헤아리기 힘들다는 말씀이라면……."

그때가 바로 구체제의 공화국 대신에 새로운 공화국이 들어설 것이라 하여 한창 복잡하던 무렵이어서 안석근이 이런 식으로 시사적인 발언을 하였을 것이었다.

"난 세상에 대해 말하는 것을 포기한 지가 하도 오래되어서 세상일은 아무것도 몰라요. 내 인생에 대해서조차 뭐라 말할 수 없는 지경이 되어 버리기도 했고……. 다만 착각이라도 좋으니 신선한 공기 잠깐만이라도 맡고 싶기는 하구나 하고 간절히 바라기는 하지만……."

"실은 부탁이 있어서 찾아뵌 거예요."

이야기가 공허한 쪽으로 빠진다고 느꼈는지 하남숙이 불쑥 이런 말을 하였다.

"아까도 차지니, 자리니 하는 이야기가 나왔지만 우리에게 자리 하나 마련해 주실 무슨 방도 같은 거 없으신지 모르겠어요."

"자리?"

"어떤 자리라도 좋아요. 없다고 해도 그만이기는 하니까 부담은 갖지 마시구요. 언니 이야기대로 하자면 우린 '신선한 공기'일 거예요. 어떤 자리가 됐든 신선한 공기를 뿌려줄 수 있을 거예요. 또 모르죠. 그런 공기 때문에 그 자리를 도리어 불편하게 해줄지도……. 하지만……."

유행숙은 이 젊은 여자가 무슨 말을 하고 있는지 그 처지를 이해

하였다. 그러자 갑자기 하나의 생각이 떠올라 왔던 것이었다. 그래 볼까? 도저히 이 아파트 생활 혼자 지내는 게 불안해서 못 견디겠어. 이 여자애를 시험 삼아 이 아파트 방에 두어 볼까? 어쩌면 파출부 노릇 비슷한 일, 그러니까 파출부 부리는 비용쯤 줄이는 폭이 될지도 모르지. 저 사내 녀석은……. 아, 그렇지, 빌딩의 그 살롱 맡아 보라 할까? 유행숙은 살롱이라는 걸 한번 직접 운영해 볼까 생각 중이었다. 그녀가 소유하고 있는 빌딩 아래층에 살롱이 있는데 현재 권리금 내고 들어와 있는 사람이 내놓겠다 하는 중이었다. 차라리 그런 일이라도 해 보면 하루하루 견디는 게 좀 낫지 않을까 싶기도 하였다. 주방장이야 월급 주고 데려오면 될 것인데 이런저런 뒤처리 맡아서 해줄 사람이 마땅치 않았다. 집안 식구나 친척들은 아예 얼씬도 못 하게 할 작정이었다.

유행숙의 제안에 하남숙과 안석근은 대찬성으로 반색을 하고 나왔다. 우연히 만난 사람들 사이에서 바야흐로 엉뚱한 인연이 생겨나게 되었다. 그날은 하루 종일 예감이 좋지 않았으나 하남숙과 안석근의 출현으로 유행숙은 참으로 오랜만에 편안한 잠을 잘 수가 있었다. 잠 한 번 제대로 들기 어려운 그녀에게 있어서 이것이야말로 보약보다도 소중한 것이 되지 않을 수 없었다.

하지만 그 무렵부터가 아니었나 싶다. 아파트 단지를 벗어나 서민촌과 갈라지는 길목에 자리한 물역 가게 앞 공터에 우두망찰 몰려 있는 사내들이 지나다니는 아파트 여자들을 유심히 살펴보곤한다는 사실을 그녀가 눈여겨 보기 시작한 게, 하남숙이 그녀의 아파트를 점거하던 때부터일 것이었다. 확실히 그녀의 생활에는 전에 없던 변화가 일어났다.

그러니까 가령 유행숙이 시라는 게 어떤 거라는 걸 화닥닥 놀란 느낌으로 읽게 되었다든가 하는 게 그런 변화 중 하나였다. '개똥 같은 내일이야/꿈 아닌들 안 오리오마는/조개 속 보드라운 살 바늘에 찔린 듯한/상처에서 저도 몰래 자라는/진주 같은 꿈으로 잉태된 내일이야/꿈 아니곤 오는 법이 없다네.' 그녀는 이런 시를 읽었다. 이것이 도대체 무슨 소리일까. '조개 속 보드라운 살 바늘에 찔린 듯한 상처'라는 게 무슨 뜻인지 이해 못 할 수야 없지만 그런 '상처에서 저도 몰래 자라는 진주 같은 꿈'이라고 연결시켜 떠올려 보면 무슨 말을 하려고 이런 이야기를 꺼내는 걸까 따라가기가 단순한 것만은 아니었다. 그것이 그럴밖에는 없었다. 그녀가 생각하는 오늘, 내일이란 이런 시에서 노래하고 있는 오늘, 내일의 내용과는 전혀 딴판이었기 때문이었다. '벗들이여! 이런 꿈은 어떻겠소⋯⋯?/사팔 뜨기가 된 우리의 눈들이 제대로 돌아/산이 산으로, 내가 나로, 하늘이 하늘로,/나무가 나무로, 새가 새로, 짐승이 짐승으로/사람이 사람으로 제대로 보이는/어처구니없는 꿈 말이외다.'

그 어처구니없는 꿈이 왜 어처구니없다는 것인지를 그녀는 이해하게는 되었다. 사팔뜨기가 된 눈들이 제대로 돌아 산이 산으로, 내가 나로⋯⋯ 사람이 사람으로 제대로 보이는 꿈이 현실적으로 가능하기 어렵다는 것에 대해서 유행숙은 너무도 잘 알고 있었기 때문이었다. 악질적으로 제 삶의 자리를 뜯어내게 돼 있는 이런 도시 생활은 그런 꿈을 꾼다고 되는 게 아니라는 걸 잘 느끼고 있었기 때문이었다. 그런가 하면 또 다른 변화도 있었다. 언니, 우리 한번 구경 가 볼까요 해서 유행숙은 하남숙을 따라나섰다. 엉뚱한 방에서⋯⋯, 방과 같다고 할 수밖에 없는 엉성한 소극장에서 무당이 굿놀이를 벌이고 있었다. 그 굿놀이 막판에 이르자 허연 광목을 길게 받쳐 든 한가운데를 무당이 쫙 찢으면서 두 동강이를 내며 헤쳐 가고 있었다. 도대체 저 무당은 굿판도 아닌 이런 소극장에서 왜 저런 굿을 벌이고 있는 것이고 사람들은 액막이를 하려는 것도 아닐 텐데 마치 셰익스피어 연극 구경하듯 뭐하러 돈 내고 들어와 관람하고 있는 걸까. 그건요, 무당이 곧 우리 자신이거든요. 그런 느낌을 저는 받는 걸요. 하고 하남숙은 말했다. 하남숙이 하는 말이 사실 그대로인 것이라고 유행숙도 이해는 되었다. 도깨비처럼 살아가고 있는 사람이면 그가 곧 선무당이지 다른 무엇일 수 있을까. 허연 광목을 쫙 찢으면서 헤쳐나가는 무당의 그런 광경은 그 뒤로 그녀 자신의 생활 속에서 그대로 재현되고 있는 것 같은 느낌을 가진 적도 있었다. 허연 광목을 길게 늘어뜨려 놓고 있는 것 같은 아스팔트 거리를 그녀는 무당처럼 쫙쫙 찢으면서 달려가곤 하였으니 말이었다.

참으로 그것은 묘한 일이었다. 유행숙은 자신이 어떻게 살아왔으며 어떻게 살고 있는가를 전혀 다른 방향에서부터 가늠해 보는 일을 만나게 된 것이었다. 그러나 그래서? 그래 가지고 그녀의 생활 방식, 살아가는 태도에 근본적인 변화가 일어났단 말인가? 일어날 수 있을 것이란 말인가? 하남숙도 그렇고 안석근도 그렇고 참으로 철저한 애들이었다. 유행숙이 예상했던 것 이상으로 그들은 그들에게 내어준 자리의 일을 썩썩 잘 처리해 내었다. 파출부로 따진다면 하남숙은 더 이상 바랄 수 없을 정도로 완벽한 파출부였으며 무엇보다도 유행숙이 왜 자기를 아파트에 함께 살자고 했는지 너무도 잘 이해해서 빈틈없이 안정된 생활 분위기를 마련해 주었다. 안석근은 아예 살롱에서 기거하고 있었다. 그는 도대체 살롱 문밖에 나가지도 않았다. 물건 받아오는 일도 다른 사람에게 맡기고 오로지 살롱 꾸려 나가는 일에 전심을 기울였다. 안석근의 덕으로 살롱은 거의 완벽에 가깝다 할 정도로 밝은 분위기를 유지하고 있었다. 하지만 그것만은 아니었다. 알게 모르게 그녀의 생활은 하남숙과 안석근에 의해 침식을 당하고 있다는 것을 그녀는 느꼈다. 하지만 그것이 그릇된 침식이 아니라 올바른 것이라면 그것이야말로 좋은 일이 아닌가. 그런데 그것만은 아니었다. 그녀는 문득 하남숙이 늘어놓던 건강론 생각이 났다. 반건강, 비건강, 불건강……, 불건강한 역사, 불건강한 문화, 불건강한 분단……, 불건강한 대학……. 건강해지려고 해서가 아니라 불건강해지려고 해서 불건강한 사람들.

"어떨까 모르겠네. 남숙이가 한번 살롱을 맡아서 해 보지 않을래? 이 아파트에서 궂은일 하며 내 눈치 보며 지내라고 하니 아무래도 내가 너무……."

"그렇지 않아도 이곳을 독신 아파트로 돌려야 할 때가 되었다고 생각했어요."

어느 날 유행숙은 하남숙을 내보내야겠다고 결심을 하여 어렵게 입을 뗐는데 하남숙도 선선히 응하였으니 참으로 그것이 묘하였다. 이 애는 그것마저도 눈치채고 있었던 것인가? 더러운 공기에 익숙해진 사람에게는 신선한 공기란 잠깐 마시는 것이라면 몰라도 도리어 독하게 느껴질 수도 있다는 사실 같은 것을…….

하남숙이가 짐을 챙기고 있었던 바로 그날이었다. 살롱에서 일하는 안석근이가 붙잡혀 갔다는 전화가 걸려왔다. 그는 도망다니던 수배자로 그 살롱에 잠입해 들어와 있는 셈이 되었다. 유행숙은 그런 구체적인 것은 진짜로 알지 못하였다. 곧이어 유행숙의 아파트도 수색을 받았고 하남숙은 조사받을 것이 있다고 하여 찾아온 사람들과 함께 가 버렸다. 그날 밤새도록 유행숙은 불면증으로 시달림을 받았다. 그러나 웬일인지 그녀는 그런대로 안심이 되는 기분이었다. 어차피 그녀는 이렇게 구겨진 휴지쪽처럼 살아온 것이다. 나는 낡은 세상을 끌어안았기에 이런 식으로 무너져 버리겠지. 이다음에는 버스 칸에서 깨워 달라는 말을 하며 잠에 빠지는 처녀애를 만나도 그런 부탁은 들어주지 말아야지, 그녀는 생각하였다. 그런 부탁을 해 오는 사람의 세계가 어떻다는 것을 이번에 알았으니까. 아, 구제불능……. 그녀는 가만히 한숨을 쉬었다.

《세계의문학》, 1984년 여름호

* 발표 당시 제목은 「잘못되어진 이야기」.

사민

사민

1.

동구 앞 재 너머 바깥세상으로 떠나가는 사람들, 성은 권가이고 이름은 태룡이어되 흔히 덜렁이로 불리던 여섯 살짜리 아이는 그렇게 고향을 떠서 서울로 들어왔다. 처음 타 보는 기차는 숨 쉴 수조차 없을 정도로 사람들로 꽉 차 있었다. 철도 경찰이 사람들을 향해 마구 디디티[1]라는 걸 뿌려대고 옷섶을 들추어 그 속에도 집어넣었다. 사람이 사람 아니라 모두 수퉁니, 머릿니로 보이는 모양이라고 어른들은 투덜거렸지만 소용이 없었다. 해방촌은 해방과 더불어 생겨난 난민촌이라서 그런 명칭을 얻었다고 하였는데 무허가 판잣집에 천막집으로 지저분하기 짝이 없었다.

도시는 노랬다. 왜 노랬을까. 이 도시로 들어오자마자 그는 지독한 고뿔에 걸려 약국에서 금계랍을 사다가 먹었는데 약사가 아닌 점원이 잘못 일러주는 바람에 엄청 많은 양을 삼켜 버렸다. 엄청 많은 양을 먹어서 게욱질을 하고 토해내고 어질병에 걸려 앓아누웠다. 몇 날 며칠이고 눈에 들어오는 모든 것이 노랬다. 그 뒤로도 그가 바라보는 모든 것은 계속 노란색으로 덮어 씌워져 있었다. 처음

---

1) 방역용, 농업용 살충제.

에는 금계랍을 잘못 먹어 노랗지 않은 것마저 노랗게 보이는 것으로 여겼다. 그런데 실은 도시 자체가 황달 병에 걸린 것처럼 노래서 그가 노랗게 보는 것이라는 걸 알게 됐다. 그가 이 도시에 와서 처음 먹어본 캐러멜도 노랬고, 그리고 초콜릿은 그보다 더 진하게 노랬다. 초콜릿을 입속에 녹이고 있을 적에, 촌놈 아이인 덜렁이는 그 맛의 어느 한 가닥에 뜨거운 여름철의 파삭거리는 흙냄새, 이글거리는 햇볕으로 약이 오를 대로 오른 황토의 단 내음 같은 것이 있지 않나 했다. 실은 이 초콜릿이라는 게 파삭거리는 흙의 단내음을 기묘하게 골라내 거기에 설탕을 듬뿍 쳐서 만든 양코배기들 과자가 아닌가 생각했다. 그러니까 이런 초콜릿을 밀가루처럼 갈아서 한여름철 뙤약볕을 받고 있는 고향산천에 뿌려댔던 것이 시골의 그 흙 빛깔과 그 냄새가 아니었을까, 그는 거꾸로 떠올리게 되었다. 초콜릿 맛에서 그는 농촌 아이로서 맡았던 흙내음을 이렇게 찾아내며,

"이 쪼꼬레또 속에 우리 살던 시골 냄새가 들어 있네."

하고 어른들에게 말했다. 어른들은 그의 말에 아랑곳하지 않으며,

"이 덜렁이 녀석, 또 무슨 반편 같은 소리를 하는 거냐."

하고 핀잔만 놓았다. 도시는 부황증에 걸린 것처럼 노랗지만 흙냄새가 없다. 그래서 이놈의 도시는 엉망진창이다. 먼지만 폴싹거릴 뿐 흙냄새가 없는 곳에서 어떻게 살아가야 하나. 그래서 그는 어질병을 타게 되는 것 아닌가. 시골의 모든 것은 흙으로 이루어져 있었으니 방의 벽도, 방의 바닥도 흙이었다. 흙 속에서 뒹굴고 흙에 파묻혀 살았다. 뿐 아니라 그의 배때기 속에 들어 있는 것도 흙이었을 것이다. 횟배가 끓어 그는 황토 흙을 주워 먹고는 하였으니 말이다. 장대 회충은 그의 배때기 속에서 살고 있지만 그렇다고 깔볼 수 있는 게 아니다. 그가 섬겨야 하는 신령스런 장대 회충님이시다.

"하늘에 계신 관음보살, 땅속에 계신 지장보살, 우리 손주 놈 배 속에 계신 장대 회충, 그저 우리 손주 미욱지게 음식 잘못 먹어 앞뒤 불통으로 꽉꽉 막히게 되었은즉, 그 잘못된 탓일랑 할미에게 돌리고 그저 우리 손주 배 속 신작로처럼 확 뚫리게 해줍소사."

하고 할머니는 빌었다. 할머니의 이런 치성이 극진한지라 장대 회충이 그만 노여움을 풀어 그의 배 속이 편안하게 되었던 적도 있었다. 그는 이처럼 흙집, 흙벽, 토방에서 살았을 뿐 아니라 그의 배때기 속에도 흙을 집어넣었으며, 그리고 흙냄새를 풍기는 누렁이와 동무를 삼았다. 김이 모락모락 오르는 그의 똥을 받아먹던 누렁이. 그 누렁이는 동구 앞 재 너머 바깥세상으로 떠나기로 어른들이 결정했을 적에 큰아버지가 휘두르는 도끼에 머리를 얻어맞아야 했다. 글쎄 큰아버지가 도끼를 휘둘렀는데 그게 정통으로 맞지를 아니하고 빗맞았다. 착하기 짝이 없으나 불쌍한 누렁이. 이놈이 꼬리를 흔들고 설레발을 치면서도 애원하는 눈초리로 큰아버지를 바라보고 있었다. 얼마 뒤 껍질이 벗겨지고 가마솥에 들어가 삶은 고기가 되어 상 위에 놓일 적에 그가 어찌 그것을 먹을 수 있었을까. 하기야 나중에 가서는 건더기는 놓아두고 무거리도 놓아두고 그냥 국물만 조금 훌훌 들이켰는데 그가 실제로 먹은 것은 그의 똥이고 횟배이고 황토 흙이었을 것도 같다.

시골이라고는 하지만 어른들은 한낮에 집구석에 붙어 있지를 않는다. 동구 앞 재 너머 바깥세상으로 떠나기로 어른들이 결정을 내리고 있었을 무렵에는 특히나 그들은 집구석에 붙어 있지를 아니하였다. 해방이 되어서 마을과 읍내와 도시와 나라 전체에 분주히 싸돌아다녀야 할 일이 생겼다고 했다. 농사일에 겹쳐 마을과 읍내와 나라 전체의 온갖 대소사 일로 어른들이 모두 집 바깥으로 나가서 헤매고 있으니 한낮의 집구석은 개새끼만이 아니라 쥐새끼마저도 쥐죽은 듯 고요해서 아이들이 할 일이라곤 온통 흙바닥에서 뒹구는 노릇밖에는 없게 된다. 뭐 먹을 것 없나 해서 연방 부엌으로 들어가 보지만 똥 색깔의 단지와 그 속에 든 것들……. 어른들이 오지 않나, 마당으로 나가 흙먼지와 더불어 동무를 삼다 보면 저녁답에 식구가 돌아와 아무리 썻고 썻어도 그 자신 흙먼지 구덕에서 모면할 도리가 없는 것이다. 이처럼 흙 동무였던 그가 도시로 들어와서 흙 냄새 맡는 땅에서 사는 게 아니라 3층짜리 목조건물 3층에 두둥실 떠올라 살게 된 것이다.

그의 가족들은 해방촌에서 벗어나 낡은 적산 아파트로 이사 가게 되었다. 낡은 적산 아파트, 저 왜정 시대에 유곽이었다던 그 아파트에서 바라보는 도시는 더욱 노랬다. 그렇다고 그게 황토 흙의 단내 나는 초콜릿 빛깔의 황색은 아닌 것이다. 부황이 나고 어지럼증이 생기고 허기가 지고 피곤하고 소증(素症)이 생겨서 일어나는 진노랑이다. 그 노랑은 또한 고요한 것이 아니다. 온갖 소음이 그 빛깔 속에 껴묻어 있다. 그것은 끊임없이 무너질 듯 흔들려 대고 있는 노랑이다. 그것은 그가 동양극장에서 보았던 영화, 칙칙거리며 돌아가는 낡은 필름의 화면처럼 쉬지 않고 제 살갗을 뜯어내고 있는 노랑이다. 목조 건물인, 유곽이었던 난민 아파트 3층에서 그는 가뭄으로 망친 가을 벌판의 쭉정이 벼 떨기 대하듯 이렇게 노란 도시를 바라보고는 한다. 이제부터 그가 살아야 할 터전이 이곳이라는 것이다.

2.

밤새도록 나무로 된 복도가 삐걱거린다. 아래층으로 내려가는 나무 계단 중에는 썩고 닳은 데다가 못이 빠져 헐렁거리는 층계참이 있다. 조심해서 딛지 않으면 고꾸라지는 수가 있을 뿐 아니라 충치로 썩은 이를 잘못 건들면 온몸이 찌르르 울리듯 목조 건물 전체로 고약한 음향을 뿌려 쌓게 되는 것이다. 차라리 듬성듬성 뽑아 먹은 옥수수 모양으로, 그도 아니라면(구호물자 주는 예배당에서 그가 보았듯) 건반 한 개 달아난 풍금처럼, 또는 헐렁거리다가 마침내 빠져 버린 그의 앞니처럼 아예 그 층계참을 뽑아 버리기라도 했으면 싶지만, 이 낡은 목조 아파트에는 그런 일에 관심 두는 어른은 하나도 없다. "에구, 이놈의 계단이 왜 이 모양이야." 투덜거리기는 하면서도 말이다.

유옥금이라는 계집애가 이 계단에서 굴러떨어졌어도 어른들은 한탄만 할 뿐 손보려 하지 않았다. 옥금이는 왜 그랬을까. 걔 어머니는 뚝섬에서 채소를 받아 파는 장사를 하다가 고무신 공장에 다니고 있었고, 걔 아버지는 인쇄 공장에서 일한다고 하였다. 밤이 늦도록 어머니 아버지가 돌아오지를 않는다고 하필이면 제가 마중을 나가야겠다고 생각했다니 제까짓 조그만 계집애가 뭘 어쩌자고 그랬는지 말도 안 된다. 옥금이가 3층에서 그렇게 아장거리며 계단을 내려가다가 고꾸라져 다쳤다. 그 이야기를 들었을 때 덜렁이는 부군 나무가 세워져 있는 시골 고향의 동구 밖 장군바위 고개를 문득 생각했다. 깜깜절벽으로 어두운 밤에 그는 동구 밖의 그 장군바위 고개를 넘어 바깥세상으로 나왔지만, 그 고갯마루의 부군 나무 앞에서 그날 밤에도 귀신 우는 소리를 들었던 것이다. 그 전에도 부군 나무 앞 장군바위를 지나칠 적마다 귀신 우는 소리를 물론 들었다. 옥금이도 시골에서 살다가 도시로 올라왔다고 하였으니, 이런 목조아파트의 계단이라는 게 고향의 장군바위 위에 솟아오른 부군나무 곁을 지나칠 적에 돌무더기 고여 놓은 위에 자기 돌 하나 얹어 치성을 드리듯 엄숙한 마음으로 조심해서 지나가야 한다는 걸 뻔히 알았을 텐데 그만 도래방정을 치다가 넘어졌으니 그게 잘못된 일일 수밖에 없다.

이 도시에 동구 밖 재넘이 고개는 없지만 삐걱거리는 층계참이라든가 이 아파트 턱으로 닿는 비탈길이 모두 조심조심 걸어가고 올라가야 할 재넘이 길과 같은 것임에 틀림없다. 해방촌은 남산 뒤통수에 있었지만 이 아파트는 남산의 앞 이마빡쯤 되는 기슭에 세워져 있다. 그런데 이 목조건물은 남산기슭 낭떠러지에 묘하게 그 건물 몸체를 기대놓고 있다. 이 건물 삼 층으로 오르자면 현관으로 들어서서 계단을 통하여 저 아래층에서부터 걸어 올라올 수가 있지만, 또한 3층 복도를 곧바로 걸어 건물 밖으로 나갈 수가 있다. 이 건물이 기대어 있는 남산 벼랑이 3층과 닿을 수가 있는데 그 벼랑에는 돌계단이 만들어져 있어 저 아래 비탈길 쪽으로 내려가게 된다.

벼랑의 돌계단을 허덕거리며 삼 층에 닿을 수 있기는 하지만 그 돌계단은 그의 고향 동구 밖 재넘이 장군바위 고개보다 더 가파르면 가팔랐지 그렇게 만만한 길은 아니다. 수돗물이 잘 나오지 않아 저 아래 공동 우물을 길어 올 적이라거나, 또는 도시가스가 잘 나오지 않아 장작바리를 실어나를 때 어른들은 이 돌계단을 이용하는 것이다. 아이들이 이 돌계단에서 넘어질까 봐 다니지 못하도록 어른들은 단단히 타이르곤 하는 것인데, 그렇다면 계단의 삐걱거리는 층계참을 고칠 일이지 그런 일은 하지를 않아서 옥금이를 고꾸라지게 만들어 놓았으니 어른들은 참으로 무책임한 사람들이다. 옥금이는 층계참에서 굴러떨어져 다치기도 했지만 바로 그날 이후로 개 아버지가 인쇄 공장의 무슨 출판 노조 파업 사건으로 집으로 돌아오지를 않아서 울어쌓기도 하였으며 그리고 그 뒤로 개 어머니마저 안 돌아오는 날도 있게 되면서 덜렁이네 방에 들어와서 한 식구처럼 지내기도 하였는데, 그뿐만이 아니라 그 뒤로 시름시름 앓기 시작하여 폐렴이라나 뭐라나 하는 병으로 야위어 갔던 것이다. 삐걱거리는 층계참은 옥금이를 곤두박질치도록 만들었지만 그 뒤로도 계속 삐걱거리기는 매일반이었고 다른 사람들 넘어지는 것도 매일반이었다. 그러고 보면 얼마나 많은 사람들이 삐걱거리는 소리를 내면서 자빠지고 넘어지고 고꾸라졌는지 참으로 모를 노릇이었다. 얼마나 많은 사람들이 폐렴에 걸리고 장질부사에 걸려서 죽어갔던지 참으로 모를 일이었다.

페스트라는 게 창궐하고 있다고도 했다. 몇천 몇만 명이 죽었는지 모른다고 하고, 패망한 왜놈이 심술 내 그런 괴질균을 퍼뜨렸다고도 했다. 쥐새끼들이 극성을 부리고 있으니 이게 예삿일은 아니고 난리가 날 징조라고도 했다. 쥐새끼들은 낡은 아파트의 천장 위로만 보시닥거리며 돌아다녔던 것은 아니었다. 역시 나무를 깔아 놓은 마루방(다다미라는 걸 놓기는 했지만) 밑으로도 설설거리며 돌아다니고 나무로 얽어서 짠 벽 사이로 구멍 내 설쳐대고 있다. 사람과 쥐가 함께 사는 게 아니라 쥐가 사는 곳에 사람들이 꾸역꾸역 밀려들고 있으니 쥐란 놈들이 "우린 어쩌라고 웬 놈의 사람들이 이렇게 밀려들 오는 거야?" 하고 화를 내는 형국이다. 나무로 지은 삼 층짜리 이 낡은 아파트는 저 왜정 시대에는 유곽이라는 곳이었다. 덜렁이는 유곽이라는 게 대충 어떠한 곳인지 나름대로 짐작을 하고는 있다. 덜렁이는 그가 할아버지라고 부르는(실제로 그의 할아버지는 아니지만) 이해용 씨가 이따금 캐러멜이라든가 초콜릿을 가지고 와서 "옛다, 너 먹어라" 하고 주기 때문에 그럴 적마다 옥금이에게 나누어 주곤 하여서 깜찍하고 깍쟁이인 제 천성과는 달리 덜렁이에게 붙임성 있게 굴었다. 그리하여 덜렁이와 옥금이는 아파트 입구 벼랑길을 타고 내려가 시장 거리로 들어서기도 하였지만, 그런 시장 거리의 어떤 집에 이르러 방문 틈으로 얼핏 보았던 풍경이 그러니까 유곽이라는 것과 연관된다. 쥐 잡아먹은 년처럼 입술을 새빨갛게 칠하고 미친년처럼 머리를 헝클어뜨린 여자들이 부끄러운 줄 모르고 대명천지 밝은 세상을 돌아다니고 있다고 어른들은 일쑤 한탄을 일삼았는데, 그런 여자들이 치마저고리도 아니고 몸뻬나 기모노도 아닌 서양 옷이라는 걸 입고 한낮에도 남자의 소매를 붙잡아 천장이 낮은 기와집으로 끌어들이고 있었다. 때로는 양코배기 옆구리에 짧은 지팡이처럼 매달려 둥실둥실 떠다니는 '쥐 잡아먹은 년'들도 심심치 않게 볼 수가 있다.

"얘 얘, 저기 아야 아야 아야꼬가 지나간다."

"얘 얘는 뭐구, 아야 아야는 또 뭐니?" 덜렁이가 묻는다.

시장 거리에서 덜렁이와 옥금이는 들벅대는 어른들 구경에 한눈을 팔다가 어떻게 해야 그들이 사는 아파트로 돌아갈 수 있는지 그만 길을 잃어버리고 말았다. 아무리 찾아다녀 봐야 낯선 거리만 자꾸 나타나서 울먹울먹 울음이라도 터뜨리고 싶을 때 문득 옥금이가 뜻 모를 소리를 질렀다.

"웅, 넌 그냥 내가 하는 대로 따라서 하면 되는 거야, 그러니까, 내가 아야 아야 아야꼬……, 이렇게 말하면 너는 아파 아파 아야꼬……, 이렇게 따라서 하는 거야. 알겠니?"

무슨 영문인지 알 수 없었지만 덜렁이는 고개를 끄덕거렸다. 그러자 옥금이가 얼굴을 찡그리며 "아야, 아야, 아야꼬." 하고 소리를 질렀고 덩달아 덜렁이는 "아파, 아파, 아야꼬." 하고 응수했다. 둘이는 초등학교 들어간 언니들이 행진하면서 구령을 복창하듯이 그렇게 아야, 아야, 아야꼬, 아파, 아파, 아야꼬 하고 소리내며 걸어갔다. 가만히 살펴보니 옥금이는 몸뻬를 두른 어떤 중년 부인 뒤를 그런 식으로 쫓아가는 중이었다. 장바구니를 들고 있던 그 중년 부인이 홱 돌아서면서 얼굴을 잔뜩 우그러뜨려 가지고 들입다 소래기를 질러대기 시작했다. 그런데 그 소리가 덜렁이로서는 알아먹을 수 없는 일본 말이었으며 게다가 돼지 먹딸 때 내지르는 것처럼 엄청 컸기 때문에 너무도 놀란 나머지 그만 그 자리에 주저앉고 말았다.

몸뻬 입은 여자는 기승이 나서 더펄거리며 나대기 시작하였고 어느새 구경거리라도 난 듯이 사람들이 그들을 빙 둘러쌌다. 옥금이가 앙 하고 울음을 터뜨렸는데 덜렁이는 허우적거리는 쥐새끼처럼 행길 가에 널부러져서 운신을 하지 못하고 있었다. 이윽고 분이 풀렸는지 몸뻬 입은 여자의 목소리가 웬만큼 잦아졌을 무렵, 그제야 그 자리를 빙 둘러쌌던 사람들이 두런두런 말마디를 뱉어내기 시작했고 조금 더 시간이 지나자 그 두런거리는 소리는 웅성웅성 술렁거리는 소리로 바뀌어져 있었다. 웬 일본 여자가 우리나라 애들을 때리고 패대기질 치고……, 아니, 이럴 수가 있나, 이런 소리가 들리는가 하면, 지금이 도대체 어떤 세상인데 이게 뭐람, 아직도 그놈의 왜정 시대가 계속되고 있다는 건가, 그런 소리도 들려왔다. 몸뻬 입은 여자가 당황해 하였다. 뭐라 뭐라 일본 말로 구경나온 사람들에게 변명하듯 늘어놓았다. 구경꾼들 중에 일본 말을 알아듣는 중년 사내가 있었는데, 그가 피식 웃음을 터뜨렸다.

"이 여자 이름이 아야꼬라는 게요. 아야꼬라고 하면 한자로는 능자(綾子)라고 쓰겠구먼. 이 여자가 이런 말을 하는구먼. 이 애들이 아야꼬라는 이름을 가지고 아야 아야 아야꼬, 아파 아파 아야꼬 하고 놀려 대는데, 이게 그냥 욕이 아니고 아주 거북살스런 욕이라는 게여. 자기로서는 이 애들을 때린 것이 아니고 그저 아이들 입에 담아서는 안 될 그런 욕은 하지 말아 달라고 애원하다시피 말한 것뿐이라는 거여."

아야꼬라는 이름의 그 여자는 덜렁이를 일으켜 세워 가지고 옷에 묻은 먼지를 털어 주었다.

"얘들아, 이 일본 아줌마가 너희를 집까지 데려다 주겠단다. 그러고 보니 다들 같은 아파트에서 살고들 있구나. 너희들, 이 아줌마를 더 이상 놀려 대면 안 되겠구나." 하고 그 중년 사내가 중재를 들어 주었다.

아야꼬는 사람들이 몰려든 자리를 얼른 피하고 싶었던 것에 틀림없었다. 덜렁이 머리를 쓰다듬어주고 옥금이 손을 붙잡아 마치 암탉이 병아리 새끼들 거느리고 나들이 떠나듯 그 자리를 벗어났다. 그들이 큰 거리로 나서서 시장을 벗어나자 아야꼬는 다시 일본 말로 뭐라 뭐라 웅절거리기 시작했는데 아마도 분이 나서 욕지거리를 늘어놓는 소리였을 것이다. 덜렁이는 그 아줌마가 무서워서 도망이라도 치고 싶었지만 그러다가는 집에 찾아가지를 못할 것 같아 이러지도 저러지도 못하고 질질 끌려갔다. 일본인들은 어린애건 나이든 처녀건 가리지를 않고 사람들을 막 붙잡아다가 팔아먹는다는 이야기를 들은 기억도 났으므로 혹시 이 여자가 그런 해코지를 하지나 않을까 겁도 났다.

그날 밤 옥금이 엄마는 아야꼬와 대판 싸움을 벌였다. 유곽 아파트 사람들이 모두 살판났다는 듯이 그 싸움 구경을 하였다. 나중에는 서로 머리채까지 휘어잡았다. 어른들은 그걸 말리려 들기는커녕 '개똥이가 이기나, 쇠똥이가 이기나' 따위의 노래를 부르며 공깃돌 놀이하고 집 뺏기 놀이하는 아이들처럼 신나는 표정으로 지켜보고만 있었을 뿐이었다.

"야 이년아, 느그들 왜놈들이 우리 조선 사람들을 '요보, 요보' 하면서 얼마나 깔보았냐? 조선 사람들이 '여보, 여보' 하고 부르는 걸 가지고 그처럼 놀려 대지 않았냔 말야. 그런데 알구 보니깐 '요보'는 조선 사람이 아니었어. 네년이야말로 바로 '요보'인 거란 말이다. '요보'인 네년 때문에 조선 사람들이 흉을 잡혔다면, 이제 와서는 '요보'인 네년이 우리 어린 새끼들마저 마구 때리며 구박한다 이 말이냐?"

"요보가 뭐야, 할아버지?"

덜렁이는 그가 할아버지라고 부르는(실제로 그의 할아버지는 아니지만) 이해용 씨에게 묻는다.

"응, '요보(女房)'는……, 질이 좋지 않은 여자를 가리킬 때 쓰는 일본 말이다."

아야꼬가 뭐라 뭐라 일본 말로 떠들어댔다.

"저 여자 무슨 소리를 하는 겨예요?" 국민학교 2학년에 다니는 (그리고 신문팔이 하는) 덜렁이의 형 얼렁이(원래 이름은 영룡이지만)가 물었다.

"저 여자는 자기가 '요보'는 아니고 '세와까이' 일을 한 것뿐이라고 하는군." 아버지가 말했다.

"요보는 뭐구 세와까이는 또 뭔데요?" 명실이 고모가 물었다.

"세와까이라는 건……, 이 애들아, 너희들이 이제 일본 말을 알아야 할 까닭이 없다. 더구나 그런 왜말 귀담아들을 것두 못 된다." 이해용 씨가 말했다.

"세와까이는 무슨 세와까이야? 뚜쟁이질을 했지." 옥금이 엄마는 일본 말을 잘 하지는 못했지만 그런 단어를 들은 적이 있었던 모양이었다.

얼마 후 옥금이 엄마는 옥금이를 데리고 자기 사는 방으로 돌아갔지만 아야꼬는 동네 사람 모두 들으라는 듯 계속 일본 말로 푸념을 늘어놓았다.

싸움 구경하러 나갔던 고모부 정매현 씨가 방으로 들어왔다. 그는 흔히 '아까다마'라는 왜말로 부르던 양담배 '럭키 스트라이크'를 한 대 꺼내 피워 물었다. 이 담배 껍데기에는 붉은 동그라미가 그려져 있어서 사람들이 붉다는 뜻의 '아까'에다가 둥글다는 뜻의 '다마'를 붙여 그런 왜말로 명칭을 삼는다는 것쯤은 덜렁이도 알고 있었다.

"따지고 보면 아야꼬도 안 되었어." 하고 정매현 씨가 말했다. "저여자가 이런 말을 하는구면. 그야 조선이 해방되었으니 일본인들이 모두 얼른 일본 제 섬나라로 돌아가는 게 마땅하고 우리 조선 사람들도 일본놈 꼴을 더 이상 보고 싶어하지 않는다는 것, 잘 안다는 거여. 그런데 자기는 조선 사람 구박하거나 괴롭힌 적 없고 도리어 조선 사람과 매한가지로 구박받고 괴롭힘 받으며 살아 왔대는 거여. 막상 일본으로 돌아가자 하니 돈 한 푼 없고 또 연고자도 없어서 미적미적 입때껏 여기에 처지게 되었다는구면. 자기 사정이 이런 줄 알면 일본인이라 미워 말고 박복한 여인으로 의지가지없는 고독 단신의 몸이라 이해해 줄 법도 한데, 어린애들까지 아야꼬라는 이름을 가지고 놀려대니 서러워서 못 견디겠대."

"흥, 당신이 아야꼬 편역을 든단 말이지요? 무슨 꿍꿍이속으로 그러는지 알다가도 모르겠네, 정말이지." 하고 명실이 고모가 고모부에게 머퉁이를 놓았다.

"임자는 무슨 소리를 그렇게 하고 있는 거야?" 고모부 정매현 씨가 화를 냈다.

"왜들 그래? 이러다간 바깥 싸움이 잘못 껴묻어 들어와서 집안싸움 될라." 하고 덜렁이 어머니가 말했다.

"자, 밤이 늦었다. 자, 얼렁아 덜렁아, 그리고 여보, 이제 우리 그만 자러 갑시다."

어머니 말에 그들은 모두 잠자러 칸막이를 한 다다미방으로 건너갔다. 이해용 씨도 마루방으로 갔고, 사람들이 그처럼 흩어지자 정대현 씨 부부는 더 이상 싸움을 하지 않게 되었다.

"정말이지, 우리 빨리 이사 가야 하겠어요." 하고 어머니가 아버지에게 말했다.

"명실이 고모도 그렇고 고모부도 그렇고 참 이상한 시대에 이상하게 살고 있는 사람들이야." 하고 아버지가 말했다.

"그러는 당신은 뭐예요? 남들은 적산이라는 걸 잘도 차지하는데 그럴 주변도 없고, '세와까이'에 끼어들 배짱도 없고……."

"나더러 그런 짓을 하라는 거요? 당신도 미쳤군." 하고 아버지가 개탄했다.

"형, '세와까이'라는 게 뭐야?" 하고 덜렁이는 얼렁이에게 물었다.

"응, 그건……." 얼렁이는 동생에게 설명해 주느라 끙끙거렸다.

어른들의 세계에서는 무슨 일이 일어났으며 일어나고 있는 것인가? 이 세상이라는 곳이 과연 어떠한 곳인가? 덜렁이는 그 어린 소견에 막연하나마 이런 의문을 품었다. 얼렁이가 끙끙거리며 들려준 이야기라는 게 대충 이러하였다. 그러니까 일본이 망하고 우리가 해방이 되었는데 말이지……, 우리가 해방되니까 우리 땅에 살던 일본인들이 제 나라로 돌아가야 하는데……, 일본으로 돌아가야 할 일본 사람들이 집에서 쓰던 물건 같은 거 팔아넘겨서 돈도 만들어야 하고 또 다른 준비도 해야겠거든. 이런 일을 나서서 서로 소개도 하고 알려 주기도 하고 그래야 할 사람이 필요하게 되었는데 말이지……. 일본 사람들과 우리나라 사람들하고 그 중간에 끼여서 아야꼬라는 여자가 그 일을 했는데……, 고모부가 또 중간에 끼여서 아야꼬랑 만나 가지고 흥정도 하고 그랬는데 말이지……, 그게 '세와까이(世話會)'라는 거다. 알겠니, 너? 아야꼬라는 여자는 왜정 시대 이 아파트가 유곽이었을 때 이 유곽에서 살았던 여자라고 하는데, 그게 '요보'인 거구 말이지……."

유곽이었던 이 아파트는 해방되자 다른 사정에 놓이게 되었다. 이 유곽에 살던 일본인들은 아야꼬를 제외하고는 다들 뿔뿔이 흩어져 버렸고, 그러자 이곳은 주인 없는 집이 되어 버리고 말았다. 난민들이 떼를 지어 몰려와서 제 차지를 하면서 내 것이노라 하였었다. 그러나 조금 뒤에 보다 힘센 사람들이 먼저 들어와 있는 난민들을 쫓아버리고 제가 주인이노라 하였다. 조금 더 시간이 지나자 적산 어쩌구 하는 규정을 만들어서 먼젓번보다 더 힘센 사람들과 단체들이 무슨 문서라는 걸 만들어 이제부터는 내가 주인이노라 하였다. 정매현 씨가 철도 경찰에 투신하게 된 것이 그런 와중이었다. 정매현 씨는 철도 경찰이 되면서 큰 권세라도 잡은 것처럼 으스대며 이 아파트 3층에 자리잡았다. 쓰리꾼이라는 새로운 명칭으로 불리는 소매치기가 들끓는 세상이었다. 철도 경찰인 정매현 씨도 번번이 쓰리를 당했다. 정매현 씨는 앞장과 뒷장만 돈을 대고 그 속에는 신문지를 잘라서 두툼하게 만든 돈다발을 주머니에 넣어 가지고 아침에 집을 나섰다. 쓰리꾼을 잡기 위해서 그런 미끼를 만들었던 것이었다. 그러나 쓰리꾼은 못 잡고 미끼만 소매치기 당하곤 했다. 저녁에 집으로 돌아온 그를 보는 사람은 "잡았어요?" 하고 묻는 게 인사가 되었다. "돈 두 장만 털렸어. 참 요새 쓰리꾼들 대단하거든." 하고 그는 기죽은 어조로 말하곤 했다. 정매현 씨는 적산 아파트의 향보단 책임자를 맡기도 했다. 향보단이라는 건 왜정 말기 무슨 보국대 같은 거라고 사람들이 무척이나 싫어하기는 했지만서도…….

3.

여섯 살짜리 덜렁이는 온몸이 쑤시듯 아프고 열이 나서 단김을 뱉어내고 머리가 지끈지끈 쑤셔대서 끙끙 앓았다. 하지만 한낮의 아파트에는 이렇게 아프다는 하소연을 들어줄 사람이 아무도 없었다. 그래서 덜렁이는 심술이 생겼다. 내가 이렇게 아픈데 그것을 알아주는 사람이 아무도 없다니 이럴 수가 있는가 하였다. 아파하는 어린애를 무시하는 어른들에게 복수하리라. 그래서 그는 자기가 아프다는 것을 아무에게도 말하지 않으리라 결심하였다. 오후가 되어 재환이 아저씨가 피곤하고 배고픈 표정으로 들어왔는데, 이상하게 구는 덜렁이를 대하자, "너, 왜 그러냐." 하고 물었다. 그랬어도 덜렁이는 그냥 얼굴만 찡그려 보였을 뿐이었다. 조금 있다가 제분소 공장에서 돌아온 와실이 고모가 "너, 어디 아프냐, 안색이 안 좋구나." 하고 물었다. 그랬어도 아무 말도 하지 않았다. 다시 조금 뒤에 고물 옷 장사를 하는 아버지가 어머니에게 노점을 맡기고 먼저 돌아왔는데, "아무래도 몸살 기운이 있어서 오늘은 일찍 들어왔어." 하고 와실이 고모에게 말했다. 덜렁이는 자기에 대해 아무런 관심도 보이지 않는 아버지가 미웠지만 아무 말도 하지 않고 가만히 있었다. 그러자 밤이 되어 시장으로부터 어머니가 돌아오고 명실이 고모가 돌아오고 형문이 아저씨가 돌아오고 그가 할아버지라 부르는(실제로 그의 할아버지는 아니지만) 이해용 씨가 돌아왔다. 와실이 고모는 수제비를 끓이고 있었다. 어머니가 두리반 대신 쓰는 사과 궤짝 두 개를 가져와서 그 위에 상보를 폈다. 그 두리반은 며칠 전 그의 아버지와 정매현 씨가 싸울 적에 아버지가 박살을 내 버려서, 사람들이 말은 안 해도 밥상이 없는 것을 퍽이나 아쉬워하였다. 수제비를 담은 그릇들에서는 알싸한 멸치 국물 끓여 우려낸 냄새가 풍겼다. 먹을 복을 타고 났다는 소리를 늘상 듣는 초등학교 2학년짜리 얼렁이가 신문팔이를 끝내고 저녁상 차리기와 때를 맞추어 돌아왔다. 그리하여 모두들 달라붙어 덜렁이는 본체만체 저네들끼리만 저녁을 먹어 대기 시작했으며 덜렁이는 단단히 화가 났어도 아무 말도 하지 않았는데,

"인석이 오늘은 밥상머리에 들러붙지를 않고 너, 왜 그러냐?"

하고 그가 할아버지라 부르는 이해용 씨가 머퉁이를 놓았을 적에도 그는 밥상머리 쪽으로 다가들지 않고 한쪽 구석에 앉아 있기만 하였다.

"아무래도 저 녀석, 어디가 아픈 모양이야. 저 녀석 어디가 불편한데 아무도 거들떠보지 않아 단단히 화가 난 모양이야."

하고 그가 할아버지라 부르는 이해용 씨가 다시 이렇게 말했다. 그래도 덜렁이는 못들은 체하고 가만히 있기만 하였다. 이렇게 무심하고 무정한 사람들을 아버지, 어머니, 형, 고모, 아저씨라고 믿거니 해왔던 그가 참 반편스런 녀석이고, 그 자신이 퍽 억울하고 불쌍

한 녀석이라고 속으로만 울분을 삼키고 있었다. 그래도 그가 할아 버지라 부르는 이해용 씨만은 용서해줄 만하다고 속으로 생각하 고 있는데,

"몸이 좀 고단한 모양이에요. 하지만 이 집에서 일 않고 놀고먹는 건 저 녀석밖에는 없어요. 뛰놀기 바빠 고단한 건 남 못살게 굴면서 세상을 피곤하게 만드는 짓거리는 아니니까 그냥 내버려 두면 되 는 걸요. 저 녀석 자꾸 말을 붙이면 심통을 부리니까 모른 척 내버려 두세요. 내버려 두면 제풀에 지쳐서 밥상머리에 달라붙을 거예요."

어머니가 말했다. 도대체 어머니가 저럴 수 있을까. 덜렁이는 그 의 배 속에 들어있는 장대 회충이 용이 되기 위해 꿈틀거리는 이무 기처럼 요동치는 것을 느꼈다.

"너, 뜨거운 국물 잘 먹지 못하니까 식은 다음에 먹으려고 그러는 거지?"

와실이 고모가 말했다. 덜렁이는 그게 아니야 하고 말하려고 했 지만 뜨거운 수제비를 잘 먹지 못하는 것은 사실이었으며 게다가 아까부터 일절 말을 하지 않기로 단단히 결심해 둔 바가 있었으므 로 아무 말도 하지 않았다.

그런데 그사이 사람들은 그에 대해서는 까맣게 잊어버리고 오늘 그들이 겪었던 일들을 이야기하는 데만 열을 내고 있어서 그는 정 말이지 단단히 화가 나 있었다. 화나면 덜렁이가 얼마나 무서운 녀 석이 되는가는 이 식구들이 모두 잘 알고 있을 터임에도 그들은 그 를 무시하고 있었다. 그는 자기가 화났다는 것을 어떻게 이 무정한 사람들에게 알릴 수 있을지 속이 부글부글 끓었다. 그렇다고 그냥 "나 화났단 말야." 하고 이야기할 수는 없고, 천상 화났다는 것을 행동으로 보여주어야 하겠는데 그가 취해야 할 행동이 어떠한 것이

되어야 할지 찾아내지 못하여 안달복달을 떨고 있었다.

4.

그때 그 사람들은 다 어디로 갔을까? 딜렁이는 보름 동안 병원 신세를 졌고, 그리고 얼마큼 회복이 되어 아파트로 돌아왔지만, 자리보전으로 두어 달가량 드러누워 있어야 했다. 비록 몸은 아팠지만 그처럼 행복했던 시절이 따로 있었을까 하고 그는 생각하였다. 모든 사람들이 모두 그를 극진히 위해주었다. 모든 사람들이 모두 그에게 미안해했다.

"인석아, 그때 저녁밥 먹을 적에 네가 그토록 아파하는 줄을 어찌 알았겠냐? 의뭉스럽게 네가 말을 않고 있었으니 말이다. 하지만 아무튼 아픈 애를 그토록 몰라주다니 우리가 미안하게 되었지 뭐냐?"

어른들은 이런 말을 늘어놓고는 하였다. 모두들 그가 병에서 회복되기를 바라 그의 보비위를 맞추어 주었다. 심지어 그는 그런 생각까지 먹었다. 병에서 회복되면 사람들은 나를 다시 괄시하겠지. 이따금씩은 이렇게 아파한다는 게 참 좋은 일이 되겠다 하고, 다만 옥금이처럼 폐렴으로 죽지만 않는다면.

5.

유곽 아파트는 새벽부터 부산스러웠다. 거개의 주민이 하루 벌어 하루 먹고사는 사람들이었다. 그리고 거개의 사람들이 새벽부터 설쳐 대지 않으면 안 될 이유를 가지고 있었다. 인쇄 공장에 다닐 적에 출판 노조 파업 사건으로 붙들려 들어갔다가 풀려나온 옥금이 아버지는(하기야 옥금이가 죽고 없으니 더 이상 옥금이 아버지도 아니지만) 뜬벌이 일을 찾는 중에 아이스크림 행상을 그해 여름철 새로이 시작했다. 양철통 가두리에 얼음을 쟁여 넣고 소금을 뿌리고 그리고 그 안쪽에는 우유와 설탕 같은 것을 섞은 아이스크림 재료를 담은 통을 놓아서 그것이 차갑고 파삭하게 얼음 가루가 되도록 빙글빙글 돌려 대는 것이다. 아이들은 꼭두새벽부터 그 옆에 서서 아이스크림이 되어가는 과정을 지칠 줄 모르고 지켜보았다. 일단 아이스크림이 만들어지면 옥금이 아버지는 간단히 아침 식사 한술을 뜬 다음 리어카에 그것을 싣고 시내로 나갔다. 이해용 씨는 어느 날 큰 결심을 하여 행상 이발꾼이 되기로 마음먹었다. 이해용 씨는 아마 그 당시 50여 세쯤 되지 않았을까 하였다. 그가 어떻게 해서 삼남 땅의 농촌 고향을 등지고 고독 단신의 몸으로 서울에 올라와 정매현 씨의 더부살이를 하게 되었는지 정확한 것은 아무도 몰랐다. 다만 어른들은 그를 가리켜 '더펄이 영감'이라고들 불렀다. 그에게는 참으로 많은 이야깃거리들이 있었다. 그는 만주, 중국, 시베리아를 헤매 다닌 사람이었으며, 왜정 말기에는 징용으로 끌려가 태평양의 군사 시설 토목 공사 현장을 전전했던 체험도 가지고 있었다. 그는 특히 어린애들에게 참으로 많은 이야기들을 해 주었는데, 가령 만리장성이 어떻게 생겼다든가, 되놈들이라 부르는 중국인들이 주먹밥을 싸 들고 몇 날 며칠이고 연착으로 도착할 줄 모르는 기차를 기다리면서 철로 연변에 노숙하다시피 죽치고 앉아 버티는 만주 지방 풍경이라든가, 남태평양의 산호초가 깔린 곳의 풍광이라든가……. 그 산호초 이야기는 이런 것이었다. 깜깜 칠흑으로 어두운 밤, 이해용 씨는 일본군 대여섯 명과 함께 조그만 통통배에 타고 어느 섬으로 가는 중이었다. 그러다가 암초에 덜커덩 걸려 버렸다고 했다.

"그게 말이지, 쇠뿔같이 생긴 뾰족한 것에 똥구멍이 찔려 버린 형국과 같았거든. 그뿐이면 좋게? 이놈의 통통배가 마치 시소처럼 이리 기우뚱 저리 기우뚱하고 있는데 그야말로 얼마 안 있어 수박이 절반으로 탁 갈라지듯 쪼개질 지경이었더란 말이지."

아이들은 이해용 씨 말에 숨을 죽이고 조마롭게 다음 말을 기다렸다.

"얼마 안 있어 날이 새는데, 그러자 그때가 마침 썰물 때였더란 말이야. 물이 빠지면서 여기저기 산호초들이 나타나기 시작하는데……, 글쎄 그 광경을 어떻게 설명하면 좋을까? 맨 처음 내 느낌은 '웬 놈의 황소들이 이 바다에 이렇게 떼거리로 빠져 죽었을까.' 이런 것이었지. 쇠뿔 같은 것들이 여기저기 헤아릴 수도 없을 만치 솟구쳐 있더란 말이다."

이해용 씨는 아이들이 가 보지 못한 곳을 많이 가 보았을 뿐 아니라 아이들의 마음이 어떻게 돌아가는지 이해할 줄을 알았다. 아이들이 어떤 이야기를 듣고 싶어 하며 무슨 꿈을 꾸고 있는지 짐작해 내는 재간이 있었다.

"남태평양 섬나라 사람들은 글쎄, 날마다 이밥에 고깃국 먹으며 사는 것처럼 살고 있다고나 할까, 탐스러운 과일들이 주렁주렁 열려 먹을 것이 지천으로 널려 있고 여자들은 하루 종일 노래하고 춤추는 걸로 보내고들 있지. 보잘것없는 이 나를 좋아한 여자들이 참으로 많았다. 내 나라, 내 땅이 해방되었기에 내가 만사 제쳐놓고 달려오기는 했지만……."

이해용 씨는 정매현 씨의 이모부라고 했다. 물론 정매현 씨의 이모는 이미 죽고 없었다. 정매현 씨는 차츰 이해용 씨를 귀찮아하기 시작했다. "그거 애들한테 쓸데없는 소리 마시고 어떻게든 먹고 살 방도를 찾으란 말입니다." 하는 소리를 거침없이 내뱉게 되었다. 이렇다 할 직장도 없고 돈벌이할 일도 없어 모두들 허덕거리고들 있는데 그럴수록 사람들의 관심은 "도대체 이놈의 세상이 산으로 올라갈 건가, 바다로 풍덩 빠져 버릴 건가." 하는 푸념으로 나타나고들 있었다. 먹을 것, 입을 것, 자리 펴고 누울 곳이 모두 귀할수록 사람들은 더욱 기승을 부리게 되는 모양이라고들 했다. 이해용 씨는 너덜거리고 낡아 빠진 '지까다비'[2]를 신고 '당꼬 쓰봉'[3]에 '료마이'[4]를 헐렁하게 걸친 차림으로 우국지사들을 찾아다녔나 보았다. 오늘은 경교장의 백범 선생 동네로, 어제는 이화장의 우남 선생 동네로, 그런가 하면 계동의 몽양 선생도 만나 보고, 이광수도 만나 보고, 꼬장꼬장한 학자풍이어서 마음에 차지 않았다는 백남운 씨도 만나 보고, 사람이 텁텁하기는 한데 매 단단하지를 못해서 남의 이용이나 당하기 십상이겠다던 장안파라나 뭐라나 하는 명칭으로 불리는 좌익 계열의 정백이란 사람도 만나보고, 또 그런가 하면 소설가 박태원이라는 사람이 문학 청년들을 모아 놓고 술을 먹이면서 저는 빙긋이 웃기만 하는 그런 술판에 끼어들어 만주니 중국이니 남태평양이니 그가 늘상 어린애들에게 말하곤 했던 화제를 꺼냈다가, "어디서 굴러먹던 영감이 우리한테 무슨 허튼소리요?" 하고 핀잔을 듣고 무연해서 돌아 나오기도 했다. 이해용 씨는 아침에 나갔다가 저녁 늦게 돌아와서는 그렇게 그날 하루 지낸 이야기보따리를 풀어놓곤 하였다. 그러나 날이 갈수록 이해용 씨 이야기를 받

---

2) 광산 노동자용 작업화.

3) 허벅지 쪽은 헐렁한데 발목 밑단이 좁은 형태의 바지.

4) 상의 단추가 두 줄로 된 양복 재킷.

아주는 사람이 적어지게 되었다. 서울 시내 도처에서 검거 선풍이 불고 그리고 도처에서 칼부림, 총격전, 살인 소동이 벌어지기 시작하고 있었다. 이해용 씨는 닷새가량 유치장에 잡혀들어갔다가 나오는 일을 만나게 되었다. 그런저런 일을 겪고 난 어느 날 이해용 씨는 큰 결심을 하여 밑바닥 돈벌이를 나서 볼 작정을 하게 된 것이다. 이해용 씨는 허름한 가방에 바리캉 이발 가위 면도기를 사 가지고 들어왔다.

"인석아, 네 머리 깎아 주러 내가 이런 걸 마련해 가지고 왔다."면서 이해용 씨는 얼렁이와 딜렁이의 이발을 해 주었는데 그것이 상고머리라는 것이었다. 이해용 씨는 새벽 일찌감치 일어나서 숫돌에다가 면도할 때 쓰는 칼을 갈았는데, 그 옆에서는 옥금이 아버지가 빙글빙글 아이스크림 통을 돌리는 작업을 하고 있었으며, 형문이 아저씨의 비누 만드는 작업이 시작되고 있는 것이었다. 이해용 씨는 간단히 아침 요기를 한 다음에 이발 기구를 챙겨 든 가방을 한 손에 들고 어깨에는 멜빵을 멘 조그만 나무 의자를 걸쳐 메고 시내로 들어섰다.

"머리 깎으쇼, 머리 깎으쇼." 하고 그는 마치 엿장수의 가위 소리와 흡사하게 골목길을 쩌렁쩌렁 울리는 목소리를 내뱉으며 걸어나가는 것이었다. 머리를 깎겠다는 사람이 있으면 이해용 씨는 그곳이 길바닥이든 남의 집 안마당이든 가리지 않고 나무 의자를 내려놓고는 수건을 앞가슴에 대고 머리를 깎아 주었다. 그러면서 이야기보따리를 풀어 앙탈 부리는 아이들을 어수가하니 달래 놓고는 하였다. 이발 행상꾼으로 나선 이해용 씨는 유곽 아파트 사람들에게 경이로운 존재로 비쳤다. "이발 행상장이 저 영감 본을 따르란 말예요. 제발 좀 정신을 차리래두요." 하고 와실이 고모는 형문이 아

사민   105

저씨에게 바가지를 긁고는 하였다. 와실이 고모가 형문이 아저씨에 게 큰소리를 지를만 한 까닭은 있었다. 와실이 고모는 사랑하는 사 람인 형문이 아저씨를 위해 사선(死線)을 넘었던 적이 있었다. 하기 야 그때까지만 하여도 38선은 딴딴하게 굳어 버린 것이 아니라 약 간은 물렁물렁하다고 하기는 했다. 형문이 아저씨는 해방될 무렵 서울의 어느 사립 고등보통학교 2학년 학생이었다고 했는데, 공출 이다 노력 동원이다 해서 왜놈들이 발악하듯 사람들을 들볶아 댈 적에 그가 다니던 고등 보통학교 학생들은 서울에서 기차 타고 황 해도 사리원 근처의 어느 공장에 공부 대신 일을 하러 가게 되었다 고 했었다. 형문이 아저씨는 이미 그때 반항 기질이 있었다고 했다. 그러니까 일본 학생들이 주로 다니는 고보생들과 축구 시합을 하 게 되었을 적에 예하라 노하라 소위라는 자가 심판을 엉망으로 보 아서 일본 고보생들이 이겼다. 이에 분을 참지 못하고 대들었다가 그것이 어마어마한 죄에 해당된다고 하여 한 달 가량 유치장 신세 를 진 전력이 있었다는 것이었다. 형문이 아저씨는 사리원 공장으 로 노력 동원 나가게 되었을 적에 도망질을 쳤다. 그는 나중에 '건국 동맹'이란 명칭으로 알려지게 되었던 청년 단체와 간접적으로 연결 되어 있었다. 일본 헌병들이 그를 잡기 위해 혈안이 되었다. 그때 그 가 와실이 고모가 살던 집에 숨어 있었다고 하였다. 명실이 고모, 와 실이 고모는 덜렁이 어머니 언니고 동생이지만 하여튼 딸부자 집안 인 어머니 집안의 자매들은 모두 하나같이 엉뚱한 남자들을 만나 서 부부가 된 셈이었다. 그중에서도 와실이 고모만은 출생이 좀 색 달랐다. 즉 어머니와 명실이 고모 어머니, 그러니까 덜렁이 외할머 니는 와실이 고모의 어머니를 겸하고 있는 것이 아니었다. 다시 말 해 덜렁이 외할아버지는 외할머니 아닌 다른 사람과의 사이에서 와실이 고모를 낳게 된 것이었다. 그래서 와실이 고모는 줄곧 서울에서 자라났다. 해방이 되자 형문이 아저씨는 한창 나이의 청춘으로서 민족을 위하여 젊음을 바치고 싶어 하였으며 와실이 고모는 부지런히 그 뒷바라지를 하였다. 그러다가 형문이 아저씨는 선배가 되는 무슨 동지라나 하는 사람을 만난다고 삼팔선을 넘어 이북으로 올라갔다. 이북으로 올라간 형문이 아저씨가 무슨 일이 잘못되어 곤경에 처해 있다는 소식이 와실이 고모에게 전해졌다고 하였다. 갓 스물 나이의 와실이 고모가 사랑하는 사람을 위해 삼팔선을 넘었다. 어찌 되었든 간에 와실이 고모와 형문이 아저씨는 다시 삼팔선을 넘어 함께 서울로 돌아오게 되었다. 기차를 타고 철원까지 온 두 사람은 돈을 주고 안내꾼을 사서 삼팔선을 넘어 이남으로 무사히 내려왔다. 포천에 조그만 강물이 있어 거기에 다리가 놓여 있는데 훗날 사람들은 그 다리를 삼팔교라고 불렀다. 삼팔선을 통과하는 다리는 아니지만 그 다리 남쪽에 검문소가 있어, 그 검문소를 통과하여야 비로소 무사히 이남 땅을 밟게 되기 때문에 그런 명칭을 얻었다. 한국 경비대원과 미군이 그 다리를 지키고 있었다. 30여 명쯤 되는 사람 가운데 여자는 와실이 고모뿐이었다. 미군이 하는 일이란 그저 건성으로 신분을 확인하는 체한 다음, 사람들 머리통과 옷섶에 디디티라는 걸 잔뜩 뿌려주면서 통과시키는 것이었다. 그런데 이 미군의 눈에 유일한 여자인 와실이 고모가 뜨이게 되자, 무슨 생각으로 그러는지 캄온 캄온, 하며 와실이 고모에게 손짓하였는데, 그것이 초소 안으로 들어오라는 동작이었다는 것이었다. 일이 이렇게 돌아가자 30여 명의 사람들이 주춤거리면서 그 누구의 제의랄 것도 없이 와실이 고모를 한가운데 감추다시피 해 가지고 사내들이 몇 겹을 빙 둘러싸듯이 해서 검문받는 곳으로 나갔다고 하였다. 그래서 와실이 고모는 무사하게 되었고 사람들은 디디티 선물만 잔뜩 받으며 검문소 앞을 통과할 수 있었다고 했다. 그렇게 서울로 온 형문이 아저씨와 와실이 고모는 비록 결혼식을 올리지는 않았지만 결혼한 부부나 진배없이 함께 살았다. 그들이 동거 생활 처음에서부터 명실이 고모와 정매현 씨의 유곽 아파트에 얹혀 지냈던 것은 아니었다. 그 당시 묵정동에는 숭덕학사(崇德學舍)라는 건물이 있었다. 이 건물 또한 왜정 시대에는 유곽이었던 곳이라 하였다. 해방이 되자 이 또한 적산 건물이 되었다. 이 적산을 접수한 사람은 그 당시 세력가였다. 그 세력가가 어떻게 해서 그런 착한 마음을 냈는지 알 수 없으나 대학생들에게 기숙사 비슷하게 무료로 제공해 주었다. 청운의 뜻을 펴기 위해 어려운 중에 학업에 매진 중인 젊은 이들에게 이 숭덕학사는 참으로 고마운 보금자리였다. 물론 식사까지 제공해 주는 것은 아니었지만 잠자리 구하기가 하늘의 별 따기처럼 어려운 때였으니 그것만으로도 감지덕지할 일이었다. 형문이 아저씨가 동창들의 연줄로 이 숭덕학사에 거처를 잡게 되었다. 한 방을 혼자 쓰는 것은 아니고 세 명이 함께 지냈지만, 와실이 고모와 형문이 아저씨 관계를 짐작한 같은 요실(寮室)의 두 친구는 일주일에 이삼일은 자리를 비워 주었으니 그것은 묘한 생활이었을 것이었다. 그런데 그 당시 청년들에게는 이런 낭만적인 일들만 있던 것이 아니었다. 서청(서북청년단)이니 대청(대동청년단) 같은 것들이 생겨났다. 그들은 이범석의 족청(조선 민족 청년단)을 견제하면서 좌익 청년들 때려잡는 데 앞장섰으니, 그들의 기세가 하늘을 찌를 듯했고 그들의 눈부신 활약이 못 미치는 데가 없었다. 대학생 사회에서는 전국 학련이니 건설 학련이니 하는 것들이 조직되었는데 이는 한독당 계열의 삼균주의 학련을 견제하면서 좌익 학생들의 모임인 '학통(學統)'을 분쇄하기 위함이라 하였다. 유진산 박용만 등이 뒤에서 조정하고 김두한 이성순이니 하는 우익 주먹들과 이철승 이동원 같은 학생들 또는 이중재 같은 전향 학생들의 활동이 대단하여 대학 사회의 수준을 넘쳐나는 것이라고들 하였다. 숭덕학사에 기숙하던 대학생들이 서청 특공대의 기습을 받은 일이 그 무렵에 일어났는데, 이는 숭덕학사의 어느 대학생 하나가 학통 간부인 좌익 학생이라는 것 때문이었다. 그러고 보면 덜렁이가 살던 유곽 아파트 일대라는 데가 참으로 묘한 동네였다. 장충단 쪽에 숭덕학사라는 곳이 있었는가 하면 동국대학 쪽으로는 서청 특공대들이 거처하는 '공제회관'이라는 아파트 건물도 있었으니 말이다. 공제회관 아파트는 일제 시대 유곽이던 곳은 아니었으며 일본 거류민들 중에서도 괜찮게 사는 사람들이 거처하던 곳이었다. 이 건물 또한 적산이 되어 해방 직후 난민들이 아무렇게나 모여 살았는데 어느 날 서북청년단이 출동하여 점거하였다. 이후 그 아파트는 이북에서 넘어온 서청 단원 중에서도 선두에 서서 활동하는 특공대원들의 합숙소로 제공되었다. 공제회관의 특공대들은 혼쩌검을 내야 할 사람들을 이곳으로 끌고 와 린치를 가하기도 하고 때로는 죽임을 주는 일도 있었지마는, 또한 떼거리로 긴급 출동하여 습격하고 파괴와 살상을 일으키는 경우도 많았다. 서청은 단장 문봉제에, 김성주 한관제가 부단장이었으며 그 밑에 이화룡이 감찰부장이었다. 그는 김두한 이정재 이성순 등과 함께 주먹 세계를 주름잡던 인물로 후일 명동 일대에서 군림하였다. 대동청년단은 지청천이 단장이고 이선근 이성주가 부단장이었는데, 특히나 이범석의 족청을 미워하여 그 휘하에 많은 테러리스트들을 포섭하여 활동을 벌였다. 그러다가 이들을 모두 규합하여 대한청년단을 만들었으니 그 단장이 내무장관을 지낸 신성모였는데, 바로 백범 김구의 암살 배후 인물로 세간에 알려진 장본인이었다. 그러고 보면 덜렁이는 나이가 어려서 그렇다 치고 어른들 또한 세상 물정을 전혀 모른 채 살아가고 있었음에 틀림없었다. 그 유곽 아파트 사람들은 자기네 옆 동네에 어떠한 사람들이 어떤 일을 하면서 어떠한 분란을 일으키고 있었는지 알지도 못했고 관심조차 가지지를 못했었으니 말이다. 하여튼 서청 계통의 특공대 합숙소인 공제회관 젊은이들이 숭덕학사를 한밤중에 쳐들어가 좌익 학생 하나는 그 자리에서 물고를 내었고 나머지 청년들 중에서도 반항기가 있는 자들은 공제회관으로 납치해 갔고, 꿇어앉아 애원하는 자들은 몽둥이 타작을 하는 것으로 용서해 주었는데 형문이 아저씨는 무사하지를 못하였다. 그것이 그렇게 된 데는 그날 밤에 와실이 고모와 함께 있었기 때문이었다. 형문이 아저씨는 숭덕학사 2층에 있는 맨 끄트머리 방에서 거처하였는데 바깥이 소란스럽자 분위기를 눈치채 와실이 고모를 창 너머로 도망치게 하였다. 바로 그러할 적에 특공대들이 방으로 들이닥쳤고 형문이 아저씨는 여자와 함께 있다가 도망질치게 하였다고 미움을 사게 되었다. 하지만 그에게 이렇다 할 트집거리를 발견하지 못하게 되자 그는 특공대로부터 경찰 손으로 인계되었다. 그는 유치장에서 두 달을 살면서 갖가지로 심문받았는데, 그 자신 혐의가 깨끗이 씻어져서가 아니라 와실이 고모, 명실이 고모가 백방으로 쫓아다니며 구명 운동을 한 덕분에 풀려났다. 그리고 그 뒤로는 유곽 아파트 명실이 고모네에게 얹혀서 사는 신세가 되었다. 옥금이 아버지가 아이스크림 장사를 나서고 이해용 씨가 이발 행상을 하고 있었을 무렵, 와실이 고모는 국민학교 교사에서 물러나 잠깐 제분소 공장에 다니다가 채소 장사를 시작했다. 와실이 고모는 동대문 로

터리 앞에서 기동차를 타고 뚝섬으로 가곤 하였는데, 어느 날인가는 덜렁이도 덩달아 덜렁거리며 따라가기도 했었다. 동대문 로터리 옆댕이 창신동에서 시발하는 기동차라는 것은 전차 방통 세 개를 연결시켜 운행되는 것이었는데, 승차하는 기분이 전차보다는 훨씬 나았다. 뚝섬 일대는 온통 채마밭으로 이루어져 있었다. 와실이 고모는 거기서 상추라든가 열무 같은 것을 받아 가지고 머리에 이고 다시 기동차를 타고 동대문으로 와서는 방산시장 길목에 내놓고 팔았다. 와실이 고모가 야채 장사에 이골이 났을 무렵에는 제법 〈건드렁타령〉을 불러 젖힐 만큼 이악스러워져 있기도 하였었다.

"왕십리 처녀는 풋나물 장사로 나간다지, 고비, 고사리, 두릅나물, 용문산채[5]를 사시래요. 유각골 처녀는 쌈지 장사로 나간다지, 쥘쌈지 찰쌈지 유자비빔[6]을 사시래요. 애오개 처녀는 망건 장사로 나간다지, 인모망건 경조망건 곱쌀망건[7]을 사시래요. 마장리 처녀는 미나리 장사로 나간다지, 봄 미나리 가을 미나리 애미나리를 사시래요. 구리개 처녀는 한약 장사로 나간다지, 당귀 천궁 차전 연실 창출 백출을 사시래요. 자하문 밖 처녀는 과일 장사로 나간다지, 능금 자두 앵두 살구 복숭아를 사시래요."

와실이 고모가 자신뿐 아니라 유곽 아파트 여편네들까지 회동하여 채소 장사로 휘젓고 다닐 무렵 해서, 형문이 아저씨 몸도 나아져 기동할 만하였다. 그리하여 그 얼마 후 옥금이 아버지, 이해용 씨 등의 본을 떠서 그 또한 돈벌이에 나섰는데 비누 만드는 가마를 얹었던 것이다. 바야흐로 비누라는 게 일반인들에게 선을 보이기 시

---

5) 龍門山菜, 용문산에서 나는 나물.
6) 고급 종이로 만들어 유자 열매로 비벼서 노란색이 나는 쌈지.
7) 곱게 짠 망건, 겹으로 짠 망건.

작할 무렵이었다. 그 전에야 서답사푼이란 말을 쓰고 양잿물을 이용하던 것이 고작이었다. 비누 만드는 것이 까다로울 것은 없었다. 그야 세숫비누는 향료를 써야 하고 좋은 기름이 필요한지라 형문이 아저씨는 싸구려 빨랫비누를 만들 생각을 냈다. 양잿물에 고래기름을 적당한 비율로 섞어 오래도록 가마에 넣고 끓이는 것이다. 앙금이 앉아 굳어지면 그것을 적당한 크기로 잘라내는데 바로 그게 빨랫비누였다. 색깔도 시꺼멓고 면실유 아닌 싸구려 고래기름을 쓰는지라 고약한 냄새가 나기도 했지만, 아무려나 비누는 비누였다. 형문이 아저씨는 시장 가게에 팔기도 했으나 질이 나빠 판매가 여의치 않자 가가호호 방문을 다니며 행상하기도 하였다. 덜렁이는 하루라도 빨리 불쑥불쑥 자라나야 할 텐데 하고 생각하였다. 그래야 형 얼렁이처럼 신문팔이를 할 수도 있고 이해용 씨처럼 행상 이발꾼으로 나설 수도 있을 것이었다. 그는 자기가 아직 너무 어려서 아무 일도 못하고 있다는 것이 서운하고 그리고 미안하였다.

6.

그때 그 사람들은 다 어디로 갔을까. 철도 경찰로 다니던 정매현 씨는 어떻게 되었는가. 그는 처참하게 죽었다. 전평(全評) 산하 철도노조 파업을 진압하다가 죽었다. 이해용 씨는 어떻게 되었는가. 그는 6·25가 일어나고 9·28로 서울이 탈환되기 전 달 죽었다. 왕십리 바깥쪽에서 진격해 들어오는 유엔군과 국군, 그리고 남산에 진을 치고 버티던 인민군 사이에 오갔던 폭탄 파편을 맞아 열 시간가량 길바닥에서 신음하며 몸부림치다가 죽어 갔다. 형문이 아저씨는 어떻게 되었는가. 그는 의용군에 끌려간 뒤로 소식이 없었다. 옥금이 아버지는 어떻게 되었는가. 명실이 고모는 어떻게 되었는가. 와실이 고모는 어떻게 되었는가.

그 유곽 아파트는 어떻게 되었는가. 커다란 호텔이 들어서고 새로이 아스팔트 대로가 뚫려 버렸다. 이산가족 찾아주기 운동이 텔레비전 전파를 타고 있을 무렵, 묵정동 일대를 빠져나와 을지로 차도를 건너서 40대 중반의 한 사내가 방산시장으로 들어섰다.

"이놈의 시장이 기묘하지. 청계천은 저 왕조 시대에 백성들의 원한이 맺힌 개천이었다는구나. 나라에서 백성들을 강제로 동원해 가지고 저 아래 뚝섬 쪽에서부터 청계천 청소를 시켰대. 울력에 나선이들이 쓰레기들을 걷어 올리면서 이곳 방산시장 있는 곳에 이르렀을 적에는 그것이 커다란 산처럼 쌓이게 되었다지 뭐냐? 그러니 그 악취인들 오죽했겠어? 그런데 사람들이 짓궂기도 하지, 이름만은 고상하게 좋은 향기가 나는 산이라는 뜻으로 방산(芳山)이란 명칭을 붙였으니 말이구나. 이 더러운 방산시장에 내 세월을 묻은 지 어언 35년, 뚝섬에서 배추서껀 미나리 따위 짐 져다가 파는 채소 장사로 나선 이래로 내 꼬라지는 하나도 달라진 게 없지 뭐냐? 하기야 그때 그 더럽던 청계천도 아스팔트 도로 밑에 묻히고 말았지만, 시장 사람들 말이 왜놈들은 청진동 어귀까지 청계천 복개를 하다가 망했고(왕조 시대 조선 백성 원한을 건드려서 그랬다든가 하더라마는), 이승만 박사는 광교까지 복개를 하다가 망했고, 또 누구는 어디까지 복개를 하다가 망했다더라? 하여튼 이런 소리라는 게 다 쓸데없는 미신이야기겠지만, 사람들의 드센 맘보가 별 허황한 소리를 다 꼬투리로 삼고 싶어 하는 모양이지?"

"그게 왜 그럴까요?" 하고 중년 사내가 물었다.

"시장 사람들이라는 게 워낙에 근종 없는 난민들이 아니냐? 너두

어렸을 적 그 유곽 아파트 사람들 생각나겠지만, 그 사람들이 어떤 사람들이었는데? 해방되었다 해 가지고 나라를 세워야겠다 해서 그 나라 세우는 일에 저저끔들 나서려고 했던 위인들이야 명분이나 있어서 그랬다 치더라도 그럴 주제도 못 되는 사람들은 무엇 때문에 그처럼 죽고 죽이고 했는지 참 모를 일이더라."

"그게 도대체 무슨 말씀인지……."

"도대체 왜정 시대 36년에 이은 이산 시대 36년을 내가 어떻게 살아 왔던고 따져 보나니 그게 참 사람 미칠 노릇이 되더구나. 바보 같은 것들. 이산가족 찾기 떠드는 것 보고 있으려니……."

"이산 시대 36년이라……?"

"제 가정 하나 지키지도 못해 이산가족으로 헤매다가 죽을 일밖에 남지 않은 이 할망구는 도대체 어떻게 생겨 먹은 인간 종자일까? 제 가족도 잃어버린 판이라, 사람 노릇 못한 것은 물론이니 국민 노릇을 제대로 했을 턱은 더더구나 없을 것이고, 오직 해 온 일이라고는 이 시장 바닥에서 아귀다툼으로 명줄 부지한 것밖에는 없겠더구나. 그것도 한 일이라면 일이겠니?"

"하기야 우리 모두가 실향사민(失鄕私民)이니까요. 공민(公民)으로 살아온 게 아니라……."

"실향사민? 얘, 그게 도대체 무슨 소리냐?"

1953년 7월, 휴전이라는 것을 맺으면서 '실향사민' 처리문제가 논의됐다고 했다. 북에 갈 사람인데 남에 있는 인간, 남에 가고 싶으나 북에 놓인 인간이 '실향사민'이라던가? 영어로는 디스플레이스드 피플(displaced people)이라 하였다던가?

해방촌은 해방과 더불어 생겨난 난민촌이라 해서 그런 명칭을 얻었다고 했었다. 그 해방촌은 물론 지금 와서 없어져 버리고 말았지만, 그때 그 터 위에 과연 무엇이 세워져 오늘에 이른 것인지⋯⋯. 성은 권가이고 이름은 태룡이이되 어렸을 적 흔히 덜렁이로 불렸던 그 사내는 곰곰 따져보고 있었다.

"참, 그 시절이 좋았지. 그때는 적어도 오손도손 모여 살았으니까 말이다. 네 말처럼 실향사민이었던지 어땠는지 그건 잘 모르겠지만서도 말이다." 하고 와실이 고모가 말했다.

조금 뒤에 와실이 고모가 이상한 눈초리로 그를 바라보았다. "그런데 너 왜 나한테 와서 이런 소리를 꺼내게 하니?"

권태룡은 아무 대답도 하지 않고 슬그머니 도망을 놓았다. 마치 그가 대공 수사요원인 듯한 의심을 받는다는 생각이 들자, 어떠한 변명도 늘어놓을 수가 없었다.

《외국문학》, 1984년 여름 창간호

---

* 발표 당시 제목은 「유곽아파트 사람들」, 부제는 「사민1」. 『낯선거리 - 박태순 문학선』(나남, 1989)에 「사민」으로 게재함.

귀거래사

귀거래사

1.

서울 근교의 비닐하우스는 발전하는 근교 농업, 과학 영농, 작물 혁명의 본보기로 꼽히어 관제 르포의 각광을 받아 왔다는 것을 누구보다도 잘 알고 있는 그로서는 안혜숙이 전하는 말에 충격을 받지 않을 수 없었다. 한때 무슨 농촌 주보 따위의 주간지에 직장이랍시고 들어가 명색이 기자로 뛰면서 그 또한 그런 르포를 써 보곤 했던 적이 있었다. 불시 재배(不時栽培), 촉성 재배, 또는 억제 재배로 전천후 농업의 길이 열렸고 다수확의 고등 소채로 소득 증대가 얼마든지 가능하게 된 비닐하우스, 그 녹색 혁명 운운. 그런데 안혜숙의 말에 의하면 서울 근교의 비닐하우스가 고등 소채 키우는 곳만이 아니라 사람들이 거처하는 곳을 이루고 있기도 하다는 것이었다. "수많은 사람들이 그런 비닐하우스 속에서 살고 있는 거야."

안혜숙은 그런 사실쯤 누구나 다 알고 있으려니 하는 어투로 말했다.

"하기야 머 사람들은 어디서든 살아 낼 수가 있는 거 아니겠어?"

그는 열 달쯤 전에 서울로부터 사라졌었다. 시골로 내려가 살기로 했다고 하면서 그는 아득한 표정을 지었었다.

"서울로부터 탈출한다는 거, 그 사실만 생각하기로 했어. 기쁜 마음으로 말야. 따지고 보면 서울이라는 소굴에서 난 몸을 팔면서 살아 왔던 거나 진배없지 무어야. 그러함에도 딱히 그런 줄조차 느끼지 못했던 게 아니었던가 해. 어렸을 적 시골에서 겪었던 가난이 하도 지긋지긋해서, 어떻게든 이놈의 도시 밑바닥에서라도 배겨 내어야 한다는 생각에 꽉 사로잡혀서 말이지. 서울 뜨면 죽는 줄로만 알아 왔으니 무슨 짓을 하든 죽는 거보다야 낫지 않겠느냐는 이야기가 성립될 거라 믿으면서 말야. 물론 난 창녀처럼 몸을 팔았던 것은 아니었으나, 달리 생각해 보면 이거나 그거나 똑같지 무어야? 명분을 고상한 걸로 붙잡아서 자신을 속이려 했지만, 남은 것이라곤 철이 지나 시들어 버린 상처투성이에 병든 마음뿐이라더니……. 항덕이는 그러고 보면 참 친절한 포주인 셈일까? 내가 도망가려도 붙잡지를 않으니 말야."

김항덕은 비록 결혼식을 올리지 않았다 하더라도 안혜숙과 실질적인 부부 생활을 해 왔던 그 여자의 남편이었다. 딸 하나를 낳기도 하였다. 몸을 팔면서 살았다느니 어쩌니 하는 것은 물론 그녀의 과장된 이야기였다. 서울 생활의 쓰디쓴 체험, 불행하였던 결혼 생활이 그 여자로 하여금 묘한 비유를 펴게 하는 것 같았다. 김항덕은 착취형의 인간이었고 한때 똥패로 지냈었다. 똥패란 무엇인가? 동배(同輩)란 한자말을 그렇게 거세게 발음했다. 한때 그는 고등고시 준비를 하는 동배, 아니 똥패들과 어울려 있었다. 고시에 합격하지 못할 줄은 누구보다 그 자신이 잘 알고 있었다. 그러나 합격하지는 못할망정 고시 공부는 고상한 공부로서의 사회적 명분과 사회적 대우를 주게 하는 노릇이 되었다. 그러니까 안혜숙이 곧 위대하게 될 애인을 위해서 아무리 힘든 고생이라 해도 보람과 긍지를 느끼고 있었다면 그것이 곧 고시 공부 똥패의 사회적 대우를 구성하게 했을 것이었다. 하지만 김항덕은 고시 공부 똥패가 되기 이전 문학 지망생 시절에 결코 그가 지망만 했지 문학인이 될 수 없었던 것과 마찬가지로 고시 똥패로서의 자신의 사회적 명분 유지를 더 이상 해낼 수 없게 되자 마지못하여 똥패로부터 벗어났다. 그다음에 그가 붙잡은 것이 연애였다. 사실은 앞의 명분들에 비하자면 후자 쪽은 그 명분이 허약하다고 할 만한 것이었으나 그 자신의 실속은 짭짤한 쪽이었다. 물론 연극이라는 간판을 앞에 내세우지 않았던 바는 아니었지만……. 안혜숙은 질리다 못해 김항덕을 포기하기도 하였는데, 사람만 포기한 것이 아니라 그 자신이 품고 있었던 고시, 문학, 연극, 서울, 나아가서는 '문화'라는 이름으로 불릴 수 있는 그 모든 것들도 동시에 포기한 것이었다. 다시 말해 안혜숙은 저 음습한 건물 한 구뎅이에 사무실을 벌여 놓고 있는 출판사의 편집 교정원 그 참담한 월급쟁이 노릇으로부터 탈출하기로 작정하였다.

안혜숙이 시골로 내려간다고 했댔자 고향을 찾아가는 길은 물론 아니었으며 전원으로 돌아가는 것은 못 되었다. 돌아갈 자연이 있을 턱도 없었다. 그 여자의 귀거래사(歸去來辭)에 낭만은 없었다. 서울의 어느 새끼손가락 재벌이 투기 목적인지 농원을 가꾸려는 것인지 몇십만 평의 임야를 오산 서쪽에 움켜쥐고 있다고 했다. 빈 땅을 놀려 둘 턱은 없어서 조금씩 돈을 들여 거기에 유실수도 심고 포도 딸기 따위도 심어 그것들이 열매 맺을 철이 되면 도시의 유흥객을 받아들여 놀이터를 제공해 주는 '이브 농원'이라는 시설도 만들어 놓고 있다고 했다. 그러노라니 농원 관리인은 물론이려니와 드난살이 아닌 머슴살이 비슷하게 아예 그 농장에서 먹고 자고 일하는 인부들도 필요했다. 그런 가족들을 거주케 하여 부리게 되었는데, 하늘 이고 땅 뒤지는 노릇이라 남자들뿐 아니라 여인네들의 일손도 필요하게 되었다 하였다. 안혜숙은 날품을 파는 밑바닥 부녀자 대우로서가 아니라 '이브 농원'의 중간 관리자쯤의 역할 분담으로 초청을 받는 중이라 했었다. 그에게 건사해야 할 딸자식이 있다는 사실, 그리고 그뿐 아니라 봉양해야 할 노모가 있다는 여건으로 해서 아예 여인 3대가 오붓하게 함께 지낼 수 있는 조건을 따져 이브 농원으로 내려가 살 결심을 내게 된 것이었다.

"농촌이 엉망진창으로 황폐해졌다고 말한다면 거기서는 나를 불평분자라 하겠지?" 이러면서 안혜숙은 웃었다. "나는 물론 불평분자는 아냐. 뿐더러 아무리 엉망진창으로 황폐해졌다고 하더라도 서울보다는 그런 곳에서 사는 게 좋아. 정말이지 서울 벗어나기 잘했다는 생각이 들어."

안혜숙이 그에게 찾아온 것은 그 알량스런 출판사의 편집 책임자인 그를 통해 퇴직금 조로 받아 내어야 할 약간의 잔액이 남아 있었기 때문이었다. 그런데 이 회사의 사장과 안혜숙은 서로 틀리는 계산들을 하고 있었으므로 그의 처지만 난처했었다. 사장은 줄 돈이 없다고 했고 안혜숙은 받아 낼 돈이 있다고 했다. 만년 월급쟁이에 그런 타령의 먹물잡이로 찌들은 그로서는 어느 쪽의 계산이 보다 과학적으로 타당한 것인지조차 분간 못할 정도로 사회생활의 사리를 따지는 일에 무력해졌고 주눅이 들어 있었다. 퇴근 시간이 지나고 사장이 언짢은 표정으로 회사문을 밀고 나가 버린 뒤에 오롯이 처져 있는 안혜숙을 소줏집으로 끌고 간 것은 어쩌면 안혜숙을 위로하기 위해서라기보다는 무골호인에 맹물단지로 살고 있는 그 자신의 무능주의를 달래기 위해서였을지도 모르는 일이었다. 그는 안혜숙이 딱한 처지에 놓여 그 얼마 안 되는 푼돈을 받아 내려고 저렇게 열성임에도 그런 것 하나 중간에서 변변히 주선해 주지 못하는 그 자신의 주변머리 없음에 벌(罰)을 서고 있는 듯한 기분이었다.

"그래 좋아. 나 그런 돈 안 받기로 결심했어. 그런 돈 없어도 난 살어. 얼마든지 견딜 수 있어. 사장이야 도저히 그런 돈 내 주면 못 견디겠지만 말야."

안혜숙은 직장 여성치고는 드물게 모주꾼이었다. 그렇던 그가 한잔 술에 얼굴이 발그레해지는 것을 보면 아마도 서울 탈출 이후로는 전혀 술 같은 것은 입에 대지도 않았던가 보았다.

"난 서울에서 지낼 적에 그걸 몰랐던 거야. 지긋지긋하게 가난한 농촌에서의 어린 시절, 서울 올라왔다 해서 가난이 펴진 것은 아니었지만 나이 들어 그나마 이 도시에서 쫓겨나면 죽는 걸루만 알아 가지고 얼마나 가슴을 졸이고 살았었는지 말야. 완전 기죽이며 살았었단 말야. 서울 탈출로 농촌에 파고들어 보니 예상했던 대로, 아니지 예상보다 더 가난은 완강하게 그곳에 남아 있었어, 경제 개발이니 뭐니 넉살 좋게 떠들어 대는 자들이 보기에는 일부 가난이 약간 잔류되어 있는 현상이라고 할지도 몰라. 그 기분이 어떤 건지 알겠어? 농촌 풍경으로부터 묻어 나오는 찰흙같이 질긴 가난을 마주 대하고 있을 적의 심정 말야. 그래서 내가 깨달은 거야. 두려운 것은 문화의 가난인 것이지, 가난의 문화는 아니라는 사실 같은 거."

이 여자는 결코 청산유수같이 말을 잘하는 쪽은 아니었다. 그야 교정쟁이 노릇으로 활자들과 씨름을 하는 생활을 했던 탓으로 필요 이상으로 유식하기는 했었다. 이제 안혜숙은 유식함에 덧붙여 지식과 매서운 관찰력마저 쌓게 된 것이 아닌가 싶었다.

그러고 보면 이제나 그제나 꼼짝 못 한 채 꾀죄죄하기만 한 것은 그 자신이었다.

"알겠어? 서울에서 내가 잊어버린 줄 알았던, 어쩌면 잃어버린 줄 알았던 가난을 다시 대면하고 있노라니 (그야 물론 처음에는 지독히 무섭고 공포에 떨기도 했지만) 그 가난이 슬몃슬몃 익숙하게, 참으로 낯익게 내 몸에 와 안기더란 말야. 도리어 뭐랄까 아득히 놓치고 있었던 그리움과도 같이……."

안혜숙은 이브 농원에서는 얼마 있지 않았다고 했다. 그 농원의 임자라는 자, 서울의 새끼손가락 재벌이라는 자의 농원 경영 방식은 서울에서의 회사 꾸려 가는 식과 조금도 다르지 않았다. 사람들을 조직적으로 그리고 과학적으로 학대하고 갈취해 가는 경영술의 도입. 농장 일의 고된 것은 얼마든지 견디겠는데 사람의 마음을 철조망 같은 것으로 얽어매어 꼼짝달싹 못 하게 하는 데에는 견디어 배길 도리가 없었다. 그러나 이 농원을 그만둔다면 과연 어디로 간단 말인가. 서울에서는 이왕에 탈출했으니 이런 근교 농촌에서마저 다시 탈출한다면 달나라로 가야 하는가, 별나라로 가야 하는가. 그 혼자의 몸이라면 괜찮겠는데, 어머니와 딸은 또 어쩌란 말인가. 그러나 사람이 죽으라는 일은 없는 법. 그는 골프장의 인부로 취직이 되었다고 했다.

"실은 골프장 드나드는 서울 나으리들의 구걸을 받아 내고 있던 것은 아니었으니 내 배짱이 편했을 거야."

그는 안혜숙이 해 오는 말을 얼핏 이해하지를 못했다. 안혜숙의 설명이 이러하였다. 그 골프장의 소유주는 새끼손가락 재벌이 아닌 엄지손가락의 재벌이라 했다. 한창 유신 시대의 위엄이 드높던 무렵, 경기도 땅 국도변에서 얼마 떨어지지 아니한 곳에 위치하던 미군 부대 병영이 다른 곳으로 철수를 했고, 그 군부대가 놓여 있던 (두 개의 높지 않은 산과 벌판을 거느린) 임야를 그 엄지 재벌이 으

스스한 인물을 가운데에 넣어 불하받았다. 명목은 그곳에 골프장을 세운다는 조건이었다. 그런데 그 임야는 절반 정도만 잘라서 골프장을 만들어도 될 만큼 넓은 면적이었다. 나머지 절반의 임야는 바야흐로 땅값이 오르기만을 기다리며 아무 짝에도 쓰지 않고 그냥 그 재벌이 방치해 두고만 있었다. 땅값이 오르면 그곳에 전원주택을 지어도 그만일 것이고 공장을 세운다 해도 대단위 공단이 되고도 남을 노릇이었다. 그런데 쥐뿔 가진 것 없는 사람은 아무리 재랄을 떨어도 불알 두 쪽밖에는 흔들릴 게 없는데, 국도를 그냥 방치해 놓기만 하는 재벌에게는 가을철이 되자 돈다발이 그냥 송두리째 굴러 들어오는 일을 만나게 되었다. 하기야 골프장이 들어찬 그 일대의 땅은 왜정 시대에는 무슨 일본 재벌 농장의 소유림이었다고 했으며 왕조 시대에는 나라님의 땅인 궁장토였다고 했으니 각종 유실수가 울창할 수밖에 없었음은 너무도 당연한 노릇이었을 것이었다. 가을철이 되자 방치해 놓고 있는 이 수풀로부터 밤, 잣, 은행 같은 것이 이루 헤아릴 수 없을 만큼 쏟아져 내렸다. 그 임야의 소유주인 엄지 재벌은 돈이 생기는 이런 수확을 너희들이 알아서 나누어 먹어라 하고 내버려 둘 까닭이 없었다. 여자 청소부로 채용했던 골프장의 일용 잡부들을 밤, 잣, 은행나무 동산에 투입하였고 그들이 긁어모은 유실수들은 철조망을 친 동산 입구에 내다 놓고, 인근 상인들에게 시세에 맞추어 팔았다. 안혜숙이 그와 같은 일로 해서 그 동산의 여자 인부가 되었다는 것이었다.

"딸애는 그냥 수풀 속에 풀어놓으면 하루 종일 군말 않고 잘 노니까 교육상으로도 더 이상 좋을 게 없는 거구, 우리 어머니는 밤을 날마다 삼천 원어치쯤 받아 가다가 국도변에서 행상을 했거든. 그러면 그 삼천 원이 오천 원도 되고 1만 원도 되어서 어머니는 돈 생기고 일 생겨서 좋아했지 무어야. 나야 날마다 원족 다니는 기분으로 도시락 싸 들고 울창한 수풀 속에서 남들 무서워 불러 보지 못한 노래를 하루 종일 흥얼거리며 어렸을 적 산에 오르내리던 흉내를 내고 있었구 말야."

안혜숙은 갈퀴 같은 손을 활짝 펴 보였다. 확실히 그는 얼굴이 시꺼멓게 탔고 제 나이보다 훨씬 늙어 보였다. 말하자면 몸매 타령을 할 필요가 없는 농촌의 중년 여인이 다 되어 있었다.

그러고 보면 안혜숙의 이런 인생 모험은 무슨 탈샐러리맨 작전 같은 것과는 유가 다른 것이었다. 그 여자의 말은 계속되었다. "우리들, 그러니까 어머니 딸 손녀는 이렇게 뻔뻔스러워져 가지고 우리 먹고살 터전이 아니라 똥배짱을 획득해 낸 거란 말야. 출판사 교정쟁이 노릇할 때 배운 지식으로 따지자면 우리는 빈민이 아니라 난민(難民)인 거지만 말야."

"난민들이라…… 난민들이라…… 난민들이라……."

안혜숙의 말에 권태룡은 그냥 이런 소리만 혼자서 뱉어 내고 있었다.

"비닐하우스 같은 데 처박혀 사는 사람들 중에는 별 기기묘묘, 괴괴기기한 인간 족속들이 다 많더란 말야, 우용걸이란 노인만 하더라두 그게 참 무어라 말하기 어려운 인생 사연을 거느린 영감탱이인데……, 그러지 말구 언제 한번 직접 찾아와 보지 그래?"

2.

이른바 산업화 도로라 불리는 널찍하게 되어진 길을 버스는 술 취한 자의 걸음새 흉내라도 내듯 툴툴거리며 달려 나아갔다. 완행

버스는 대체로 보아 노동자, 행상 다니는 여편네, 그리고 나이 어린 아가씨들(학생들이라기보다는 여공들이겠지만)을 뱉어 내었다가 삼켰다가 하였다. 공단 지대가 나타났고 이어서 난민촌 주거 지역이 들어왔다. 다시 공장 지대. 고 건물들은 우람하고 각종 간판들로 요란하였으되, 그곳에 들락거리는 자들은 난쟁이 같고 개미 같고 초라하고 꾀죄죄하였다. 그의 머릿속으로 서울이 어떻게 파상(波狀形)으로 퍼져 나아가고 있는지 보이는 듯하였다. 도시의 핵폭발. 그러니까 핵심(核心)으로부터는 거대 빌딩이 솟구쳐 오르고 있다. 건물 하나의 상주 인구만 해도 1만여 명을 바라본다는, 따라서 웬만한 읍(邑)의 인구를 그런 빌딩 하나가 건사하게 되는 도심 지대가 형성되어감에 따라 사람들은 와르르 바깥으로 내몰린다. 좁혀 놓고 있는 것과 넓혀 놓고 있는 것의 동시적인 폭발. 과거에는 강남의 변두리 난민촌이던 곳에 고층 아파트가 들어서고 그러면 다시 밀리고 밀리어 사람들은 개구리처럼 경기도 땅 너머로까지 쫓겨나서 악악거리지 않을 수 없게 된다. 과거 한때에는 농촌 사람들이 포복을 하듯이 도시로, 도시로 밀려 들어갔는데 이제는 도시가 찰찰 넘쳐흐르게 되어 게욱질을 하게 되어 사람들을 변두리 쪽으로, 농촌 쪽으로 뱉어 내고 쏟아 내고 쫓아내고 있다. 수원에서 다시 완행버스를 타고, 무슨 전자 공업 단지라는 아스팔트 밀림 지대를 끼고 돌아 또 무슨 단지, 농원, 공원, 묘원 따위들을 이리저리 갈팡질팡 헤집어서 권태롱은 버스 승객이 된 지 세 시간 남짓 걸려서야(길을 잘못 들어 헤맨 탓도 있지마는) 그가 목적하던 곳에 이르게 되었다.

때는 추수 동장의 계절이었다. 가을걷이로 들판은 휑뎅그렁 비워져 버렸으며 겨울 마련 김장용 배추나 무 따위들이 비닐하우스를 치기도 하고 골조만 남긴 채 걷기도 한 논밭의 자락에서 푸른 기운을 왕성하게 뱉어 내고 있을 뿐이었다. 안혜숙이 사는 비닐하우스는 그런 텅 빈 벌판을 똑바로 쪼개 낸 가르마 같은 두렁길을 타고 산 쪽으로 산 쪽으로 활 두어 바탕쯤은 되게 올라붙은 곳에 놓여 있었다. 바야흐로 산이 불붙듯 타오르고 있었다. 참나무 종류의 칙칙한 낙엽으로부터 선지피를 쏟아 내고 있는 것 같은 새빨간 단풍에 이르기까지 온 산의 생명력이 마지막 발악을 하고 있는 듯하였다.

"어때? 근사하지?" 안혜숙은 자기 사는 비닐하우스를 구경시켜 주면서 자랑의 말부터 하였다. "파이프를 묻어 구공탄 보일러 시설을 했어. 그뿐인가, 비닐지붕 위에는 천막 만드는 질긴 천으로 휘갑을 치게 했으니 설한풍을 견딜 만은 할 거야. 전기가 들어오지 않아 아쉽기는 하지만 말야. 물론 돈만 내면 전기 끌어 댈 방도도 없지는 않아. 하지만 이런 곳에서 텔레비전 보기 싫어 내가 모르는 척해 두고 있는 거야."

안혜숙의 비닐하우스는 생각했던 것보다는 꽤 넓었다. 대문에 해당될 곳에는 판때기로 제법 출입구를 만들어 놓았다. 키를 숙여 안으로 들어서면 전형적인 비닐하우스 내부의 풍경이 된다. 다만 왼쪽으로 다시 골방을 만들어 놓은 것이 보인다. 한 평 크기쯤 될까. 안혜숙은 그 한 평쯤 되어 보이는 비닐하우스 속의 쪽방에 구들을 깔고 파이프를 묻는 구공탄 아궁이를 만들었다는 것을 그처럼 대견스러워하는 것이었다. 그러니 일단 비닐하우스가 쳐져 있다는 것을 무시한다면 그 내부의 풍경은 조그만 쪽방과 그를 중심으로 한 텃밭이 댓 평 정도 되게 꾸려져 있는 그런 형국이 될 것이었다. 그 비닐하우스 속의 텃밭에는 노지(露地)로부터 딸기를 옮겨 심어 한겨울을 나게 할 작정인데 어떻게 될지 모르겠다고 하였다. 쪽방 안으로부터 안혜숙의 딸이 고개를 삐죽이 내밀어 안녕하세요, 했다. 권태룡이 가지고 온 과자 부스러기를 개에게 주었다. 안혜숙의 노모는 보이지 않았다.

"혹시 딴살림을 내신 거라도 아닌가?" 권태룡이 우스갯말을 하듯 안혜숙에게 물었다.

"아냐, 늙은 연인들은 완전히 갈라져 버렸는걸."

안혜숙은 고개를 설레설레 흔들었다. 권태룡은 그 사연이 어떻게 되는지 궁금해하는 표정을 지었다. 실은 그가 안혜숙을 찾아온 것은 그냥 놀러 온 것도 아니었고 한때의 직장 동료였던 여인이 고생을 하고 있다는 것에 위로 차 방문한 것도 아니었다. 말하자면 그는 제 볼일이 있어서 이곳에 들른 참이었다. 안혜숙에게서 들은 이야기에 흥미를 느꼈기 때문이었다.

지난여름 안혜숙의 노모 월천댁은 오늘은 산에 가서 더덕이나 좀 캐 와야겠구나, 하고 골프장에 출근하려는 딸에게 말했다. "더덕요?" 딸이 의아해서 물었다. "그래. 요 앞산 날망에 더덕꽃이 무더기로 피었는데 그 냄새가 어찌나 진동하는지……." "그래두 이런 계절에 무슨 더덕을 캐요?" "그건 그래. 캔다기보다두 더덕 냄새 좀 맡구 싶어서 그런다." "원 어머니두, 어렸을 적 일 생각도 안 나세요? 여자 혼자 더덕 캐러 산에 들어가면 바람난다구 못 하게 말렸으면서……." 딸의 말에 노모는 그냥 웃기만 하였다. "젊은 계집이라면 그렇기두 하지. 그 냄새가 워낙 사람 환장을 하게 만드니까. 하지만 이 늙은것이야 그럴 턱두 없구, 다만 옛날 시골 생각이 나서 그런다." 지난여름 모녀 사이에서는 이런 대화가 오간 적이 있었다고 하였다.

월천댁은 전쟁 과부였다. 그의 남편, 그러니까 안혜숙의 부친은 전쟁 중에 산으로 울력 동원 나갔다가 다른 동네 장정들과 함께 다시 돌아오지 못하는 신세가 되었다고 하였다. 그런데 월천댁이 더덕 캔다고 산으로 갔던 날 저녁에 안혜숙이 퇴근을 해서 돌아와 보니 그의 어머니는 웬 영감님과 함께 앉아 있었다는 것이었다. 환갑이 지난 것은 확실하고 어쩌면 칠순 노인네 같기도 하였지만 단단한 체구에 얼굴은 깡말랐으며 두 눈은 펄펄 불을 뿜는 것 같고 차돌멩이처럼 야무진 폼으로 보아서는 50대의 강건한 장년 같기도 한 그런 영감탱이였다. 산에서 사는지 낡은 것이기는 할망정 등산조끼를 걸치고 있었고 머리에는 옛날 유행되던 캡이라는 걸 쓰고 있기도 하였다. 월천댁이 서둘러 당방에 대해서 소개를 하였다. 이분은 함자가 우용걸 씨라고 하는 이로서 저 앞산에 들어박혀 여름에는 벌도 치고 가을에는 약초도 캐고 그리고 겨울에는 오소리 덫도 놓고 사는데 더덕 캐러 갔다가 우연히 만나서 이리 같이 오게 되었노라 하였다. 딸이 가만히 눈치를 보아하니 그날 처음 만난 것 같지는 않고, 늙마에 든 어머니가 시쳇말로 바람이라도 났나 생각하였다. 하지만 지금 세상이 어떤 세상인가, 차라리 그런 일이라도 있었으면 어머니의 관심이 다른 곳으로 쏠릴 터이니 딸이 한시름 놓는 수가 생기겠다 싶었다. 우용걸 영감은 이따금씩 월천댁이 사는 곳에 기웃거리기도 하였으나, 그렇다고 별다른 일이 있는 것 같지는 아니하였다. 다만 그 영감쟁이에게는 무슨 인생 사연이 쌓인 게 틀림없이 뵌다는 것이었다. 안혜숙은 제 사는 비닐하우스에 현대사에 관계되는 몇 권의 책 가지들을 쌓아 놓고 있었는데, 어느 날엔가는 이 영감이 그 책들을 뒤적뒤적하더니 "우리 현대 인물로는 청강 선생만 한 분이 없지러" 하더라는 것이었다. "어떻게요? 그분은 그리 잘 알려진 인물도 아닌데요? 이승만이니 무어니 유명 짜한 인물들이 많잖아요?" 안혜숙이 이렇게 묻자 "헤헤 그런가? 그럴지도 모르지만 안 그럴지도 모르지. 죽은 사람은 말이 없는 법이고 살아남은 자는 제 변명이 느저분한 법이니께, 느저분한 인물도 인물은 인물이겠지." 그래서 안혜숙이 기회를 놓칠세라 "청강 선생에 대해 어떻게 아시는데요?" 하고 물었다. "한때 내가 그 양반 곁에서 어정거렸던 적이 있어서……." 그 노인은 이런 말을 하다가 말고 낯빛을 고쳐서 입을 꽉 다물더라는 것이었다.

권태룡은 청강이란 사람에 대해서 순전히 먹물잡이 근성으로 관심을 가지고 있었다. 난세에는 인물이 많다지만 8·15 전후해서 이 민족에게는 정말이지 기라성같이 내로라하는 지도자들이 무더기로 배출되었던 바 있었다. 다만 정치의 논밭이 워낙 척박하고 기상도가 나빠 제대로 생장하지를 못한 채 찢기고 뽑히고 밟히고 말라비틀어졌던 게 아닌가 싶은데, 청강이란 사람은 도대체가 그 이름을 싸고도는 분위기조차 몽롱하여 제대로 잡히지를 않는 기묘한 인간이 아니었던가 하였다. 그런데 마침 권태룡이 다니고 있던 출판사를 때려치우고 말았다. 하지만 안혜숙처럼 근교 농촌에 내려가 비닐하우스 속에서 살아 낼 그런 용기라도 사치랄까 하는 것을 부려 볼 처지가 아닌 그로서는 이른바 자유 기고가라나 무어라나 하는 지식 노동자로 연명을 해 가는 외에는 다른 도리를 이 사회의 바닥 생활에서 퍼내는 수가 없었다. 밑져도 그만이라는 생각으로 그는 역사 속의 위인이 되어 버린 청강이란 사람에 대한 건더기 지식이라도 귀동냥해 볼 수 있지 않을까 싶어 안혜숙이 사는 곳을 찾아볼 생심을 내었던 것이었다.

"잊어버려, 아예 그건 잊어버리는 게 좋을 거야."

안혜숙은 펄쩍 뛰었다.

"우리 안 사서(安 司書)께서 왜 이러지?"

안혜숙은 정리벽이 있어서 카드를 뽑아 근대 인물 사전을 편집할 때 누구보다 유능한 편집쟁이 노릇을 한 적이 있었다. 도서관 직원으로 적격이라 해서 동료들이 사서라고 불렀었다.

"내가 이런 농촌 아닌 농촌에 내려오게 된 귀거래사가 무어겠어? 그 알량한 부스러기 지식에 상식 같은 거 송두리째 잊어 먹고 싶었기 때문이야. 거기 같은 악질한테 누설하는 게 아니었지. 더구나 그 우용걸이란 영감태기는 인간 송충이 같은 종자 외에 아무것두 아냐. 전혀 사람을 잘못 본 거라구."

월천댁이 질질 눈물을 짰다고 하였다. 우 영감과 월천댁은 동구 앞 가게에서 함께 텔레비전을 보고 있었다. 이산가족 찾기 운동 1주년 기념인가 무언가 하여 화면에는 울고불고하며 '맞아, 맞아, 아이구 오빠' 하고 소리 지르는 장면을 보내주고 있었다. "그래도 저 사람들은 찾아보고 싶은 이산가족이나 있으니 얼마나 행복할까. 도대체 이년의 팔자에는 그런 사람도 없으니……." 월천댁이 이런 말을 하다가 말고 우 영감을 바라보았다. "영감, 영감은 아니 그래 저 장면을 보면서도 아무런 느낌도 없소? 그렇게 맹맹하게 앉아만 있으니 말요. 영감은 도대체 일신상의 이야기는 한 적이 없는데, 그래 어떻게 된 거요?" 그러자 그 영감은 냅다 소래기를 질렀다. "이 할망구야, 임자 나한테서 뭘 캐내려는 거지? 이산가족? 도대체 찾아가지고 뭘 어쩐대는 거여? 설령 나를 찾는 족속이 있다 해서 그게 어쨌다는 거냔 말야."

그 뒤로 우 영감은 좀처럼 발걸음을 하지 않게 되었고, 월천댁 또한 그처럼 야멸찬 영감태기는 보다 처음이라고 고개를 설레설레 흔든다고 하였다.

과연 그럴 수가 있는 일일까? 도대체 우용걸이란 노인은 제 인생을 통해 무엇을 보았기에 그러는 것인지, 권태룡은 부득부득 만나 보아야겠다고 하였지만 안혜숙은 찾고 싶으면 너나 찾아보거라, 나는 싫다 하고 코똥도 싸지 않았다.

그 산은 높은 산이 아니라 넓은 산이었다. 조그만 오솔길이 우불구불 산자락으로 외가닥 통로를 내는가 하였는데, 안으로 들어서 보니 제법 계곡이 여러 물굽이를 내고 있었고 또 산비탈에 잡림이 총총하였다. 산마루를 한 고개 타고 넘으니 제법 두두룩한 둔덕이 나왔는데 바람 소리가 아득히 멀게 들려오는 양지바른 곳에 천막이 두 개 쳐져 있었다. 벌과 함께 월동을 하면서 우 영감이 거처하는 곳임에 틀림없었다.

영감은 자리보존으로 담요를 덮은 채 드러누워 있었다. 밥술 끓여 먹느라 장만한 기구라는 게 꼭 어린애들 소꿉장난 같았다. 영감은 어인 나그네인가 잔뜩 경계하는 빛이 있었는데, 권태룡은 그냥 저 아랫마을에 사는 사람이라고 둘러대었다.

오후의 햇살을 받아 벌통 옆에 뿌려 둔 흑설탕 주변에 잉잉거리며 벌들이 나들이를 나와 있었다. 꿀은 사람이 먹고 벌들은 그 대신 흑설탕을 빨면서 잎 지고 꽃 떨어진 늦가을을 보내어 다시 다가올 새봄을 기다리는가 보았다. 권태룡이 벌통 치는 일에 대해서 묻자, 영감이 노골적으로 귀찮아하면서도 벌들의 세계가 어떻게 돌아가는지 간단히 설명을 해 주었다. 영감이 외래객에 대해 하도 까다롭게 구는지라 권태룡은 청강 선생이고 무어고 그가 듣고 싶어 하였던 이야기는 아예 꺼낼 엄두조차 내지 못한 채 이제 그만 물러 나오는 수밖에는 없겠다고 생각하였다. 그런데 이때에 산마루를 타고 안혜숙이 내려왔다. 아마도 권한테 무슨 일이 있지나 않을까 궁금해서 뒤따라온 것인 듯하였다. 안혜숙이 영감에게, 안녕하셨어요

하고 인사를 해도 그는 든숭만숭으로 있었다. 권태룡이 안혜숙에게 간단히 눈인사를 나누고 그들은 영감을 둘러싸고 앉았다.

"어머니가 그러셔요. 요새는 할아버지를 통 볼 수가 없으니 어디 편찮으신 게 아닌가 하구요." 안혜숙이 말했다.

"아니, 그런 일 없어. 다만 월천댁이 자꾸 내 과거를 알려고 캐묻기에 귀찮아서 얼굴을 내밀지 않았지. 그것뿐이로세, 이 늙은이야 산중호걸처럼 이렇게 지내는 게 편타네."

"할아버지 과거를 알면 왜 안 되나요?"

"무슨 소리? 내 세상은 이미 오래전에 지나갔는걸. 지금은 남의 세상이야. 그것도 나하고는 전혀 상관이 닿지를 않는 영판 다른 남들의 세상이걸랑. 나야 일찌감치 죽었어야 하고, 죽지 못해 아직 명줄을 부지한다 한들 지금 세상 사람들하고는 아무 상관이 없다네."

"왜 그런 생각을 하세요?"

"왜 그런 생각을 하느냐구? 그거 별 따분한 이야기를 다 듣겠네."

"무어가요?"

"이봐요, 내게두 한창때의 과거가 없는 거는 아닐 게야. 그러나 한창때의 내 세상이 있었다곤 치더라도 그걸 어째서 임자들한테 말해야 한단 말인가. 임자들이 그걸 알아듣기를 하겠나, 또 그런 이야기를 한다고 해서 내 과거가 살아나기를 하겠나?"

"무슨 말씀인지 잘 이해가 안 되는데요."

"내가 어째서 이런 사람 없는 산속에 들어와 지내는지 보아서 몰라? 세상이 싫어서이겠지? 왜 싫겠나? 그게 남의 세상이니 그래. 내 세상은……."

"여기 이분이 청강 선생에 대해서 알고 싶은 게 있대요."

"청강 선생? 오호라, 이, 이, 이, 이놈아. 네가 무슨 꿍꿍이 속셈으로 나를 찾아왔는지 알겠구나. 어림없다, 이놈아. 청강 선생? 죽은 사람은 말이 없고, 산 사람은 그 변명이 느저분한 게야. 느저분한 사람들의 세상을 잊은 지 오래야. 이, 이, 이놈아, 어서 네가 사는 도회지로 가 버리라니깐."

영감이 하도 나대는 바람에 권태룡과 안혜숙은 쫓기는 듯이 그 자리에서 물러 나올밖에 없었다.

서울로 돌아오는 완행버스 칸에서 늙수그레한 승객 둘이서 나누는 이야기를 권태룡은 우연히 듣게 되었다.

"세상 참 많이 변했지. 신기루처럼 도시도 솟아나고 황토 먼지 폴싹이던 달구지 길 대신에 아스팔트 깔린 양반 길도 생겨나고, 무엇도 생기고……. 허나저나 변치 않는 건 우리네 가난뿐이니, 이 가난은 아마두 끝까지 안 변할 기구만……."

"안 변하는 게 또 하나 있지. 그게 무언 줄 아나? 우리 같은 무지렁이들은 이 세상을 무섭게 느끼게 된다는 것, 세상은 항상 무섭다는 거 그런 느낌은 변하지를 않데."

"그거 발전이니 건설이니 떠드는 사람들이 우리 같은 심정두 좀 헤아려 보았으면 좋으련만……."

"그거야 자네 생각이 잘못된 것일세. 발전이니 건설이니 떠드는 사람들이야 그렇게 떠들어 대는 게 당연하지. 바로 그들이 떠드는 대로 수지를 맞추고 있으니 말이야. 우리야 떠들지도 않지만 아예 그런 거를 우리 몫으로 차지할 마음도 없으니 그 하나로 배포 유한 체하는 거 아닌가."

"이보세요들, 좀 조용히 앉아 가실 수 없어요? 이 세상이 뭐가 어떻다고들 그러시느냐 이겁니다" 하고 어떤 젊은이가 핀잔을 놓았고, 늙수그레한 승객들은 입을 다물었다.

어둠이 짙게 내려와서 온 사방을 깜깜하게 만들었다. 그러나 하늘에는 별이 빛나고 땅에는 전깃불이 빛나고 있었다. 밤으로의 긴 귀가(歸家). '돌아가리 돌아가리 전원이 황폐해졌도다.' 옛날 시인은 귀거래사에서 이렇게 읊고 있었지만, 어째서 안혜숙의 귀거래사에는 그런 전원조차 없는 것이었을까, 하고 도시의 제집으로 귀가하면서 권태룡은 의문을 품었다.

《한국문학》, 1984년 11월호

속물과 시민

속물과 시민

1.

장영필이 아들 때문에 낭패를 본 뒤를 이어 여자 문제로 인해서 망신살이 뻗쳐 경찰서에를 들락거리게 되었다더라, 하는 소문이 무쇠골 시민들 사이에 쫙 퍼졌다.

"아, 그……, 돈만 아는 속물?"

대보목욕탕 주인 김황호가 은세계다방에 앉아 이렇게 말하자, "돈뿐인가? 그 친구는 다른 것도 아는 게 아주 많지." 하고 새나라 슈퍼마켓 주인 임진해가 받았다.

"잘난 사람들의 세계도 알고 권력의 세계도 알고 환각의 세계도 알고……, 우리 같은 소시민들하고는 달라서 그는 대시민이었을 끼구만."

"대시민 좋아하네. 그는 속물이야 속물. 자린고비 같은 속물이 잘 도 놀아난다 했더니 기어이 제 꼴값을 한 거여."

무쇠골 시민들은 장영필을 싸고 벌어졌던 상식을 벗어난 갖가지 비행과 신변잡사들을 들먹이며 킬킬거렸다. 그런데 세상인심이 얄 궂은 것인가, 아니면 장영필에 대한 시새움이 깊어서 그런 것인가, 적어도 그에 대한 이런 소문들이 짜장 옳은 것만은 아니라는 것을

동회 서기장 임수덕은 누구보다도 잘 알고 있었다. 뛰면서 생각하
자, 중단하는 자는 승리하지 못한다, 좋아졌네 좋아졌어……, 따위
의 구호들이 사람들의 뒤통수를 계속 때려 댔던 그 시절(누가 뭐래
도 그때가 참 좋았지, 임수덕은 진심으로 그렇게 생각하였다), 장영
필이야 말로 성실, 노력, 각고, 근면, 성공, 출세의 대명사와 같은 인
물로 통했기 때문이었다.

적어도 1970년대에 있어 무쇠골에 사는 사람들 가운데 장영필을
모르는 자가 있다면 그는 뜨내기이거나 그야말로 별 볼 일 없는 위
인이라고 보아 틀림없었다. 유지 중의 유지이며, 도시 새마을 운동
의 기수이며, 거기에 각종 지도 위원, 선도 위원, 대책 위원, 개발 위
원을 두루 겸하고 있는 덕망가를 대라고 하면 곧 장영필을 떠올릴
수 있었다. 그러니 그를 모른다고 할 무쇠골 시민이란 오죽한 인간
이겠는가 멸시할 만하였다. 잘난 사람들이 제 잘난 맛에 산다면 못
난 것들은 시새움으로 위안을 삼는 듯하였으니, 장영필이야 말로
못난 것들을 딛고 올라선 평지돌출의 인생을 가졌던 것이었다.

무쇠골은 서울에서도 몇 손가락 안에 드는 이름난 대학촌을 이
루고 있었다. 장영필은 6·25 전쟁고아 출신으로서 대시민이 되었다.
원래부터 무쇠골의 토박이는 아니고 더욱이 이곳 대학을 나온 주
제도 아니면서 여기에 발판을 잡아 토대를 착실히 닦아 놓았던 것
이었다. 이미 나이 30대 초반에 이르러 적지 않은 재산을 모아 대학
촌을 꽉 움켜쥐고 또 거기에 지역 사회 발전에 누구보다 앞장서는
덕망가가 되었던 것이었다. 적어도 동회 서기장 임수덕의 눈에 비친
장영필의 1970년대 프로필이 이런 모습이었다.

그가 본격적으로 두각을 나타내기 시작한 것은 1972년경이었다.
그해 10월 어느 날 느닷없이 비상 계엄령을 선포하여 국민들을 와

들와들 떨게 만들더니 이른바 10월 유신이라는 것이 발표되었다. 헌법을 뜯어고쳐서 통일 주체 국민 회의 대의원을 뽑는다고 하였고 이것이 주체가 되어 대통령을 선출한다고 하였다. 이때 장영필이 무릎을 탁 치면서 사내대장부로 드디어 그가 나설 때가 되었다고 좋아하였다. 그는 비상하게 활동을 개시하여 대의원에 출마하였으며 거뜬히 당선되었다. '시라이'라고 부르던 꿀꿀이 죽조차 제대로 못 먹으며 눈물로 커온 전쟁고아가 일국의 대통령을(국민 대리로) 뽑는 대의원의 반열에 올라섰으니 그의 감격이야말로 대단했었다. 그는 이 감격을 자기 혼자서만 간직하기에는 주체스러워서 동네방네 알리기로 했었다. '당선사례'라는 플래카드는 한동안 무쇠골의 길바닥에 온통 널리다시피 하였다. 또 그가 무쇠골의 집들과 가게마다 돌린 신년 달력에는 그의 웃는 사진과 더불어 '통일 주최 국민 회의 대의원 장영필'이라는 글자가 큼직하게 박혀 있었다. 그 달력을 받아본 주민들은 의아해하였다.

"통일 주최가 뭐요? 통일 주체라고 해야 맞지 않소?"

이렇게 그에게 직접 물어본 시민도 있었다는 것인데, 이에 대한 장영필의 대꾸가 과연 그럴 듯하였다.

"무슨 소리야? 통일을 내가 주최해야 한다고 생각해서 그렇게 쓴 거야."

그는 통일을 주최하는 국민 회의의 대의원이었을 뿐 아니라 다른 여러 일들도 주최했었다. 무쇠골에 그가 소유하고 있는 부동산들과 영업소들이 도시 계획으로 손해를 보지 않도록 하기 위해 당국자들과의 각종 모임 자리를 그는 주최하곤 했다. 서울에 지하철이 생기게 되었는데 그 노선이 그의 영업소가 있는 곳과는 다른 도로로 빠지게 될지도 모른다는 정보를 입수하고는 그것이 그렇게 되지 않도록 노심초사하여 대책 위원회를 주최하기도 했다. 또한 무쇠골이 대학을 끼고 있는 특수 지역임을 감안하여 '장학서점' 주인과 함께 지역 개발 위원회라는 것을 열기도 하였다. 장학서점 주인은 자기 가게가 있는 근처에 다른 서점이 들어서는 것을 방지하기 위해 서적상 조합의 무슨 규정 같은 것을 들먹여 온갖 재랄을 다 떨고 돌아다니는 자였었다. 대학가에 있는 서점이 어째서 영업이 제대로 되지 않느냐고 노상 불평을 해 대고는 하면서 경쟁 서점이 들어서는 것을 한사코 막고자 하였다.

무쇠골은 대학을 끼고 있는 관계로 학생 애들이 데모를 벌이노라면 최루탄에 페퍼포그를 뒤집어써야 하는 맛이 고약하기는 하였으되, 이 학생 애들이 밥벌이, 돈벌이의 아주 좋은 재료가 되어 주어서 다른 어느 곳보다도 장사가 잘 되고 땅값이 마구 솟구쳐 오르는 곳이기도 하였다.

"하라는 공부는 안 하고 데모만 하고 있으니 이게 되겠어? 책 장사 노릇 정말이지 못 해 먹겠어. 게다가 이 녀석들이 이상한 책들만을 보려고 하면서 나한테 맞대 놓고 공갈을 놓는단 말야."

장학서점 주인 강광태는 그 옆 건물에 있는 '무쇠옥'으로 장영필을 찾아와서 하소연을 늘어놓고는 했었다. 그의 주장인즉 이러했었다. 서적상 조합의 규정을 보자면 기존 서점이 놓여 있는 반경 몇 킬로미터 이내에는 다른 서점이 들어찰 수 없다고 되어 있는데 이는 과열 경쟁을 방지하기 위한 민주적인 조처라는 것이었다. 그런데 데모하다 감옥 갔다 나온 젊은 녀석들이 이런 규정을 무시한 채 이상한 서점을 내기 위해 이 대학촌으로 파고든다는 것이었다. 놈들의 명분은 대학촌에 서점이 많을수록 좋은 거지 무슨 소리냐는 것이지만, 그게 실정을 모르는 이야기라 하였다. 당신도 알다시피 장

학서점과 무쇠옥이 58년에 동시에 문을 열지 않았던가. 장학서점은
그때나 지금이나 큰 발전이 없는 반면에(그야 5층짜리 빌딩을 올리
기는 하였지만), 무쇠옥은 날과 달과 해가 다르게 번창하여 지점을
차리고 분점을 내는 등 무쇠골 알부자로 되지 않았느냐, 이런 형편
에 서점들이 우후죽순으로 들어서면 이게 어찌 되겠느냐 하였었다.
더구나 그 녀석들이 다루는 책들이라는 게 좌경 서적에 검열에 걸려
유통될 수도 없는 불순 서적들과 복사 해적판들이니 이것이야말로
큰일이라 하였다.

"하기사 우리야말로 누구보다 대학생들의 세계를 잘 알지 않소."
하고 장영필은 맞장구를 치는 체하였다. "우리야 전쟁통에 국민학
교도 제대로 못 다녔지만 얘들은 그 세상이 어땠는지를 모를 뿐 아
니라 이 세상이 어떻게 이루어진 건지도 모른단 말야. 그러니 당신
이나 내가 반학생파(反學生派)일 수밖에 없는 거지만……."

장영필의 평소 지론은 그가 반학생파(이 용어는 그가 즐겨 사용
하는 상투어 중 하나였다)이기는 하지만, 그렇다고 학생들이 미워
서는 아니라는 것이었다. 즉 그가 반학생파가 된 것은 신문에 나곤
하는 반한파니, 반정부파 또는 반체제파니 하는 그런 반(反)과는
다른 의미라는 주장이었다.

"오늘의 장영필이 있게 된 게 다 저 학생 녀석들의 덕분인데, 내가
기본적으로 걔들을 미워할 까닭이 어디 있겠어? 도리어 감사하는
마음을 갖고 있어서 걔들의 장래를 위해 걱정하는 기구만."

각종 술집에 요정, 음식점, 다방, 의상실, 양복점, 이발관, 여관,
댄스 교습소 따위들이 오르르 꾀여 들어 무쇠골은 대학촌이 지녀
야 할 면학 분위기와는 전혀 상반되게 서울에서도 이름난 유흥장
이 되어 주고 있었다. 그러노라니 대학으로 들어가는 길목마다 누

더기 걸친 거러지 모양으로 누덕누덕 간판들을 달고 있는 삼사 층 짜리 건물들이 너저분하게 늘어서서 선남선녀 아닌 각종 건달패들과 바람패들로 북새를 떨게 하였다. 이 건물의 주인들은 도시의 미관이나 영업소의 퇴폐, 타락 분위기 따위에는 애당초 관심이 없었다. 그들의 신경은 당국의 도시 계획이 어떻게 결정되느냐 하는 것에 온통 쏠려 있었다. 도로 확장으로 건물들이 철거될 것이라느니 신도로 계획이 서 있다느니 온갖 소문들이 항상 떠돌고 있었다. 도시 계획이야말로 그 자체로 황금박쥐처럼 무쇠골에 깃들었다. 도시 계획에 따라 허름한 건물의 값이 뛰어오르기도 하고 지진이 난 것처럼 가라앉기도 하였다.

온통 술집과 퇴폐업소로 대학을 포위하듯 하고 있는 이런 제멋대로 들쑹날쑹으로 세워진 건물들과 뒷골목들을 왜 그냥 방치해 두고만 있을까. 그러나 원칙은 원칙이고 현실은 현실이었다. 큰 도로와 작은 도로의 주변 건물들을 정돈하고 변태적인 퇴폐업소를 추방함으로써 대학촌의 스카이라인을 바로잡아야 한다는 지당한 말씀은 잡문을 써야 할 소재거리가 떨어진 교수님들의 신문칼럼 같은 데에나 나올 뿐이었다.

"저것들이 무엇을 안다고 이런 글을 써?" 하는 무쇠골 상인들의 비웃음이나 받을 뿐 그런 글로 인해서 다른 사태가 벌어지는 적은 한 번도 없었다. 더구나 이상한 것은 도시 당국의 도시 계획이라는 게 전혀 일반인에게 공개되지 않아 결과적으로 대학 주변 장사아치들에게만 이득을 준다는 점이었다. 그것이 얄궂은 노릇이라 하겠으되, 시의회가 있어서 그것을 따지겠는가, 4·19 직후 때처럼 시장님을 시민들이 뽑아 주고 있어 누가 그것을 물어볼 수 있겠나, 대학촌의 환경 문제는 상가 주민들과 해당 공무원들 사이의 전문 관심 분야가 되어 두터운 비밀의 베일 속에 가려져 있을 따름이었다. 장영 필의 전성시대는 바로 이런 유신 시대의 흐름을 타고 개천에서 용이 나듯이, 또는 이무기가 안개구름을 만난 것처럼 무쇠골로부터 활짝 펼쳐지게 된 것이었다.

장영필이 대의원에 당선될 적 나이가 서른여덟 살이었다. 무쇠골에 그보다 나이 많은 사람들이 적었던 것은 아니었지만, 동네 유지 노릇하는 데에 있어 그보다 관록이 붙은 사람은 그닥 흔하지 않았을 것이었다. 그는 관내의 요로에 걸쳐 꼭 알아 두어야 할 사람들은 반드시 알아놓고 있었다. 동장을 비롯해서 동회 서기장들과 말단 5급짜리들은 장영필이 동네에서 가장 열성적인 일꾼이며 지역 발전과 도시 새마을 사업에 가장 적극적으로 나서는 덕망가라고 믿는 데에 추호의 의심도 하지 않았다. 그는 무쇠옥, 대금장, 그리고 황금빌딩의 주인이기 때문에 존경을 받는 것이 아니라 무쇠골에 거처하는 유지들의 특수 사회를 위해 헌신하는 인물로서 중요한 존재였다. 그러니 장영필이 대의원에 당선할 수 있도록 동회에서 모든 면으로 지원을 해주었다는 것은 누구나 짐작하는 사실이었다. 대의원 선거 전날 밤에 반장들이 수건과 양말을 직접 뿌리면서 장영필이 선물하는 것이라고 하였을 때 누가 그것을 선거법 위반이라고 감히 생각이나 했었을까. 아름다운 인정에 고마워했을 따름이었다.

무쇠골의 유지들과 행세가들을 위한 장영필의 노력에는 자못 헌신적인 데가 있었다. 가령 서울 넓은 바닥에 조기 축구회가 없는 동네가 없을 지경이 되기 시작한 것도 70년대에 나타난 현상이기도 하지만, 무쇠골이라고 여기에 뒤질 이치가 없었다. 모세국민학교 운동장을 빌려 조기 축구회가 결성되었을 적에 그 뒷바라지를 맡은 숨은 공로자가 바로 장영필이었다. 동회 서기장이 조기 축구회

회원 중의 하나였음은 지역 사회의 친선을 도모한다는 명분으로 보아 당연한 일이고, 대보목욕탕 주인 김황호, 명덕한의원장 이필세, 새나라슈퍼마켓 임진해, 그리고 회장은 대판공업사 사장 윤덕한이 맡았는데 장영필은 그중에서도 가장 열성적인 아마추어 축구인으로서 총무직에 있었다. 새벽같이 일어나 한바탕 신나게 축구공을 차면서 그들은 운동만이 아니라 자신의 사회적 지위라든가 사회생활의 진수를 터득하고 있었을 것이었다. 그러니까 온갖 열성을 다하여 축구공을 못살게 구는 것으로 축구를 잘하는 게 되듯이 그들은 누군가를 들볶고 닦달하여 못살게 구는 일을 열성적으로 해냄으로써 보다 성실한 사회인이 되고, 또한 사회적 지위를 획득하는 것이 된다는 이치를 덩달아 터득해 내고 있었을 것이었다. 그리하여 먼지처럼 쌓인 피로와 엊저녁의 술과 잠자리에서 생긴 노폐물을 땀으로 배출해 내면서 그들은 더욱 성실한 유신 시대의 역군으로 새 아침을 출발시킬 수 있었던 것이었다. 심신이 가벼워진 그들은 쌍화탕이라거나 하다못해 인삼즙이라도 마시고 싶어지는데, 모세국민학교 앞에 있는 '무쇠탈 찻집'이 그들의 단골로 되어 문전성시를 이루고 있었다. 이것이 모두 장영필의 주선에 의해서 이루어진 것이었다.

그러니 그 다점의 경영자인 양인혜는 자신에게 이런 수지맞는 장사를 하게 해준 장영필의 공로를 도저히 잊지 못해 하는 것이었다. 그러나 그 이야기는 뒤로 미루기로 하고…….

하여튼 장영필은 열성적으로 건강을 생각했을 뿐 아니라 조기축구회가 지역 발전을 위한 동네 유지들의 사교적인 모임 자리가 되도록 하는 일에 열성적으로 나섰다. 발족이 되던 초기에는 입회금 5만 원에 매달 회비로 1만 원을 받았는데 실제로는 이런 돈이 문제가 아니었다. 이런 것보다도 가령 불우 이웃 돕기 성금이라든가 영남 수재민의연금 모집 같은 데에는 회원들이 꼭꼭 성금을 내었는데 그러한 뜻깊은 일에 장영필이 빠진 적은 드물었다. 아울러 고생이 많은 관내 파출소 순경들의 야식비라든가 동직원들을 위한 추석 선물, 또는 월동 배당량만으로는 모자라는 동네 노인회에 구공탄 보내주기 운동도 벌였다. 장영필의 관내 유지 활동은 이에서 그치는 것이 아니었다. 민방위 소집이 있었을 적에 그가 때로는 연사로 등장하여 무쇠골의 발전을 위한 구체적인 실천 방안을 제시하여 공감을 샀던 일이라든가 대만을 시찰하러 나갔을 적에 그곳의 어느 동네와 자매결연을 맺게 하고 돌아왔던 일, 그리고 그의 원래 고향인 남쪽 바다의 어느 벽지 국민학생들을 모세국민학교가 초청하도록 주선한 일 같은 것을 일일이 들자면 한이 없을 것이었다. 그의 처지가 이럴 지경이라면 '폼'을 잡으며 능청에 오만을 떨 법도 하건만 그의 타고난 성품은 소탈하였다. 다만 자기보다 허약한 사람들에 대해서가 아니라 이용 가치가 있는 인물들에 국한해서 그러하였다. 그는 민방위 요원들이라거나 예비군 중대장들과 스스럼없이 어울려 청소년 문제를 놓고 토론하기를 즐겨 하였다. 무쇠골 담당 정보 형사와 의형제 비슷한 관계를 맺어 두고 있었으며 자기에게 필요한 세상살이의 각종 정보들을 얻어 들었다.

모든 면에서 날마다 다르게 발전을 거듭하는 우리 사회에 왜 불평분자들이 있는가. 젊은 애들은 열심히 일할 생각은 아니하고 어찌해서 근로기준법이니 뭐니 들고 나와 피땀 흘려 사업을 일으킨 사업주들에게 대들고 반항을 하는가. 못난 것들이 잘난 사람에 대해 반발하고 심술을 내는 이 못된 버릇을 왜 불식시키지 못하는가. 어찌해서 당국은 이런 못난 것들이 꿈쩍도 못 하도록 강경한 조치를 취하는 데에 주저하고 있는가.

그는 자기 밑에 데리고 있는 고용인들이나 가난한 친지들에 대해서는 엄격하고 야박하게 굴었지만 자기보다 약간이라도 낫다 싶은 사람들에 대해서는 참으로 공경하고 경외하는 자세를 흐트러뜨리지 않았다. 관내에 사는 두 명의 국회의원, 중앙청 국장급으로 있는 세 명의 고급 공무원들과 사장, 회장, 중역들과 세교를 놓아 지역 발전을 위해 그들이 기여해 줄 방안이 어떻게 되는가 의논하고 담소하였다.

이런 헌신적인 노력으로 그는 통일을 주최하는 국민회의 대의원이 되었다. 그리하여 드디어 처음으로 통일 주체 국민 회의가 장충단 실내 운동장에서 개최되었다. 전국 각처에서 몰려든 2천3백59명의 대의원들은 곧이어 대통령 선출에 들어갔는데 무효표 두 표만 나왔을 뿐 거의 전원이 각하를 대통령으로 뽑았다. 그가 평생 잊을 수 없는 날, 1972년 12월 23일의 일이었다. 각하께서 곽상훈 의장의 안내를 받아 연단에 섰고 장영필은 가슴이 뜨거워지는 것을 느끼면서 열렬히 손뼉을 쳐 대었다.

"친애하는 통일 주체 국민 회의 대의원, 그리고 국민 여러분."

각하의 음성은 낭랑하면서도 힘이 있었다.

"10월 유신은 올바른 역사관과 주체적 민족 사관에 입각하여 우리 민족의 안정과 번영, 그리고 통일 조국을 우리 스스로의 힘과 예지로써 쟁취하고 건설하자는 데에 그 궁극적인 목적이 있는 것입니다. 이 10월 유신의 이념을 반영한 헌법안은 국민의 열렬한 지지 속에 채택되었으며 조국의 평화 통일은 이제 우리 스스로의 힘으로 주체성을 갖고 추진해 나가야 할 우리의 국시요, 헌정의 지표로 확립되었습니다. 친애하는 대의원 여러분, 유신 헌법에 따라 지금 광

범위한 제도 개혁을 단행하는 과정에서 최초로 탄생된 유신 제도의 하나가 바로 지금 이 자리에서 그 역사적인 개막을 본 통일 주체 국민 회의입니다……."

그는 유신 체계의 역군이 되어야겠다고 내심 다짐을 거듭하고 있었다. 못난 것들은 국민이 대통령을 선출하지 못하게 되었다고 어쩌구 할 터이지만, 그런 못난 것들의 불평을 들어줄 여유는 없는 것이 아니던가. 그러했다, 그는 그 시대의 주체였었다.

2.

무쇠골의 아침나절은 항상 시끄럽고 복잡하였다. 밤늦도록 질탕하게 환락의 도가니에 잠겨 들었던 자들은 먼동이 틀 무렵부터 비 맞은 생쥐 꼴들이 되어 무쇠골로부터 떠나갔다. 그다음에는 도서관에라도 찾아가는 학생들의 모습이 다문다문 보였다. 이어서 무쇠골에 통학을 하는 게 아니라 출근을 해야 하는 인근 점포들의 종업원들이 피곤한 모습을 드러내었다. 이미 이 무렵이면 장영필은 조기 축구를 마치고 집으로 들어가 잣죽에 빵 따위로 아침 요기를 마치고 한 20분쯤 텔레비전에 한눈을 팔고 이어서 그가 소유주로 되어 있는 황금빌딩의 5층 사무실에 나타나 미리 대령하고 있는 최 씨로부터 결재를 받고 지시를 내리고 트집거리를 찾아내 한바탕 꾸중을 내린 다음 다시 그가 경영주로 있는 요정 대금장에 들어가 미리 도열해 서 있는 종업원들의 인사를 받으며 문 안으로 들어서서 오 마담에게서 장부를 받아드는 것이고 그리하여 세 번째로 무쇠옥을 향해 발걸음을 옮기는 것이었다.

무쇠옥은 갈비와 냉면이 맛좋다는 소문이 워낙 높아서 자가용차들이 미어져라 몰려 오곤 하는 유명한 음식점이다. 장영필은 무엇보다도 무쇠옥에 대한 애정이 지극하였다. 원래 그는 대학촌 입구에서 만년필, 라이터돌 따위의 행상을 했었다. 그러다가 큰마음 먹고 한 평짜리쯤 되는 판잣방에 가락국수집을 내었다. 그 장사는 참으로 눈감고 헤엄치기였다. 가령 밀가루 한 포대가 1천 환이었다고 한다면 그걸 가락국수(그 당시에는 수타 국수라 불렸지만)로 직접 뽑아 사발에 담아 몇백 그릇인지 모르게 팔면 5천 환을 거뜬히 상회하는 돈이 되어 돌아왔다. 가락국숫집은 얼마 안 가 메밀국수 같은 것도 겸하는 집이 되었고 다음에는 냉면집, 이어서 갈빗집으로 발전하였다. 대지 20평에 건평 15평 정도의 조선 기와집에 차렸던 무쇠옥은 자꾸만 옆집, 그 옆집의 조선 기와집을 사들여서 현재 이르러서는 여섯 채의 조선 기와집을 한통속으로 묶어 놓은 커다란 옥호로 되었으며 종업원만 해도 50여 명을 거느리게 되었다. 그렇다고 해 보았자 주로 여자 종업원들이고 그네들은 아침 열 시에서 밤 열 시까지 열두 시간 일을 시켜 십몇만 원 정도의 월급을 주는 것이지만 무슨 공장들처럼 노사분규 일어날 턱도 없고 인건비 때문에 장사 못 해 먹겠다는 푸념 늘어놓을 턱도 없으니 밥장사라는 게 참으로 어수룩한 노릇이었다. 하지만 먹는 장사라는 건 친절, 미소, 청결, 부지런 따위를 모두 갖추어야 하는 종업원에 대한 교육과 정신무장 함양이 그 성패를 가름하게 하는 것이었다. 그런 만치 그는 그들을 모두 모아 놓고 훈시를 내리기를 즐겼다. 그는 '인자인(忍子仁)' 따위의 액자 글씨에다가 '이번 주일의 실천 사항' 따위를 내걸곤 했다. 이와 더불어 그는 아무나 느닷없이 호출하여 명심해야 할 사항들을 제대로 암기하고 있는지 시험을 내서 호통을 치고 또는 불시에 그들이 일하는 곳으로 찾아가 기필코 꼬투리를 잡아내어서는 눈물이 쏙 나올 만큼 야단을 치고 물건들을 둘러메치고 하였다. 못난 것들은 혹독하게 다루어야 정신을 차린다고 그는 믿었다. 못 난 것들에 대해서는 윽박지르고 잘난 사람들에게는 비굴할 정도로 공손해야 한다는 생각은 바로 '무쇠옥' 음식점의 경영 지침이 되었 으니 손님에게 지나칠 정도로 친절하게 하자면 종업원들에게는 지 나칠 정도로 혹독하게 대접해 주어야 마땅한 것과 같은 이치였다. 잘난 사람에게는 잘난 대접, 못난 놈에게는 못난 취급……. 이러한 '모토'는 이미 유신 시대 이전서부터 그가 터득한 그의 철학이 되었 으며 유신 시대를 거쳐오는 과정에서 그의 한국적 인생론의 골자를 이루게 되었다. 먼 훗날에는 어떨지 모르지만 아직은 엽전들이 고 통과 고생으로 살 수밖에는 없는 세상인 것이었다.

통일 주체가 되었든 주최가 되었든 좀 자주 열리기나 했으면 좋 으련만 회의가 너무 뜸하게 개최된다는 것에 불만을 가졌지만, 동 시에 남들이 대의원인 그를 별로 크게 알아 주지 않는 것처럼 보여 서운하기도 했었다. 그러나 그 시절이 정말이지 좋았다. 10월 유 신이 그 7년 뒤 10월 사태로 허망하게 끝날 줄은 미처 몰랐다. 10월 은 그에게 영광과 시련을 함께 맛보게 한 괴상한 달이었다.

그는 한 열흘 동안 피신을 가 있었다. 자신이 딱히 잘못한 일이 있 대서가 아니라 혹시라도 못난 것들이 멋대로 착각을 하는 세상이 되어 예상치 못한 행악이라도 있지 않을까 해서였다. 하지만 세상 이치라는 게 그리될 까닭은 없어서 그는 안심하고 생업에 충실하 리라 하였다. 또한 이때에 그가 깨달은 바가 있었다. 이미 그는 40대 중반의 나이가 되었는데 도무지 세상만사가 전과 같지 않아서 신 이 나는 일이 드물고 몇 가지 뒤숭숭한 일이 생겨 재판이라는 것도 걸고 소환이라는 것도 당하는 일이 생겼기 때문이었다. 뛰는 놈 위에 나는 놈이 있다더니 무쇠골 장영필에게 감히 사기 공갈을 치려는 무리들이 있게 되었으니 망조 걸린 세상이라고 그는 개탄 아닌 감탄을 했던 것이었다. 더구나 적반하장으로 상대자들은 장영필을 사기 공갈죄로 걸어 고소하고 탈세 혐의가 있다고 국세청을 비롯, 사방팔방에 투서질을 하여 그가 조사를 받는 일도 생겼다. 어찌 감히, 그리고 과연 이럴 수가 있는 일이던가. 대의원 시절에 어떤 놈이 그에게 그따위 짓을 했더란 말인가. 그는 정말이지 유신 시절이 그리웠다.

그는 뒷짐을 지고 무쇠옥으로부터 걸어 나왔다. 냉동차가 세 대나 무쇠옥 앞에 정거하고 있었으며 갈비짝들이 연이어 무쇠옥 안으로 들어가고 있는 중이었다. 이 땅에서 이곳 풀을 뜯고 이슬을 마시며 살아 온 것은 사람하고 별반 다를 게 없지만 저놈의 소들이 불쌍하기는 하지. 그는 핏물이 묻어 있는 갈비짝을 보면서 밑도 끝도 없이 이런 생각을 했다. 근자에 그는 명산대찰을 찾아다니는 습관이 생겼고 고승의 법문을 듣고 고개를 주억거리는 일이 더러 있게 되었다. 대로변으로 나오니 전투 경찰들이 부동자세로 도열해 서 있었다. 대학촌이라는 게 세월 흐를수록 나아지는 게 아니라 더욱 살벌해지기만 하니 이 바닥에서 장사하는 놀음이라는 것도 이제는 한물간 게 아닌가 하는 심사에 그는 다시 잠겨 들었다. 그는 정문이 아니라 후문으로 해서 대명 천지 호텔 6층으로 올라갔다. 양인혜는 쌍화탕이나 인삼즙 따위를 파는 일에 더 이상 종사하고 있지는 않았다. '쉘부르의 우산'이라는 옥호를 붙인 집은 우산장사 가게는 아니었다. 시인, 극작가, 배우, 대학교수, 연인, 학생들이 고상한 낯짝을 지어 들락거리는 문화인의 전당이 되어주고 있었다. 문화인들과 교제를 가져 보세요, 사장님. 어느 날 양인혜가 이런 말을 했고 그는 한참 주판알을 퉁겨 본 끝에 고개를 끄덕거렸다.

행정 대학원이라는 데를 순전히 간판 얻으려는 욕심으로 다니면서 그는 새삼스레 깨달았던 바 있었다. 대의원으로 지냈을 적에는 이 세상에서 가장 못되어 먹은 작자들이 문화인이라는 족속인 줄로만 알았는데 가만 보니 그 순진한 작자들에게는 나름대로 소용닿는 구석이 있음을 짐작하게 되었다. '그렇지, 너라면 해낼 수 있겠지.' 그렇게 해서 장영필은 양인혜가 고상한 문화인을 상대로 하는 살롱을 차리는 데에 필요한 비용을 대 주었다. 양인혜의 살롱은 예상했던 것 이상으로 문화인들이 다람쥐처럼 들락거리는 장소가 되어주었다. 1년 남짓밖에 안 되었는데 권리금이 두 배 이상으로 올랐다고 하였으니 문화 장사라는 게 갈비 장사보다 못하지 않다는 것을 짐작할 만하였다. 게다가 물론 장영필은 어엿한 문화인의 반열에 올랐고…….

행사를 치르고 목욕을 끝내고 맥주도 홀짝이며 그는 이 여자가 해 오는 말을 듣고 있었다. 일종의 사업 보고인 셈이었다. 좀 더 크게 차려 보고 싶다는 이야기. 영국 빅토리아 여왕 시대의 속물 문화에서 타산지석으로 배울 게 있어요, 사장님. 하는 이야기. 제발 그만 좀 유식 떨어라. 그는 이 여자의 10년 전 모습을 회상해 보고 있었다. 공장뜨기가 되고자 궁벽진 시골에서 생전 처음으로 서울로 올라온 열일곱 살짜리 계집애. 청계피복이다, 구로공단이다 굴러 다니다가 대학촌의 의상실에 들어온 계집애. 그런데 양인혜의 본명은 양점순이었으나 이미 그때부터 싹수가 있었다. 여공인 주제에 가짜 여대생 노릇을 해내어 남자 애인을 만들기 시작하는데 진짜 여대생이 가짜 같고, 가짜가 영락없는 진짜였다. 그리고 보면 대학생 노릇이라는 게 진짜 별 게 아니었던 것인가. 양인혜는 그러함에도 이른바 타락이라는 골목으로 빠져들지는 않은 듯했다. 진짜 여대생으로 그 진짜마저도 제대로 해 내지를 못하여 월세 이삼만 원짜리의 비참한 합숙방에서 뒹굴고 있는 애들이 부지기수인 것이 대학촌의 한 풍경이라면 양인혜는 그 정반대의 길을 밟아 자기 자신의 신분을 상승시켜갔으니 말이었다.

점심을 먹고 그는 황금빌딩의 그의 사무실로 올라갔다. 한 시간쯤 낮잠을 자고 나면 오후에는 변호사를 만날 일과 스님을 만날 일이 있었다. 변호사가 그의 사회생활을 구제해 준다면 스님은 그의 정신 생활에 활력소를 제공해 주겠지. 그는 아들 때문에 속을 썩이는 중이었고, 그리고 미국으로 이민을 가자고 졸라 대는 지금의 아내(세 번째 결혼이었다.)로 해서 일종의 허무주의를 맛보고 있는 중이었다. 대학원까지 나온 그의 처는 허무주의의 맹장이었다. 미국 시민권을 얻고 싶어 안달이 난 이 여자는 같이 안 가주면 자기 혼자서라도 가겠다고 하는 중이었다. 형식적으로 이혼을 하고 또 순전히 법적으로만 미국 시민권 가진 한국 남자와 결혼해서 미국 가 가지고 자리 잡은 뒤, 법적으로 다시 이혼하고, 그리고 다시 법적으로 장영필과 재혼을 하고 어쩌고저쩌고……. 장영필은 돈에 있어서만은 남부러울 게 없는데 자신의 사생활이 어쩌다 이 지경이 되었을까 탄식을 금하지 못했다. 그런데 사무실에 들어가 보니 그의 아들 녀석 중환이가 떡하니 버티어 있는 중이었다.

"이놈의 자식, 꼴도 보기 싫으니 썩 꺼지지 못해?" 그는 버럭 소리를 질렀다.

"네, 그렇잖아두 꺼져 버리려고 하는 중인 걸요. 그래서 마지막으로 인사를 드리려구 하는 거예요."

"이놈의 자식, 애비한테 그런 말버르장머리가 어디 있지? 대학에서 그따위로 가르쳤다더냐?"

"어디 대학이 그랬나요. 아버지가 이렇게 가르쳤죠."

장영필은 저것이 과연 내 자식인가, 기가 막혀 말도 나오지 않았다. 그는 격정에 못 이겨 아들놈의 빰따귀를 후려쳤다. 그러나 이 녀석은 게실게실 웃어댈 뿐이었다. 폭력으로 나오시나 본데 얼마든지 그러십시오. 아버지가 가르쳐 주신 대로 데모는 하지 않을 테니까요. 잘난 사람들은 데모 대신 눈뜨고 있는 상대방 코를 베어 간다면서요? 장영필은 아들이 아들이 아니라 원수라는 것을 순간적으로 느끼게 되었다. 이놈의 자식은 아비를 파면시키려고 작정하고 있는 게 아닌가, 이런 의혹이 일어나게 되었다. 물론 이유는 있었다. 재산을 달라는 것이었다. 왜? 무엇 때문에? 이 녀석이 내세우는 설명은 간단하였다. 돈이 필요하니까 그래요. 장영필은 그 말을 들었을 적에 노발대발했었다. 이 재산이 어떤 재산인가. 돈이 필요하다고? 돈이 필요하면 네가 벌어서 써라. 너 같은 놈에게는 한 푼도 줄 수가 없다. 세상에 남부러울 게 없는 장영필은 아들로 인해서 자신의 인생이 와르르 무너져 버리는 느낌을 받았다. 이게 무슨 업보란 말인가.

장영필은 한때 커 오는 아들에 대해 희망을 가졌었다. 그리고 한때 이 녀석에게 안쓰러운 마음도 느꼈었다. 지금의 돈 많은 그와는 달라서 이 녀석이 태어날 무렵의 그는 아직 전쟁 고아의 티를 벗기 전이었다. 라이터돌이다 만년필이다 하는 행상에서 간신히 가락국수 가게를 차릴 무렵이었으니 이 녀석의 생모인 계숙이의 고생이 이루 말할 수 없을 지경이었다. 물론 그때는 그가 국수틀을 돌리고 계숙이가 말국을 풀어서 꾸리는 그놈의 가게로 먹고사는 걱정만 하지 않을 지경이면 더 이상 바랄 것이 없을 것 같았다. 그리고 이 녀석이 태어났다. 어쩌면 그 시절이 행복했었을지 모른다. 그는 어린 무던하던 계숙이에게 참으로 못할 짓을 했다는 양심의 가책은 가지고 있었다. 이 녀석은 어머니의 정이라는 걸 모르고 자랐다. 하지만 중요한 것은 그게 아니지 않는가. 너는 나와는 달라서 굶주리고 배고프다는 게 어떤 건지 그런 것은 모르도록 해 주리라. 중환이는 공부는 잘 하지 못했지만 제법 친구들을 거느렸고 말썽을 부리기는 했으되 활달한 성격이어서 아비인 그는 심지어 이런 기대를 가져 본 적도 있었다. 신양반 같은 것. 대졸, 미국 유학, 박사, 관료 사회의 엘리트 코스, 장관 또는 국회의원의 인생 노선 같은 것 말이었다.

어찌 되었든 너는 나보다는 양질의 인생을 살아야 한다는 그런 생각이 그에게 있었다. 그리고 아들은 그것을 일종의 강박 관념으로 느꼈던 적도 있었던 듯하였다. 이 녀석이 고등학교 1학년이 되기까지는 그럭저럭 모든 것이 순조로웠다. 하지만 그 뒤로는 모든 것이 엉망진창이었다. 그는 대의원으로 바쁜 생활을 보내고 있었고 아들은 아버지를 경멸하기 시작했다. 대학에 들어가서는 더욱 개차반이었다. 아비의 평소 지론을 따랐음인지 이른바 운동권에는 관심 두지 않았으나 대마초 사건이라는 걸 일으켰었다. 대마초 뿐인가, 경찰서에 붙잡혀 있는 것 빼내 주어야 했고, 고소하겠다고 날뛰는 여대생 부모를 만나 돈을 쥐어 주어야 했다. 그런가 하면 자기 계모 한테 "야, 이년아." 소리를 해서 아비의 생활마저도 파괴하려고 덤벼 들었다. 이놈의 자식을 어쩐다지? 정신 못 차리고 헤롱거리기만 하는 해파리 같은 생활. 언젠가 그는 아들에게 그런 생활을 청산하라고 진지하게 타일렀었다. 흥, 제 생활이 어때서요? 모두 다 아버지 본을 따른 것인데두요, 하고 녀석은 비아냥거렸었다.

"네, 이걸로 됐습니다. 그럼 저는 이만 물러가겠습니다."

장영필은 아들의 말에 문득 정신을 차렸다. 그리고 그는 미심쩍은 생각이 들었다.

"도대체 네가 무슨 수작을 늘어 놓으려고 나타났지? 너 나한테 숨기는 게 있는 모양인데?"

"숨기기는요? 곧 아시게 될 겁니다. 저는 갑니다."

"이놈아. 게 서지 못해?"

장영필은 왕조 시대의 포졸처럼 아들을 쫓아갔으나 녀석은 줄행랑을 놓아 버렸다. 자리로 돌아와서 그는 비로소 의심이 들기 시작했다. 저놈 하는 짓이 틀림없이 무슨 꿍꿍이가 있지 싶었다.

세상을 살다 보면 별일을 다 겪는다 싶었다. 그는 아들이 대마초 태우는 것은 어찌어찌 금할 수는 있었지만, 그 녀석의 헤픈 돈 씀씀이와 허랑방탕한 생활 자세는 뜯어고치게 할 수가 없었다. 하지만 아들 단속이 곧 돈 단속이라 싶어 일체 그 녀석이 돈을 쓰지 못하도록 철저히 돈줄을 봉쇄해 버렸다. 녀석은 여기저기 외상을 깔았으나 그는 전혀 갚아 주지 않았다. 그러나 그 방법은 성공한 것이 아니었다. 황금빌딩 문서가 없어졌다. 복덕방 사람이 오더니 황금빌딩이 다른 사람에게 팔렸다고 하였다. 그것도 중환이는 선불조로 2천만 원만 받고 모든 서류 수속을 끝낸 것이었다. 황금빌딩 명의를 그 자신의 이름으로 해 두지 않은 것이 불찰이었다. 세금 관계를 피해 볼 요량으로 아들 녀석 이름으로 했으되, 그 문서며 관계 서류는 물른 그 자신이 단단히 챙겨 놓았었다. 아들에게 황금빌딩을 줄 생각은 애당초 추호도 없었다. 장영필은 길길이 날뛰었다. 필요한 소송 절차를 밟기 시작하였다. 그가 '뱃사공'으로 몰리는 일도 만났지만 동시에 상대방 놈들을 모두 '뱃사공'으로 몰아 형사 소송을 제기했다. 배임, 사기, 공갈범을 줄인 것이 '뱃사공'이었다. 재판이 붙고 차

압 딱지가 날아들고, 그런가 하면 현재 이 빌딩에 입주한 사람들은 전세자의 합의 없는 건물 전매에는 응할 수 없다고 버티는 등의 사건이 벌어지고 있는 중이었다.

무쇠골 사람들 사이에 장영필이 조사받을 게 있어 경찰서에 소환되었다더라 하는 소문이 나돈 것이 바로 그 며칠 후였다.

"글쎄, 장영필 아들 녀석이 복덕방 쟁이와 짜 가지고 또 제3자에게로 황금빌딩을 전매했다는구먼. 제2 전매자가 중도금도 치르기 전에 다시 한탕 했대."

"그게 왜 그렇다는 건지?"

"하여튼 그게 다 일종의 사기 수법들인데, 설명하자면 한창 복잡하니 그만 두기로 하고……, 결론적으로 말해 그 녀석은 백만 원가량의 돈을 움켜쥔 것밖에는 없다니, 그게 망조가 아니고 뭐야? 선불조로 1천만 원을 받았다지만, 수표를 지불 정지시켜 5백만 원 현금 말고는 허공에 떴다는 게라. 그러니 황금빌딩이 시세의 10분의 1 정도값에 남의 물건이 되어 버릴 지경을 만난 거라. 아들놈이 돈 5백만 원 훔쳐내기 위해 제 아비 재산을 똥값으로 날리게 한 것이라. 거기다가 그뿐이면 좋게? 제2 전매자는 물론 황금빌딩에 세 든 입주자들한테서도 사기죄로 고소당했으니 죄는 죄대로 짓게 되었구 말일세……."

"아이구, 장영필의 밑바탕이 드러났구먼. '셸부르의 우산'인가 뭔가 하던 그 계집은 보증금에 권리금까지 비싼 값으로 남에게 넘겨 돈을 챙겨 달아났다니 그 돈은 언제 갚고 또 그 사기죄는 어떻게 감당한대지? 장영필이 으스댈 수 있는 유일한 것이 돈인데, 그 돈마저도 그렇게 거덜나기 시작했다면, 이제 그 사람 끝까지 다 간 것이로고."

"미친년 널뛰듯 한창 설쳐 대더니 장영필의 밑구멍이 만천하에 드러난 셈이로세. 속물이 시민들 위에 나서면 그게 언제 어떤 방식으로든 들통나기 마련이지."

대보목욕탕 주인 김황호와 새나라슈퍼마켓 주인 임진해가 나누는 말을 듣고 있던 동회 시기장 임수덕이 한 마디 보태었다.

"모르는 소리들 그만 해요. 장영필 선생은 당신들이 말하는 속물이 아니라 대시민이라 이런 말씀이에요. 내가 주장하는 소리가 아니라 여기 이렇게 써 있단 말예요."

그가 내미는 활자 매체에는 선량한 시민 장영필이 사기꾼들에게 당하여 곤욕을 치를 뻔했으나 진상이 백일하에 드러나 장영필은 재산과 명예를 되찾게 되었을 뿐 아니라 선량한 시민을 골탕 먹이려던 사기꾼 일당은 처벌을 받게 되었다는 전말이 소상하게 적혀 있었다. 아니, 그렇다면 장영필이 여전히 거들먹거려도 괜찮을 세상이 그냥저냥 계속되고만 있다는 것인가. 장영필의 이런저런 비위 사실을 세세히 알고 있는 새나라슈퍼마켓 임진해는 고개를 떨구었다.

"그러면 그렇지, 장영필 선생이 그럴 리가 없지. 그럼, 그는 속물이 아니라 위대한 대시민이지러."

탄식하듯 대보목욕탕 주인 김황호가 말했다. 감히 누가 '공공질서 파괴 사범 선도위원회 무쇠골 지부 자문 위원'의 으스스한 직함을 갖고 있는 장영필 선생을 비난할 수 있단 말인가.

《연세춘추》, 1984년 11월 19일

사랑해선
안 될 사람들

사랑해선 안 될 사람들

1.

해해 벗님네들, 내게 요 근래 그 뭐라더라 "사랑해선 안 될 사람을 사랑하는 죄이라서……" 어쩌구 하는 유행가를 흥얼거리는 습관이 붙었는데, 이런 이야기 한 자락 들어보겠소? 그 누군가들이 참으로 지당한 말씀들을 해 대고 있었지요. 그게 무슨 문학의 밤이라는 행사를 하고 있는 자리입디다. 얼굴들은 생소하지만 그 이름 석 자는 들어본 적이 있는 듯하기도 하고, 없는 듯하기도 한 그런 문학인들이 꽤 모여 있었지요. 청년 학생에 민주 인사라는 이들도 청중 속에는 섞여 있는 듯했고, 그리고 물론 오다가다 우연히 들러 본 변변치 못한 위인들, 그러니까 이쪽 같은 종자들도 있는 것이고…….

이쪽에서야 연단에 나설 처지도 아니고 하니 이왕 구경할 바에야 두 눈이나 크게 뜨고 바라보자 하였고, 또 남대문 열어젖히듯 귓구멍 활짝 뚫어 놓아서 열심히 들어보자 하였지요. 그것도 그러하지마는, 문학 하는 너희들만 잘났냐, 문학의 '문' 자도 모르는 나도 잘났다, 하고 잔뜩 비틀어 붙고 옹그려 붙은 마음쩡을 가지고 간살맞게 쳐다보고 왜긋게 들어 보기도 하였지요. 그런데 그게 그렇습디다. 얼굴은 생소하되 그 이름은 들어본 듯하기도 하고 아닌 듯하기도 한 그들이 연단으로 꾸역꾸역 나서서 저저금들 뱉어 내는 소리라는 게 몽조리 꼼짝달싹 못 하게 지당한 내용들뿐이었지요.

그처럼 민족문학이 무엇이고 민중문학이 어찌 된다는 등 얼콰하니 말마디들을 해 댑디다. 그러면 그렇지, 문학 하는 사람들이 어디가 달라도 다르겠지, 하였지요. 이 세상이 참으로 걱정이라고 누구나 다들 말이야 하지마는, 문학 한다는 이들처럼 자상하게 세세하게, 그리고 껍데기는 발겨 버리고 알갱이 중에서도 그 가장 여린여린한 부위만을 골라서 조개 속 맨살 바늘에 찔린 듯한 아픔으로, 그리하여 그 아픔을 통해 영글어 가는 진주처럼 빛을 뿌리는 목소리로 이 세상 걱정해 주는 이들 따로 없겠네, 싶습니다. 그뿐인가, 그들은 잘났다는 이들이 거들떠볼 염을 내지 않는 밑바닥 못생긴 위인들의 고달픈 처지를 넉넉히 궁량해 내는 듯하더라, 그 말이었지요.

이쪽이야 "친애하는 유권자 여러분" 중의 당당한 하나 됨의 자격으로 선거 유세장에서 출마자의 사자후도 들어 보았고, 향군 훈련이든가 민방위 훈련장에서 덕망 있는 인사들의 고견에도 늘상 접해 보았지마는, 이 문학인들은 그네들보다야 언변도 떨어지고 풍채도 꾀죄죄하나 그 태도의 진솔함으로 보거나 말하는 내용의 절실함으로 따지자면 그게 거짓부렁 섞일 리 없는 진실덩어리들인 게 분명해 보이더라 하는 것이었습니다.

그런가 하면 또 그것도 그렇겠습니다. 신문을 들척거려 만화를 가만히 보노라면 그 신문 만화 주인공이 꼬집어 대기는 하는데 "아프다, 아파" 하는 거는 못 되고 "간지럽기는 한데, 그렇다고 재채기를 해 쌓으면 재미없을라" 싶은 기분이 될 적이 있지요. 그런데 도무지 볼품없는 생김새의 이 문인들이 무슨 믿는 구석이 있다고 청중들을 향해 후춧가루를 뿌려 대는 듯하더라는 말이지요. 허기사 페퍼 포그에 사과탄에 지랄탄이라는 게 이 세상을 엄격하게 소독시켜 놓는 세월인 만치, 그런 후춧가루쯤 어쩌랴 하면 그만이겠으나, 글쎄, 청중석에서 맛보게 되는 느낌이 제법 알싸하게 매워져서 은근히 눈물이 다 고이더라, 하는 것이었지요.

하루 세 끼 밥 먹어 주고 있다는 것만으로 황감해져서, 그야 공짜로 얻어먹는 거는 아니고 나름대로 죽어라 끙끙거리며 간신간신 풀칠하는 거지만 우리네야 우리 못난 줄 깨달아 탄식하는 데에만 이골이 나 있었겠지요. 우리가 못났으니 어쩔 도리 없기도 하겠고, "네놈들은 못난 것들이다, 옴짝달싹 말아라" 소리에 주눅이 들어서도 그렇겠지요.

그렇기는 하더라도 "사람 살기 정말 힘들어 못 견디겠네"라는 푸념 끝에 "도무지 어찌나 되어 있는 세상인구?" 하고 그 세상 의심을 살짝 해 보는 적이야 없을 수 없지요. 이 세상 잘못되어 있다고 느끼는 거야, 실제로 그 잘못되어 있음을 온몸으로 겪어 당하기 까닭이지마는, 그래서이겠지요? 문학 한다는 저 사람들이 제 방식으로 다들 잘난 위인들일 터인데, 그렇다면 그 잘난 값에 문학의 밤을 열었을라 치면 아름다움이니, 사랑이니, 영혼이니 따위의 고상한 소리 늘어놓는 게 당연할 터인데, 민족이니 민중이니 노동이니 온통 빽빽한 아우성으로 저토록 괴로운 말의 잔치를 벌여야 하는 까닭이 지레짐작 가는 게 있는 듯하더라는…….

그건 그렇고 저런 말끝, 붓끝이 세상을 변화시킬 수 있을 것인지?

2.

"하기사 저 사람들 배워서 알 만큼은 알 테니 우리보다 더 갑갑하겠지."

바깥으로 나올 적에 김 씨가 기껏 한다는 소리가 이런 이야기입니다. 김 씨는 문학의 '문' 자도 모르는 사람이기는 하였지요.

"갑갑한 건 저 사람들보다 우리가 더한 거요."

어디 가서 소주나 한잔 하자는 말에 버스 길을 걸어가면서 내가 한마디 비평의 말을 하였습니다.

"뭐가 말요?"

김 씨가 다시 묻습디다. 그래서 내가 이랬지요.

"이 세상 갑갑하다는 걸 우리가 더 겪고 있다는 거지 무어."

"하지만 우리에게는 입이 없어. 느끼기만 할 뿐 벙어리들인걸. 오늘 가만 들어보니 문학인들은 입이 커야 하겠다는 걸 알겠데."

김 씨가 이렇게 말해서 나는 쓴웃음을 머금었지요. 아까 김 씨와 만나서 시간은 남고 갈 데는 없기에 밍기적거리다가 문득 내가 제안을 했었거든요. 문학의 밤 행사가 있다는데 가 보자 하였더니, 김 씨가 하마 같은 입을 벌리어 하품을 하면서 "이봐요. 개잡부는 아무렇게나 해서 되는 줄 알아?" 하고 쏘아 댑니다. 하기사 김 씨는 늘 타박의 말을 늘어놓곤 했지요. "이봐요, 강 형, 그거 들고 있는 책 좀 치우지 못해? 당신 그런 마음쩡 가지고 이런 일 제대로 해 내겠소?"

김 씨는 우리 '노가다' 동네 말로 해서 '오야지'의 위치에 있는 사람이었습니다. 건설 공사라는 게 인부들 노임 잘라먹는 것으로 이문을 남기는 동네라 놓아서 하청, 재하청을 놓는데 그래야 단가를 떨굴 수가 있기 때문이지요. 이렇게 건설회사와는 하등 상관이 없는 하청업자가 각기 제 나름대로 긁어모은 인부들로 조를 짜 가지고 여러 일을 분담하지요, 그 작업반장이라 할까 조장이라 할까 그런 자를 십장이라 부르기도 하고 오야지라 하기도 하는데 나는 김 씨를 섬기는 조적반의 하도급 인부로 일했지요. 하지만 워낙에 푼수 종판 대가리가 없어 아무 기술 갖지를 못했으니 일당 7천 원 받는 잡역부(공식 명칭은 '일용 잡급직 인부') 노릇밖에는 못 맡은 거지요. 이런 하도급 인부를 똥개와 같다 해서 '개잡부'라 부르는 것인데, 일 짬에 책을 들여다보고 있었다면 나이가 마흔일곱이어서 '오야지'보다 연상이라 해도 부아 터질 노릇인 것은 당연한 일이었겠지요.

어쨌거나 우리 오야지 김 씨가 개잡부 강가를 따라 나섰다가 우연찮게 문학 행사를 구경하게 된 것인데, 이런 희귀한 체험을 해 보아서 손해난 것은 없었다는 표정이니, 나로서야 일단 안심을 놓았던 거지요. 우리는 허름한 소줏집으로 들어갔습니다. 목동 신시가지 건설 계획의 일환으로 삼성이니 현대니 하는 재벌 회사들과 함께 내가 개잡부로 일했던 신흥 재벌의 아파트 건설 공사 또한 일주일 전에 끝이 났는데 김 씨는 자기 일당들을 데리고 상계동에 있는 다음 건설 공사장으로 이동을 하려고 하면서 나는 떨구어 내쫓을 요량으로 오늘 만나자 했던 것이었습니다.

좋은 낯으로 떨어뜨려야겠으니 김 씨는 오늘따라 내 보비위를 맞추어 주는 척하는 것입니다. 그런데 나 또한 그렇습니다. 김 씨 밑에서 개잡부 노릇도 제대로 못 해 쫓겨나는 위인이지만, 이런 개잡놈이 문학의 밤 행사에 청중 노릇도 해 보는 신통한 구석도 있다는 것을 뽐내 보고 싶었지요.

3.

그런데 그날 김 씨와 내가 문학의 밤 행사를 구경하고 나와서 그 소줏집에 가지 않았던들 지금부터 말하고자 하는 사연도 생기지 않았을 것입니다. 하여튼 그날의 행사는 그것으로 끝난 것이 아니었습니다.

누가 그랬던가, 밑바닥 노동자들은 착한 사람들이고 서로 알뜰히 보살피며 동고동락하는 사람들이라고. 천만의 말씀. 그들은 서로서로 시기하고 이간질하고 쥐꼬리만 한 잇속 챙기기 위해서 저 높은 곳에 위치하는 무슨 무슨 재벌 총수보다도 더 영악스런 인간들인 것입니다. 우리 오야지 김 씨만 하더라도 자기 밑에 거느리고 있는 12명의 하도급 인부들의 일당이 얼마씩인가를 결코 밝히지 않는 것입니다. 7천 원짜리 개잡부가 있는가 하면 1만 원, 1만 5천 원, 2만 원……씩으로 기술 가진 바에 따라 액수가 들쑹날쑹인데 각개 격파식으로 개별 면담을 해 가지고 그 각각의 당자에게 특별히 우대해 주는 것처럼 생색은 내면서 제 수하에 옭아 넣어 부려 먹는 것입니다. 일당이 적게 나갈수록 본사와의 하청 계약 액수에서 제 모가치로 떨어지는 게 많을밖에 없으니 의당 그런 거지요. 건설 공사라는 건 인부 노임 떼어 먹는 사다리꼴의 구조로 이루어진 것이니 어디 사람이 나빠서 그런 것은 아닌 거지만…….

아무튼 거두절미하고, 김 씨는 개잡부인 내가 어떻게 문학의 밤 행사에 다니곤 하는지, 의심쩍은 표정으로 그 소줏집에서 이것저것 물어 왔지요. 과연 저래 가지고 개잡부 노릇이나마 제대로 할 수 있을지 걱정이 된다는 투로 말입니다. 그리고 상계동 건설 공사장에 나를 하도급 인부로 데불고 가지 않기로 결정한 것을 다행스럽게 여기는 표정으로 말입니다. 김 씨는 내가 개잡부 노릇하기 전에 무슨 일로 세상을 살아왔는지 알지도 못하고, 또 물은 적도 없었습니다. 그것이 노가다판의 불문율인 거지요. 김 씨의 사촌형이 되는 김 아무개의 소개로 나를 받아 준 것뿐이었으니, '문학을 아는' 이런 꼴통에게 마지막으로 훈계나 주자는 심정이었을 것입니다.

"이봐요 강 형, 문학하고 노동이라는 걸 혼동하지는 말우, 저자들이 민중이니 노동이니 떠든다고 해서 속아 넘어가지 말란 말요. 저자들 처지에서 보자면 지당한 소리겠지만, 우린 문인들이 아니거든, 저자들은 대학 나올 거 다 나오고, 넥타이 맬 거 다 매고 돌아댕기는 것들이란 말야. 저자들이 민중이니 노동이니 부르짖는다면, 그건 대학 나온 특권, 넥타이 매고 사는 인생 계속 누리고 싶어서 그러는 거 아니겠소? 노동자 노릇하면서 노동문학 떠든다면야 내가 믿지. 창경원 동물원의 원숭이 우릿간에 들어갔다 나와야 원숭이 마음을 아는 거야? 아닌 말루 강 형이 개잡부 노릇마저두 서툴게 하는 주제에……. 그러니까 노동자로 따지자면 서툴기 짝이 없는 노동자인데, 게다가 저자들이 쥐뿔도 모르고 떠드는 노동문학이니 무어니 하는 데에 한눈을 팔게 생겼소? 나두 십 년 넘게 개잡부 노릇한 끝에 단종 면허 돈 주고 빌려 갖고 가게 차린 최 씨한테 좆대가리에 밑구멍에 다 갖다 바치면서 간신히 이런 십장 노릇을 하는 기여. 다만 이렇게 생각해 버리는 거요. 문학 하는 느그들 골샌님들이 노동이 중요하고 소중하다고 입방아 찧는 거, 없는 것보다는 낫고 멸시하는 데 비하자면 고맙기는 하다……. 오냐 고맙다 고마워. 그러나 그렇다고 느그들 말 믿는 거는 아니고 느그들에게 소주 사 줄 마음은 추호도 없다……."

아무튼 이런 이야기 더 이상 고시랑거릴 것은 없겠고……. 우리네야 진지하게 정색을 해 가지고 세상 이야기를 해 보는 족속들은 아니니까 말입니다. 바로 그 무렵이었는데 우르르 한 떨거지의 사람들이 밀려 들어오는데, 바로 그 문학인들입디다. "어라, 저것들 봐라, 소주 사 줄 마음 추호도 없다고 말하니까, 호랑이도 제 말 하면 나타난다더니, 줄레줄레 쏟아져 들어오고 자빠졌네?" 이러면서 김 씨가 웃기에 나도 덩달아 웃을밖에.

그런데 문학인들이라는 게 참 딱하기도 하고, 언제 한번 되게 경을 쳐야 하겠습디다. 자기들만 있고 세상은 없는 거예요. 들어오기가 무섭게 떠들어 대고 야단이었지요. 아무튼 텔레비전 연속극 틀어 놓고 있는 소리만 들리던 식당이 난장터가 되었지요. 우리는 한 귀퉁이로 밀려났는데 귓구멍이 뚫려 있으니 자연 그들이 지껄이는 수작들이 들려옵디다.

그들은 오늘 저녁 문학 행사가 성공적이냐 아니냐를 따져 보는 듯했습니다. 그런 거라면 조용조용히 이야기해도 될 건데, 한여름 밤 개구리 울음소리에 하늘의 별들이 삼태기째로 쏟아져 내려올 것만 같게 우리들마저도 그 악머구리 같은 소음 속에 파묻히게 되었습니다. 참으로 가관이로다 하면서 우리는 그 가관 속에 있었습니다.

4.

그날의 문학 행사는 시작하기 전에서부터, 그리고 끝난 뒤에까지도 괴상하게 생긴 차를 대기시켜 놓고, 그리고 괴상한 복장을 입은 이들이 그 출입구 주변을 뺑뺑 둘러싸고 있었더랬습니다. 이야기를 들어보니 문인들은 저들이 행사를 방해할 것 같다는 예상도 가졌나 본데, 전경들이 막지 않은 데 대해 나름대로 분석해 보고 있었습니다. 그러는 중에 두 패로 갈리더군요. 오늘 밤 행사가 그만하면 괜찮았다는 쪽과 신통치 않았단 쪽으로……. 온건파와 강경파의 대립이랄까 그랬지요.

먼저 강경파의 변. 그러니까 오늘 문학 행사가 바람직스럽게 이루어진 게 못된다고 주장하는 쪽들이 일어나서 이야기를 꺼냅디다. 우리의 문학의 밤이 고등학교 문예반 학생들의 시 낭독회와 같은 것일 수는 없지 않느냐. 낭만적인 기분 풀이에, 응어리진 불만의 해소, 문학의 고상함 위대함을 스스로 즐기는 무슨 페스티발 같은 것이어서야 되겠느냐 하는 이야기.

다른 문인이 만류합디다. 나이가 들어 보이는 그가 그러니까 온건파로, 자화자찬의 변을 늘어놓기 시작했지요. 이런 모임 자리 열어 당장에 무슨 경천동지할 신나는 건수(件數)라도 올려야 한다는 기분을 가졌다면 그거야말로 말이 안 되는 거지, 하고 그가 말했습니다. 요새 전반적으로 문학 동네 돌아가는 분위기를 살펴보지도 못하느냐. 민중문학이니 무어니 하면 잔뜩 움츠러들어 "난 민중 몰라. 난 고상하고 섬세하고 탐미를 찬미하는 문학이 좋은 그런 시인이야" 하던 문인들마저도 "아암, 말이야 바른말로 우리가 민중의 덕에 문학을 하는 거야 사실이지" 하게끔 되었고 나아가서는 "민중문학이 필요하다는 거야 왜 모를라구? 다만 그런 소리 광고하고 다니는 자식들 보기 싫어서 외홀로 한 우물 파며, 내 나름대로 민중문학을 하고 있는 거야. 이건 때려 죽인대두 사실이지 무어" 하게끔 되어 있어. 아까 보니까 노시인 김광태 씨가 얼굴을 디밀었더란 말야. 이런 자리에 나올 양반이 아닌데 참석을 했더라구. 그렇다고 그냥 지나는 길에 우연히 들렀을까 하면, 그건 아니야. 막말로 민중문학이라는 걸 하고 싶다는 의사 표시인 거야. 자네들은 젊어서 잘 모르겠지만, 8·15 직후의 해방 문학이라는 것두 그랬던 거야. 해방이 됐으니 이제부텀은 친일문학 잔재 청산하고 인간 해방 문학을 해 보아야겠다고 작심들을 했어. 헌데 작심한 자들일수록 경을 쳤단 말야. 그래서 짐짓 김삿갓 흉내 내며 떠돌뱅이 실존주의자로 미치광이처럼 헤매었겠지. 청춘 시절의 그 열정들은 간직하고 있는데 세상이 말을 들어 먹어야지? 그런데 가만히 분위기를 보아하니 요사이 젊은 것들이 왕년의 자기들의 좌절 겪으며 추구해 봤던 그 인간 해방 문학 흉내를 내고 있는 듯하더란 말야. 아암, 문학을 하려면 제대로 본때 있게(비록 고생이 되더라도) 그런 해방 문학을 해야 하는 거지, 하는 통빡들은 갖고 있단 말야. 그래서 자수하고픈 간첩처럼 헤매다가 에라 얼굴이나 디밀어 보자 하고 이런 행사에 나타난 거거든. 막상 나와서 구경해 보니 한 눈치로 살피게 되는 게 있는 거라. 헤헤 그제나 이제나 중구난방이고, 턱주가리 센 것들만 악악거리는군, 재미없겠네……. 노시인 김광태 씨가 끝까지 자리에 붙어 있지를 못하고 급기야 질린 표정이 되어 일어서고 만 것이 이런 산술인 거라구. 김광태 씨가 어째서 도중에 자리를 떴겠는지 이 점도 생각을 해 봐. 언필칭 문학인 행사인데 문인이 자리를 뜨게 만드는 모임이라면, 그게 과연 어떤 것인가 곰곰 따져 볼 필요가 있을 거라고…….

어느 쪽이냐 하면 문인들이 술 마시며 나누는 이런 갑론을박이라는 건 문인 아닌 자가 듣고 있기에는 따분한 이야기들입니다. 다만 김광태 씨라는 노시인 이야기가 나왔을 적에는 내 귀가 번쩍 뜨이었지요. 나는 그분을 알고 있었습니다. 좀 더 정확히 말하자면 그분의 아들인 김막난과 알고 지내는 사이였습니다. 김막난은 도배장이 여자 조수 두 명을 데리고 지업사에 끈을 대어 집수리를 하는 데에 불려 다니는 그런 노동자로 줄창 살아왔는데, 도봉구 쌍문동의 어떤 시장 주변에 그의 단골 술집들이 있었습니다. 그는 대단한 모주꾼이어서 도배장이 일 걸르는 날은 많아도 쌍문동 시장 단골 술집들에 초저녁 출근 않는 날은 없었습니다. 주머니에 돈도 비고 밥통에 술기운도 비었을 적에 쌍문동 시장통엘 가면 김막난이 있었고 그러면 적어도 술은 채울 수 있었습니다. 거나해진 그의 비위를 맞추어 주는 게 공짜 술 얻어먹는 화대라 생각하면 부담 가질 까닭도 없었습니다. "우리 아버지는 위대한 문인이고 아들인 나는 위대한 노동자다" 하고 그는 울부짖습니다. 그의 발언은 진전합니다. 우리 아버지는 위대한 문인이기 때문에 아들을 위대한 노동자로 키웠던 거다. 다시 더 발전합니다. 우리 아버지가 이 세상의 모든 진실을 훔쳐서 독차지했기 때문에 아들은 진실로부터 아무것도 건지지 못했다. 그래서 밑바닥 노동자가 됐다. 설마하니 무식한 노동자가 그런 어려운 소리를 뱉어 냈겠느냐 할지 모르지만 노상 그는 그런 식으로 떠들어 댔습니다. 김막난에 의하면 위대한 문인인 그의 부친은 철저한 이기주의자라는 것입니다. 진실, 정의, 양심…… 이런 게 좋은 것인 줄을 모를 사람은 없다는 것입니다. 그의 부친은 이런 어휘들을 문학이라는 이름으로 누리기 위해 가족들을 폐기처분했을 뿐 아니라 도리어 착취하고 수탈했다는 것입니다. 진실, 정의, 양심…… 따위와는 가장 거리가 먼 영감망탱이가 문학이라는 이름하에서는 그 방면의 주예수로 행세하는 것, 그런 십자가에 매달린 예수님의 모습, 그것도 피 흘리는 그림이 아니라 '도리우찌'[1]에 '료마이'에 '스틱'을 집고 명동 한복판에 매달려 있는 그림을 어떻게 보아

---

1) 헌팅캡.

주느냐 하는 것이었습니다. 김막난은 술이 잔뜩 취하면 천하에 둘도 없는 위선자인 위대한 문학인의 배꼽에 낀 때를 보러 가자고 아우성을 치는 적도 있었습니다. 그 아버지가 그 아들을 두려워하고 있는 것도 사실이었습니다. 아무렇게나 노동복을 걸친 아들이 일하는 곳에 나타난 멋쟁이 노신사. "오늘 최 장군이 나를 모시겠다는구나. 그거 왜 '새농민문학협의회' 말이다, 나더러 대표간사 자리에 앉으라 하더라마는 그거야 심부름한 최 장군에게 양보하였니라. 내일 발기 모임에는 어쩌면 장관도 참석한다 하고, 또 그쪽 각하와의 오찬회도 일정을 짜고 있는 중이다." 위대한 문학인의 위대함을 부정할 사람은 아무도 없었으며 "알았어요, 아부지" 하고 김막난은 주머니에 처박아 놓은 돈을 끄집어내어 부친에게 주는 것입니다. 어느 때 김막난과 함께 위대한 문학인의 댁을 방문한 적도 있었지요. 일간 신문의 시란에 그의 시 '금붕어'라는 작품이 실려 있는 걸 보여주었지요. 금붕어는 하느작거리는 게 아니다. 더러운 공기를 정화시켜 주는 중이다. 사람들은 그걸 모른다. 자기네들이 세상을 얼마나 더럽혀 놓는지도 모르고, 그 더럽혀진 세상을 맑게 하기위해 금붕어가 참담하게 몸부림치는 중인 것도 모른다. 모를 뿐 아니라 금붕어를 하느작거리기만 하는 무위도식의 '생선찌개감'이라고 헐뜯는다. 하여튼 대충 내용이 그렇게 되는 시였습니다. 위대한 시인은 동시에 위대한 사업가이기도 하였습니다. 그의 수첩에는 각계각층 명사들의 전화번호와 만나기로 약속한 날짜, 추진 중인 각종 사업들의 진전 상황 따위 같은 것들이 빽빽하게 적혀 있었습니다. 다만 도대체가 모를 노릇은 이처럼 맹활약가임에도 불구하고 위대한 시인은 항상 속빈 강정의 신세에서 벗어나지를 못한다는 점이었습니다. 하지만 그것도 조만간에 알게 되었지요. 노시인은 거짓말과 거짓말 아닌 것을 분간하는 기능이 마비돼 있는 듯했습니다. 형편에 따라 분위기에 따라 아무런 이야기라도 그럴싸하게 뱉어 내는 것입니다. "이참에 고향에 있던 전답을 팔아 버렸지. 내주 중이면 우선 천오백만 원이 내 수중에 들어와. 그런데 한심하게도 지금 당장은 무일푼이라 그 수속비를 마련할 길이 없네그려. 돈 가진 거 있으면 백오십만 원만 빌려주어. 시장 달라변 이자로 깜냥을 쳐서 일주일 내에 갚을 거구만." 늘상 이런 식이었습니다. 그에게 남아 있는 고향의 전답 따위 같은 거 있을 턱이 없으나, 시인이 하는 말은 거짓일 수가 없으니 그가 그렇다고 입에 담으면 그대로 그건 진실인 것입니다. "최 장군을 만났더니 '새농민문학협의회'도 물론 중요하지만 범위를 넓게 잡고 기구를 더욱 확대해서 '새국민문학협의회'로 하는 게 어떻겠냐 해서 내가 찬성을 했다. 종로2가에 협의회 자체 건물을 신축하고 전국 지부를 설치하고……, 지금부터 조금 바빠지게 생겼구나." 그는 윤리 의식이라는 게 없었고, 없다기보다는 그런 방면에 있어서는 일종의 백치 상태, 치매증 환자였습니다. 하지만 그는 이런 기묘한 백치 상태를 일종의 문학인의 순수성인 것으로 치부를 하는 그런 신념을 가지고 있었습니다. 어차피 개떡 같은 세상이니 거기에 장난질을 좀 친다고 한들 무슨 상관이랴 하는 듯하였습니다. 그의 사회 활동이 그럴 뿐 아니라 그의 문학이 또한 그러하였습니다. 가벼운 사기 수법으로 용돈을 뜯어낼 때 쓰는 작화술(作話術)의 기술에 그는 자부를 가지고 있었습니다. 바로 그의 시가 그런 작화술이라는 것이었지요.

김막난을 가장 최근에 본 것이 아마도 1983년도인가 그랬을 겁니다. 위대한 시인에게 탈이 생겼다고 아들은 걱정하는 중이었습니다. 이 양반이 불치의 병에 걸렸는데 의사 말로는 3년 정도 예상을 한다누먼. 이 양반이 달라졌어. 작화술이 문학은 아니래는 거야. 진실을 써야겠다는 거야. 난생처음으로 정보과 형사의 방문을 받고 있노라니 간이 떨려서……

"알겠어? 문학이 발 벗고 나서서 해야 할 것이 어떤 건지는 누구나 다 아는 거야. 그렇지만 앎의 논리보다도 힘의 논리가 우선하는 걸 어떻게 해? 노시인 김광태 씨가 왜 이런 발걸음을 한 것이겠어? 자신이 느끼게 된 바 앎의 논리를 되찾고 싶어서야. 그걸로 힘의 논리를 이겨 내 보고 싶어서인 거야. 그런데 그걸 자네들이 꺾어서 막아 버린 것은 아닌지 몰라. 자네들의 그 세련되지 못한 힘의 논리가 말야……"

글쟁이들의 좌석 쪽에서 이런 이야기가 계속되고 있었습니다. 그러자 다른 문인이 하나 벌떡 일어나더군요.

"무슨 소립니까 도대체? 오늘의 문학의 밤이 그런 노시인 개과천선시키기 위해 마련된 거란 말입니까? 우리가 그냥 농담으로 민중을 말하고 민중문학을 들먹이는 겁니까? 우리가 주최한 문학의 밤에 찾아온 진짜 손님들은 누구겠어요? 문학은 현실을 추상화시키는 게 아니라 구체화시키는 것이에요. 사회과학 학술회의하고 이런 문학의 밤은 다르다 이겁니다. 이런 식의 문학의 밤이라면 차라리 노동자들과 어울려 마음 놓고 지껄이는 싸구려 소줏집 찾아가는 게 낫겠어요, 정말이지……"

아이구 지겨운 족속들. 시멘트가 더 단단한가 사람의 살이 더 질긴가 내기 시합을 벌이는 게 건설 공사 현장의 노동자가 벌이는 몸싸움이라면, 저 글쟁이들은 몸싸움을 놓치고 있기 때문에 열나게 대가리 싸움을 해 보는 것이겠으나 그 내용이 공허하게 될밖에 없다는 이치를 알 수 있을 듯했습니다. 그러자 나도 모르게 유행가 가사 한 토막을 흥얼거리고 있었지요. 사랑해선 안 될 사람을 사랑하는 죄이라서……말 못할 내 가슴은 이 밤도 울어야 하나…….

5.

옳거니, 바로 그거다…… 하는 깨달음이 나에게 있었습니다. 문학인이란 무엇인가? 이런 질문에 평론가야 무어라 하건 말건, 밑바닥 노동자로 개잡부이면서 문학 애독자이고자 하는 나 같은 자에게 있어서는 문학인이란 사랑해선 안 될 사람들이 되는 게 아닐까.

토지 공개념에 입각해 서울시가 직접 나서서 신시가지를 건설한다는 목동 일대의 아파트촌 신축 현장. 재벌 회사들에게 건설을 맡기니까 아파트 투기를 벌이어 사회 부조리를 야기시키므로 '토지 공개념 정신'에 의해 직접 나섰다는 서울시청, 그처럼 시민들을 위해서 노심 갈력한다는 당국이 도리어 투철한 투기 정신을 발휘하고 있음은 도대체 어찌 된 일일까. 안락한 신도시를 세운다는 서울시가 어찌하여 목동 주민들에게는 그토록 야멸차게 구는 것일까. 그리고 그것도 또 그렇지. 무주택자를 위해 짓는다는 아파트가 10평, 20평짜리도 아니고 50평, 60평의 크기를 갖고 있다는 것을 어떻게 이해해야 하나. '서울 시민 됨'의 자격으로 이런 의아한 생각을 가지고 있었다면 내가 불순분자였기 때문이었을까요?

하지만 나는 이런 문제를 그냥 건성으로 생각했을 뿐 내 삶과 관련되는 문제로 여겨 보지는 못했지요. 헤헤, 밑바닥 노동자가 무얼 알겠어서? 내 삶과 관련되는 것으로 목동 아파트 문제의 말도 안 되는 모순들을 구체적으로 확인하게 된 것은 신흥 재벌에서 건설하는 것으로 되어 있는 그 공사 현장에 내가 맨 밑바닥 노동자, 그러니까 개잡부로 일당 7천 원을 받으며 일하면서부터였습니다. 아파트 건설이란 서로 성격이 다른 여러 공사들, 그러니까 공종(工種)이라고 합니다마는, 그 공종들을 서로 모두고 총괄적으로 연결시키어 이루어 내게 되는 종합 작품입디다. 일을 제대로 쌓아 올리는 것에 신경을 써야 한다면 그것은 무엇보다도 일꾼들에게 달려 있을 것입니다. 그런데 그것이 거꾸로 되어 있지요. 일은 제대로 이루어져야 하지만 일꾼들은 돈이 나가기만 하는 귀찮은 존재들입니다. 일에 대한 책임은 재벌 건설 회사가 맡는 것으로 되어 있지만, 일꾼들은 종합 건설 면허를 갖고 있는 그 회사의 일원으로서가 아니라 하청, 재하청을 놓아 각 작업조의 말단 십장들에게 떠맡겨 놓아 책임 전가를 시켜 버리니 참으로 이 세상의 구조가 기막힙니다. 학력 따지지 않으며 이력서 제출하지 않아도 된다는 것 때문에 이 세상의 온갖 잡동사니 인생들이 오구구 꼬여 들어 이런 부당한 노동구조에 의심 한번 품지 못하고 비지땀을 흘립니다. 말단 십장, 그러니까 오야지는 인정에 호소하고 연고를 들먹이면서도 일과 돈에 관한 한 악랄하기 짝이 없는 왜놈 순사처럼 닦달을 해 대는 거지요.

오야지는 말하곤 했지요. 아니할 소리이지만, 인부들 땀 흘리는 노임값 줄여서 그거 잘라먹는 게 이런 맨션아파트 건설의 요령인 거야. 미리 이 점을 분명히 밝혀 두겠어. 이런 줄 알면서도 일하겠으면 하란 말야. 불평불만은 애당초 하지를 말라고. 건설 현장의 노가다 일은 무슨 봉제 회사의 여공들 처지보다 나은 게 아니야. 노조 같은 걸 필요로 하는 게 아니니 착각들 하지 말어. 아무것도 쥐뿔 아는 거 없으면서 노동3권 어쩌구 떠드는 신문 기사나 명사님들의 하품 나는 정의 사회 어쩌구 하는 개수작 믿고 싶은 어리석은 자 있으면 지구를 떠나란 말야.

"이봐 강 형, 당신 개잡부 노릇 견딜까 몰라?" 어느 저녁 때 모처럼의 회식 자리에서 오야지 김 씨가 시비를 걸었지요. "당신은 말야 자꾸 눈에 벗어나는 짓만 골라서 하고 있다구. 책 들여다볼 시간 있으면 눈을 붙여 새우잠이라도 한숨 꼬불쳐 두라구. 아예 책 같은 거 옆구리에 끼구 다니지를 말라구. 내 눈에는 당신이 반항하기 위해서 포옴을 잡는 거로밖에는 안 보인단 말야. 당신을 위해 충고 겸해서 내가 심한 이야기 한마디 할까? 나두 개잡부 노릇부터 출발해서 이 바닥에 20년 가까이 굴러먹은 끝에 이런 십장 노릇이나마 하고 있는 거야. 우리는 이 시대의 노예라구. 노예로 살아가자면 노예근성이 붙어야 해. 먹물잽이들은 노예근성에서 벗어나자 하지만 아무것도 모르기 때문에 지껄이는 개수작이야. 노예근성을 제대로 배우는 거, 노예근성에 물들어지는 게 도리어 어렵고 힘드는 일이야. 물론 노예근성 갖지 않고 정당하게 사람답게 사는 거 좋지. 하지만 엿장사 맘대로? 당신, 이 바닥 적응 훈련이 필요해. 일단 적응이 되면 도리어 편하다구. 대갈통 썩이는 일만 없다면 육체노동이라는 건 견딜 만해. 노동 자체는 좋은 거니까 말야."

노동이란 무엇일까, 그것은 세 가지 부족 증세일 거라 따져 본 적이 있지요. 돈 부족, 잠 부족, 밥 부족. 다시 말해 돈·잠·밥의 모자람으로 온몸을 짓이겨 대는 것―일당 7천 원이라지만 담배 한 갑, 목장갑 한 켤레, 교통비, 그리고 한 모금 소주 술잔 등으로 2천 원, 3천 원, 4천 원이 달아나고 나면 과연 얼마나 남을까. 아침 일곱 시부터 밤 일곱 시까지 일하는 것으로 되어 있지만 야간 근무에 당번 근무까지 겹치고 오너라 가너라 시간 빼앗기고 얼굴에 물 찍어 바르고 변소깐 들락거리고, 도대체 어느 겨를에 잠 한번 푹 잘 수 있을까. 일은 고되고 피곤은 풀리지 않고 눈은 멍한데 어느 입구녕으로 라면이 제대로 들어갈까 말까. 식초 인간, 식물 인간들의 밥, 잠, 돈의 어지럼증으로 건설되어 하늘 향해 치솟는 맨션 호화 아파트, 목동 신시가지 건설. 12명이 1개조를 이루고 있는 조적반에서 나이로 따져서는 두 번째. 가장 연장자는 52세의 황 씨, 두 번째가 47세의 나, 그리고 32세의 무슨 대학 출신이라는 홍 씨(마누라가 도망가 버려 항상 쌍통을 찌푸리고 있지요), 그리고 22세의 박 군까지 우리들은 한 식구처럼 지내었을까 원수지간처럼 견디어 냈을까. 우리는 6층, 7층, 8층, 9층, 10층에서 일하는 허공의 사나이들, 웬 놈의 사고는 그리도 많이 일어나는지? 사람 죽는 거 정말로 간단하다는 것을 배우는 실습장……. 그리하여 '무난히' 목동 신시가지 건설에 참여하였던 산업 역군들은 상계동의 새로운 현장으로 이동을 하게 되었는데 그것 또한 무슨 아파트라고 합디다. 1차 분양 시에는 몇십 대 1의 경쟁이 붙어 온갖 투기꾼들이 버글거렸다는 곳. 그런데 우리 작업반에서는 여덟 명밖에는 자리 옮김을 못한다고 하였지요. 오냐 내가 양보할 테니 제발 쏠아 먹지는 말아다오. 52세의 황 씨가 나를 몹쓸 인간이라 오야지에게 이간질하였다는 이야기를 듣고 내가 이렇게 선언하듯 말했지요. 개잡부 노릇을 할망정 인간성마저 나빠진대서야 말이 되겠느냐. 당신보다야 내가 젊으니 무슨 길이든 트이겠지.

일을 손에서 놓고 났을 적에 그 손에 붙잡아야 하는 것은 무엇이었던지? 사흘 전에 목동 일은 끝났고, 모레부터 상계동 일이 시작된다는데 오야지 김 씨가 나를 만나자 한 것이지요. 상계동의 새 일판에 끼워 주지 못한 것 변명도 하고 그리고 또 나를 다독거려 일테면 예비 산업역군으로 확보하기 위해서인 거지요. 오야지란 그처럼 밑바닥의 가로세로 어긋난 인간들을 항상 넉넉히 비축시켜 두어야 하는 것이니, 건설 공사란 언제 어느 때 얼마만큼의 인력을 동원해야 할지 알 수 없는 노릇이어서 너끈하게 똘마니들 예비시켜서 그 뭐라더라 인덕을 쌓을 필요가 있으니 말예요. 문인들이 하도 시끄럽게 떠들어쌓아서 우리는 그 식당으로부터 나왔는데 "강 형, 이대로 헤어지기는 아무래도……." 하여서 우리는 다방으로 들어갔지요.

"앞으로 무슨 방도라도? 상계동 공사장은 길어 봤자 두 달 일거리밖에는 안 되고 그다음에는 최선 재벌의 의정부 현장으로 갈 것 같은데, 이거는 최소한도 1년 이상은 걸릴 거예요. 그때에는 내가 틀림없이 강 형을 부를 테니까, 두 달 동안만 어떻게 버팅겨 보도록 해요. 알겠소, 강 형, 내가 틀림없이 보증한다는 이 말을 하려고 했는데, 저 글쟁이들 때문에 말할 기회가 있어야지."

"고맙시다, 나를 그토록 생각해 주어서……."

나는 진심으로 이렇게 말한 것입니다마는, 오야지 김 씨는 아마도 빈정거리는 말로 들었는지 고까워하는 표정입니다.

"물론 이런 노가다 판이 아니라 다른 데에 자리 붙일 만한 곳이 있다면 이런 소리 필요 없을게요. 가령 시골 내려가 농사짓고 살 수 있다면 그렇게 해 보는 게 좋겠지. 물론 문학 동네 같은 데 낑겨 붙을 수 있다면 더욱 좋겠고……."

"문학 동네? 헤헤, 내가 어떻게, 그리고 왜 그런 데에 낑겨 붙겠소? 노동판이라는 데에 입문을 한 셈은 되니 할 수 있다면 더 일해 보야야겠지요."

"좋시다, 그럼 우리 이야기 끝낸 것으로 합시다."

오야지 김 씨는 칫솔질로 개운하게 이빨을 닦아 낸 사람 같은 표정으로 악수를 청해 왔지요. 우리는 악수를 나누었습니다.

그런데 끈질기기도 해라, 우리가 이런 이야기를 나누고 있는 다방에 그 문인들이 두세 명 다시 들이닥쳤지요. 문인들을 보자 문득 떠오르는 생각이 있습디다. 나는 껍적 일어섰습니다. 나가자는 것인 줄 알고 김 씨도 일어났지요. 그가 카운터 쪽으로 찻값을 내려고 움직여 가고 있을 적에 나는 출입문을 향해서가 아니라 문인들 앉아 있는 좌석으로 다가갔습니다.

"아까 문학의 밤, 끝까지 지켜봤습니다. 오늘 문인 여러분 수고가 많으시데요." 나는 슬쩍 이런 소리를 꺼내면서 그들을 바라봤습니다. 카운터 쪽에서 오야지 김 씨가 약간 못마땅한 표정으로 '오냐, 너는 너 하고 싶은 대로 하거라, 나는 먼저 간다' 하고 눈으로 말하더군요.

"이리 와서 앉으세요." 문인 하나가 말했습니다.

"이거 제대로 행사를 이끌지도 못해 부끄럽습니다마는, 그래 어떠시던가요, 선생님께서 보신 소감을 묻고 싶습니다마는……."

한편으로는 경계를 하면서 다른 한편으로는 귀찮은 듯한 표정으로 다른 문인 하나가 묻습디다.

"헤헤, 나 같은 개잡부가 무얼 어떻게 느낄라구요?"

"개잡부라니? 실례입니다마는 개잡부가 무슨 소리인지……?"

제3의 문인이 묻습디다.

나는 그 문인을 말갛게 트여 오는 머릿속에 가만히 각인시켰습니다. 조금 뒤에 나는 짧게 웃었습니다. 그리고 이야기보따리의 한 모서리를 풀었지요. 사흘 전까지 목동 신시가지 건설 현장에 산업역군으로 참가해서 조국 건설, 그 근대화 작업의 일익을 담당했다는 것, 다만 위계질서는 낮아서 가장 밑바닥의 작업부로 일했는데 그런 하도급 잡부를 가리켜 흔히 개잡부라고 부른다는 것…… 등으로부터 시작해서 이런 거, 저런 거 겪은 일들을 그냥 무심하니 지껄여 댔지요.

"여러분들이 주장하는 민중들은 여러분들이 강조하는 문학을 기다리며 찾고 있을 겝니다. 앞으로들 열심히 써 주십시오. 자, 그럼 먼저 실례하겠습니다."

이러면서 나는 자리에서 일어났습니다. 나는 다방을 빠져나왔습니다. 걸어가면서 나는 언제부터 문학의 밤 행사장을 찾아다녔던가를 회상해 보았습니다. 그게 유신 시대의 절정기였을 땐데 서울의 중심가 덕수궁 옆의 어느 교회에서 민족문학의 밤이라는 게 열렸던 적이 있었습니다. 참으로 암담하던 그 시절, 문인들이 뭐라뭐라 떠들어 댔지요. 그때 그런 생각을 했었지요. 저들을 한번 믿는 체해 볼까. 저들이 정직한 자라서가 아니라 문학이 정직한 것일 테니, 설마하니 믿는 도끼에 발등은 찍히지 않겠지. 정치인을 믿을까, 조국 건설에 앞장선다는 경제인을 믿을까, 불우한 이웃을 돕는다는 자선 사업가, 사회 봉사자를 믿을까, ……문인들은 무슨 건설을 하는 것도 아니고 경륜을 펴는 자도 못 되고 사회봉사를 하는 위인들도 아니지만, 적어도 자신과 남을 속이지 않는 종자들이 아닐까. 결코 사랑해선 안 될 족속들이지만…….

나는 다시 흥얼흥얼 노래를 부르며 걸었지요. 사랑해선 안 될 사람을…… 사랑하는 죄이라서…… 말 못 할 내 가슴은 이 밤도 울어야 하나…… 아아 차라리 꿈이라면…….

"이보쇼, 형씨 어디 가서 나랑 소주나 한잔 더 합시다."

누군가가 내 어깨를 툭 칩디다. 문인 중의 하나인 줄을 나는 짐작했습니다. 아까 마구 지껄여 댄 내 수작이 그럴싸해서 쫓아온 것만은 아니었겠지요. '개잡부' 어쩌구 떠들어 댄 이야기가 문학 작품의 소재로 새치기해 먹을 만하다고 느끼게 되었겠지요. 그런 '문학 장사'를 위해 황급히 나를 쫓아온 거겠지요. 그때에 내 생각이 이러했지요. 피땀 흘려 고생한 노동판의 이야기—네가 문학이라는 이름으로 훔쳐 가겠으면 얼마든지 훔쳐 가거라. 그까짓 일당 7천 원 받고 그 뭐라드라 '잉여'를 가로채기 당했는데, 밑바닥 노동판의 그 얼얼한 이야기보따리 네가 세로채기 하고 싶다면 얼마든지 해라. 그게 무슨 보물이라고 붙잡아 놓고 있겠느냐.

다만……, 그 순간의 내 깨달음이 이런 것이었습니다. 문학 하는 너희들은 이 시대의 또 다른 노동자다. 몸싸움 아닌 대가리 싸움 열나게 벌이는 노동자일 뿐이다. 너희들이야말로 이 시대의 밑바닥 인간들인 거야. 잘난 것 아무것도 없지. 과연 진짜로 고통스러워하고 고생을 하고 있다고 감히 말할 수 있을까. 이 세상의 진실이, 그 진상이 어찌 되어 있는지 제대로, 똑바로 알고들 있는 것일까. 하기사 너희들은 입바른 소리로 떠들기는 하지. 무언가가 잘못돼 있다. 모순이고 비리이다. 문학 표현의 자유를 보장하라(보장하기는 누가 보장해? 너희들이 보장해야지). 1천만 노동자와 1천만 농민의 생계 보장하라. 그래, 너희들이 말하는 건 모두 사실이다. 그러나 4실을 뛰어넘는 5실(誤實) 같은 사실(事實)도 있는 거다. 노동자를 불쌍하게 보는 것은 너희들이 노동자 아닌 것을 즐겁게 확인해 보고 싶기 때문일 게다. 노동을 해 본 사람은 깨닫게 되는 게 있지. 55평짜리 맨션아파트 짓는 노동자가 그놈의 것을 완성해 놓은 다음에는 안방이라 짐작되는 곳에 똥을 한 바가지 싸 놓기도 한다는 사실 같은 것을. 그러면 다른 노동자가 아무 말 없이 그 똥을 치우고 걸레질로 말끔히 닦아 놓고 그리고 아름답고 화려하게 장식을 시켜 준다는 사실 같은 것을…….

"성함이 어떻게 된다구요? 유명하신, 고명하신 문인인가 본데 이거 이름 석 자도 알아보지를 못해서 미안합니다. 선생 작품은 내가 전부 다 읽을 겁니다. 트집 잡고 까탈 부리기 위해서라도. 나 신문이고 잡지고 전부 뒤져서 선생 작품 다 읽을 겁니다. 준엄하게, 준엄하게 내 나름대로 평가를 할 겁니다. 선생은 5천만, 아니 6천만의 불침번이겠지요, 아마두? 이봐요, 반편 같은 표정으로 웃지 마시오. 내가 당신 웃기기 위해 이런 소리 하는 줄 아시오? 당신들의 문학의 밤 구경하는 동안 내가 웃어 보기도 했지만 그건 청중을 웃게 만들기 때문에 웃은 것에 불과하고 말이오. 당신들이 하는 문학은 어쩌면 당신들이 교언영색으로 숨기고 싶어 하는 범죄 사실과 같은 것일지도 모른다는 점을 명심하시오. 과연 누가 심판을 하는 거겠소? 이 못난 내가 하겠다는 거요. 내가 생각하는 '문학의 밤'이라는 게 그런 걸 거라고 믿소마는……."

내가 지나쳤나? 아마 그랬을 겁니다. 문학이라는 게 이 시대 사람들의 화풀이, 그 삿대질을 넉넉히 받아 줄 수 있으면 좋으련마는…… 배고픈 것도 고픈 거지만 이야기 고픈 가난이 하도 쓰라려서…….

《민의》4호, 일월서각, 1986년

낯선 거리

낯선 거리

1.

그는 평소에 와 보지 않던 길을 걸어가고 있는 중이었다. 지하철 공사가 한창이어서 온갖 금속음들이 지축을 가르고 창공을 뒤흔들어 놓고 있었다. 차도는 물론이려니와 인도조차도 파헤쳐져 엉망이었다. 자동차들은 난마처럼 뒤엉켜서 전혀 꼼짝들을 못하고 있었다. 그러니 자동차 안에 갇혀 있는 자들에 비해서는 걷고 있는 자들이 더 통행의 자유를 누리고 있을 것이었다. 바바리코트 단추를 다 열어 놓은 채 그는 그렇게 터덜터덜 걸어가고 있었다. 그에게 이 거리는 생소한 쪽이었다. 그냥 버스에 실려서 스쳐 지나가곤 했던 곳이었지 이렇게 걸어다녀 본 경우는 많지 않았다. 더욱이 길바닥이 온통 폐허 더미가 되다시피 하였으니 그 스스로도 '내가 뭐하러 여기에 나타났지?' 하는 생각이 들었다. 그는 저 맞은편 쪽으로 보이는 금화산에 눈을 주었다.

산날망에 이르기까지 마치 피사의 사탑처럼 위태롭게, 무너지고 말 듯 비탈에 세워진 시민 아파트들, 산중턱에 퍼져있는 빈민촌들, 터널을 뚫어 연결시킨 고가도로 위를 공중 곡예하듯 지나다니는 차량들, 그리고 눈높이 쪽으로는 그 고가 도로를 세우기 위해 행길 가녘 쪽으로 밀어붙여 옮겨 놓은 '독립문'이 있었다. 그 독립문으로부터 오른쪽으로 시선을 이동시키면 흔히 현저동 101번지라는 주소를 제2의 별칭처럼 갖고 있는 '서울 구치소'의 우중충한 철제 출입문과 위압적인 담벼락이 있다. 그 담벼락 아래쪽에 보퉁이를 이거나 든 아주머니들이 대여섯 명 서성거리고 있었다. '내가 왜 이런 곳에 와 있는 거지?' 하고 그는 다시 속으로 반문해 보고 있었다. 그가 몇 번 이곳에 나타난 적이 있다면 그것은 출옥하는 친구들의 마중을 나왔다든가 했을 때였다. 그럴 적에는 만리장성처럼 뻗지른 교도소의 담벼락에 위압되어 오직 그런 관점에서만 이 일대의 풍경을 살펴보았다. 하지만 그는 이날 다른 용무로 이곳에 진출하고 있는 중이었다. 그는 신촌 로터리께로부터 시작해서 아현동, 북아현동, 충정로, 교남동 일대를 헤집은 끝에 이곳까지 오게 되었다. 복덕방들을 뒤져서 뒷골목 기행을 해왔다. 앞장을 선 복덕방 영감이 "다 왔소, 바로 이 건물이오." 하고 말했다.

과연 그 건물이 그가 찾으려 했던 곳이었을까. 임시로 각목을 대어 철근 망사 비슷한 것으로 함정을 덮어씌우듯 해놓은 구렁텅이가 그 건물의 턱까지 바짝 파먹어 들어가 있었다. 지하철 공사판의 온갖 소음을 삼키고 또는 되받아치면서 붉은 타일을 붙인 3층짜리 그 건물이 쓰러지지 않기 위해 안간힘이라도 쓰고 있는 듯 보였다. 괴상하게 생긴 차량들이 그 건물 쪽에 대어 궁둥이를 들고 우르릉 부르릉거리고 있었다. 강철로 만든 큰 손이 손바닥 가득히 흙을 퍼 담아 트럭에 실어내고 있었다. 손자인 듯싶은 어린애를 들쳐 업은 할머니가 멀거니 그 광경을 바라보고 있었고 인부 한 명이 은행나무에 기대서서 담배를 태우고 있었다. 그 은행나무는 10여 미터는 넘지 싶게 높이 자라나 있었는데 제 몸통을 바짝 파헤쳐 놓은 흙구

덩이로 마치 하체를 드러내 놓은 미친 사내마냥 뿌리의 털들을 그대로 노출시켜 놓고 있었다. 은행나무와 아스팔트, 그리고 지하철 공사……, 내가 시인이라면 이런 풍경으로 시 한 편을 작성할 수 있겠네, 하고 그는 생각하였다. 복덕방 영감이 건물 문턱으로 개구리 뜀뛰듯 올라서서 그에게 손짓했다. 그 건물 외벽에는 덕지덕지 여러 간판들이 붙어 있었다. 지하실에는 '카페 비 오는 날' '레스토랑 북두칠성' '친절 이발소', 1층에는 '정오 금은 시계' '횡성 약국', 2층에는 '윤 미용원' '인삼찻집 희망', 3층에는 '금박 화실'이 있다는 것을 알려주는 간판들이었다. 그런가 하면 '여 종업원 구함, 침식 제공'과 같은 종이쪽지도 붙어 있었다. 그는 간판들과 광고문을 읽으면서 '이 건물은 여러 편의 소설을 갖고 있겠구나.' 하고 생각했다.

"지하철 공사 때문에 좀 시끄럽기는 하지만……" 그를 돌아다 보면서 복덕방 영감이 말했다.

"구치소 앞이라는 건 어떻구요?"

"그거야 무슨 상관이오? 구치소 안으로 들어가려고 그 바깥 입구에 와 있는 게 아니라면 말이오. 지하철 공사야 끝날 날이 있을 테고 앞으로는 교통이 참 편리한 곳이 될 것인즉, 그 사실이 중요한 거요."

2.

그로부터 이틀 뒤, 그는 비단 두루마기를 입은 초로의 부인을 복덕방 사무실에서 만났다. 3층에 있는 방 하나를 임대하려고 하는 그 건물의 주인은 전직 무슨 부처의 고급 공무원이었다고 한다. 그 여자는 그 사모님이었다. 복덕방 영감이 그런 정보를 그에게 알려

주었다.

"그게 그렇습니다. 사오 층짜리 난쟁이 건물들 말이오, 이런 건물에 입주하려는 업소들도 재미나고 그 건물주들의 세계도 흥미있지요. 공직에 있다 물러난 사람들이 소유주인 건물들이 많더만요. 아마 공직에 있을 동안 노후 관리를 위해 재간껏 재주를 부려 장만해놓는갑디다."

말이 헤픈 영감, 어떤 면에서는 책잡히지 않게 조심해야 할 복덕방쟁이라고 그는 속으로 비웃었는데, 달리 따져보면 그렇게 말이 좋은 것이 손님을 끌기 위한 상술인지도 모르겠다고 고쳐 생각하였다.

"변소는 2층의 미용실 아가씨들과 함께 쓰면 될 거예요. 열쇠를 하나 받아 놓으세요. 다만 부탁은 여성들한테 불쾌한 소리 듣지 않도록 청소도 해 주고 그러세요. 또 노크를 또박또박 해 가지고 이상한 상견례 없도록 바라겠고 말예요."

"알겠습니다." 하고 그는 사모님에게 말했다. 그는 계약서에 제 이름과 집 주소를 적고 그리고 도장을 찍었다.

"권태용 씨라, 우리 어머니도 권 씨인데, 권 씨들이 다 사람이 좋지요."

복덕방 영감이 계약서를 들여다보며 말했고 "어머, 그래요? 나도 권 씨인데……." 하고 사모님이 반가와했다. 계약서에는 사모님 남편 이름을 기재해 놓았으므로 그 여자가 권 씨임을 알릴 기회가 없었을 것이었다.

그가 임대 계약한 사무실은 먼저 입주해 있던 '대한 자활 노인회 지부' 노인들이 석 달 전에 밤도망질을 치다시피 떠난 뒤로 이냥 비어 있었다 했다. 복덕방 영감님은 계약금, 중도금, 잔금에 중개 수수

료를 한꺼번에 계산하고, 게다가 오늘 대충 청소를 한 다음 내일 이사를 들어오겠다는 이 사내가 수상한 쪽은 아닐 것이라고 사모님에게 알려 주고 싶어 하는 듯하였다.

"사장님은 무슨 일로 사무실을 구하려는 거요?" 그가 물었다.

"난, 사장 아니구요, 그냥 연구실 비슷한 것이 필요한 그런 사람일 따름입니다."

"연구실이라 하면……, 무슨 발명이나 실험 같은 거 하는 분이신가?"

"그런 사람은 못 되구요, 그냥 책상에 의자 내다 놓아서……."

"아, 직장 생활 다니다가 뜻한 바 있어 관두고, 고시라거나 자격시험 공부 같은 거 하는 분인가 본데……, 침식도 하면서 지낼 건가요? 아무렇든 나야 상관없지만, 화재 조심은……." 사모님이 한마디 참견을 했다.

"이 나이에 그런 공부는 아니구요……, 왜 그거 출판사 책 만드는 원고 같은 거 쓰면서 먹고사는 사람들 있잖습니까? 문필가, 글 쓰는 사람……, 그런 명칭으로 불리는 사람들 말입니다.

"글 쓰는 사람? 서예가는 아닐 듯하고, 한마디로 말해 글쟁이시로구만. 진작 그렇게 말하면 알아들을 것인데 허어, 그것 참, 아무튼 사모님께서 얌전한 분에게 세를 놓으신 것만은 분명합니다그려."

"그럼요, 그거는 아까 첫눈에 알아보았는 걸요. 아무려면 수돗물, 전기 팔아 장사하는 분은 아니라는 것을."

사모님은 명랑하게 웃으면서 "내 하는 소리 무슨 뜻인지 알겠어요?" 하며 보충 설명을 해 주었다. 이런 건물들에 들어오려는 사람들은 대체로 두 종류, 어쩌면 세 종류로 나뉜다는 것이었다. 입주자들은 대로변에 위치해 소음이 요란하고 주변 환경이 복잡한 것을 마다하는 게 아니라 그런 입지 조건을 도리어 중요하게 따지는 사람들이라 했다. 레스토랑, 카페, 순대국집, 인삼찻집 따위 업소들은 수돗물을 많이 써야 하는 장사이니만치 그게 수돗물 파는 사람들이라 할 수 있지 않은가. 그런가 하면 이발소, 미용원 따위를 차리는 이들은 전기 요금을 많이 물게 되니 바로 전기 팔아먹는 업소들이 아니겠느냐는 것이었다. 인근 주민들과 행인들을 상대로 수돗물, 전기 팔아서 이문 남기는 그런 업소들이 지하실, 1층, 2층에 몰리게 되는데 건물주로서도 그들 장사가 잘 되기를 바라는 거지요, 하였다. 그런데 3층 이상의 높이가 되면 사람들이 발 아프게 올라다니려 하지 않으므로 임대료가 싸게 될 뿐 아니라, 그 용처에도 다른 내용이 되더라는 것이었다.

"이 세 번째 부류의 사람들이 점잖지요. 물론 개중에는 사기꾼 놀음으로 무슨 협회라거니 연락 사무소라거니 차렸다가 도망질 치는 위인이 없지는 않지만요."

"사모님, 그 세 번째 부류는 무엇 팔아먹는 사람들인지 아십니까. 수돗물, 전기 파는 거는 아니지만 그들은 전화 장사꾼이에요. 전화질로 천지 사방 연락을 해 가지고 그걸로 사무 보고 사람 들락거리게 해서 먹고 사는 족속들이니 말예요."

"그것두 그렇네. 이 복덕방 아저씨는 하도 말이 재미나서 내가 만나 뵐 적마다 한 가지씩 배우게 되는 게 있다구요. 수도, 전기, 전화……, 가정집하고는 달라서 그런 게 이런 건물의 값어치를 매기게 된다는 거 배웠네요."

"그런데 이 전화꾼들이 모두 한 종류냐 하면 그게 아니지요. 허우대를 그럴 듯이 내세워야 할 사무실들은 빌딩이니 뭐니 하는 데로 몰려 판을 벌이지 않습니까. 1백 평, 1백 50평짜리 사무실을 내는 자들과 열 평, 열댓 평 공간을 차지하는 족속들이 어디 같겠어요? 그런데 1백 평 쪽보다는 열 평짜리를 찾는 이들이 많을 수밖에 없거든요, 키다리 빌딩보다야 삼사 층짜리 난쟁이 건물들이 알 밴 굴비처럼 짭짤한 거 아니겠습니까? 사모님 같은 분들야말로 이 사회의 실속을 차지하고 있는 것이다, 이런 말씀이지요."

"아유, 복덕방 아저씨도 내가 이 건물 입주자들 뻔질나게 갈리는 통에 얼마나 속을 끓이는지 잘 알면서두 그러세요? 아무튼 들어와 있는 사람들이 그저 꾹 눌러앉아 지내주기만 했으면 좋겠어요."

"여기 이 권 선생은 그럴 분이 틀림없으니 안심하셔도 되겠네요. 그건 그렇고 이사채비를 하자면 아마두 손볼 게 꽤 될 거요. 전번 입주했던 노인들이 손질을 않아 너저분하니 활활 청소도 해야겠고, 구조도 좀 뜯어고쳐야 할 게 있을 거요. 어쩌면 그 뭐라드라, 실내장식을 새로 해야 할지도 몰라요. 글 쓰는 분이라면 감정이 예민할 터인즉 작업 환경을 가꾸어야겠지. 내가 그런 거 척척 알아서 해 주는 업소들을 소개해 줄 테니 아무한테나 찾아가지를 말고 나랑 함께 나서봅시다."

대충 이야기가 마무리되어 사모님이 먼저 자리를 떴다. 장귀동이라는 이름을 명함에 박아 놓은 복덕방 영감님과의 볼 일도 이것으로 대충 끝났으려니 싶었지만, 영감의 생각은 그렇지 않은 듯하였다. 사무실로 가서 그 구조를 어떻게 꾸밀 것인지 살펴서 그에 필요한 물역 가게라든가 소용될 인부들을 자기가 알선, 소개해 주어야겠다는 것이었다. 이왕 사무실을 구해 주었으니 그 뒷마무리 주선도 끝막음해 주는 게 도리 아니겠느냐 하였다. 두 사람은 그리하여 바깥으로 나섰다. 장귀동 씨는 들려줄 이야기가 많은지 걷는 동안에도 줄곧 말을 계속했다.

"장사들이 안 된다고 아우성인 거라오. 저 건물만 해도 그래요. 입주해 있는 업소들은 걸핏하면 바뀌지요. 안간힘을 쓰기는 하는 데 그게 모두 헛김을 내고 있는 격이거든. 아까운 돈을 쓰잘데 없게 길바닥에 발라 버리면서 말이오. 어느 날 건물 앞을 지나다 보면 혼 잣소리로 중얼거리는 적이 있지요. '양품점 아가씨가 가 버렸구먼.' 모르는 사람이 들었다면 누가 죽기라도 했다는 것으로 짐작했을지 몰라요. 어제까지 양품점이던 곳을 온통 뜯어 젖히는 것을 보면 입주 업소가 갈렸다는 것을 알 수 있지요. 목수에 미장이들이 뚝딱거리고 간판장이들이 낑낑거리는 걸 보면 새로 들어온 업소는 잘 되려나 하고 희망을 품어보지요. 하지만 불과 몇 달 못 가서 그 '카페'라는 게 문을 닫거든요. 이리저리 빚 꾸어 가지고 5백만 원이다, 1천만 원이다 처들였다가 고스란히 까먹고 말지요. 그게 어떤 돈들이길래? 중동 노무자로 나갔다가 간신히 마련한 목돈, 시골 살림 청산해서 상경해 가지고 온 가족이 덤벼들어 전 재산 걸어서 일으켜 보려던 것이지요. 결국 복덕방, 물역 가게, 간판 가게, 페인트 상회만 좋은 일 시키는 격이니 어찌 안타깝지 않겠소? 그런데 묘한 것은 버티다 못해 문 닫고 망해 나간 그 자리에 눈독을 들이는 이들이 계속 꾸역꾸역 나타나곤 한다는 사실이지요. 무슨 변통수든 마련해 보아야 할 사람은 얼마든지 많은 것이라 놓아서, 물에 빠진 놈 지푸라기에 매달리는 격으로 그들은 제 삶 자리 얹어 놓을 점포를 찾기 위해 혈안이 되는 거겠지요. 카페 자리는 이번엔 통닭에 생맥주 파는 업소로 둔갑이 되는 겁니다. 베니어에 각목을 대어 별실도 만들고 그럴듯한 탁자, 의자도 들여놓고 벌거벗은 채 웃고 있는 여자 사진들을 여기저기 붙여 놓지요. 부도가 난 회사에 다니던 사람이 차린 것이었지요. 막상 해 보니 자기 적성에 안 맞고 수지 타산을 세울 수 없다는 것을 알게 됩니다. 고민고민 해쌓다가 더 이상 손해 보기 전에 손을 털자 해서 거덜을 냅니다. 분위기 더 좋게 꾸민 경쟁 업소가 바로 이웃에 새로 나타나기도 했던 거지요. 생맥줏집 자리가 이번에는 순대국에 머릿고기 파는 술집이 됩니다. 동네의 물역 가게, 실내 장식 업소들이 다시 일거리를 얻게 되지요. 다섯 살짜리, 세 살짜리 계집애 둘 딸린 부부가 차린 것인데, 살림방도 꾸려 놓지요. 그런데 장사 시작한 지 얼마 안 돼 시장 보러 나갔던 남편이 시비 끝에 싸움을 벌여 끌려 들어갔단 말예요. 애 둘 딸린 마누라 혼자 힘으로는 도저히 꾸려갈 수 없어 복덕방을 찾아오는 겁니다. 아시겠소, 권 선생? 남이 못 되어 나가는 것을 보면서 그걸로 밥을 먹는 따라지 인생이, '공인중개사'도 못 되는 나 같은 복덕방 쟁이인지도 모르지요. 권 선생이 수돗물, 전기팔이 장사치가 아니라는 걸 짐작해서 실정을 알려드리는 거지만 말예요."

수돗물이나 전기를 팔아서 장사하는 인간이 아니라면, 그러니까 전화질 업자로서의 나는 과연 어떤 종류의 인간인가를 그는 그날 오후 곰곰 생각해 보고 있었다. 장귀동 씨는 이른바 실내 장식 전문가들을 소개시켜 주고자 하였으나 그의 간곡한 사양으로 하릴없이 돌아가고 말았다. 지업사에서 벽지와 풀을 사다가 서툰 솜씨로 도배를 해 가면서 줄곧 그에게는 장귀동 씨의 비웃는 소리가 귀에 들리는 듯하였다. 새로 입주하면서 실내 장식도 할 줄 모르는 자, 그러니 수돗물이나 전기 팔아먹는 위인들보다도 변변치 못한 전화 쟁이…….

그저께 복덕방 영감은 그런 말을 했었다.

"시내 중심가에 이만한 공간으로 이렇게 값이 낮은 곳은 따로 없을 거요."

영감의 말은 사실일 거라고 그 또한 생각했다. 신촌 로터리께에서부터 시작하여 하루 종일 복덕방들을 뒤져댄 결론이 그렇게 났다. 복덕방 순례는 피곤한 노릇이기는 하였으나 나름대로 깨우치게 되는 바가 없는 것은 아니었다. 사무실을 구하러 다닌다는 그것은 가령 하숙집이라거나 전셋방을 얻으러 헤매는 것과는 약간 다른 풍속이었다. 서울 시내에 5층짜리 이하 건물들이 그토록 많은 것은 5층 이상으로 지어 내면 주차장 시설을 별도로 해야 한다는 건축법 때문이라는 것을 알게 되었다든가 해서가 아니었다. 이른바 어른들의 세계……, 성인이란 누구를 말함인가. 여성의 경우는 어린애를 생산해 낼 수 있는 이른바 가임 인구층을 가리키게 될 것이며, 남성의 경우는 어떤 일에든 매달려서 재화를 생산해 내야 하는 이른바 취업 인구층을 통틀어 말할 것이다. 그런데 남성의 경우 취업 인구층에 속한다 하여 모두 직장을 갖고 있는 것은 아니다. 자기를 고용하는 데가 나서지 않으면 자기가 스스로를 특정한 일에 고용시키기도 해야 할 것이다. 그런 자들을 경제학에서는 비공식 부문 노동자라 칭하기도 하는 듯하며, 또 일반적으로 고상하게 말해서는 자유 직업인이라고 부르기도 하는 모양이었다. 그는 복덕방 순례를 통하여 그런 방면의 세계를 답사한 것처럼 느꼈다. 그나마 극히 그 일부분에 불과했겠지만…….

바야흐로 그 무렵이 전직 언론인이다, 해직 교수다, 제적 학생이다 해서 많은 실직자들이 생겨나고 있을 적이었다. 그들 중에는 공동 번역실 따위를 차리는 사람들도 있었다. 딱히 그 흉내를 내서는 아니었으되 그 또한 좁은 아파트 방에 원고 시장을 차려 놓고 있을 수만은 없는 환경의 변화에 부딪히게 되었던 바 있었다. 마침 그의 아내가 외국 나갈 일이 생겼는데, 다섯 살짜리 세 살짜리 어린애 양육 문제가 발생하여 분가로부터 합가로의 대가족 체제로 돌아갈 필요가 있게 되었다. 참으로 한심한 부부였다. 어린애 양육은 부모 내지 시부모에게 떠넘겨 버리고 자기들은 집으로부터 뺑소니칠 궁리만 하고 있었다. 아무튼 집필실을 꾸려서 직장인처럼 출퇴근하면서 번역에 매달리면 능률로 따져볼 적에 임대료를 상회하는 수익성을 올릴 수 있을 것이라는 주장을 내세워 그는 탈출 작전을 획책하고 있는 중이었었다. 복덕방이 공인중개사 사무소로 명칭이 바뀌는 세상에 있어서는 글쟁이라고 하여 이부자리 펴놓고 배때기 깔아 작업하는 것만이 미덕은 아니라는 점도 환기시켰다. 그 자신은 문학인이라기보다 문필업자, 번역가, 비상근 출판 원고 작성자일 거라 생각하고 있었으므로 이러한 문화 사업 종사자로서의 '하도급' 사무실의 필요성을 느꼈던 것이었다. 그리하여 생전 처음으로 그는 그 자신의 사무실을 가지게 되었는데, 그것이 마치 처음으로 험난한 사회에 첫발을 딛는 심정에 흡사하였다. 지식노동자로 새 출발하는……

3.

그가 임대한 방은 15평이라 하였는데, 다시 이를 베니어 칸막이로 막아서 삼 평 남짓한 작은방과 한 평여 정도의 복도, 8평쯤 되는 약간 큰방, 그리고 허접쓰레기들을 놓아 둘 창고로 이루어져 있었다. 그는 3평 남짓한 작은방을 자신의 집필실로 삼을 작정을 하였다. 8평쯤 될 방은 그의 재량껏 다시 무슨 출판사 같은 데 임대를 놓아서, 보증금은 그가 껴안되 월세는 재임대를 시킨 큰방의 입주자에게 물려놓게 할 계교를 생각해 내었다. 경제적 부담을 되도록 줄

여야 할 필요성이 있었기 때문이었다. 그리하여 그는 마침내 집필실을 마련한 문필업자로서 이사 작업을 일단 달성할 수 있었다. 집으로부터 책상과 책들을 갖고 나와 길바닥에 차려 놓는 작업을 지하철 공사장 인부들이 이상하다는 듯 지켜보고 있었다. 책상, 책장 따위들은 공짜로 준다 해도 가져가지 않을 만큼 낡아 빠진 데 비하여, 미처 박스에 담아내지도 못한 잡지 따위들의 책 짐들이 무척이나 많아 보였던 탓이었을 것이다.

이사한 다음 날 그는 여덟 시 30분에 첫 출근을 했다. 도어 핸들식 열쇠를 열어 안으로 들어서 보니 쥐들이 온통 난리를 피운 흔적이 있었다. 무허가일망정 입주해 있던 쥐 식구들을 이렇게 느닷없이 내쫓는 법이 어디 있느냐고 마치 그놈들이 항의를 한 것처럼 보였다. 아직 책들은 미처 정리를 못하였으나 독촉받고 있는 번역 원고가 있는지라 그는 일을 시작하기 위해 책상머리께로 가서 앉았다. 그러다가 그는 무언가가 헝클어져 있다는 느낌을 받았다. 어제저녁 이삿짐을 끌러 놓고 돌아갈 적의 상황과 달라진 것이 있었다. 조금 뒤에 그는 밤손님이 다녀갔다는 것을 발견하였다. 아마 어제 이사 들어오는 것을 눈여겨 보았다가 뭔가 훔쳐갈 것이 있겠지 하여 다녀갔던가 보았다. 드라이버로 도어 핸들을 따는 일이야 생채기 자국조차 남길 까닭이 없을 것이었다. 그러나 그가 문을 열 적에 미처 눈치 못 챈 것은 당연했다. 주인 허락받지 않고 방문왔다가 돌아가면서 문까지 닫아 주고 간 밤손님이 신사 강도라고나 해야 할 일이었다. 더욱이 이 밤손님은 무례한 짓을 벌이지 않았다. 고물일망정 문필업자인 그에게 소중한 타자기를 그 자리에 그대로 놓아 두는 아량을 베풀었다. 밤손님은 자기가 읽고 싶은 책가지들을 하나도 발견하지 못한 것에 틀림없었다. 서류함 철제 캐비닛의 숫자판

열쇠가 망가져 있었다. 그 속에 현금이라거나 돈값이 될 무엇인가가 있겠지 하여 수고한 그는 얼마나 약이 올랐을까. 원고지 뭉치와 번역 원고 따위밖에는 그 안에 들어 있지 않았다. 그 원고들이 헝클어져 있기는 했으나, 밤손님은 홧김에 그것들을 찢어 버리는 따위의 불경스러운 짓은 하지 않았다. 타자기와 원고 뭉치가 온존해 있다는 사실만으로 그는 감격해 버렸다. 다른 것들이라면 얼마든지 가져갔다 해서 피해를 입었다 할 바가 아니었다. 그는 한결 느긋한 기분으로 어떤 것들을 도둑맞았는지 점검해 보기 시작했다. 밤손님이 가져간 것은 원고 쓸 적에 갈아입으려고 작업복 비슷하게 갖다 놓은 털스웨터, 그리고 인왕산이나 금화산, 안산에 올라갈 일이 있으리라 예상하여 내다 놓은 고물 버너, 코펠 따위가 들어있는 배낭, 외국 나갔다 온 사람이 선물로 준 액정 시계가 부착되어 있는 볼펜, 그것들이 전부였다. 밤손님은 이 사무실 거주자가 참으로 한심한 인간임을 알아차리면서 얼마나 비웃었을까. 그는 진정 면구한 기분에 잠겨 들어갔다. 밤손님은 제 노력의 대가조차도 건지지 못한 셈이었다. 배낭 따위야 집에 여분이 있으니 아쉬울 게 없고 스웨터는 아이들 할머니가 다시 짜 줄 것이고, 볼펜이야 있어도 그만 없어도 그만이었다. 도둑맞은 기분이 이렇게 싱거울 수 있을까 하였다. 그는 밤손님이 거들떠보지도 않은 진공관식 라디오를 켜서 차갑석(차이코프스키)의 음악이 크게 울려 나오도록 했다. 밤손님으로 하여금 가져갈 것이 바이 없게 하는 그의 집필실 풍경, 그러나 어찌 되었든 그 미지의 내방자에게 더 이상 부끄러워하고 송구스러워해서 무엇하겠느냐고 그는 마음을 돌려먹었다. 밤손님에게 들켜 버린 이 집필실로부터 과연 그는 어떤 가치를 가진 작업을 창출해 내려고 하는 것일까. 아무튼 아직까지는 그런대로 괜찮은 출발이었다.

그는 원고 번역에 앞서서 밤손님이 가져가 버린 가스 버너보다야 불편하지만 전기 곤로에 물을 끓여서 커피 한 잔 마시는 일부터 했다. 그리하여 〈샤콘〉이라는 제목을 가진 음악을 들으면서 이윽고 원고 작성 작업에 돌입했다. 그런데 똑, 똑 문 두드리는 소리가 났다. 누구십니까, 그는 문을 열지 않은 채 약간 경계하는 목소리로 물었다.

"요 아래 2층에 있는 인삼 찻집 마담인데요, 인사나 당겨야겠어서……."

30대 중반의 약간 살찐 여자가 애교 웃음을 짓고 있었다.

"인삼차, 잣죽, 깨죽 같은 것뿐 아니라 커피, 홍차도 팔고 있어요. 물론 전화 배달도 해요. 야간 영업으로 소주 빼고는 술도 팔아요. 양주 마시러 오세요. 실은 잘 부탁을 드리려구 이렇게 인삼차 한 잔 가지고 왔어요. 여기 성냥 통도 받으시구요, 주문 좀 많이 하세요. 전화번호는 성냥 통에 적혀 있어요."

아홉 시 40분경, 그는 다시 제2의 내방자를 맞이하였다.

"요 아래 개명병원 옆 건물 2층에 있는 중국집 '대덕관'에서 왔습니다. 성냥 통하고 전화번호 기록부하고 가져왔으니 앞으로 잘 부탁드립니다. 그냥 이 물건들만 놓고 갈까 하다가 인사드리는 게 예의일 것 같아서……. 어제 이사 들어오는 거 보니까 책이 꽤 되던데 점잖은 분이라는 걸 제가 알았거든요."

그가 대꾸할 말이 없어서 멀거니 바라보고 있으려니 중국 음식점의 한국인 사내는, "이 일대가 아주 이상한 곳이라 놔서 중국 음식 장사에도 참 고충이 많거든요." 하고 묻지도 않은 말을 늘어놓았다. 이 사무실에 먼저 입주해 있었던 사람들은 항상 양복에 넥타이를 맨 온화한 표정의 노인네들이었다 했다. 노인들은 걸핏하면 점심, 저녁 식사에 술까지 주문을 시켰는데, 그 음식값을 외상으로 달아놓은 채 사라져 버렸다는 것이었다. 짜장면, 우동 서른아홉 그릇, 잡채, 팔보채 등 안주 요리 아홉 그릇, 게다가 배달올 적에 담배 사 갖고 오라 해서 생돈 들여 사 온 담배만 해도 네 갑이나 된다고 하였다. 다른 것도 그렇지만 담뱃값 마저 떼어먹은 그놈의 영감 망태기들 생각을 하면 치가 떨린다 하였다.

"하지만 선생님은 그럴 분이 아니라는 걸 제가 단박에 느꼈거든요. 선생님은 무얼 하는 분이세요?"

과연 나는 어느 계열의 사기꾼일까? 아무튼 중국 음식값 외상 달아 떼어먹는 짓은 하지 말아야지. 언제부터 글쟁이들은 자기를 문학인이라고 밝히는 것을 쑥스럽게 여기게 되었을까. 아니야, 다른 이들은 그럴 리 없지. 내가 못나서 나만 그러는 거겠지. 열 시 10분경, 그는 세 번째 방문객을 맞이하였다.

"요 아래 지하실에 있는 '비 오는 날' 마담인데요, 전기료 때문에 상의드릴 일로 왔어요."

50대 나이로 보이는 여장부형의 뚱뚱한 부인이 거침없이 방안으로 들어섰다. 너저분하게 어질러져 있는 책더미며 책장들을 휘돌아보는 그 여자의 태도가 어딘지 모르게 위압적이었다.

"전기 곤로는 될 수 있으면 쓰지 않는 게 좋겠네요." 하고 그 여자가 입을 뗐다.

"그러지요. 간밤에 도둑이 들어서 버너를 가져가는 바람에……."

"건물주가 관리인도 두지 않고 있으니……, 더구나 지하철 공사 때문에 손님도 들지 않고 엉망이에요. 내가 대신해서 이 건물 관리를 하는 셈인데, 들어와 있는 종자들이 모두 인간 말종들이어서 여간 속을 썩이는 게 아니라구요."

판소리 사설 늘어놓듯 하는 이야기가 시작되었다. 그로서는 요령부득의 내용들이었다. 1층 정오 금은방 주인이 얌체에다가 자린고비라는 것. 횡성 약국 주인은 돌팔이 약사로 마누라 면허증을 가지고 대신 장사를 하는 자라는 것, 지하실 이발소 주인은 마사지하는 계집애들을 여러 명 첩처럼 거느리고 있다는 둥……. 듣다 못하여 "그런 이야기들을 왜 나한테 하시는지요?" 하고 그가 약간 엄격한 표정을 지어 반문하였다.

"사생활이 이래들 놓으니 사회생활인들 온전할 수 있겠어요? 사회생활이 개차반들이니 그 사생활을 흉보게 되는 거예요. 전기, 수도세들을 안 물려구 재랄들이니 내 속이 터진단 말이에요. 댁에서야 결코 그럴 분이 아니겠지만, 그것도 또 모르지, 못 믿을 게 사람들이니……."

하지만 그 여자는 찾아온 용건이 무엇인가에 관해서는 아직 말하지 않고 있었다. 잔뜩 주눅이 들게 한 다음에라야 본론으로 들어갈 모양이었다. 짐작컨대 전기 요금이 말썽인 듯하였다. 가정용 고지서가 아니라 사업소 요금을 내게 되어 그 단가가 비싼 모양이었다. 그런데 이 대목에서부터 여장부의 이야기가 방방 뜨기 시작했다. 이 건물에 모인 족속들이 얼마나 형편없는 인종지말들인지 다시 입에 게거품을 물었다. 지난 2개월 전에는 전기가 끊어지기까지 하였다 했다. 만기일을 넘겼기 때문이라는데 그 이유에 대해서는 구체적인 이야기가 없고 자신이 닦달을 받은 데 대해서만 자세하게 말하면서 이를 갈았다. 이윽고 본론. 마담의 주장인즉 이 건물의 입주자 일곱 명이 전기요금을 7분의 1씩 공평히 나누어 분담해야 한다는 것이었다. 그는 아무런 대꾸도 하지 않았다. 어제 복덕방 영감도 그러지 않았던가? 전기 팔아 장사하는 업소가 따로 있고 수도,

전화 요금 많이 올리는 입주자들이 다르다고 했었다. 전기 팔아 영업하는 카페, 이발소, 미용실과 고작 형광등이나 틀어 놓고 있을 뿐인 그의 경우에 전기 사용량이 똑같을까. 지난달 전기 사용료가(그여자는 이번 달 고지서이니 어디까지나 이번 달 요금으로 간주해야 한다 했지만.) 십몇만 원 나왔다면서 당신 또한 그 7분의 1을 내일 안으로 물지 않으면 안 된다고 주장했다. 이 건물 전체에 전기 계량기가 있겠으니, 다시 각방마다 따로 설치하여 사용량대로 나누어 계산하면 될 게 아니겠느냐 하겠지만, 누진세율이 적용되는 거니까 그건 말이 안 된다고 그 여자는 선수쳤다. 그는 대꾸하지 않았다. 그 여자는 고지서를 가지고 다시 들르겠다고 한 뒤에 이윽고 기세등등하게 떠나갔다. 무려 20분의 시간을 잡아먹었다.

열 시 오십 분경, 그는 또다시 문 두들기는 소리를 들었다. 참으로 신경질 나는 노릇이었다. 도대체 무슨 권리로 일하는 사람의 훼방을 이처럼 놓는 것일까. 그가 거칠게 자리에서 일어서는데 벌써 문이 열렸고 "안녕하세요, 보시다시피 요구르트 아줌마랍니다." 하고 상글상글 웃으며 30대 후반으로 보이는 제복의 여인이 들어섰다.

"직업이 직업이라서 이렇게 뻔뻔스레 들락거린답니다. 이 일대가 제 관내여서 하루 종일 뱅글뱅글 맴돌거든요. 이 일대 여러 점포들이나 사무실 사람들 중에서 저랑 친하지 않은 이가 없어요. 근심 걱정은 서로 나누고 기쁘고 즐거운 일은 함께 모으는 걸요. 요 아래 미장원 아줌마와는 언니 동생 하는 사이인데, 손님 서비스용으로 매일 스무 개씩 사거든요. 저 맞은편 화실의 청년한테서는 그림도 두 개 얻었구요. 선생님은 하루에 몇 개쯤 받아 놓으시겠어요? 어마나, 책이 많기두 해라. 무슨 일 하시는 분일지 맞추어 볼까요? 여고 시절에 나두 시를 쓰고 그랬어요. 문학하시는 분이 틀림없죠?"

제복의 여인은 어느 결에 의자에 걸터앉았으며, 근처에 있는 책을 서너 권 한꺼번에 집어 들었다.

　"저는 박계주 선생님 소설을 참 좋아했어요. 특히 「순애보」는 여덟 번쯤 읽었을 거예요."

　그 여자는 그의 반응을 기다리지도 않고 책을 들척거려 그 내용을 훑어보는 체하고 있었다.

　"선생님은 꿈을 믿으세요? 제 말은 해몽하실 줄을 아느냐는 거죠."

　"그거 요구르트 세 개만 주십시오." 하고 그가 무뚝뚝하게 말했다.

　그 여자는 일어서서 가방에서 세 개를 꺼내왔다. 그는 계산을 치렀다. 하지만 그 여자는 갈 생각을 하지 않고 있었다.

　"이렇게 서재 차린듯한 사람은 이 동네에 선생님밖에 없겠어요. 선생님은 혹시 종교를 가지셨나요?"

　"아니요."

　"제가 원래 몸이 허약한 편이었어요. 그래 이런 일에 나섰는데 하루 종일 뛰니까 건강이 좋아지죠. 남편이 한 번 실직한 뒤로 놀고 있어서 생활비에 보탬을 주려는 사정도 있기는 하지만 말예요. 큰딸애가 여고에 진학한 뒤로(둘째 애는 사내 녀석인데 국민학교 6학년이구요.) 더 이상 어미 노릇할 일도 놓쳐 버린 것 같구, 육체적으로는 건강해졌지만 어딘가 마음이 허전하고 정신적으로 멍청해질 때가 있어요. 실은 선생님처럼 책을 많이 갖고 계신 분 만나면 인생 상담 한 번 드려야겠다는 생각이 있어서 이렇게 여쭈어 보는 거니까, 실없는 여자 다 보겠네, 그러지는 마셔요."

　그는 아무런 대꾸를 하지 않았는데, 실상 무슨 소리도 할 수 없었다.

"제가 성격이 활달한 편이어서 우리 영업소에서는 제일 실적도 많이 올리고 있지만, 마음속으로는 도리어 소심하고 감정도 여리거든요. 건강도 중요하고 돈도 필요하지만 정신적으로 안정이 되어야 하는데 그렇지를 못해요. 그런데 교회를 함께 나가자고 권하는 집사 아주머니가 있어서 따라가 봤지요. 신자들이 울고불고 주여 주여 하는데 굉장하데요. 하지만 교회에 나가 보니 마음이 홀가분한 것 같고 후련해지는 것 같기도 해요. 그런데 그날 밤 꿈을 꾸었지 뭐예요? 그 집사 아줌마랑 내가 헐떡거리며 산꼭대기로 올라가지 않겠어요? 정상에 다다라 보니 커다란 동굴이 있는데 굵은 나무로 만든 문이 잠겨 있었어요. 집사 아줌마가 밀어도 꼼짝 않던 문이 내 어깨로 한 번 밀어 대니까 쾅당 넘어가는 거예요. 한 발짝 들어서니 너무 깜깜해서 성냥불을 켰지요. 뼈만 남은 시체 같은 게 있는 것 같기두 하고 먼지인지 나무 부스러기인지 모를 게 쌓여 있는 것 같기도 한데 무서움에 질려 그만 성냥불을 떨어뜨렸거든요. 확 불길이 솟아오르는데, 어쩌나, 이를 어쩌나 하다가 그만 꿈에서 깨어났어요. 이게 도대체 무슨 꿈일까요? 선생님, 제발 해몽 좀 해 주세요."

"글쎄요, 잘 모르겠는 걸요."

"친정어머니한테 꿈 이야기를 했더니 교회 나가지 말라는 꿈이라는 거예요. 그래선지 그 뒤로는 집사님이 졸라 대도 별로 나가게 안 되데요. 꼭 가슴앓이 하는 사람처럼 더 맹해지구 말예요. 그러자 친정어머니가 함께 치성드리러 가 보재요. 그래 인왕산 선바위, 바로 요 뒷산이네요, 거기를 갔지요. 꿈 이야기를 어머니가 하니까 무당 말이 정기적으로 치성을 드리러 오라지 뭐예요? 당신한테 무언가가 집혀서 그러한 꿈을 꾼 것이니 두말 말고 계속 다니라고 다짐 놓듯이 그러데요. 그런데 그날 밤 하얀 한복을 입힌 나를 데리고 뒷산으로 올라가는 거예요. 제 고향이 고읍이라는 곳인데 6·25때 굉장치도 않았다 해요. 나야 6·25는 모르지만, 아무튼 산에 올라가 보니까 아버지가 이러시는 거예요. 보아라, 이제 우리 집안은 망했고 우리 동네도 끝장이다. 그 말씀이 떨어지자마자 이상한 광경이 눈앞에 펼쳐지더라구요. 온 들판에 누렇게 익은 벼들이 금세 시들시들 말라 비틀어져 가지고 땅바닥에 쓰러져 버리는 거예요. 벼들만 그러는 게 아니고 나무도 짐승도 사람도 그래요. 금세 해골들이 온 들판에 깔리더라니까요. 난리 통에 사람들이 많이 죽었다는 소리를 들은 게 있어서 그게 꿈속에 생시처럼 나타났는지 어땠는지 잠에서 깨고 나니 온몸이 땀으로 젖었더라구요. 선생님, 이 꿈이 도대체 무엇을 의미하는 걸까요?"

"꿈의 의미를 꼭 캐 봐서 무엇하시려구요?"

"여고 시절부터 단짝 친구였던 경님이한테 그 이야기를 했더니, 너야 항상 종교적인 분위기 같은 게 있었잖니 해요. 하지만 무당 찾아다니는 거는 네 적성이 아닌 모양이다. 그러면서 함께 절에를 다니자는 거예요. 부처님은 무엇을 어찌해라 이래라 저래라 요구하는 게 없이 다만 사람 마음 편하게 해 주는 미소만 지어서 그윽히 마주 대해 주고 있을 뿐이래요. 부처님 대하고 있으면 그렇게 평화스럽고 안온할 수가 없다는 거예요. 바로 사흘 전에 경님이를 만났는데, 선생님 생각에는 어떠세요? 돌아오는 일요일 절에 찾아가야 할지 어떨지…… 갔다가는, 다시 이상한 꿈을 꾸게 되는 게 아닐까 신경이 쓰여서 그래요."

"뭐라 말씀드릴 수가 없겠는데요. 가라거니, 말라거니 어떻게……?" 그는 웃었다.

"저는 진정으로 알지 못하겠어서 이렇게 인생 상담을 드리는 거라구요. 선생님은 짐작하시는 게 있을 거예요. 내일 다시 들를 적에 솔직하게 말씀 좀 해주세요. 요구르트는 당분간 하루에 세 개씩 받으시는 걸로 알고, 그렇게 수첩에 적어 놓겠어요. 계산은 월말에 한꺼번에 하셔두 돼요. 초면에 제가 이런 이야기를 꺼낸 것은 결코 장삿속으로 한 건 아니에요. 책 속에 파묻혀 글을 쓰시는 분은 나처럼 인생 고민을 안고 있는 사람의 고민을 헤아려 주실 거라 믿은 거예요. 오늘은 정말 감사했습니다."

제복의 여인은 깍듯이 인사를 한 다음 바깥으로 나갔다. 그는 무엇에 홀리기라도 한 듯 일손을 놓은 채 담배를 태워 물고, 과연 저 여자의 이야기는 어디까지가 진심이고 또 사실일까 생각에 잠겨 들어갔다. 사람들은 어떤 꿈을 꾸면서 살아가고들 있는지…….

하지만 '비 오는 날' 마담이 고지서를 들고 다시 나타났으므로 그는 자기 시간을 또 빼앗겼다. 그는 고지서를 들여다보려고 하지 않았다. 이곳 실정을 알아본 뒤에 타당한 방식으로 계산하겠다는 말만 한마디 했다. 여장부는 성을 냈다. 그러거나 말거나 그는 책상에 달라붙어 번역 일을 계속했다. 이런 모욕은 처음 받는다면서 여자의 욕설과 악다구니가 시작되었다. 여자는 전술 전략을 바꾸었다. 문밖으로 나가더니 낭하에서 큰소리로 떠들어 댔다. 2층, 1층, 지하실, 어쩌면 바깥거리의 행인들마저도 들어 보라고 내지르는 소리였을 것이었다. 이 건물 3층에 새로 들어온 사내 녀석은 나쁜 놈이니 모두들 알고 있어야 할 것이다……, 하는 소식을 전파하기 위하여…….

이미 열두 시 가까이 되었다. 집에서 작업하는 것에 비해 전혀 능률이 오르지 않았다. 이 동네 일대를 순시해 보기 위해 일어섰다. 현관문을 잠그면서 자물통을 하나 더 달아야겠다고 생각했다. 철물

점이 이 근처 어딘가에 있겠지. 아 참, 그러고 보니 아까부터 오줌이 마려운 것을 참고 있었구나. 2층 미장원으로부터 변소 열쇠를 하나 얻어야 할 텐데 어떻게 여자들만 있을 그 안을 기웃거리나?

'비 오는 날' 주인 여자가 한바탕 떠들다 돌아간 직후여서일까? 3층과 2층 사이의 층계참(변소가 거기 있었다.)에는 두 명의 여자가 선 채로 무슨 이야기를 나누다 말고 할깃할깃 이쪽을 쳐다보았다.

"3층에 새로 이사 온 분이시지요?"

그가 말을 붙일까 어쩔까 망설이면서 천천히 층계참으로 내려갔을 때 나이든 쪽의 여자가 말했다.

"저는 여기 미용사이거든요."

미용사라는 그 여자는 호리호리하고 메마른 20대 후반에서 30대 초반의 여성이라는 인상일 뿐, 전혀 이렇다 할 특징이 없는 용모였다. 그런데 그와 함께 있는 다른 여자는 나이가 많아 보았자 열대여섯 살쯤 되었을까, 자그마하고 전체적인 윤곽이 동글동글한 소녀였는데 반편처럼 게실게실 웃어대고 있는 것이 어딘가 이상하였다. 심술이 많은 어린애의 짓궂은 손장난에 고장이 나 버리고 만 장난감 인형 같다고나 할까, 그는 그런 것을 연상하였다. 그 소녀가 여전히 게실게실 웃으며 말했다.

"저도 미용실에 이 언니랑 함께 있어요. 잠도 여기서 자구, 밥도 여기서 해 먹구⋯⋯."

"저리 비켜. 너는 가만 있어." 미용사 언니가 소리를 질렀다.

"그렇잖아두 만나뵈려 했었습니다."

"저희두요. 실은 의논드릴 일이 있어요. 알려드릴 일도 있구요."

변소 열쇠 여벌 하나를 얻어내야 할 일이 그에게 있기는 하지만, 이 미용사 아가씨는 그런 거 말고 또 다른 요구 사항 같은 게 있다는 것일까? 그는 귀찮은 생각도 나고 성가신 느낌도 가지게 되었다.

"그러면 이렇게 하시지요. 약속한 일이 있어서 지금 내가 시간이 없거든요. 넉넉잡아 한 시간쯤 뒤에 돌아올 테니 그때 말씀 나누기로 할까요?"

"네에, 그러셔요." 하고 미용사가 말했다. 의논할 게 있다니 또 무슨 뚱딴지같은 이야기일까 궁금해하면서 그는 아래층으로 내려갔다. 길거리는 공사장의 굉음으로 마치 지동설을 입증이라도 시키고 있는 것 같았다. 〈사막은 살아있다〉라는 제목의 영화를 단체 학생 관람으로 구경 갔던 일을 그는 회상했다. 일이 있는 곳에 사람이 모이게 되고 그러면 돈이 꼬이게 된다고 하던가? 한반도에 관한 것이라면 무조건 부정적으로 살피려 한다는 일본 잡지들이 파헤치는 지하철 제1호선 공사와 수주에 얽힌 정치 자금 운운의 글 내용에 대해 그는 들었던 바 있었다. 밀실을 버리고 그는 길바닥으로 나와서 글을 쓰려 하고 있었다. 광장은 늘 복잡하고 현장은 어디나 엉망이었다. 그 아수라장의 한복판에 그는 엉뚱하게 자신의 문필업 사무소를 마련하고 있으니, 이를 도대체 어떻게 감당하려는 것일까. 1천 원짜리 된장, 김치, 동태 찌개 백반을 파는 '포천옥'에는 노동자들 다섯 명이 빙 둘러앉아 아구아구 밥을 먹고 있었다. 그 옆자리, 또 옆자리들에도 세 명, 두 명, 한 명씩 작업모를 벗어 놓은 공사장 인부들이 앉아 있었다. 포천옥의 남자 주인은 머리가 벗겨진 대머리 노인인데 무사분주로 식당 안을 뱅글뱅글 돌며 싱글벙글하고 있었다.

"이 집 김치맛이 갈수록 나빠진단 말야. 우리 해남식당으로 옮겨 보는 게 어때, 그 집에는 고들빼기도 나오던데?"

다섯 명이 앉은 좌석에서 누군가가 말했다. '노가다' 말로 '오야지'에 틀림없이 보이는 좌장이 이렇게 식당 주인을 놀려대는 듯하자, 주인 남자가 펄쩍 뛰었다.

"우리 마누라 김치 담그는 솜씨는 상감마마 수라간 엄 상궁한테서 물려받은 것인데 왜 이래? 포천 태생의 엄 상궁이 있었다는데, 우리 마누라가 그 손주뻘이라 이 말이여."

다른 좌석에서는 심각한 이야기가 오가고 있었다.

"이봐, 최 형이 참으라구. 나는 밸하고 쓸개는 시골 마누라한테 잘 보관하라고 맡겨놓고 똥창만 가지고 서울 올라왔단 말야."

다른 좌석에서는 30대 사내 혼자 우울한 표정으로 앉아서 소주를 거의 한 병 다 비워 놓고 있었다. 그 식탁에 놓인 재떨이에 담배꽁초가 몇 개 버려져 있는가, 그는 헤아려보았다.

식당에서 나온 그는 천천히 걸어서 무악재 고개턱까지 걸어갔다가 인왕산 쪽으로 올라가 보았다. 인왕산을 옛날 사람들은 악박골이라 부르기도 했다. '악박골 호랑이 선불 맞은 소리'라는 속담이 전해오고 있었다. 인왕산 호랑이가 분신, 타살되는 게 아니라 선불을 받는다면 그 길길이 날뛰는 모습이 어떠할까, 인왕산 선바위는 가히 무당센터를 이루고 있었다. 그대로 여인 왕국이었다. 사내들이라는 건 음식상 나르는 심부름 따위로나 필요한 곳인 듯했다. 내려오는 길에 철물점에서 자물통을 하나 사고 쓰레받기, 총채를 집어 들었다. 그리고 공중전화 박스로 들어가 집에 전화를 걸었다. "지방 어디라더라 하는 곳에서 온 후배 시인이라면서 전화 왔더라. 상경한 길에 만나 보고 싶다더라."고 할머니가 말했다. 다시 전화 걸려 오면 사무실 위치를 가르쳐 주라고 그는 대답했다. 약도는 집에 그려 놓아 둔 것이 있었다. 빨리 전화 가설이 되어야 할 텐데, 하면서 그는 '비 오는 날'이라는 간판이 유난스런 건물 입구로 들어섰다. 이 중에서 삼 층 올라가는 층계참에는 게실게실 반편스런 웃음을 흘리고 있는 미용실의 소녀가 서성거리고 있다가 그에게는 아는 체를 내었다. 나는 소녀에게 내 방으로 미용사 언니 오라고 잘 말했고, 조금 뒤에 미용사와 그 소녀가 들어왔다.

앉자마자 미용사는 별의별 정보를 다 들려 주었다. '비 오는 날' 마담은 뜬금없이 시비를 걸고 언덕거리를 만드는 데 선수라는 것. 대한 노인 자활 협회 지부 회장이 3개월쯤 전 이 방으로부터 떠나 버렸는데 입주하려는 사람들이 없어서 그동안 비어 있었다(병신같이 이런 곳을 사무실이랍시고 돈 주고 기신기신 들어온 너는 도대체 어떤 종자인지?). 이 비어 있는 곳을 그 여자는 자기네 여종업원 합숙소로 썼다. 합숙소 말고도 다른 용도로 이용하기도 했다. 그러니까 특수 손님을 위한 특수 영업 장소로, 아저씨 때문에 그런 용처를 빼앗겨 화가 나 있다. 임대료를 제때 내지 않아 건물 주인이 쫓아내려 해도(4월 하순이었다.) 전기장판에 전기스토브에 샹들리에를 스물네 시간 그대로 켜 놓고 있다. 그러면서도 전기 요금은 입주자들이 균등하게 물어야 한다고 떼를 쓰고 있다. 뿐 아니라 지난 2월에는 전기 요금을 모두 그 여자가 거두어 가지고는 다른 일에 써 버려서 납부 기일을 어겼다. 전기를 끊는 바람에 사흘 동안이나 모두 영업을 못 한 일이 있었다.

다음으로는 2층의 인삼 찻집. 이 인삼 찻집으로부터 차 주문을 하지 말아라. 이 집은 낮과 밤을 거꾸로 산다. 낮에는 텅 비다가 저녁 늦게부터 손님이 모이기 시작, 밤새도록 영업을 한다. 쉰, 예순, 일흔, 여든 나이의 노인들이 고객인데 인삼차보다는 국산 양주 같은 것을 주로 팔고 있다. 손목 잡아 뽀뽀하고, 무릎에 앉히고, 치맛말기 벗기고, 그리고 〈애마부인〉인지 에미랄 부인인지 하는 비디오 틀어 놓고 시시덕거린다. 다음은 화실, "저 화실은요, 자칭 화가라고 뻐기는 젊은 녀석 두 명이 차려 놓은 것인데요, 정말 정신 나간 녀석들이에요. 서울 무슨 미대 나왔다고 하는데 그게 다 거짓부렁이에요. 지방의 어느 전문학교 입학해서 채 석 달도 다니지 못하고 집어치웠다고 제 입으로 그런 말을 했거든요. 맨 처음에는 갸들이 천재인 줄 알았다구요. 사람 홀리는 기술이 유별난 건 사실이지만 말예요. 저 자식들 밤마다 여대생들인지 애인들인지 바꾸어 가며 분탕질을 쳐요. 천재 화가 만든다고 자식들 맡긴 엄마들두 애인 만들구요. 그뿐인가요? 상거러지 같은 남자애들, 여자애들 음악 왕왕 틀어 놓고 밤새도록 고고에다가 디스코 춤추고 술 취해 서로 싸우고 계단에 게워 놓고, 그리고 이건 비밀 이야기지만 독재니 뭐니 이상한 소리에다가 정부 욕하는 말까지도 하는 것 들었다구요. 같은 건물에서 지내는 거니 우리가 크게 봐주는 거라구요.”

“그건 그렇고, 변소를 함께 써야 할 것 같은데, 열쇠 여벌 하나 있으면 나에게…….”

“그 문제로 의논을 드리려구 했어요. 실은 이 변소가 보통 골치 아픈 게 아니라서. 지금 이 변소 사용하지 못하고 있어요.” 미용사는 다시 기나긴 이야기를 하기 위해 숨을 몰아쉬었다.

4.

우리는 가족을 흔히 ‘식구’라고 부르지 않느냐고 그 미용사는 말했다. 밥을 같이 먹는 사람이 바로 가족이라고 한다면, 같은 건물 안에 사는 이 사람들은 한 식구라고 하기는 어려울 것이라고 그녀는 설명했다. 한솥밥을 먹는 게 아니니 그러하다 하였다. 그러나 변소는 함께 쓴다. 공중변소라는 말이 있는 줄 아는데, 바로 그런 ‘공중'들일 것이다. 하지만 '공중'이라는 게 실은 문제성이 많은 말이다. 자물통을 잠귀 놓지 않으면 수세식 변소는 그대로 결딴이 나고 만다. 별의별 사람들이 다 몰려들어 망쳐 놓는다. 술꾼들 게욱질, 수돗물 누수, 개짐, 그런가 하면 인근 유흥업소의 여종업원들은 도대체 빨래라는 걸 제대로 할 여건이 안 되니 팬티에 스타킹 같은 것은 일회용 반창고처럼 입다가 변소간에 내버리고 새것을 사서 착용한다. 어쩔 수 없어 변소 문에 자물통을 채우지만, 그래 봤자 그놈의 것이 불과 며칠을 못 간다. 제일 급해 맞은 사람은 아마도 오줌 마려운 것, 설사 난 것 처리해야 할 위인들일 것이다. 자물통쯤 때려 부수는 것이야 급한 볼일 가진 사람에게 약과 아니겠는가. 그래서 1층 층계참, 2층 층계참의 변소가 모두 막혀 버리고 변기가 깨어져 있는 상태다.

결국은 그것 또한 돈이었다. 그날 오후 인부 사서 변소 고치는 비용의 상당 부분을 그는 부담해야 했다. 뿐 아니라 인부들 요청으로 조수 비슷한 노릇도 했다. 그는 금박 화실을 꾸려가는 젊은 화가도 변소간 고치는 현장에서 만날 수 있었다. 그 청년은 자기 화실로 들어가 차 한잔하자고 하였다. 하지만 그는 소주를 내왔고 이런 말을 했다. "나한테는 천재성이 있습니다. 그런데 그것을 이놈의 사회 속에다가 입증시킬 도리가 없습니다."

그가 말했다. "기준은 둘이 아니라 하나라네. 자네의 개인적인 기준과 사회적인 기준이 어째서 합쳐지지 않나. 그걸 일치시키도록 해보게. 도리어 그런 과정을 통해 자네의 정체가 파악될 거네. 재능이야말로 사회적인 거라네."

청년이 코웃음 쳤다. "시건방진 소리하고 자빠졌는데, 그러는 당신은 도대체 정체가 뭐요? 당신이야말로 인간적인 것이 몽땅 빠진 사회적 동물이겠구려?"

변소 수리가 거의 끝났을 무렵 복덕방 주인 장귀동 씨가 얼굴을 디밀었다.

"아직 책 정리는 덜 끝나셨군? 그건 그렇고, 그냥 알려드릴 일이 하나 있어요. 실은 이 건물주인 말이오, 전직 고급 공무원이었다는 그분이 무슨 사고를 만났는지 이 건물을 팔려고 내놓았었거든요. 새 건물주가 나타났어요. 물론 입주자들한테는 아무런 피해도 없을 테니 그 점은 걱정 말아요. 계약서나 다시 작성하는 것으로 끝날 게요. 새 건물주는 충북 어느 농촌에서 독농가 소리 듣는 사람이랍니다. 농협으로부터 농사 자금을 꽤 대부받은 모양인데, 그 돈에 좀 더 보태서 이 건물을 사기로 한 모양이에요. 서울 유학 온 자식들 뒷바라지용으로 말예요. 하기사 농사도 융자받아 엉뚱한 이문 남기는 사업으로 하는 것일 테니, 부농들이 거꾸로 서울에도 침략해 들어오는 게 이상하달 게 없겠지요."

지방에서 상경길에 만나 보고 싶어 그의 집으로 전화를 했다던 후배 문인들이 약도를 들고 찾아온 것이 그 무렵이었다. 이른바 농촌 운동에 관심이 많은 청년들이었고, 기행문 쓸 일이 있어서 그 지방엘 갔다가 도움을 받고 어지간히 술도 퍼마신 그들을 엉뚱한 곳에서 다시 상면하게 되었다.

"이렇게 집필실을 마련하여 마음 놓고 글 쓰고, 책 읽고, 사람 만나고, 필요하다면 잠까지 자면서 작가 생활을 할 수 있다니……. 아, 우리 같은 자들은 언제나 이런 사치를 누려볼 수 있을지……. 글 쓰고, 책 마음대로 읽을 수만 있다면 어떤 일이라도 감수하겠는데 말이에요……."

젊은 시인 이택수가 부러워하였다. 다른 신진 소설가 황경만이

가방으로부터 술병을 꺼냈다. "선생님, 실은 우리가 여관 잠을 자야할 신세인데, 오늘 밤 여기서 묵어 갔으면 싶은데요. 그 대신 우리가 책 정리를 도와드리기로 하구요."

"마침 잘됐네. 간밤에 이곳에 밤손님이 다녀갔지 뭐야? 그래서 이 장소에 익숙해지자면 뜸을 들여야 할라나 부다, 그러니까 오늘 밤은 나 혼자서라도 이곳에서 자야겠다고 생각했는데, 동숙자들이 생겼으니……"

밤이 되었다. 화실 쪽에서는 팝송 음악이 왕창 흘러나왔고, 2층 인삼 찻집에서는 뽕짝 가요가 애상적으로 울려 퍼지고 있었다. '비 오는 날'이라는 네온사인이 건물 외벽으로부터 울긋불긋 명멸하여 그 빛이 이 방에까지 반사되어 들어왔다. 공사장의 금속음은 멎었으나 자동차들의 소음이 기세 좋게 되살아나고 있었다. 서울 구치소는 산의 어둠 속에 깊이 잠겨 있었다. 미장원은 손님이 끊어진 모양이었다. 권태용은 어느덧 술이 취했다. 이 건물 변소는 시멘트가 아직 마르지 않았으므로 사용할 수가 없어 그 바깥으로 나가 뒷골목에 방뇨하고 들어오다가 미장원의 그 심부름하는 소녀를 만났다. 라면이라도 끓여 먹었는지 냄비를 들고 있었다. 반편처럼 그 여자애가 게실게실 웃었다. 글쟁이의 본능이라 할까, 권태용은 살아 있는 문학이 거기에 그렇게 냄비를 들고 서 있는 것을 알아보았다. 아가씨, 우리 사무실에 와요. 내가 커피 한 잔 끓여줄 테니……. 권태용은 말했고 그리고 함께 방으로 들어왔다. 그리고 이것저것 물어보아서 대충 다음과 같은 것들을 알아낼 수 있었다.

나이는 열여섯. 경북 안동 근처 고아원에서 어린 시절을 보내다가 어찌어찌 기차를 타고 있었다는 기억, 기차 안에서 노부부를 만났는데 강원도 삼척 근처의 두메산골에서 감자에 약초 같은 거 심어 먹는 사람들이었다는 것. 고사리손으로 그런 농사일 거들어 열 살 될 무렵까지 지냈다는 것. 그러다가 약초 수집을 하는 사람을 따라 산골을 벗어나서 정거장이 있는 마을로 나왔는데 약초 수집상 과는 헤어지게 되었고 다시 기차에 실려 서울에 오게 되었다는 것. 마장동 시외버스 터미널 근처의 술집 골목에서 지내다가 어찌어찌 이 미장원으로 왔는데 2년 반쯤 되어 간다는 것, 손님들 손톱, 발톱 깎아 주고 머리 감겨 주고 마사지해 주고……. 힘은 들고 화나는 일 도 있으나 그렇게 저렇게 지낸다는 것……. "아저씨, 요새는 남자들 도 미장원에서 머리 깎는 걸요. 잘 깎아드릴 테니 꼭 한번 오셔야 해 요. 그리고 제가 서비스 잘 해드릴게요. 손톱에 바르는 건 매니큐어 라 하구요, 발톱에 바르는 건 페디큐어라고 해요. 그것도 원한다면 발라드릴게요."

"너, 거기서 뭘 하고 있니?" 미용사가 소리를 빽 질렀다. 미용사는 긴장된 태도에 정색을 해 가지고 그의 방으로 들어왔다. 소녀를 윽 박질러 쫓아 버리더니 "저 애는 실상 이런 데 있어서는 안 될 애예요. 불쌍한 애라는 거 선생님도 알아보셨을 거예요. 그러나 저 애를 불 쌍해 해야 할 무슨 그럴 만한 자격이나 이유가 선생님에게 있으시 나요? 얼마 전 이상한 일을 당해서 정신이 좀 이상해지게 되었어요. 그래서 우리는 저 애를 보호하는 게 아니라 감시하고 있답니다. 선 생님은 저 애에 대해서 참견하지 마세요."

그는 이날 하루 여러 사람들을 만나서 여러 일을 겪었지만, 이렇 게 비참해져 보지는 않았다. 유행가를 큰소리로 부르면서 노동자 하나가 계단을 타고 올라오고 있었다. 엉망으로 술이 취한 그는 쌍 소리를 퍼부어 대더니 낭하에다가 방뇨하기 시작했다.

"이봐요, 형씨, 나도 술 한잔 얻어먹읍시다."

화실의 청년이 안으로 들어오면서 책들을 걷어찼다.

"오늘 밤은 이상하게 손님이 없네요." 하면서 나중에는 2층의 인삼 찻집 여주인도 끼어들었다. 그들은 그날 밤새도록 술을 마셨다.

《동서문학》, 1987년 1월호

박테리아

박테리아

여느 때와 마찬가지로 그 시립 병원은 장바닥처럼 여러 종류의 사람들로 들끓고 있었다. 의료진, 원무원, 또는 장기 입원 환자들이라거나 검진을 받고자 찾아 온 병자들에게는 종합 병원이 으레 그처럼 붐비는 곳이겠거니 심상하게 여길 수도 있을 것이다.

하지만 이곳은 그런 환자들만 들락거리는 데가 아니었다. 전혀 다른 용무로 여기에 나타나곤 하는 강구완 씨에게는 이 종합 병원이 아픈 사람들 고쳐 주게 하는 곳이기에 앞서서, 우선적으로는 이 사회의 온갖 질병들을 한 곳에 끌어모아 그 자체로 이 시대의 환부를 이루게 하는 장소인 곳으로만 보였다.

벌써 3년 전의 일이 되는가. 그는 이 병원에 장기 입원을 했던 적이 있었다. 중동으로 노무자 취업차 나갔다가 얻어걸린 병이었다. 온몸이 쑤시고 아픈 것은 고사하고라도 정신이 가물가물하고 그러노라면 발작 증세가 일어나는 것인지. 그는 미치광이가 되어 버리곤 했다. 수분기라곤 없는 열사의 땅에서 함께 고생을 하는 동료들은 그를 도와주려고 애를 썼으나 결국에는 근본적인 치료가 필요하다는 판단을 내리게 되어 그는 회사의 주선으로 고국에 돌아오자마자 이 병원에 입원을 했던 것이었다. 치료비는 노무자 취업 약정에 따라 회사에서 대 주었고, 그리고 약간의 생활 보조비가 나오게 되어 있어서 그나마 다행이었다. 입원 환자의 생활은 답답하고 따분하기 이를 데 없는 것이었다. 여고에 다니는 딸에 중학생인 아들, 그리고 세 군데의 아파트 집으로 파출부 다니는 아내가 번갈아 가며 수발을 들었다. 그렇게 미적미적 환자 노릇을 하고 있을 처지도 아니어서 그는 어서 쾌차하게 되기를 스스로 바랐다. 하지만 간헐적으로 도지곤 하는 발작 증세는 나아질 줄을 몰랐다. 딸과 아들의 발길이 뜸해졌고 아내도 성가신 표정을 짓곤 했다. 머릿속에 한번 어떤 고약한 생각이 일어나기 시작하면 마치 그 자신 악귀에 물린 듯이 걷잡을 수 없게 되어 아내에게마저 행패를 부리곤 하는 일이 생겼기 때문이었다. 따지고 보면 아내는 착한 성품이었음에도 남편 잘못 만나 고생을 이고 지고 불섶에 뛰어든 격이었다. 강구완이 1953년도에 빵빵 군번[1]으로 군대 나가 전쟁의 포연이 사라질락말락 할 그 시절, 연대장님의 운전병이 된 것은 그냥 우연스레 그리된 것이었지 그때에 배운 운전 기술이 그의 일생 동안의 생계 수단이 될 거라고 여겨서는 물론 아니었다. 하기야 교통사고를 만나 그때에도 장기 입원을 했던 적이 있었으니까. 병원이 어떤 특수 사회인가를 알게 된 것도 그런 계기를 통해서이기는 하였다.

이미 그는 50대의 나이가 되어 있었다. 창창하게만 보이던 앞날은 이미 이제 와서 거의 다 지나가 버리고 악령처럼 지나온 세월에 있었던 갖가지 일들이며 원한 같은 것들만 무겁게 그를 타 누르고 있었다. 인생이란 무엇인가. 청춘은 즐거워 따위의 유치한 유행가 자락에 젓가락 두들겨 가며 술 처먹고 고함지르고 하던 것이 엊그

---

1) 학도병.

제 같은데 이제 와서 그에게 남은 것이라곤 망가진 몸뚱이에 독한 가스 풍겨내며 타오르는 연탄불처럼 자글자글 끓어 오르는 대갈통 속의 무지막지한 통증, 이유 없는 반항 따위가 아니라 원인 모를 분노와 그리고 슬픔 같은 것밖에는 없었다.

당신이 병에 걸린 게 아니라 도리어 그 반대인 겁니다. 병이 당신을 사로잡고 있도록 내버려 두고 있달까, 아니 좀 더 심하게 말하자면 병자 노릇을 기묘하게 즐기고 있는 건지도 모르겠소, 하는 따위의 말을 그는 듣게 되었었다. 그렇다면 그가 꾀병을 부리고 있단 말인가, 미칠 노릇이었다. 4개월쯤 지났을 때 일단 그는 퇴원을 했었으나 단칸 셋방에서 아버지를 노골적으로 비난하고 싶어 하는 듯한 자식들의 눈초리 받아가며 자리 보존으로 드러누워 지내는 일은 더욱 미칠 노릇이었고 일주일이 채 못 되어 다시 입원을 했었다. 병세는 더 악화되어 그 자신이 어떤 지랄을 떨며 시간을 보내고 있었는지 흐리멍텅했다. 한 열흘쯤 지나 그는 어느 정도 정신이 맑아져 오는 것을 느끼게 되었다.

침대에 드러누워 보내는 것보다도 환자복 입은 채 병원 안팎을 쏘다니는 시간이 많아지게 되었다. 이런저런 사람들과 말문을 트게 되었고, 여러 환자들과도 어울렸다. 병원 운영이란 참으로 기기묘묘하였다. 청소부 아줌마라든가 경비원들의 빤한 생활상, 영안실에 찾아드는 사람들의 갖가지 사연을 담은 슬픔들, 그런가 하면 죽은 사람들이 입고 있었던 옷가지들을 싼값으로 넘겨받아 세탁을 해서는 고물 시장에 내다 파는 그런 하청업자의 세계, 하여튼 병원이란 특수 사회는 바깥세상의 상식과는 선이 닿지 않는 엉뚱한 삶과 죽음의 논리, 어쩌면 철학 같은 게 있었다.

이 세상 사회는 산업화가 이루어져 있어서 농경 시대와는 달라

별의별 직업이 다 생겨나게 되어 그 직종이 3만여 종 가까이 된다고 하지만, 인간들이야말로 듣도 보도 못하고 꿈도 생각도 해볼 수 없는 갖가지 질병으로 신음을 하고 있었다. 질병의 종류는 과연 몇 가지나 되는 것인가?

그러나 그뿐만이 아니었다. 서울은 세계에서 가장 교통사고가 많이 일어나는 도시라고 하지만, 그 교통사고의 발생 조건이 각각 천양지판으로 다를 수밖에 없었고, 그 치료 과정, 보상 시비, 환자의 가정 환경들이 또한 모두 깍두기 판으로 별달랐다. 환자는 항상 자신이 부당한 처지에 놓인 것으로 느끼게 되기 때문에 불평불만이 많을 수밖에 없었고 그런 쪽에서 따져 본다면 병원의 운영 실태라 할까 질서라 할까 그런 데에 문제가 참으로 많다는 것도 살펴볼 수 있었다. 말하자면 병원이란 그 자체로 병든 사회의 한 축소판인 것처럼 보였다.

강구완 씨는 이리 기웃, 저리 기웃 병원의 안팎을 쏘다니는 가운데 그 자신 마치 소학생처럼 참으로 신통한 공부를 하고 있는 듯하였다. 그리하여 그는 병원 행정에서 서무에 이르기까지, 환자의 생리학에서 보상 문제를 둘러싼 소송 절차와 법률 지식에 이르기까지 만물박사가 되어 버린 셈이었다.

그것은 참으로 묘한 일이었다. 그는 미련퉁이처럼 그 자신의 못생긴 인생만 골똘히 쳐다보느라 아주 음침한 인간이 되어 지랄병에 걸린 것처럼 생각되었다. 이제 바깥세계 쪽으로 시선을 돌려 과연 내 둘레의 남들은 어떻게 살아왔으며 현대에 어찌 잘못되어들 있는가 슬금슬금 살펴보고 있노라니 어느덧 제 아픈 병이 나아져 가는 것을 느낄 수가 있었다. 그것은 어찌 되었든 다행스런 일이라 하겠는데, 그와 더불어 미처 그가 예상하지 아니하였던 나쁜 기질이라 할까 그러한 것이 생겨나게 된 것이었다.

그는 이때에 두 가지 일을 겪었었다. 그 하나는 직접 그 자신과 관련된 것이었다. 치료비는 회사 측에서 대어 주기로 한만큼 아무런 문제가 없는 것으로 알았는데, 거기에 시비가 생겨나게 되었다. 일단 퇴원을 했다가 재입원을 했다는 사실이 문제로 등장했다. 일단 퇴원했을 그때까지의 치료비를 대 주는 것은 당연하나, 재입원을 한 뒤의 것은 책임을 질 수 없다는 것이었다. 일단 퇴원했을 때에 병이 완치된 것으로 간주될 수밖에 없다는 주장이었다. 다른 한 가지 일은 교통사고를 당해 절름발이가 된 어떤 처녀에 관한 것이었다. 그 처녀는 시집도 못 가보고 일평생 병신으로 살아가야 할 운명을 만났다. 자동차 회사는 불우하게 된 그녀의 삶에 나름대로의 의무를 지니게 될 것이었다. 그런데 그 보상비가 터무니없이 낮았다. 처녀가 세상 물성을 모르고 착하기만 하여서 따져보지를 않았기 때문이었다. 병원 안팎을 쏘다니며 여러사람들의 체험담을 들었던 그로서는 순진한 처녀의 문제가 그냥 남의 일 같지 않았다. 사심 없이 그는 처녀의 보상비 문제에 관여를 했고, 그리고 그 자신의 일로 부딪치고 있는 회사 측과의 치료비 문제에 뛰어들었다. 입원 말기에 이르러서는 의사로부터 치료를 받는 일보다도 이런 엉뚱한 일들에 더욱 골몰히 부심하면서 보내게 되었다. 그의 수완 덕이었던지 아니면 사필귀정이라는 문자 속으로 그랬는지 그 두 가지 사건은 그럭저럭 타결을 보게 되었었다.

글쎄. 그 자신 그것을 어찌 설명해 볼 수 있을까. 어느 쪽이냐 하면 이때까지는 그는 이 세상의 선의(善意)를 믿어 왔었다. 우리 사회에 모순이 없는 것이야 아니지만 그럼에도 대부분의 사람들은 착한 마음을 가지고 정직하게 살고자 노력하고 있을 것이라 생각했었다. 그가 가난하고 못사는 것은 남의 탓을 하기에 앞서 그 자신의 푼수 종판 대가리가 옹색하고 꾀죄죄해서 그 정도의 능력밖에 없는 것이리라 체념해 왔었다. 하지만 그렇지만은 않은 듯하였다. 잘은 모르지만 병원에서 살펴본 바로는 사람들이 착함이나 악함으로 판단되는 것이 아니라 힘이 있고 없는 차이로 구분되는 것 같기만 하였다. 그렇다면 어찌해야 힘 있는 인간이 되는 것일까. 옛날이야 사회가 단순하여 주먹과 몸뚱이의 튼튼함을 따졌겠지만, 지금 세상은 머리를 어떻게 잘 굴리느냐에 따라 다르게 되는 것으로 보였다. 말하자면 그는 스스로 이렇게 생각하곤 했다. 딱하기도 하지, 어찌하여 여태껏 그걸 몰랐을까, 참으로 감쪽같이 속으면서 살아온 거 아니냐…….

이제 그는 병원을 떠나야 할 때를 만나게 되었다. 그는 병원을 순례하면서 낯이 익었던 사람들과 작별 인사를 나누었다. 밤에는 숙식을 하는 원무과 직원과 함께(규칙에는 어긋난 짓이었으나) 숙직실에 앉아 소주잔을 나누었다. 밤이 깊었다. 앰뷸런스는 요란한 사이렌 소리를 울리면서 다가들곤 하였고, 마치 고문이라도 벌어지고 있는 것처럼 어느 방에서는 절망에 가득 찬 비명이 울려 퍼지고도 있었다.

"강 선생, 사회에 나가거든 아예 다시 이런 곳으로 들어오지는 마시오." 원무과 직원 박가가 이런 소리를 했다.

취기가 올라서였는지 그 자신 마치 감옥에서 만기 복역을 마치고 출옥하는 자의 심정으로 되어갔다.

"무슨 소리? 기회만 생긴다면 얼마든지 다시 찾아오고 싶은걸."

"그게 말이나 되는 이야기입니까."

웃으면서 박가가 말했다. 강구완 또한 웃었다. 그가 박가에게 말했다.

"이봐요, 박 씨. 이 병원에 있는 동안 내가 무얼 배운 게 있는지 아시오?"

"글쎄요, 무얼까요."

"당신은 의사는 아니지만 병원에 근무한 지 오래되었으니 돌팔이쯤은 되는 게 아니겠소? 당신, 부패라는 게 무언지 어디 설명 좀 해 보구려."

"부패? 원 참, 내가 중학생인가요? 그런 걸 정의 내리게."

"최 간호원은 요령 있게 설명해 주던 걸 그래? 부패란 무엇이냐? 그건 대충 세 가지로 설명된다고 합디다. 첫째로 부패란 유기물이 미생물의 작용에 의해 나쁘게 변하는 현상이라 해요. 즉 생물의 유기 화합물이 세균의 작용으로 불완전 분해를 하면서 각종 악취 풍기는 가스를 발생케 하는 현상이 부패라는 거요."

강구완 씨는 수첩을 꺼내 들고 정말로 시험 준비하는 학생처럼 이렇게 또박또박 읽었다.

"원 참, 아저씨두 별놈의 공부를 다 하셨네. 그래서요?"

"부패가 생기기 쉬운 조건은 세균이 번식하기에 알맞은 온도와 수분이며, 그 과정은 산화, 환원, 가수 분해 등의 화학 변화이다."

"도대체 무엇 때문에 그런 데에 관심을 갖게 되었나요?"

"부패란 이런 현상이라는 것인데, 진짜로 중요한 건 다음의 세 번째 설명이오. 부패는 자연계의 중요 현상의 하나로서, 복잡한 유기물을 단순한 유기물로 변화시켜 물질의 순환에 이바지한다."

"물질의 순환에 이바지한다? 그게 뭐 어떻다는 겁니까?"

"아무렴, 이게 중요한 사실이지. 내가 참 많은 걸 배웠단 말이야."

소주잔을 꺾어 목 안으로 밀어넣은 다음, 강구완 씨는 아무렇게

나 굴러다니는 신문을 집어 들었다. 신문은 망해 나자빠진 어느 재벌 회사의 부패 부정 사건을 까발리느라 한창 야단이었다. 그 회사의 은행 관계, 그리고 관련 상하급 공무원과의 뇌물 독직 사실들이 새로이 밝혀지고 있는 중이었다.

"원 아저씨두 엉뚱하기는? 난 아저씨가 부패, 부패하기에 고름 질질 흘리며 팔다리 썩어가는 병원 환자 이야기인 줄 알았더니, 사회에서 일어나고 있는 부정부패를 말씀하는 거로구만요? 도대체 사회의 그런 부패가, 병리학에서 말하는 부패와 무슨 상관이란 말이죠?"

"이런 답답둥이 같으니라구? 아까 그 설명도 새겨 내지를 못한다는 거야? 부패는 자연계의 중요 현상의 하나로서 복잡한 유기물을 단순한 유기물로 변화시켜 물질의 순환에 이바지한다는 거 말야."

"원 아저씨두, 그러니까 부패가 좋은 거라 이겁니까?"

술잔을 받아 마신 원무과 직원 박가는 그러다가 이상한 눈초리로 강구만 씨를 바라보았다.

"혹시 아저씨 이상한 생각 갖고 있는 거 아뇨? 우리 사회가 마치 부패한 사회이고, 부패에 의해 복잡한 것이 단순한 것으로 변화되어 그걸로 순환을 일으켜 이바지가 이루어진다는……."

박가가 깔깔 웃었다.

"아저씨는 아무튼 이상하고도 재미난 분임에 틀림없어요."

맑은 물에서는 고기가 못 산다는 말이 맞는 것일까? 병원에서 퇴원을 한 뒤로 그는 건강을 되찾기는 하였지만 정작 돈벌이를 구하지 못해 빌빌거려야 하는 세태에 부닥치게 되었다. 나라 전체로 보자면 경제가 좋아지고 있다고 하는데, 그 개인으로서는 더 이상 취직 자리 알아볼 데가 없었다. 하기사 개인택시가 한 2천만 원가량의

프리미엄이라니까, 그 정도 목돈 있다면 무리하지 않으며 운전대 붙잡아 생활비는 벌겠다 싶은데, 바로 그만한 정도의 개인적 경제 발전을 이룩해내기까지가 문제였다. 중동에 갔던 것도 그런 노년 인생길 틔우기 위해서였던 것이지만, 밑도 끝도 없이 병만 얻어걸리고 돈은 도리어 몽땅 놓쳐 버리고 말았었다. 다른 건 몰라도 돈만큼은 맑지 말아야 하는 것인데, 하고 그는 생각했다. 파출부 다니는 마누라 용돈 얻어 쓰기도 이골이 났을 만큼 수중에 무일푼 빤빤 강산으로 맑기만 하니 무엇 하나 제대로 되는 것이 없었다. 세상의 대열에서 그 꼬랑지에도 끼여 붙지 못한다고 느낄수록 맥살이 나는 것과 더불어 심술만 늘어났다.

성깔이 지랄 같은 주인집 여자의 질증 내는 소리 참아 가며 셋방 구석에 숨죽여 지내는 것이 고역인지라 그는 거리로 뛰쳐 나갔으며, 남들이 일 분 동안에 읽어 치우는 신문을 한 시간 두 시간 들여다보았다. 일거리를 구하러 다니는 게 아니라 시간 죽일 수 있는 장소를 찾아내느라 골몰하였다. 어느 날 오후인가는 그냥 발길 닿는 김에 그가 입원해 있었던 시립 병원에를 찾아갔다. 사람의 일이란 참 묘하였다. 그 병원에는 뜻밖에도 그를 반기는 손이 있었다.

"그렇잖아두 아저씨가 있었으면 좋은 의논처가 될 텐데 하구 있었던 참에, 마침 잘 찾아 주셨네요."

다섯 대의 침대가 놓인 입원실에 함께 생활을 하였던 오 씨라는 사람이었다. 허리 디스크 환자인 그의 집안에 또 다른 문제가 발생되어 있는 중이었다. 군인 나간 아들이 군무 수행 중에 부상을 입었다. 화불단행이다 하고 슬픔에 잠겼을 뿐 다른 생각은 하지 않았는데 묘한 브로커가 찾아오더라는 것이었다. 군무 중에 부상을 입은 자에게는 국가에서 보상을 해 주는 제도가 있는 바, 그 수속 절차를 대행해 주겠노라 하는 것이었다. 물론 커미션이 따른다는 이야기였다. 하지만 어찌 그 브로커의 말을 믿을 수 있는가? 마침 강구완 씨도 군대 시절에 교통사고 당해 본 적이 있었다는 말이 생각나서 의논 상대자가 될 수 있었을 텐데, 하고 아쉬워했다는 것이었다. 강구완 씨는 아닌 게 아니라 눈이 번쩍 뜨였다. 어디 한번 주선해 보겠노라고 자청하여 나섰다. 무엇보다도 일거리가 생긴 것이 반가웠다.

그리하여, 그는 관계 요처에 돌아다녔고 오 씨를 만나러 그 시립 병원에 들락거렸다. 그런데 시립 병원에 찾아갈 적마다 그에게 이런 저런 일로 의견을 구하는 사람들이 있었다. 그는 자신이 아는 바는 이야기해 주었으며, 모르는 것은 알아보아 주겠다고 자청하여 나섰다. 차비에 보태 쓰라고 돈을 주는 사람이 생겼다.

태양은 날마다 떠오르고 사건은 예상치 않게 도처에서 일어나고 있었다. 사건 있는 곳에 경찰, 기자가 따라다니고 그리고 브로커에 해결사가 스며들었다.

"이봐요, 강 씨, 이제 그만 작작 드나들라구요."

강구완 씨를 발견한 원무과 직원 박가가 소리를 질렀다. 한참 아래 나이의 인간에게서 엉뚱한 소리를 들은 그는 부아가 나서 한참 동안 말없이 노려보았다. 환자 대기실로 이용되는 1층 복도에는 이 병원에 사기꾼들이 금품을 노리며 유혹의 수작을 붙이고 있으니 현혹되지 말기를 바란다는 안내문이 붙어 있었다.

그는 원무과 직원 박가와 시비를 벌여 봤자 이득 될 것이 없다고 체념한 채 비상구 계단을 올라가기 시작했다. 그 고등학교 학생이 입원해 있는 방은 5층에 있었다. 그 녀석은 물론 불량 학생이었다. 학교에서 골치를 썩이는 녀석이었는데 담임 선생이 훈계를 하자 각목을 집어 들고 욕설을 퍼부으며 대들었다. 학생이 무서워 도리어 교사가 도망질을 치는 일이 벌어졌다. 주위에 다른 교사들이 있었다, 그리하여 그 사고가 벌어졌다. 교사들의 주장은 체벌로 인해서 생긴 것이 아니라 학생 자신의 자해 행위 비슷하게 일어난 일이라 했다. 어찌 되었든 각목에 맞아 왼쪽 다리가 부러졌다는 사실만은 현실로 되어 나타난 것이었다.

입원실에는 학생의 아버지와 누나가 지켜 서 있었다. 볼품없이 늙어 버린, 초라한 행색의 40대 남자였다. 필시 막노동자임이 분명했고, 보나 마나 집안 사정이 엉망일 것이었다. 강구완 씨는 저도 모르게 힘이 솟고 그리고 분노에 가득 찬 표정을 지었다. 선생들이라는 게 학생을 이 지경이 되도록 패다니……, 하고 그가 거위 먹은 목소리로 학생의 아버지에게 위로의 말을 던졌다.

"다 저놈의 자식이 불량스러워 일어난 일인 걸요. 제 나쁜 탓을 해야지 어디 그게 선생님들 나무랄 일입니까?"

학생의 아버지가 힘없는 목소리로 말했다. 학생의 누나가 훌쩍거리며 울기 시작했다. 강구완 씨는 거세게 머리를 흔들었다. 이제부터 이 학생과 그 부친을 위해 나서지 않으면 안 될 일이 있게 될 것이었다.

학생의 아버지가 깜짝 놀라 두 눈을 휘둥그렇게 떴다. 도저히 믿을 수 없다는 표정으로 고개를 저었다. 강구완 씨는 그럴 줄 예견이라도 했다는 것처럼 봉투를 열어서 오려둔 신문 기사들과 유인물들을 끄집어냈다. 1986년 11월 19일 치의 신문들은 다음과 같은 사실을 보도하고 있었다. 서울의 어느 중학교 3학년 재학 중인 학생이 담임 교사의 체벌로 머리를 다쳐 1년 6개월 동안 식물인간으로 지내온 모 학생이 시교위에 낸 손해 배상 청구 소송에 대해 재판부는 1억8천8백21만 원을 지급하라고 판시했다는 내용이었다.

강구완 씨는 거침없이 설명을 해 나갔고 학생의 아버지는 연신 머리를 주억거렸다. 강구완 씨는 득의만면의 미소를 지었고, 그리고 악수를 나누었다. 사람은 애초에는 누구나 다 착하기 마련이었다. 세상 물정을 알아 간다는 것은 사람이 착함으로는 살 수 없으며 악해짐으로써 자기 삶 자리를 획득해 낼 수 있다는 것을 깨달아 가는 과정이 되는 것이었다. 엘리베이터를 타고 내려오면서 그는 스스로 자기를 이러한 인생 교사에 비유하고픈 생각이 들었다. 엘리베이터를 내릴 적에 그는 재수없게도 다시 원무과 직원 박가를 만났다.

"다시는 이 병원에 얼씬거리지도 말라니까. 우리 사회를 부패시키는 박테리아 같은 종자. 당신은 바로 그런 부패분자란 말야."

아무렴 부패란 자연계의 순환에 이바지하는 것인걸, 하고 그는 속으로 중얼거리며 의기양양하게 병원을 벗어났다.

《주간한국》, 1987년 6월 7일

율력 1

율력 1

1.

철도도 고속도로도 지나지 않는 지방 소읍 율촌에 그는 낯선 길손으로 들어왔다. 삼베길쌈으로 승새 좋은 열한 새, 심지어는 열두 새의 세포까지도 짜내는 그런 베틀 할머니를 만나러 그는 농촌 지대를 파들어 갔다가 나오는 길이었다.

시골 버스는 거의 텅 비다시피 운행되고 있었고 땅도 사람들도 주름살이 깊어 보이기만 했다. 한여름의 막바지 더위가 모든 것들을 뜨겁게 달구어서 사방 천지가 모두 샛노란 황토 흙의 빛깔을 뿜어내고 있었다. 며칠 전에는 큰물이 진 적이 있었다 했는데 그 자국이 도처에 남아 있었다.

가우내라는 개천을 껴안고 돌아가는 이 밤실 마을 또한 한쪽 제방이 무너져서 그 복구 사업이 한창이었다. 그는 버스에서 내리는 길로 대처 도시로 나가는 차 시간부터 먼저 알아보았다. 다시 한 차례씩 지방 버스에다가 고속버스를 타야 할 일이 난감하였다. 차 들어올 때는 아직 멀었고 간단히 요기를 한 다음 마을을 한 바퀴 돌았다. 눈에 뜨이는 다방으로 들어가 선풍기 바람에 땀을 말리고 있었다. 다방 또한 한산하기 그지없었는데, 50대의 두 장년 사내가 다방

아가씨 앉히어 놓고 진한 사투리 발라 가며 나누는 대화를 그는 들었다.

"화따메이, 서울서 온 신문에 우리 지방 소식이 나뻤구만이라."

"뭔 일이다요?" 다방 아가씨가 하품을 누르며 건성 묻고 있었다.

"천봉산 남부 지방 폭우. 인명 피해, 침수 사태……."

맞은편에 앉은 베잠방이 사내가 신문을 가로채더니 이렇게 제목을 읽었다.

"제목 참 간단하제잉. 맨 구석쟁이 지방 소식란에 통신사발 단신으루다가……."

"하면이사, 자상하니 소식 전해 주고 있구마잉." 아가씨가 웃었다.

"여그 큰물 진 게 벌쎄로 나흘 전 아인가? 복구 사업이 우짜 돌아가고, 피해 농민들 대책 세워 놓았는지, 그거 수재의연금 걷자는 소리 같은 것이라도 써 놨는가 어디 한번 살펴보소."

"지역적 영향으로 천봉산 남부 지방에 폭우가 쏟아져 등산객 이용천 씨(22. 서울 관악구 봉천동)가 급류에 휩쓸려 실종되고……."

베잠방이 사내가 소리 내어 신문 기사를 읽었다.

"그놈의 구름이 발병이라도 났등가, 천봉산이 하늘을 막아뿌러서 다른 지방은 말짱헌디, 여그만 쏟아부었다 이 말이겠지라? 지역적 영향이라니……, 젊은 기자들 말뽄새가 뜬구름도 못 잡는갑제잉. 지역적 영향이 다 뭔 소리랑가."

"그 뭐냐, 서울 사람들 장발족이라 하드마는, 여그서는 산꺼정두 상고머리로 깎어 주는 게 아니라 빡빡강산으로 아쎄 빡빡 밀어뿐게……."

"그러니 해 보는 말 아닌가. 지역적 영향이라…… 이리 표현해서는 안 되제잉. 산이 성을 냉께로 큰물이 지아뿌렀다……, 이렇게 적어뿐지러 제대로 알리는 게 되제잉."

"암믄, 천봉산이 산이 아니여. 산은 도망가뿔고, 산처럼 생겨 먹은 큰 삼태기에 맨흙 담아서 내뿌러 둔기라. 그러허니 하늘이 병 걸려서 조금만 질금거려도 이 야단이제잉."

"이 사람아 하늘이 어디라고 병 걸리나? 이 정도 장대비 쏟아지는 거야 늘상 있는 거지라. 임자 말처럼 사람 등쌀에 도망가부렀다는 산이 성을 내는 거구마잉. 그 지랄 떨며 쇠가죽 벗겨 먹듯 하는 느그들도 사람인가 함시롱……."

"그나따나 워쩔 것이여? 이러코롬 서울의 신문이 우리 지방 이약을 전해 주고 있응께 우리 그만 고마워해 뿌리기로 하고, 더 이상 입내 풍기는 이약들랑 관두도록 하소."

주위를 흘금거리면서 반소매 셔츠의 사내가 말했다.

"하기사, 전 국민들이 기사 읽고 함께 걱정해 주겠구만이라."

이러면서 두 사람은 허허거리며 웃었다. 이어서 화제를 다른 데로 가져갔다.

다방 아가씨가 신문을 받아서 코를 발름거리며 읽는 체하고 있었다. 새로운 손님이 들어왔다. "어서 오시어요." 다방 아가씨는 고양이처럼 기지개를 켜며 일어나서 탁자 사이를 걷다가 신문을 낯선 손님 앞에 떨구어 주었다.

그는 베틀 할머니를 만나기 위해 이 아침 서울 벗어날 적에 이미 그 신문을 보았었다. 하지만 지방 소식란을 읽은 기억은 없었고 이른바 정치 해설 기사라는 것에 한심해헸던 생각만 떠올랐다. 바로 이쪽 고장으로 내려오면서도 그처럼 지방 소식란에는 무심했었다.

그는 이제 그 기사를 찾아서 읽어 보았는데 아무런 느낌이 없기는 마찬가지였다. 지역적 영향으로 폭우가 쏟아졌다는 사실만 알려 주고 있을 뿐 그로 인해 그 지역 농민들이 어떤 형편에 놓이고, 또 산골, 시골이 어떤 지경이 되어 있는가를 전해 주려는 기사가 아니었기 때문이었다. 공통의 관심사는 없어지고 각자 깍두기판으로 자기만의 이해타산으로 움직거리는 세태가 되었으니…… 하고 생각하다가 말고 그는 신문을 치워 놓았다.

다방으로부터 벗어 나오면서 그는 열려진 창문을 통해 그의 눈높이보다 약간 위쪽으로 차오르는 천봉산을 아득히 바라보았다. 더위를 실어 오는 오후의 햇살을 푸르죽죽하게 집어삼키고 있는 천봉산은 그 모습 자체로 지평선을 넘어 떼밀려 오는 기세등등한 구름덩어리인 듯 보이었다.

사나흘 전에 저 산이 성을 내어 큰물이 졌다는 사실은 이렇게 먼 데서 조망해 보는 것만으로는 어쩐지 믿을 수가 없을 것만 같았다. 그렇다면 다방 안에서 50대 장년 사내들이 과장의 말을 나누었던 것일까. 그럴 리야 없었다. 천봉산이 도망을 쳐 버리고 산의 거죽만 저렇게 남아 있을 뿐이라는 이야기를 그들이 나누던 것을 그는 상기하였다.

그러고 보니 그는 어디선가 그 비슷한 이야기를 들은 적이 있지 않았던가 싶었다. 사람이 싫어서 도망치는 산, 사람을 위하여 걸어 나오는 산…… 그제서야 그는 생각났다. 1960년대 후반에 노환의 병석에서 김광섭 시인이 그 비슷한 시를 썼다고 기억되었다. "산은 사람들과 친하고 싶어서/기슭을 끌고 마을에 들어오다가도/사람 사는 꼴이 어수선하면/달팽이처럼 대가리를 들고 슬슬 기어서/도로 험한 봉우리로 올라간다."

그러자 또 다른 기억이 떠올랐다. 지리산에 관한 기행문을 쓸 일이 있어서 그곳 일대를 돌아다니다가 주민들로부터 듣기도 하고 군지(郡誌) 같은 데서 보기도 하였던 그 고장의 전설들이었다. 전북 장수에도, 전남 남원이나 구례에도, 경남 하동에도 민담으로 전해 오는 이야기들이 있었다. 장차 언젠가는 산이 산으로부터 걸어 나와서 새로운 천지를 열어 주게 하리라는 소리가 태곳적부터 있었다고 하였다. 그때가 되면 눈앞으로 평야가 펼쳐지고 사람들의 마을이 이 산기슭으로 열리어서 낙원이 이루어지리라 했다. 그런데 어느 날 아침 김을 매던 아주머니가(또는 더벅머리 머슴이) 우연찮게도 산이 걸어 나오고 있는 모습을 진짜로 보았다는 것인데, 아무 말도 않고 가만히 있어야 할 것을 "산이 걸어 나온다" 소리를 치니 그만 산이 걸음을 멈추어 우뚝 서 버렸고 아쉽게도 그 꿈이 이루어지지 못하고 깨졌다더라, 하는 그런 이야기들이었다.

그는 다방에서 우연히 귀동냥으로 들은 이야기로부터 엉뚱하게도 지리산 자락의 전설을 기억해 내게 되었다. 그래서였을까, 어째서였을까 그는 순간적으로 엉뚱한 결심을 했다. 그래 천봉산으로 들어가 보자. 그는 나름대로 천봉산을 알고 있었고 그 산자락에 파묻혀서 지내는 사람들의 세계에 섞이어 들었던 적이 있었다. 갑자기 마음이 급해져서 그는 시계를 들여다보았고 오늘 날짜를 꼽아 보았다. 양력 날짜를 통해 음력 날짜가 어찌 되는지 어림해 보기 위해서였는데, 그것은 물론 오늘밤 달이 뜨는지 어떤지 따져 보고 싶어서였다.

그는 과연 천봉산에 몇 번째 들어가 보았던가를 헤아렸다. 처음 이 산에 들었던 것은 1962년이딘가 3년이딘가? 그는 동대천 아래 동주읍에서 망월리라는 데까지 버스를 타고 가서 20리 길을 걸어 망일동이라는 데를 찾아들곤 했었다. 그러니까 천봉산 망일동, 속칭 해바래기 마을을 북쪽 기슭으로부터 파고든 것이었다. 그런데 버스 정류소에 가서 알아보니 놀랍게도 이 처음 와 보는 율촌으로부터 망일동 넘어 지암곡, 속칭 지치바우라 불리는 천봉산 턱밑 마을까지 들어가는 지방 버스가 운행되고 있다는 것이었다. 지난 몇 년 사이에 천봉산을 그 남쪽 산자락으로부터 짓쳐 들어가는 지방 도로 확장 공사가 이루어졌을 뿐 아니라 하루 세 차례씩 완행버스마저 드나들게 된 것이었다. 아마도 산골 사람들 편의를 위해서가 아니라, 천봉산이 도립공원으로 지정되었다더니 등산객을 위한 관광 도로를 이렇게 새로 넓힌 모양이었다. 그가 천봉산에 마지막으로 들렀던 것이 1978년 무렵 해바래기 마을에 살던 박영건 씨의 장례식에 참석하기 위해서였으니 그동안에 강산이 그렇게 변해 버린 것이었다.

2.

천봉산 지암곡행 버스는 가우내 계곡을 거슬러 오르기 시작하였고, 얼마 안 있어 추천(秋川) 마을에 당도하였다. 산자락으로 접어든즉 천봉산 영봉은 도리어 먼저 마중을 나온 듯한 야산들에 가리어 그 모습을 감추었다.

"산이 높으면 골짜기가 깊다는 말, 참으로 내가 실감해 본 일이 있었구나."

박영건 씨의 이야기는 이러한 서두로부터 시작되곤 했었다. 두 명의 장정이 밤길을 걷고 있었다. 여름철도 아니고 가루눈이 하염없이 쌓여 가는 겨울철이었다. 굶주림에 헐떡거리던 1950년대 중후반 무렵, 사람은 물론 산하마저도 부황에 걸렸던 그 세월, 땡전 한 푼 없이 무슨 고령토 광산에서 인부 구한단 말 듣고 찾았다가 허방을 치고 (물론 버스 같은 것은 다니지 않았다) 되돌아 나오다가 길을 잃었고 그리고 밤을 맞았다.

어떻게 헤어지게 되었는지 모르게 길동무도 잃어버리고 말았다. 전쟁 때 허벅지에 파편 맞은 것을 내버려 두어서 먼 길을 걸을 적이면 욱신거려 보행이 처지는 때문이었다. 하늘마저 닫아 놓은 골짜기의 잡목림 속으로부터 빠져나올 수가 없었다. 전쟁터에 끌려다니며 군인 졸자 노릇에 이골이 난 그로서도 도대체 길눈을 틔우지를 못했다. 사방을 분간부터 해 보아야겠다 싶어 도리어 산허리를 기어올라 간신히 어떤 야산 마루턱에 올라서기는 했는데…….

"불빛과 불빛 사이가 그렇게 먼 거 있잖데?"

온 세상의 어둠, 추움, 버려짐, 고픔을 물리쳐 내는 방, 집, 마을이 있다는 그런 신호……, 따스함, 환함, 아늑함을 환약처럼 개어 활인(活人)의 세계를 열어 보이는 그러한 삶의 빛줄기.

"난 내 불빛이 없었지. 얼마나 아득하게 멀리 떨어져 헤매고 있었는지……" 하고 그의 이야기는 감상적인 탄식을 몇 번쯤 보태면서 삼팔따라지의 설움과 엉뚱한 객지에서의 방황을 회상하는 것이었다. 박영건 씨는 그의 어머니한테 이모부가 되는 사람이었다. 아니 이모부였던 사람이었다. 어머니의 이모는 이북에 있다 하였다. 평안남도 순천이 고향으로 그는 십 대 후반의 소년 시절로부터 무엇 하나 제대로 풀린 것이 없었다 했다. 일제 말기의 징병, 북만주의 일본군 생활, 소련군 포로, 사할린 수용소, 바이칼호 부근의 수용소, 그리하여 해방 후의 귀환, 고향에서의 사로청 활동, 소환과 피신, 38선 넘나들기, 6·25에 이리저리 끌려다니기, 이어서 붙잡혀 다니기 등…….

"이병철이레 돈으로 재벌이갔디만, 내레 우리 역사가 겪은 고통으로 재벌이다야. 알겠네 권태용?" 하고 그는 먼 훗날 푸념하곤 했었다.

박영건 씨가 해바래기 마을에 발을 넣었던 것이 1959년이었는데, 실인즉은 그 산골의 전쟁 과부 하나이 그를 품어 준 것이었다. 산골 과부들이 늙은 시어매, 토끼 같은 새끼들 떨쳐 버리고 담봇짐 밤도망질로 도시 식모살이 떠나거나, 공수니 명두니 하는 것으로 신이 지피어 미친년 되거나 그 두 가지 길 이외에는 다른 인생이 없던 시절이라 했다. 그런데 거기에는 장태식 노인을 만난 일로부터 비롯되는 약간의 사연이 있었다. 장태식 노인은 인가로부터 떨어진 산말랭이에 움막을 지어 혼자 살고 있었다. 이곳이 원래 고향은 아니고 저 왜정 시대에(1930년대 후반 무렵이었을 것이다) 온갖 궂은일로 전국을 헤매다가 그만 문둥병에 걸렸다는 것인데, 스스로 터득한 한방 요법으로 약초와 약수 그리고 맑은 공기 찾아 사람들 멀리한 채 제 병을 고치고자 외홀로 그곳에 움막 지어 자리를 잡았다는 것이었다. 자죽이 남기는 하였으나 실제로 그는 병을 고쳤다. 가족들은 산 아래 해바래기 마을로 불러들였으나 그는 천봉산 망일봉으로부터 흘러내리는 자라올 냇물 아래쪽으로 내려가 본 적은 한 번도 없었다 했다. 빨치산 시절, 인공 시절 때도 그랬고 토벌대 시절도 마찬가지였다던데, 워낙 그의 얼굴이 일그러져 있기도 하고 또 도통한 인물이라 소문난 것이 있기도 하여서 그는 기적에 가깝게 해코지를 당하지 않았다. 도리어 몹쓸 병에 걸린 사람들이 은밀히 찾아올 적이면 스스로 처방을 내려서 살려 주는 일이 적지 않게 있었다. 박영건 씨가 추위와 기아로 거의 실신 상태가 되어 산말랭이에 있는 그 장태식 노인의 움막 근처까지 간신히 내려오기는 하였으나 불빛 안으로 찾아들지 못하고 그만 쓰러져 버리고 만 일도 해바래기 마을에서는 두고두고 화젯거리가 되었다. 장태식 노인이 아니었다면 그는 살아나지 못했을 것이라 하였다.

박영건 씨는 장태식 노인에게 무한 치사를 드리고 다시 대처 도시로 떠나갔다는 것인데 그때에 노인의 말이 있었다. "자네가 우연히 이 산에 들어온 기 아니여. 이 산이 자네를 안아 들인 기여, 나중에 알게 될 게라." 박영건 씨가 도시의 불빛, 공장의 불빛 찾아 그 뒤로도 헤매 다녔으나 다시 기진맥진이 되어 천봉산 장태식 노인의 움막에 나타난 것이 그 이 년쯤 뒤였다 했다. "자네가 다시 찾아올 줄을 짐작했구먼, 내도 왜정 시대에 그랬지라. 내 별명이 무어였는지 아는가. 사람들이 나를 보고 바람처럼 떠돈다 해서 장바래미, 그러이까 장바람이라고 불렀지라. 이 산이 이런 장바래미 문둥병 걸린 걸 품 안에 넣어 준 것이여, 그렇지 않음사 내가 우짜 이 산에 들었을랑가? 이제 나뿐 아니라 자네도 그런 경우를 만났구마이."

두 번 다시 밟아 볼 일이라곤 없을 천봉산 골짜기에 박영건 씨가 우연히 발걸음을 찍었다가 장태식 노인의 외가 쪽으로 조카뻘이 되는 전쟁 과부 마천댁과 자리 잡아 살림을 내게 된 사연이었다.

박영건 씨가 그렇게 터를 닦았다는 이야기를 듣고 권태용이 천봉산 망일동, 속칭 해바래기 마을에 처음 찾아들었던 것이 1963년에 틀림없을 것이었다. 그해에 그는 정말이지 앞뒤 꼭 막힌 청춘의 고민으로 전국을 헤매고 있었다. 산 설고 물 설은 곳, 쑥버무리에 송기죽마저 동이 나던 시절, 사월 혁명의 민주주의 외치는 소리가 진동했어도 뒤미처 군인들의 총소리에 눌리어 절량농가의 고리채 문제가 도무지 감감하기만 하던 때였다. 주소 하나만을 달랑 들고 그는 망월리에서 버스에 내려 물 넘고 고개 넘어 이십여 리 길을 걸어서 해바래기 마을로 들어갔는데, 어머니 이모부였던 박영건 씨의 사는 모습에 다만 기막혀 했을 뿐이었다. 참으로 궁핍한 모습이었다. 하지만 박영건 씨는 그 자신 전혀 찰가난에 빠져 있다는 생각은 하지 않는 듯했었다. 이 해바래기 마을에서 평안남도 순천 고향을 되찾아 내고 있을 뿐 아니라 장바래미 장태식 노인으로부터 감화를 받는 바가 있어 나름대로 의뭉스럽게 생각하게 되는 바를 가진 듯했다. 그는 여러 권, 아니 수십 권의 노트를 가지고 있었는데 자서전도 있고, '나의 증언'이라는 것도 있었으며, '해바래기 노래'라는 제목에다가 '망일동 가사'라고 한자로 병기해 놓은 것도 있었다.

"까치산, 달마산으로 뻗어 온 백두대간이 천봉산 영봉으로 솟구치어 별천지를 펼쳐 놓으니 서주(西走)하여서는 천룡봉으로 둘러치고 동주하여서는 산세를 안아 들여 망일봉을 에둘러 딱 호흡을 멈추고 있는지라, 이는 금계포란, 닭이 알을 품고 있는 명당처를 만들어 주기 위함이다. 망일봉이 진산을 이루어 지치바우라 부르는 지암곡이 포개지고 다시 그 재넘이에 한 봉우리를 영글어 놓았으니 한자로는 망일동이라 쓰되 흔히 해바래기라 부르는 곳이 그러하다. 저 밑으로 동대천을 틔우고 동주평야를 활짝 펼치어 동주읍으로 저잣거리를 만드니, 해바래기 마을은 과시 해돋이가 장관이며, 또 백두대간의 정기를 힘껏 잉태받은 천봉산 천룡봉의 초입에 해당하는 길지인지라……."

명당처, 길지라……. 박영건 씨는 도대체 자신의 꾀죄죄한 삶과 이런 풍수가 무슨 관계라도 된다고 믿는 것인지, 한창 젊은 권태용에게 제대로 이해되지 않았던 것은 너무도 당연했다. 삼팔따라지의 설움에 겨워서 노박이로 붙박여 있을 곳을 찾는다는 것이 도시 직장이라거나 시골 농가에도 터를 못 닦아 이런 골짜기에 자리 잡았을 것이니 앙갚음으로나마 풍수를 말하는가 보다 하였다.

박영건 씨는 아마도 산속에서 하룻밤에도 수십 번씩 만리장성을 쌓고 허물고, 공화국들을 세우고 지우고, 그런가 하면 이 하느님, 저 신령님, 온갖 원통한 일로 죽은 원혼들과 모두모두 친하게 지내며 말세의 세상이 끝나서 새 세상 다가오리라는 예감에 젖어 있었던 것이었을까.

　몇 번이나 이 산자락에 들어와 보았을까. 1963년이 처음이었다. 그다음 해 1964년에 한일 굴욕 외교 반대라 해서 소요가 일어나 비상계엄령이 떨어졌고 그는 쫓기는 몸으로 이곳에 두 번째 찾았었다. 세 번째는 1967년경 출판사 외판 수금사원 비슷이 전국을 떠도는 중에 들렀었다. 이때에 그는 박영건 씨의 감화를 많이 받았다. 골짜기 사람들의 무한히 꿈꾸막스런 삶을 알아보았다. 도시에서 벌어지고 있다는 근대화라니 뭐라니 하는 게 이런 골짜기로부터 바라볼 적에 얼마나 잘못 이루어지는 모습으로 비치는가를 깨달았고 그리고 통탄하게 되었다. 네 번째는 1970년 겨울이었다. 대망의 70년대가 바야흐로 시작된다고 선전되던 그 무렵, 골짜기 마을들은 이미 유린되고 괴멸되고 있었다. 하지만 노동자가 분신을 하고 독재의 손아귀가 사람들을 두들겨 패고 감옥으로 쳐넣고 하는 도시에서는 영영 빼앗겨 버리고 만 무엇인가가 이곳에는 있었다. 그렇지만 그는 흔히 하는 말로 '어디 산이라도 들어갔으면' 하는 어이없는 도시 사람의 심정으로써밖에는 그것을 이해하지 못하였으니 참으로 한심한 노릇이었다. 그해 이곳에서 보낸 겨우살이는 박영건 씨가 어떠한 조선 토종일 것인가를 살피게 하였었다. 다섯 번째는 1974년 4월이었을 것이었다. 어떠어떠한 곳에 초대를 받아 극진한 대접을 받고 나온 뒤끝이어서 그는 왜곡된 민족 현실의 그 왜곡화가 미치지 아니하는 현장은 없다는 것을 따져 보게 되었다. 여섯 번째로 찾아왔던 것이 박영건 씨의 부음 소식을 듣고 그 장례식을 보기 위해서였으니 1978년이 맞을 것이었다. 그때에 그는 장바래미 장태식 노인을 만날 수 있었다. 사람을 안아 들이던 산이 사람을 쫓아 버리는구나…… 산이 끊어졌구나……, 하고 노인은 탄식했었다.

그러고 보면 그는 천봉산 기슭을 꽤나 여러 번 들락거린 셈이었다. 고향 타령을 늘어놓는 녀석들, 입으로는 그런 망향가 부르되 실제로는 도시의 얌체로 살아가는 데 이골을 내기 위해서만 건성부렁으로 그러는 녀석들에 대하자면, 그는 삼팔따라지의 설움을 골짜기에서 삭여 냈다던 박영건 씨의 해바래기 마을을 통해 나름대로의 지향처를 세우게 되었는지도 몰랐다. 이 세월의 정처 없고 지향 없는 세태를 해바래기 마을에 기준을 놓아서 관찰해 보곤 한 것이었으니, 그렇게 정신적인 말뚝을 박아 놓았던 것이 아니었던가 했다. 박영건 씨가 죽은 뒤로 마천댁은 시집가기 전인 딸 둘, 사내애 하나와 함께 인근 도시로 나가 온 식구가 모두 나서서 공장살이에 채소장사 등으로 근근이 살아간다 하였다. 해바래기에는 이제 이렇다할 연고가 없게 된 것이지만, 그는 늘상 찾아가 봐야 할 텐데…… 할 텐데…… 미처 못다 한 이야기들이 거기에는 있는 건데…… 하였었다. 이제 그는 일곱 번째로 천봉산에 들어가고 있는 중이었다.

3.

먼지를 담뿍 뒤집어쓰고 거기에 비바람 눈서리에 시달림 받아 원색은 모두 없어지고 만 낡아 빠진 함석집, 초라하고 너저분하고 궁기가 끼인 슬레이트집, 원래는 초가이던 것을 그 초가마저도 걷지 않은 채 그냥 그 위에 붉은색 양기와를 덮씌운 것임을 알 수 있는

토담집, 그리고 통나무를 얽어 벽을 짠 다음 거기에 황토 흙을 이겨 바른 변형된 형태의 귀틀집들이 천봉산으로 들어가는 황톳길의 양쪽에 10여 채 정도 늘어서 있었다. 바로 여기가 망일동, 해바래기 마을이었다. 버스는 원래 저 위쪽 망일산 턱밑의 지암곡, 지치바우를 종점으로 삼고 있으나 큰물이 져서 길이 무너졌기 때문에 당분간 여기가 종착지가 된다는 이야기를 그는 들었다. 승객은 다섯 명이었는데, 한 사람 최칠성 씨만을 빼고는 모두 모를 얼굴들이었다. 이 마을에 그동안 인구 이동이 심했다는 것을 짐작할 만했다.

해는 천봉산 재 너머로 넘어갔고 햇살은 골짜기로부터 거두어져 저 하늘 위쪽으로만 뿜어 올라갔다. 하지만 이 골짜기를 불이라도 내려는 듯한 더위는 아직 머물러 있었다. 황톳길과 나란히 놓인 시냇물(별로 크지도 않았지만 사람들은 '큰내'라고 불렀다)만이 그 모든 갑갑한 분위기를 벗겨 내듯 이리저리 휘어져 흐르고 있었다. 아직 흙탕물이 섞인 것을 보면 벌거숭이가 되어 버린 산의 성냄이 미처 가라앉지를 않은 모양이었다. 물이 차올라 도로변까지 잠식했던 흔적이 그대로 남아 있었으며, 앞산 날망에까지 차오른 다랑이논의 둑이 무너진 곳도 보였다. 장군바위 쪽으로부터 흘러 내려와 큰내에 합류하는 도랑물을 끌어들여 수로를 막아 작은 폭포를 만들어서 그것으로 피대를 돌리는 개량식 물레방앗간이 보였는데, 간판은 '망일정미소'라고 써 붙였다. 벼 80킬로그램 한 가마에 도정료로 두 되를 현물로 받는 저 방앗간 영감 이한복 씨는 아들이 고려대학교에 붙었다고 좋아라 하던 일을 그는 기억했다. 이 골짜기가 행정 지명으로는 천봉면인데, 4천여 인구의 면에서 지난번 그가 들렀을 때까지 세 명의 대학생밖에 배출하지 못했고, 그것도 서울 유학생은 방앗간 아들이 처음이었었다.

"자아, 그러면 일 보드라고. 저녁때건 은지든 우리 집 한번 놀러 오고 말이시" 하며 최칠성 씨가 작별을 고했다. 그는 고개를 끄덕거리며 망일상회 쪽으로 걸어갔다. 이 마을의 유일한 잡화상 가게였는데 그 앞마당 느티나무 아래에는 그 전과 마찬가지로 살평상을 내다 놓았고, 노인 두 명이 장기를 두고 있었다. '삼남여객 망일정류소'라는 팻말이 붙어 있는 것이 예전과 달라진 모습이었다. 망일상회 주인 노계득이 "참 오랜만일씨" 하며 그에게 반가운 체를 하였다.

"버스가 다 들어오고 많이 달라졌네요" 하고 그가 감탄을 했다.

"내년이면 아스팔트 깔려뿐져. 이곳 땅 가진 사람들 모두 부동산 투기로 나섰응께, 자네도 도시 돈 빼돌려 이곳에 투자하소."

"최원달 씨랑 다들 잘 계시지요?" 하고 그가 물었다.

"최원달이? 건달이 되어뿌렀제. 여그 아니 살고 없네."

그는 적이 실망하지 않을 수 없었다. 망일동에 들어올 마음을 먹었던 것은 한밤중의 달빛 바라기도 있었지마는 최원달을 만나서 이야기를 듣고자 했던 생각이 들었기 때문이었다. 최원달은 참으로 음침한 눈을 가진 볼품없는 용모의 50대 남자였다. (하기야 처음 그를 보았을 적에는 30대 청년이었지만.)

자세한 말은 하지 않지만 그는 자기 인생에 남이 알세라 꽁꽁 숨겨 놓은 비밀을 간직하고 있는 사람이었다. 사회에 있을 때 약간의 일이 있어서 이곳에 들어왔노라 하는 이야기를 얼핏 한 적이 있었다. "여기는 사회가 아닌가요? 사회에 있을 때라니……?" 하고 그가 물었을 때 "이곳은 사회 바깥이랑께. 사회에 있을 때 무슨 일이 있었던 사람이 들어오는……" 하고 그는 묘한 말을 할 뿐이었다. 도대체 무슨 일이었는데요, 하고 그가 지나가는 말로 두어 번 재우쳐 물었던 적이 있었으나, "별것 아니여. 자린고비가 꽁꽁 숨겨 놓은 동전 한 닢 같은 거여. 그걸 남에게 보여주겄는가? 밝겨 내고 나면 세상 살맛 없제잉" 하고 웃어 델 따름이었다. "혹시 사람을 해친 일 같은……?" 그가 궁금증이 나서 이렇게 퉁겨 보아도 "그럴지도 모르제잉. 사람이 사람을 상하게 하는 거는, 우선은 자기 자신부터 상하게 하는 일인께……" 하며 눙쳐 잡을 뿐이었다.

아무튼 그는 50년대 말에서 60년대 초의 서울 종로 바닥의 깡패 족보에 관해서는 뚜르르 꿰었다. 감옥에 갔던 일도 있었으며 군인 세상 만나 진짜로 무서운 것이 무엇인지 알아본 적도 있었다 했다. 1963년 한국 자활정착사업 중앙협의회라는 데서 도시 난민과 불량배들을 농촌과 산골로 내쫓을 적에 서울을 떴다 하였고 그리고 이리로 들어왔다는 것만을 짐작할 수 있을 따름이었다.

"나는 내가 무섭드만, 그래서 내가 나를 이러크롬 내쫓아 뿌렀드란 말이시" 하였었다.

담배를 태워 물며 노계득이 천천히 입을 열었다.

"최원달이 우짜 건달 되는가 하면……, 자네도 알다시피 산골 살림이 도시 생활 뺨치게 까다로운 거라고, 길바닥에 돈 뿌려야제, 교육시키는 거 골 빠개지제, 물가 비싸제, 인심 나빠 놓아 사람 행세하자면 인격 유지비 낮출 도리 없제……. 산골 사람 고개가 더 뻣뻣하단 말이시, 사람 건달 되는 거 잠깐이여. 최원달이 빚을 진께, 그깐 감자 고사리 도토리 콩 나락 약초 따우 갖고 장터 찾는 거로는 감당 안 되게 생겼드란 말이제. 빚이 자꾸 살이 찐께로, 조급한 마음으로다가 한꺼번에 우짜 되었든 목돈 마련해 볼 방도를 찾을라고 하는디, 도무지 그런 언턱거리가 있어야 말이지라. 저 우의 개울 자라올에 사금 나온다는 말이 있었단 말이시. 최원달이 글씨 그 사금을 캔다고 덤볐지라. 글씨 서부영화에서 보기는 했지만, 도대체 여

그가 캘리포니아일 거여? 몸부림 칼부림으루다 빚잔치를 대신하는가 싶게 온 마을 한바탕 뒤흔들어 놓더니 바람과 함께 사라져 버렸지라."

망일상회 주인 노계득은 지방 경찰서장을 지낸 당숙의 힘을 빌린 적이 있었다. 이장을 꽤 오랫동안 맡아 보기도 했다. 또 그 당숙에게 권하여 땅을 웬만큼 사 두었고 별장을 겸하여 지치바우 경치좋은 곳에 마련해 놓은 집도 있었다. 천룡사는 옛날에는 아주 컸던 가람이었다는데 6·25 때 작전상 이유로 소각시켜 암자 하나만 남았던 것을 근자에 다시 대웅전 지어 복구시켰다. 백제 시대의 것으로 추정된다는 5층탑이 보물로 지정되어 있기도 했다. 신도 수는 그다지 많지 않지만 관광 대상으로 각광을 받고 있는 중이었다. 1970년대 초에 지역 주민들로 무슨 개발위원회를 구성할 적에 그는 중요한 역할을 맡았고 도립공원으로 지정을 받게 된 데에는 자신의 뛰어다닌 공적도 있다고 자부하고 있었다. 그는 해바래기 마을의 유지 중의 한 사람이었다.

"도시에서 못 견디어 이 산골에 들어왔다가, 이 산골에서 못 견딘다고 다시 도시로 나가고……. 어떻게 된 세월인지" 하고 권태용이 개탄을 하자,

"중앙이고 변두리가 따로 없지라. 돈 있음사 어디든 중심지이고 없음사 변두리에 사는갑시제잉. 나는 때려 죽인대도 서울서는 못 사는 거잉께, 그 시끌시끌하고 숨이 컥컥 막히는 곳에 사는 사람들이 변두리 떨꺼지 같애서 불쌍터라고."

노계득이 이렇게 뻐기었고,

"저 다랑이논들 좀 보세요." 권태용은 앞산을 가리켰다.

"요새는 여그 사람들도 유식하게 층계논이라 부르지 그런 말 안

쓰지야. 힘드는 게 농사고 불쌍한 게 농민이지라."

"돌투성이 산비알을 일구어 저렇게 다랑이논 닦아 놓는 사람들이 언제까지나 못난 놈 대접을 받아야 하는 걸까요?"

"땅두더지, 농투성이 힘으루다 개간을 하는 것이제, 장삿속으루다가는 그 짓 못 허는 기여. 그건 자네 말이 맞소, 농지 개량 사업이다, 수리 안전 시설이다 하는 데 엄청 들어가는 돈을 저런 데에 조금만 대 준다면 훨씬 보람이 있을 것인디, 멀쩡한 농토에 헛돈만 쓰는 일이 없다고는 못 하는 거제. 산골 백성들이 언제 나라 덕으로 사나, 하늘 덕으로 사는 거제."

권태용은 쇠심줄 같은 끈기로 다랑이논을 조금씩 넓히어 가던 이곳 사람들의 그 흙일하던 모습을 떠올렸다. 농부가를 흥얼흥얼하며 언제 일구어질지 모르는 그런 개간에 끈덕지게 매달리는 사람들을 보면서 그는 인간의 역사라는 걸 생각했었다.

"참, 이완득 씨는 잘 지내겠지요?"

이완득은 일 년이고 십 년이고 계속 다랑이논을 조금씩 조금씩 늘려 가고 있던 참으로 근실한 사람이었다.

"완득이? 완득이도 여그서 떠나뿌렸지라."

"아니 어떻게?"

"아버지 어머니 모두 돌아가셨고…… 처자식들은 광주 살고, 완득이는 휭하니 가막소 구경 다녔다지라."

듣는 이야기가 점점 놀라울 뿐이었다. 다른 사람이라면 몰라도 이완득은 천생 농민이었고, 그리고 결코 땅을 떠날 사람으로는 보이지 않았었다. 그 집안은 또 그렇게 박살이 나고 말았는가. 그는 노계득이 늘어놓는 말을 흘려들으면서 지난 일들을 떠올려 보고 있었다.

"해바래기에는 내가 알던 사람이 거의 없게 되었군요. 그야말로 거수자로 보이게 생겼네."

"자네가 거수자란 말을 알다니, 진짜로 거동수상자 신고를 당해 본 모양이로세. 바로 우리 상회가 '거수자 신고소'를 겸하고 있응께, 그 점은 안심해도 쓸 것이여. 우짤까, 우리 쏜 쇠주 한잔해야 쓰 겠는디, 가만있자 지금 몇 시가 되어뿌렀나."

노계득은 시계를 들여다보았고, 그는 손을 내저었다. 마을을 한 바퀴 돌아보기 위해 그는 발걸음을 떼었다.

4.

오후가 착실히 늦었는데 사람 그림자라곤 찾아볼 수도 없었다. 청량한 것은 여전히 개울물 소리뿐이었고 포근한 것은 산 그림자 를 길게 드리운 주위의 올망졸망한 연봉들이었다. 그는 큰내를 따 라서 자라올 쪽으로 올라가기 시작했다. 버스가 들어오면서부터였 겠지만 포장은 안 되었다 해도 길이 넓혀져 있었고, 새로 들어찬 집 들도 보였다. 그런데 놀랍게도 망일옥이라는 옥호를 붙인 집도 보 였다. 도대체 저 음식점(술집?)이 이런 곳에서 과연 장사가 될까. 행 정 지명으로 천봉면 망일1리에 속하는 자연부락 해바래기 마을은 개울 너머 밤재 쪽과 자재암이라는 암자 가는 쪽에 두어 채씩 흩어 진 집들을 모두 합해 본다 해도 50여 호가 될까 말까 한데 이런 주 민들을 상대로 해서 차린 업소는 아닐 것이었다. 아마도 관광객이 몰려들 것을 예상해서 미리 자리를 잡아 놓는 세음을 내는 것이 아 닐까 싶었다.

"안녕하제라우." 갓난애를 들쳐 업은 웬 아주머니가 산두밭에서 그를 굽어보며 알은체를 내었다. 1964년, 그가 두어 달가량 이곳에 들어와 지낼 적에 은근히 그를 사모했다던 아가씨가 이제는 폭삭 늙은 중년 부인이 되어 있었다. 이름이 이순실이었던가?

"오랜만입니다." 그는 밭두둑 위로 올라섰다.

"반갑네요잉. 서울 높은 데 사는 분이 여그를 이렇게…… 워쩐 일이다요?"

"이 근방에 온 참에 아는 분들 얼굴이나 보려고 들렀어요. 많이들 떠나 버리고 낯익은 이들이 없게 되었네요. 최원달 씨도 안 보이고 이완득이도 나갔다 하고……."

"나랑 영구 아배는 이러코롬 붙어 있제라우" 하면서 그 여자가 웃었다. "영구 아배 좀 있으면 나려올 것인디, 만나 보씨소, 산에를 들어갔는디……. 이제 산에 들어간 사람들 돌아올 때가 돼 가는갑소잉, 나는 젖아그 땜에 빠졌지만……."

"산에 들어간 사람들이라면…… 산에 무슨 일이 있습니까?"

"울력 다니제라우. 요 이삼 일째."

"울력? 아…… 큰물이 졌다더니 길이라도 닦는가 부지요?"

"그게 아니고, 도로 공사 인부들은 따로 들어와 있제라우. 그런 일자리는 이 마을 사람들에게는 돌아오지를 안 허고요잉, 뭣이냐 광주 지방 국토관리청에서 부림실업이라는 건설 회사에 하청을 주어서 그 회사 노동자들이 삼륜차에 연장 실어 가지고 공사한다요. 우리 집에서 노동자 두 명이 민박을 하고 있응께 내가 그런 사정을 알어뿌렀지요."

"그렇다면 울력이라는 게…… 산에 무슨 울력질이……."

"말하기 징한 일이 있고만이라. 차차 알게 될 것인께……. 하여튼 이 마을이 요사이 난리제라우" 하면서 그 여자는 게실게실 웃었다.

"아이 어른 할머니 할아버지 할 것 없이 모두 산에들 들어가느라구, 산이 발칵 뒤집혀지고 있고만이라……."

과연 천봉산에 무슨 일이 벌어지고 있다는 것인가. 사람들이 왜 산에 들어갔으며, 지금 세상에 무슨 울력질 다닐 일이 있다는 것인 지……. 그는 더욱 궁금해했으나 이순실은 게실게실 웃어 대기만 할 뿐 자기 입으로 털어놓으려 하지를 않았다. 무슨 언짢은 사정이 라도 있는 것일까,

5.

그는 자라울 쪽으로 더 올라갔다. 박영건 씨의 부인 마천댁이 산 짓당(山祭堂)으로 삼았던 바위굴에는 지금도 여전히 치성을 드리 는 이가 있었다. 울긋불긋한 천을 달아 놓았고 새끼줄을 솟대처럼 쳐 놓기도 하였는데 할머니 한 명이 쭈그리고 앉아 두 손을 비비고 있었다. 그 할머니가 인기척을 듣고 뒤를 돌아다보았다.

"아이고, 이기 누구랑가? 죽은 박영건이네 집에 찾아오던 서울 학생 아닌개비여? 하기사 지금은 학생이 아니겠지만……."

그 할머니가 그를 알아보았고, 그는 이완득 옆집에 살던 이할머 니를 알아보았다. 아마 칠십 세가 넘었을 것이었다. 아들 형제와 딸 하나가 있었다. 그들도 40대 초반에서 30대 중반의 나이들이 되었 을 것이었다. 이할머니 연배의 여자들은 모지락스러운 삶을 살아와 서 이제 여생이 얼마 남지 않았음을 깨닫게 되어 더욱 산신령에게 치성을 드리고 있는 것일까.

권태용은 이할머니에게 인사를 했고, 그리고 촛불을 켜 놓은 당 앞으로 나아가서 절을 드렸다. 산신령을 믿건 않건 그는 이렇게 절

을 드리는 것이 기분에 나쁘지는 않았다. 그는 할머니 곁에 쭈그려 앉아 담배를 권했다. 이할머니는 젊어 과부된 뒤로 담배 태우는 것을 낙으로 삼고 있다는 것을 그는 알고 있었다.

"나헌티 담배 피워 보라 주는 사람두 흔치 않게 되어 뿌렀지야" 하면서 할머니는 맛나게 담배 연기를 빨아들였다. "아들내미 딸내미 모두 도시 가뿔고 나 혼자 이러코롬 지내고 있응께, 이기 고려장치는 거나 매한가지로 외로워서 못 견디겠구마잉" 하고 할머니가 탄식을 하였다.

"그럼, 아드님 따라 도시로 들어가지 않으시구요?"

"그런 소리 듣기 싫네잉. 사는 날꺼정 살다가 가는 거지 내가 여길 떠서 어디에를 가겠단 말이시."

"할머니 집 마당의 고욤나무는 요새두 열매 많이 열려요?"

"아, 그 나무? 하면이사, 많이 열리고 말고, 열리기는 많이 열리는 디 그걸 따내는 손두 없으잉께, 다 소용없지라. 손주놈의 자석들 내려와서 따등가 해야제, 내가 나무를 올라가겠나, 그냥 까치들 밥으로 내뿌러 두제잉."

고욤나무가 한바탕 풍부한 화젯거리를 제공해 주었다.

"그런데 참, 이완득이는 어떻게 해서 여기를 떴나요?"

"이완득이? 망해서 나갔지라. 저 산말랭이가 도립공원 되야뿐다고 사람들이 제정신들이 아닌개비여, 옛날 사람들이사 마음에 안 좋은 일 있으면 서루 주먹질 한번으루다 기분을 풀고 언짢은 거 잊어 먹구 마는 것인디, 요새는 그 뭐라냐, 소송이라나, 재판으로 다오너라 가너라 오장육보를 빡빡 긁게 해가지고 진을 빼놓는갑시러. 이완득이 그런 소송 싸움에 져뿌러서 여그를 떴지라."

"도대체 무슨 소송 걸 일이 있었나요?"

"도립공원 되야뿐다고 완득이 땅이 그 뭐라냐 공원 땅이 되어 땅금이 엄청 부풀어 올랐는디 그걸 망일상회 주인이 샀지라. 그런디 다른 사람을 내세워 지가 사는 기 아닌맨코롬 했던 것을 완득이가 나중에사 알고는 안 팔아묵겄다 하다가 소송이 붙어가지고⋯⋯. 그런디 완득이가 실수를 했제. 약이 올라뿐께 계약한 일 없다, 돈 받은 일 없다 거짓뿌렁이 말을 했다가 그게 뭐라냐, 사기라등가 그런데 해당이 된다고⋯⋯ 그럴 사람이 아니었는디, 사람이 인심 놓치고서는 이런 산마을 못 붙어나제잉."

그런 일이 다 있었던가? 그 어렁무던하게 순박하기만 하던 이완득에게⋯⋯ 그는 할머니에게 담배를 갑째로 쥐여 준 뒤에 산짓당으로부터 벗어났다.

그는 자라올을 지났다. 최원달이 사금 캐서 목돈 만지겠다고 하다가 도리어 제 살림 뿌리를 뽑아 버리게 되었다는 자라올은 예나 지금이나 한결같이 굽이굽이 휘어 도는 아름다운 계류의 풍치를 보여주고 있었다. 경치가 밥 먹여 준다더냐, 하는 말도 있지만 이제는 저 경치가 뭔가를 보여 주게 될지도 몰랐다. 텐트를 쳐 놓고 있는 남녀 섞인 젊은 패거리들이 기타를 뜯고 있었다.

이완득이 살던 집은 자라올에서 백여 미터쯤 올라간 언덕배기에 있었다. 지금 저 집에는 누가 살고 있을까. 아마 빈집이기 십상이겠지. 1964년, 계엄령이 내려진 서울에서 벗어나 이곳에 들어왔을 때 그는 이완득의 집에서 거처했었다. 대학생인 그를 혹시 뒤쫓아 올 자가 있을까 하여 박영건 씨 집에 머물지를 않았었다.

그 당시 이완득은 열일곱 살이었다. 그 나이에 그는 이미 결혼을 하여 아내가 있었다. 임명순이는 열여섯이었고 두 살짜리 딸까지 하나 낳아 놓았었다. 결혼은 3년 전에 했다고 했다. 해소병에 걸려

골골거리는 그의 부친 이필세는 마흔아홉이었고, 어머니 월천댁은 쉰두 살이었다. 이완득의 아버지 이필세는 스물 몇 살 나던 청년 시절에 경찰서에 붙들려 간 적이 있었는데, 어찌나 두들겨 맞았는지 그만 골병에 걸려서 시름시름 앓아누웠다. 이필세는 서른 살이 훨씬 넘어서 외아들로 이완득을 두게 되었지만, 그 자신이 병자 노릇으로 벅차는지라 집안 식구들만을 달달 들볶아 가며 살아온 사람이었다. 아들은 국민학교 구경도 못한 채 어릴 적부터 온갖 궂은 일에 매달려야 했다. 아비의 자식 단속이 심해서 그야말로 머슴이며 종처럼 자랐다. 외아들을 옴짝달싹 못 하도록 얽어매어 마소처럼 부리면서도 이런 처지에 딴마음을 먹지 못하도록 그런 교육에만 열을 내었다. 열네 살짜리 철부지 완득에게 열세 살짜리 코흘리개 명순이를 짝지어 준 것도 아들 단속을 위한 방편이었다. 명순이는 완득이와 결혼이라는 걸 하기도 훨씬 전에, 그러니까 열 살 나이 때에 민며느리감으로 이 집에를 들어왔다. 말이 좋아 민며느리감이지 실제로는 계집종이나 다름없었다. 명순이 아비는 전쟁 때에 죽었고, 그 어미는 그의 나이 일곱 살일 적에 혼자 도망을 가 버렸다. 마을의 천덕꾸러기로 이 집 저 집으로 굴러다니던 명순이를 주워 왔을 적에 벌써 외아들 녀석 옭아 넣을 미끼를 그 아비는 구해 놓은 셈이었다.

그 당시 열일곱 나이의 이완득이 이 세상에서 가장 싫어하고 미워하는 것이 저보다 한 살 적은 제 아내 명순이었다. 걸핏하면 두들겨 대고 별로 잘못한 것이 아닌 일에도 눈알을 부라리고 악다구니를 늘어놓았다. 골골거리며 앓아누운 시아비는 며느리 역성을 드는 체했는데, 다름 아니라 아들 녀석의 마음을 붙잡아 두기 위해서였다. 그럴 무렵 권태용이 이 집에서 두어 달을 묵었으니, 이 집 식구들이 모두들 집안 대소사에 의견을 물어 왔다.

1970년에 권태용이 다시 들어와 보니 이완득은 군대에 나갔다가 제대한 참이었고 그의 아비 이필세는 반년쯤 전에 작고했다 하였다. 영감은 눈을 감으면서 "아이구 아까워라, 이제부텀은 호강을 하게 되는 것인디……" 했다고 하였다. 이완득은 아직 일 년 상을 치르는 중이었는데 전혀 서러워하는 기색이 없었다. 도리어 그 반대였다.

"군대에 말뚝을 박으려 했어라. 들들 볶는 아부지와 꼴도 보기 싫은 마누라의 손타구니에서 벗어나는 길이 그것뿐이라 생각했지라우. 그란디 제대 만기 이틀 전에 부친사망급래 전보가 왔더만요. 그래 인생 계획을 변경시키기로 했어라. 가만 따져 보니 아부지 땀시로 내가 어린 마누라 구박을 너무 많이 했든가 부다, 하고 저 밉상겨집 인생이 불쌍터만요."

70년대의 해바래기 마을에서 이완득은 부부 금슬이 좋기로 소문 났지만 동시에 불효자로 명호가 나 있기도 하였다. 제 어미를 구박해 대는데 그것이 보통이 아니었다. 제삿밥 먹은 개 욱치듯 나가 살든지 어서 죽든지 하나를 택하라고 걸핏하면 행악을 부린다는 소문이었다. 그래 월천댁이 천룡봉의 너럭바위 하나를 미륵바위로 삼아 산에서 지내는 날들이 많아졌다. 관광객의 발길이 잦아지자 때로는 치성을 드려 달라고 쌀값깨나 내놓는 부인들도 있게 되었다. 그런가 하면 진짜로 월천댁이 산신의 영험을 받았다는 소문도 나서 그를 불러다가 액막이인지 안택굿인지를 하는 집들도 있었다. 아들의 불효 덕분에 그 어미가 미륵보살이 되었다고 동네에서는 신통해하였다. 이렇게 되자 이완득이 또한 제 어미 자랑을 하곤 하였으니 될성부른 집안은 다르다고 골짜기 사람들이 입방아를 찧었다.

이완득은 힘이 장사였다. 그는 남들보다 더 높은 산, 더 깊은 골짜기를 파고들어 돈이 될 만한 것이면 더덕이든 취, 버섯이든 당귀 작약 만삼이든 가리지 않고 뜯어 왔고, 또 자갈투성이 산비알을 높은 두둑으로 닦아 야금야금 다랑이논을 늘려 갔다. 1974년에 권태용이 다시 들어왔을 때 이완득은 새로 집도 고치어 늘렸고 또 살림 부는 재미에 느꺼워하였다.

"내가 우리 아부지한티 들은 말이 있지라. 사람들이 흔히들 개땅쇠, 개땅쇠 해 쌓는디, 이기 무슨 말인지 아시게라? 나는 본 적도 없지마는 우리 할아부지가 바로 그런 개땅쇠였다는 것인디……. 그러이꺼네 우리 고향을 굳이 따진다면 전라남도 고흥이 될 게라 합디여. 개— 땅— 쇠라는 게 남도 바닷가의 갯벌, 그 갯벌의 땅을 간척으로다 일구어서 제 농토 만들라고 하는 그런 마당쇠, 밤쇠 따우들, 사람대접도 못 받던 인간들을 가리키는 말이라 그러등만요. 온갖 천대받으며 갯벌 땅에 매달린 밤쇠, 마당쇠, 그 개땅쇠들이 오죽했겠으라? 그란디, 갯벌 땅을 농사지을 만한 옥답으로 일구어 놓응께 그 개땅쇠들이 근실한 농민들로 되야뿔렀는가 하면 그게 그러코롬 되지 못했다는구만이라. 빚이야 무어야 배운 놈들, 돈 가진 놈, 왜놈에 지주에 그런 것들이 모두 빼앗아가뿔고, 개땅쇠는 여전 개땅쇠 신세 못 벗어났더라 하등만요. 그렇게 우리 할아부지 몹쓸 세상 사다 가뿔고, 우리 아부지 골병들어 자리보전으로 평생 누워 지내다 가뿔고, 이제 내 차례가 왔는디, 나는 이 세상에서 무엇이게라? 봐허니 내가 사는 이 세상두 여전 내게는 틀려 버린 세상이지라. 내 아들놈 자석대에 가면 달라져뿔까. 그것두 틀린 것이여. 자석두 제대로 가라쳐야 자석이제, 이런 산골에 엎드려서 무슨 구실 하겠어라."

이완득은 산비알 깎아 다랑이논 일구어 가면서 이렇게 그 자신

개땅쇠라는 걸 생각해 보곤 한다는 것이었다. 그런 이완득이가 해바래기에서 떠났다니 대처 도시에서 지금은 무슨 생각을 하고 있는 중일까.

골짜기로 이내가 끼어 오고 있었고 어둠이 내리기 시작하였다. 물 흐르는 소리가 더욱 유장해졌다. 산으로 들어갔던 사람들이 떼를 지어 내려오고 있었다.

6.

온 동네 사람들이 모두들 산으로 들어가다시피 했다는 이순실의 말이 맞는 게 틀림없었다. 권태용은 역사책에 나오는 사진을 연상했다. 곡괭이에 삽 또는 구식총 같은 것들을 어깨에 메고 또는 손에 들고 초라한 입성으로 우두망찰 서 있는 의병들의 모습을 찍은 사진…….

그런 모습으로 해바래기 마을 사람들이 산에서 내려오고들 있었다. 지게에 비닐포대를 얹어 놓은 사람, 꼴망태를 머리에 인 할머니, 배낭이라 하기보다는 륙색 비슷한 것을 메고 있는 사내, 시멘트 포대를 든 장정, 어깨에 거는 비닐가방을 덜렁거리고 있는 처녀 등, 입성은 달라도 무엇인가를 담아낼 것들을 가진 사람들이 지치고 허기진 모습으로 땅거미가 내리고 있는 서덜길을 밀려 내려오고들 있었다.

"이기 누구제라? 태용 씨 아니던가비? 아이고 이 사람 반갑구마이. 은제 들어오셨는가?"

"그보다두 이렇게 온 마을 사람들이 어디를 다녀오는 겁니까?"

권태용은 오글조글 만경 파도 같은 주름살이 지기 시작하는 임백수 씨와 보행을 맞추면서 그가 궁금해하던 것부터 되물었다.

"어저끼, 그저끼부터 해바래기 마을이 다시 빨치산 시절, 6·25 인공 시절처럼 되야뿌랐제" 하면서 임백수 씨가 허허거리며 웃었다.

"그게 도대체 무슨 소립니까?"

"하이고 태용 씨, 나하고도 얼굴 맞대 아는 척해야 쓰겠네. 나 장판두일세. 나 알아보갔는가? 태용 씨는 여전허네잉. 마 잘 왔소. 나랑 망일옥 가서 술 한잔허소. 할 이야기도 있고,"

장판두가 또한 보행을 맞추어 왔다. 그들은 행군하듯 걸어갔다.

"이보드라고. 여그 태용 씨헌티 설명 좀 자네가 해 주게, 우리 해바래기 마을이 다시 빨치산 시절처럼 되어 다 헌께, 뭔 일이다냐고 이 사람 묻느마잉."

여전히 허허거리며 임백수 씨가 권태용과 장판두를 번갈아 바라보았다.

"나는 그 시절 잘은 모르제마는, 아매두 마을 사람들이 떼 지어 산에를 들어가곤 했던 거는 그 비슷하제라. 짐을 져 나르고 울력질 나서는 것이……."

"도대체 산으로 무슨 짐을 져 나른다는 것이고, 울력질이라니 산에 무슨……?"

"짐작 안 가거등 모르는 대로 마 한창 궁금해하소. 내가 망일옥 들어가 순천집이 고 예쁜 손으루다 따라 주는 쐬주 한 잔 딸깍해 버려야 말해 줄 텡께, 지금은 그런 말할 기운도 기분도 아니제라."

장판두는 침을 꿀꺽 삼키며 몹시 목마르고 배고프다는 시늉을 해 보였다.

어허러 널럴거리고 상사디여, 하고 누군가가 콧노래로 흥얼거리고 있었다.

꼭 패잔병 같거나 끌려가는 포로들 같은 그들 마을 사람들은 마치 마지막으로 남아 있는 기력을 모두 길바닥에 쏟아 버려야 집에 당도하게 될 것처럼, 그렇게 걷는 일에 힘을 먹이고 있었다. 지치기는 했으나 어두운 표정들은 아니었다.

그들이 망일상회 앞에 왔을 적에는 어둠이 더 짙어져 있었다. 막차 버스가 마악 들어온 참이었다. 노계득은 망일상회 주인으로서가 아니라 삼남여객 망일정류소 관리인으로 버스 서 있는 곳에 나와 있었다. 도시로부터 온 것에 틀림없는 등산복 차림의 사내 세 명이 노계득과 시비를 벌이고 있었다.

"이 버스 종점이 지암곡 지치바우가 맞지요?" 등산객 하나가 말했다.

"우리는 지암곡까지 표를 끊었다 이거예요." 다른 등산객이 말했다.

"하지만 큰물이 져서 길이 끊겨 못 들어가는 걸 우짠다요?" 노계득이 생글생글 웃어 가며 등산객들을 바라보았다.

"그렇다면 이야기를 해 줘야 할 거 아닙니까? 매표소에서는 그런 말 안 해 줬구 차장 아가씨도 암말 없었어요. 날이 저물었으니 우리가 천상 오도 가도 못 하게 되었는데……."

"이 마을도 민박 치는 집 많으잉께 그런 염려일랑은……."

"우리 이야기는 그게 아니라, 당신들 잘못으로 계획에 차질이 생겨서 우리가 도중하차해 버린 꼴이 되었는데 이에 대한 책임 소재가 어찌 되느냐 하는 겁니다."

"책임 소재라니…… 허 그거 참 국회라등가 하는 데서 그런 거 따진다는 말 신문에서 보기는 했어라두, 책임 소재라…… 이들 보씨요, 그런 걸 따질라거든 저 하늘에 대고 햐 보씨소. 우짜 큰물 지도록 하여 길 끊어뿌렸나 하고……. 안 그렇소, 여러분……."

노계득이 빙 둘러서서 구경하고 있던 마을 사람들을 돌아보았고 약속이나 한 듯이 모두들 와아 하고 웃었다.

"싸가지 없는 도시 것들이라, 으이구 이 가슴이 썩어뿐져" 하고 장판두가 제 가슴을 팍팍 쳤다. "시거든 떫지나 말지, 저 등산쟁이 허고 수석이라나 뭐라나 줏으러 댕기는 돌쟁이들 안 보이는 데 가서 살았으믄사, 눈이나 안 버리제잉."

"버스 회사도 잘못 있는 거 아니요? 길이 막혀 지암곡까지는 못 들어가니 망일동 표를 끊으라 일러 줬어야지."

"허기사 당신도 도시 것이라 역성을 드누마잉. 우리게는 버스가 이러코롬 댕겨 준다는 기 고마워서 따지고 하는 일 전혀 모르제잉. 알겠소? 저 등산쟁이, 돌쟁이들이 시시콜콜 따져뿐께, 그 따져 버릇 하는 기 마을 사람들헌티 옮아 와서 모두를 마음쩡 쓰는 기 개미 오줌 같아진 것이란 말이시. 사람이 참맬로 화딱지 울뚝 밸 올릴 일이란 그런 게 아니지라."

그들은 망일옥이라는 옥호를 붙여 놓은 집 앞에 당도했다.

"나는 여기서 저녁 먹고 그리고 술 한잔하고 있을 테니 장 형, 당신은 집에 들러 몸도 씻고 저녁도 들고 그러고 나서 이리로 오세요" 하고 권태용이 말했다.

"우쨌으면 쓸까. 마 그럭허기로 하소. 우리 집 가 저녁 들자 해도 당신이 귀치않다 할낑께, 내가 핑하니 집 들렀다 나오는 게 낫겠구 마잉."

장판두는 륙색을 얹은 지게를 진 채 집으로 돌아갔고 권태용은 고양이 세수하듯 할 겸 개울 쪽으로 내려갔다.

큰내에는 사람 기척이란 없었고 간혹 풀벌레 소리가 났다. 산비

둘기가 그다지 멀지 않은 데에서 흐느끼는 듯 울었다. 야산(夜山)의 선이 참으로 육감적이었다. 산은 어둠을 파묻고 있었으나 그 어둠에서는 윤이 났다. 개울물 흐르는 소리는 그 자세로 고요함의 한 요소로 녹아 버리고 있는 듯하였다. 그는 주저 없이 옷을 벗어 발가숭이가 되어 물속으로 들어갔다. 너무도 차가운 물이 그의 온몸을 조여 와서 그는 엉뚱한 성감마저 느꼈다. 그러나 그대로 물속에서 가만히 있었다. 그는 눈을 감고 가만히 호흡을 멈추었다.

그렇게 얼마나 시간이 지났을까, 불기둥이 개울을 훑더니 소음과 함께 덩치 큰 차 하나가 개울로 내려왔다. 사람들이 내려섰고 그들 중 일부는 웃옷을 벗어 세수를 했고 또 어떤 자는 헤드라이트를 켜 놓은 차체에 바케쓰 물을 끼얹었다. 광주 지방 국토관리청에서 도로 공사 하청을 주었다더니 그 시공 건설 회사의 노동자들이 돌아온 모양이었다. 빌어먹을, 씨부럴 따위의 허텅지거리 욕설을 뱉어 내면서 그들은 무슨 일인가로 두덜거리더니 노래를 불렀다. 노동자로 태어나서 할 일도 많다만…… 천봉산 골짜기엔 할 일도 없당께.

더 이상 개울물 속에서 배겨 내는 재간이 없어 그는 인기척을 내며 일어섰다. 노동자들이 기분 나빠하는 것을 모른 체하면서 주섬주섬 옷을 주워 입고 다시 방죽 위로 올라섰다. 바야흐로 산골 마을의 밤풍경이 전개되고 있었다. 망일상회 앞마당 느티나무 아래 살평상에는 저녁 식사를 마친 노인들이 모여들어 장기를 두고 있었다. 아이들과 젊은 축의 녀석들은 버스 서 있는 근처에서 놀고들 있었다. 망일옥 쪽으로 장정들의 발길이 다가들고 있었다. 언뜻 보았을 적과는 달리 망일옥은 성업 중인 모양이었다.

이 산골 마을의 약간은 이상한 풍속을 그는 알아보았다. 나이 많은 이들은 살평상에 모여들고 어린것들은 버스 있는 공터 쪽으로,

그리고 한창 사회생활에 부대끼고 있으되 실제로 이 동네를 이끌어 나갈 3, 40대 사내들은 망일옥을 중심으로 해서 저녁 한때를 보내고 있는 모양이었다. 다만 여자들은, 나이가 어찌 되든 상관없이 바깥출입을 않은 채 방 안에 틀어박혀들 있을 것이었다.

7.

망일옥 주모 순천집은 하루 종일 서성거려야 하고 늘상 손에 물을 적신 채 하는 일 없이 경중거려야 했다. 망일옥이 이 마을의 사랑방 비슷한 역할을 맡아 하기 때문이었다. 해가 떨어지면 반상회라도 열듯 마을 장정들이 몰려들지만 새벽 식전이라거나 한낮에도 오다가다 괜히 궁금해진 사람들이 막걸리 한 사발씩 입가심을 하려고 들라당날라당거렸다. 자연 노계득의 망일상회 수입이 떨어지니 좀 서먹한 사이가 되어 버렸다 하겠지만, 그것은 실정을 모르는 사람들 눈에 그렇게 비치는 것일 뿐이었다. 망일옥과 주모 순천집은 실제에 있어 노계득이 뒷돈을 대어 이렇게 해바래기에 들여앉힌 것이다. 이런 속내 사정을 권태용은 그날 밤 장판두로부터 들어서 알게 되었다.

망일옥 안에는 일곱 명의 사내들이 우두망찰 여기저기 둘러앉아들 있었다. 어차피 바쁜 일은 하나도 없으니 궁둥이 틀어 군지렁거려 볼 거리가 없을까 찾으려는 표정들이었다. 켜 놓고 있는 텔레비전에서는 하나도 재미없는 연속극이 흘러나오고 있었다. 그런데 이 집 비디오는 낮에 틀어 주지 방송 프로가 나올 적에는 보여 주지 않는다. 이마누엘인가 하는 거는 백색, 황색, 흑색에 원본이 있고 거기에 부본에 속편이 있다는 걸 해바래기 사람들도 대충 알고들 있다.

즉 백인 여자가 나오는 영화, 동양인이 벌거벗는 황색 이마누엘, 흑인 여자의 이마누엘, 그뿐인가 국산 이마누엘도 있었다. 어디서 구해 오는지 망일옥에서는 방송이 끝나는 한밤중마다 틀어 주었다. 처음에는 흥분도 되고 그랬으나 다시 볼수록 싱겁기 그지없는 게 그런 비디오들인데, 어찌 알았는지 여편네들 귀에도 들어가 누구네 안방에서 순천집이 시사회를 열기로 약속을 했다든가.

찌르릉거리며 수동식 전화가 걸려 왔다. 전화로 나누는 이야기들은 전혀 긴박하거나 거창한 사연들은 아니었다. 영구 아배 안 들렀습디여? 오늘은 코빼기 아니라 콧수염두 못 보았는디. 아이구 징해라 남의 서방 콧수염을 깎아 줄라는가 워쩨 그런 타령이까잉. 아무렇등가 그림자라도 비치거덜랑 집에 전화 좀 넣으라고 하씨소. 구멍탄 집게가 미친년 가랭이 터지듯 떨어져 나갔는디, 망일상회에 갖다 놓은기 있으면 하나 갖고 와야겠는디. 전화 넣으라 할 것 없이 내가 그 말을 전해뿌리는기 당하겠네잉. 하기사 그렇네잉, 그렇게 말 좀 해 주소.

"집에 전화 생겨뿐게 별놈의 거루 전화질해 쌓구마" 하고 누군가가 허허거리며 웃었다.

"임자 이야기가 참으로 합당하구마잉."

순전히 화젯거리 생긴 것만으로 좋아서 누군가가 이렇게 맞장구를 쳤다. 망일옥에서 해바래기 마을 사람들은 화제가 될 수도 없는 이야기를 가지고 찧고 볶고 너털거리고들 있었는데 순천집 또한 이따금씩 훈수라도 두듯 한마디씩 거들고 있었다. 더욱이 이날따라 이곳에 낯선 객들이 자리하고 있어 공연히 심사가 불안해진 때문에 실없는 소리들이 더 많아졌다. 권태용은 장판두가 저녁 식사 들고 이곳에 나타나기를 기다리면서 박해옥 씨와 앉아 있었는데 그보다 열 살쯤은 더 먹었을 그는 말주변이라곤 없는 갑갑한 사람이었다. 서울 가서 공장살이 하는 딸내미들 착실히 돈 보내 주고 잘 지낸다는 것이 그가 갖고 있는 유일의 화젯감이었다. 그의 옆자리에는 자라올에 시냇물을 자연스레 막아 이스라엘 잉어를 양식해 보고 있는 30대 초반의 오판갑의 부친 오안걸 씨가 앉아 있었다. 오안걸 씨가 마누라와 새벽에 싸움질이 벌어져 일곱 시에 이곳에 나타나 밥상 차려 달라고 했는데 순천집이 마지못해 눈 비비며 상을 차려 주었으되 "아침 식사는 집에서 하셔야 쓰는 것인디" 소리를 해서 그 말에 부아가 나 지금껏 하루 종일 이 안에서 농성하듯 하고 있는 중이라 했다. 그래서 동네 사람들 모두 산으로 울력을 나갔어도 그는 그마저도 빼먹었다는 것을 알 수 있었다. 울력질로 산에 들었으면 하루 품으로 얼마라도 벌 터인데 그마저도 놓치고, 또 외상일망정 막걸리에 밥값이 공으로 들었으니 오 영감에게는 참으로 일진이 나쁜 날이었다.

오안걸 씨 옆자리에는 아까 삼남여객 망일정류소를 겸하고 있는 노계득과 시비를 붙였던 등산복 차림의 사내 세 명이 앉아서 백반 정식을 시켜 놓고 있었다. 그런데 그들은 밥숟가락은 들지 않은 채 소주병만 까고 있었다. 거수자로 신고해야 할 자들은 아니겠으나, 생판 낯선 얼굴들인지라 오리 의자에 앉아 시간을 죽이는 이 마을 사람들이 공연히 신경이 쓰이고 어색한 기분들이 되어 있는 것이었다. 말하자면 외부 사람 모셔 놓은 반상회 비슷이 어렵고 거북한 것이었다.

"실례입니다만, 산으로 울력 다닌다고들 하시는데, 지금 세월에 무슨 울력을 할 일이 산에 있다는 건가요?" 등산쟁이 중의 하나가 물었다.

"요 이삼 일 상간에 그런 일이 있지라. 그래 온 마을 사람들이 일정 시대, 해방 직후 때맹치름 울력을 다니제라우."

"그게 뭔데요?"

"여그에 큰물이 졌다 하지 않소? 아매두 당국에서 피해 보상해 줄 예산 없으니 취로 사업 비슷하게 이곳 마을 사람들 푼돈벌이 시키는갑소잉."

천봉산이 도립공원으로 지정이 된 뒤로부터는 전국의 산악인은 물론 등산회원 모집을 하는 버스회사들이 새롭게 눈독을 들이는 그런 레저스포츠의 대상으로 각광을 받고 있는 중이었다. 그런데 지난해 초겨울 천봉산에서 등산 사고가 났다. 미숙한 알피니스트들의 잘못으로 일어난 사고이기는 하지만, 산장은커녕 안내판, 구조 요원 등 그런 것조차 전혀 갖추어 놓지 않은 당국의 과실이 인정된다는 것이 서울에서 발간되는 모든 매체들의 중론이었다. 그리하여 시급한 대로 산 정상에 산장과 공중변소를 세우기로 계획을 짜 놓았는데 예산 집행이 아직 이루어지지 않고 있었다. 그러는데 천봉산 일대에 폭우가 쏟아져 피해 주민들이 적지 않게 생겨났다. 하지만 수해 복구비를 따로 염출할 방도도 없고 예산도 없는 지방 행정당국이 나빠진 인심을 수습하기 위해 묘안을 짜내었다. 산꼭대기에 등산객을 위한 시설물을 만들자면 물론 시멘트와 모래가 있어야 한다. 헬리콥터로 운송하든 다른 방도를 찾든 그까짓 일쯤 어려울 게 하나도 없으나, 현지 주민들의 살림에 보탬을 주기 위하여 그 일을 맡기기로 하였다는 것이었다. 즉 1킬로그램을 져 나르는 데 2백 원씩을 주기로 하였다. 따라서 10킬로 운반한 소녀는 하루 2천 원 벌이가 되고, 50킬로를 지게에 얹어 산 위에 부리면 1만 원 벌이가 되었다. 때는 바야흐로 여름철 농한기였다. 노인 어른 아이, 시어머니 며느리 할 것 없이, 이 부근의 마을들이 총출동되어 모처럼 얼어걸린 이 돈벌이에 뛰어들지 않는 사람이 없었다.

이런 이야기가 오가는 중에 장판두가 담배를 태우며 들어섰고, 그리고 도로 수리 공사로 들어온 노동자들임을 알 수 있는 세 명의 사내도 술 한잔 생각이 나는지 찾아들었다. 망일옥은 구정 설 때의 대합실처럼 만원이 되어 있었다.

"등산꾼들 때문에 이 마을이 아르바이트를 얻었네요?" 하면서 등산복 사내들이 킬킬거리고 웃었다. 권태용의 눈에도 그 말로 인해서 이 마을 사람들의 기분이 대단 상했다는 것이 보이었다. 하지만 등산복 사내들은 그 눈치를 채지 못한 모양이었다. 갑자기 대화는 끊어지고 분위기가 썰렁해졌다. 등산복 사내들은 다시 저희들만의 화젯거리로 돌아갔으나, 다른 이들이 모두 잠자코 있었다. 순천집이 안절부절못해 하였다.

"보시쏘 순천집. 고초 좀 내오라게로, 고초장도 매콤하게 설탕 치고 식초 부벼서 듬뿍 내놓고잉" 하고 오안걸 영감이 말했다.

"그란디 이 집 고초는 도무지 맵들 안 허니 뭔 일인지 모르겄데. 매워야 고초가 고초일 틴디."

대단한 화젯거리를 발견한 듯 장판두가 큰 소리로 말했다. 순천집이 할깃할깃 뒤를 돌아다보았다.

"왜 고초에 고초장 타령을 하는지 내가 그 속을 아요. 맵지 않다고 허는기 무슨 말인지 그 속도 알고요잉."

"속을 안다고? 워매 순천집이 워째 이 장판두의 마음속을 안당가?"

"아매도 순천집이 자네허고 겉을 맞춰 본 게지라? 겉을 맞춰 봤응께, 그 속을 알아뿐졌게지라?" 하면서 임백수 씨가 들어섰다.

"워어, 임자 이야기가 참으로 합당하네잉" 하면서 박해옥 씨가 저도 모르게 손뼉을 쳤다. 망일옥의 분위기가 갑자기 활기를 띠었다.

"여기 막걸리 한 되만 주시겠습니까?" 딱 부러진 서울 말씨로 도로 공사 노동자들 중 하나가 말했다. 이 사내의 발언으로 얼콰해지려 하던 망일옥 분위기가 사그라들었다.

"여그 고초랑 고추장 듬뿍 갖다 놓았응께, 힘껏 매워 보드라고요. 천봉산 토양에서 잔뜩 독이 올라뿌린 이곳 고추랑게요."

순천집이 소댕이 비슷하게 생긴 플라스틱 그릇에 그것들을 담아서 갖다 놓았다.

"천봉산 고초가 워낙에 맵지러. 헌디 여그 망일옥 순천집 손때를 묻혔다 허면 밸이 빠져서 그러는지 풋내를 띠어서 그런지 매워지지를 않응께, 워쩐디야? 아매도 순천집에게만 이 고초가 매운 게지라."

"그거는 그렇소잉. 내게는 이놈의 고초, 당초가 눈물 쏙 나게 맵소. 이 순천집이 워낙에 매운맛을 못 보아 물러터져서 그런가 보요잉."

"그 맵다는 고추, 여기도 좀 주시겠어요?" 등산복 사내들 쪽에서 이런 말이 나왔다.

"여기도 조금 더요." 노동자들 좌석에서도 이런 말이 나왔다.

"실례지만 댁들은 서울서 오셨나 분디 서울 워디 사시오? 내 딸아그 둘이는 영등포 신길동 사오마는……." 박해옥 씨가 그쪽을 향해 누구에랄 것 없이 물었다.

찌르릉거리며 전화가 왔다. "여그는 순천집이 전화를 받고 있는디, 거그는 어디시랑가? 영구 아배? 여그 안 오셨는디. 아, 구멍탄 집게? 알았어라우. 말 전할 터잉께, 젖아그 배 안 고프도록만 하씨소."

그러는데 영구 아버지, 그러니까 아까 권태용이 산두밭에서 만났던 이순실의 남편 홍정필이 들어섰다. "아까 마누래헌티서 권 형 들어왔더라는 말 들었지러. 반갑구마이" 하고 홍정필이 권태용에게 악수를 청했다.

"영구 아부이, 그찮아도 왜 안 오시나 헌께 나타나시요잉. 큰일 나뿌렀어. 영구 아부 댁에 큰일 벌어뿌져 전화가 연신 찌릉찌릉 울리고 난리제라우."

"뭐라고? 무슨 일이 큰일이라는가. 큰일은 우리 집에 났을 턱이 없고, 이 천봉산에서 나뿌렀구면, 보씨요들, 지금 망일상회 앞에서 이 마을 어르신들이 동제 드릴 때처럼 모여 가지고 동네 회의를 하고 있구마잉. 거기서 무슨 이약 의논 중인지 내가 여러분헌티 먼첨 알리러 이리 왔당께."

"가만있자, 갑자기 여그저그서 큰일들이 한꺼번에 몰려오는갑제 잉. 순천집이 먼저 그 뭣이냐, 부지깽이 부러진 이약부터 하소……."

"영구 아부지 집에 구공탄 부지깽이 가랭이가 떨어져 나갔다 함시롱, 망일상회에 갖다 놓은기 있으면 집에 올 적에 하나 가지고 들어오라고……."

"하이고 고런 여편네하고는. 부러뜨린 것두 거지마는, 그따우 것으로 웬놈의 전화질이랑가. 하늘 같은 제 서방더러 그따우나 들고 다니라고 사방팔방 광고를 해싸? 멍청한 지집 같으니라구, 광고를 하겠으면 아예 케베쓰나 엠삐씨다가 그 뭐씨냐, 골드 아워에 해뿌릴 것이제, 허, 이거 망신이여. 망신살 뻗쳐부렀어."

다시 문이 열리고 20대 청년 두 명이 들어서려다가 움찔거리고 있었다.

"이놈의 자석들, 젊은것들이 여그 어른들 노시는데 넘을 봐? 댓기 놈들, 썩 물러서지 못하더라고?"

청년들이 잽싸게 도망가 버리고, 영구 아버지 홍정필은 이 동네 어른들이 무슨 일을 의논 중이라는지 그 이야기를 막 꺼내려고 하였다. 하지만 그는 등산복 사내들과 도로 공사 인부들을 바라보며 눈살을 찌푸렸다.

"선상들, 어디서들 오신 분들이까잉. 대단 미안한 소리제마는, 우리가 마을 일로 긴히 의논해야 할 일이 있응께, 잠깐만 자리 비워 주었으면 쓰겄는디……."

얼콰하던 분위기가 다시 서늘하게 식어 버렸다. 등산복 사내들과 도로 공사 노동자들은 전혀 움직일 기세들이 아니었다.

"빌어묵을 지게작대기가 어디 있지라?" 하고 이때에 장판두가 혼잣소리로 말하였다.

"지게작대기는 와 찾는당가?"

"지게작대기가 있어야 지게 짊어지고 일어설기 아닌가? 그래야 우리가 지게질을 해 볼 수 있제잉, 어떤 새끼들은 팔자 좋아 배낭 메고 등산 다니고 우리는 지겟짐만 진당께. 어떤 새끼들은 남의 말 사람들 길 닦을 거마저 뺏들어 가뿔고 우리는 높은 산 헐떡거리며 울력질만 다닌당께. 팔자 좋은 놈 핸드빽 돈 가방만 열고, 우리 개땅쇠는 쇠똥만 밟고 지게작대기만 휘두른당께!"

장판두가 일어서서 지겟짐을 지어 작대기 휘둘러 대는 시늉을 내었다.

"저그 서울 선상들 있으나마나 우리가 우리 이약 못 할기 없을 꺼잉께, 영구 아배, 뭔 이약인지 해 보드라고." 가장 나이 많은 쪽의 오안걸 씨가 입을 열었다.

"그렇기도 그렇네잉. 이약을 해뿌리지요. 마을 어르신들 의논이 이랬지라우. 거 왜 장바래미 장태식 노인이 돌아가실 적에 하셨던 말씀 있잖어라? 장차 이 천봉산의 혈이 막히고 산이 끊어지고 하는 일이 생긴다고 말이여. 천봉산이 무너지고, 그래야 천봉산이 다시 일어선다고 말이요잉. 그때 그런 이약을 우리가 귀담아 듣기나 했어라? 그런디 어르신 말씀들이 장바래미 장태식 노인 말씀이 생각난다 하는 거라요. 간단히 말해서 지금 저 산 위에 산장 세울라 하는 자리 말이지라, 그 자리가 바로 옛날부터 떵떵거리는 자마다 천하없는 명당, 길지라 해서 묏자리 쓰고자 덤비던 바로 그 자리라 하구만요. 어느 쩍인가 지독한 가뭄 들어 모두들 산에 올라 어떤 놈 암매장 썼던 거 발기발기 벗겨부렀던 적도 있었지라. 어르신들 말씀이 진정서를 하나 맹글어서, 산장을 지을라거든 그 자리만은 다른 데로 옮겨서 지어라 하는 공론을 전해야 쓰겄다, 이런 이약이지라."

긴장해 있던 마을 사람들은 그의 이야기가 끝이 났어도 그냥 입을 다물고 가만히들 앉아 있기만 했다. 긴장했던 것은 등산복 사내들과 도로 공사 인부들도 마찬가지였던 듯했다. 그들은 약속이나 한 듯 이 기회를 잡아 자리에서 일어서더니 계산을 하고 바깥으로 나갔다.

"산이 끊어졌다구? 산이 무너진다고?" 장판두가 소리를 질렀다. "그래 산장 자리 바꾼다고 그게 달라지더란 말이시? 끊어지면 끊어지라 하고 무너지면 무너지라 하소잉. 아무리 그래도 나는 이 산하고 있을 거구만요. 그리고 이 산에서 더더욱 모지락스럽게 붙어 앉아 버팅길 게라……."

이러면서 장판두는 바깥으로 나갔고 몇 사람도 따라서 일어섰다. 조금 뒤에 권태용이 바깥으로 나와 보니 장판두는 개울둑에 앉아 횃를 만들고 있었다. 그는 보릿짚을 여러 겹 묶어서 단단하게 동이어 놓고 있었다. 권태용이 다가앉으며 그 횃를 어디에 쓰려 하느냐고 물었다.

"국회의원 하는 자 계속 국회의원이고, 갈보질하는 년 끝꺼정 갈보질이여. 세상 아무리 달라뿐져도 해바래기 사람들 지게꾼 대접뿐이여. 지겟짐은 모두 우리 몫이라, 으쩔까, 오늘도 내일도 지게질이 제잉. 아이구 무거워라, 이놈의 세상, 아이구 무서워라, 이놈의 지게질……."

다른 이들은 천봉산 오르는 울력질 하루에 한 번밖에 안 하지만 그는 뜬벌이나마 극성을 부리어 두 번 오르락내리락한다 하였다. 그는 홰에 불을 댕겼다. 횃불이 기세 좋게 타오르기 시작했다. 곧바로 추켜들고 있으니 너무 기세 좋게 타 버리므로 그는 그것을 거꾸로 들었다. 방앗간으로 흘러드는 도랑물을 약간 축축할 정도로 횃대에 골고루 적시었다. 그는 망일옥 바깥에 놓아두었던 지게를 집어 올려 어깨에 멘 채 횃불을 홰홰 저으며 움직여 나아가기 시작하였다. 내일 천봉산으로 운반할 시멘트 포대를 이 밤에 저 위쪽 자라올까지 미리 갖다 놓기 위해서였다. 봉화는 산자락을 따라 너울거리며 타올라 가고 있었고 그의 노랫소리가 메아리를 일으키며 어두운 밤의 산으로 퍼져 나아갔다.

> 넘어가네 넘어가네 험한 고개를 넘어가네
> 줄줄이 쌍쌍이 넘어가네, 넘어갈수록 험한 고개
> 가시도 많고 덤불도 많다
> 그렇다고 안 넘을쏘냐, 아니 넘지는 못하리라
> 내 손은 네가 잡고 네 손은 내가 잡아
> 힘을 내어 넘어가세, 힘을 내어 넘어가세.

『매운 바람 부는 날—창비신작소설집』, 창비, 1987년

바깥길

바깥길

1.

 찡그린 얼굴로 세상을 말하지 말라. 강유동이 속으로 중얼거렸다. 이는 임처사가 그에게 들려 준 말이었다. 강유동은 문득 임처사한테 찾아가 보아야겠다는 생각을 했다. 징검다리 연휴 두 번째 노는 날이 내일이었다. 부천시외고속터미널이 부산할 거라 지레짐작했지만 실제로는 썰렁하기조차 했다. 아내에게 전화 넣어 못 들어간다 이르고는 버스표를 끊었다. 강유동의 집은 서울 북녘 수유리에 있었다. 부천에서 제멋대로 동거 생활에 들어가 말썽을 일으키는 딸애네 집에 나왔다가 문득 생각을 돌려먹었다. 강유동은 부천 신시가지를 걷다가 어느 상점 유리문에 비추어진 자기 얼굴을 화들짝 놀란 눈으로 바라보게 된 것이었다. 잔뜩 찡그린 표정 속에 온갖 고민을 묻혀 놓고 있는 제 얼굴이 도무지 낯설기만 했기 때문이었다. 강유동은 이즈막 세상 살아가기 뻐근하다고 느낄 때마다 문득문득 임처사를 찾아가고픈 마음이 일어나곤 하는 것이었다.

 오후 다섯 시 사십 분 부천에서 떠나는 안동행 버스는 인천에서 오는 것이었는데 여섯 시 좀 넘어서야 도착했다. 수도권의 길바닥이 막히는 모양이지만 이 차는 인천에서 단 두 명만 싣고 왔으니 운전기사와 잡담을 나누던 검표원의 푸념이 이러했다.

"아예 노선을 없애 버리든가 주민들을 싹 갈아치우든가 해야지 원……."

승용차들이 늘어나면서 버스 운수업 경기라는 것도 한물이 간 것에 틀림없었다. 명색은 안동행 직행버스라지만 생극, 주덕, 수안보, 점촌, 예천 손님들을 불러 모으는 것을 보면 도무지 이 노선 운행이 속 빈 강정이라는 것을 알 수 있었다. 승객의 처지에서는 운전기사 둔 자가용처럼 큰 차를 부리는 것이 송구할 지경이기는 했다.

강유동은 석 달 남짓 만에 지방 여행을 해 보는 세음이었는데 지난번에도 임처사를 찾았다. 자칭 임처사는 본명이 임처상이었다. 그의 부친은 아들이 윗자리로 올라가 살아야 한다는 소망으로 이런 이름을 지어 주었다는데 그 자신은 임처하로서만 세상을 도강해 왔노라 웃으며 말한 적이 있었다. 그는 아난 보살처럼 묵묵히 고교 국사 선생을 해 온 사람이었다. 그러다가 아난 보살에서 늦깎이라도 된 것이었는지 전교조 운동에 뛰어들어 육 개월가량 감옥살이도 하는 등 풍파를 겪더니 책도 두 권이나 내어 문필가로 자리를 잡아가는가 하였으나 뜬금없이 문경 어름의 백두대간 고산지대로 들어가 틀어박혀 지내고 있었다. 강유동은 고등고시를 다섯 번이나 보았던 젊은 한때에 임처상과 한방에서 하숙을 하며 지낸 적이 있었다. 끝내 고시에 실패하고 검찰 공무원이 되었던 그는 검찰청에서 본의 아니게 임처상을 만난 적도 있었지만 그때에는 서로에게 측은지심만 느꼈을 따름이었다. 강유동은 자기의 인생에서 별다른 욕심을 내려고 한 적이 없었다. 이상한 사건에 휘말려 본의 아니게 퇴직당한 후 그는 법률 서비스 사무소를 내기는 했으나 마음이 내

켜서 하는 일은 아니었다. 사무소는 문을 닫아야 하지 않을까 할 지경으로 신통치 않게 되었고 그는 도대체 내 인생은 어떻게 되어 버린 걸까 하는 생각에 잠기는 적도 있었다. 우연한 기회에 임처사가 틀어박혀 지내는 곳에 찾아가 보니 그는 거칠고 까다롭기조차 했던 그전과는 달리 사람을 아주 편안하게 해 주는 그런 위인으로 바뀌어 있었다. 또 그의 이야기를 듣다 보면 나한테 무엇이 잘못돼 있는가를 저절로 깨우치게 하는 독특한 안목을 그는 지니고 있었다. 강유동은 임처사를 만나게 되면 어떤 화두로 그를 찔러 볼까 궁리를 해 보면서 다른 한편으로는 차창 밖으로 모처럼 전원 풍경을 흘려보내며 이런저런 생각을 가다듬어 보는 이 같은 나들이에서 새롭게 그의 눈을 틔우는 중이었다. 새롭게 눈을 떠 보면 하찮아 보이는 모든 것들의 속내가 다 깊이 들여다보이는 것이었다.

부천에서 승차한 승객들은 4개 팀이었는데, 인원수로 따진다면 10명이 채 안 되었다. 앞좌석을 차지한 사람들은 70대 나이 가까이 돼 보이는 세 명의 할머니들이었다. 그런데 이 할머니들의 입성이 제각각이었다. 한 할머니는 궁중 사극의 궁녀들이나 입고 있을 이상한 한복 차림이었는가 하면 다른 할머니는 빨간 투피스 차림이었고 또 한 할머니는 몸뻬라는 일본 말을 싫어하는 사람들이 고무줄 바지라고 명명한 그런 옷에 퍼런 스웨터를 걸쳐 놓고 있었다. 버스가 가닿게 될 점촌에서 군내버스로 갈아타고 30분쯤 되돌아 나오면 새로 개발된 온천 지대가 있다는데 할머니들은 문경새재 온천 물이 허릿병에는 그만이더라면서 경상도 사투리로 전국 온천 품평회도 펼쳐놓고 있었다.

"제발 좀 조용히 가시자니까요" 하는 운전기사의 당부에도 이 할머니들은 막무가내였다.

다른 한 팀은 중학교 2년생쯤으로 보이는 아들과 초등학생인 딸 그리고 어머니로 이루어진 3인 가족으로 강유동의 앞좌석 왼쪽 자리와 오른쪽 자리를 차지하고 있었다. 딸애가 묻고 어머니가 대답하는 말을 들어보건대 이들은 문장산으로 간다 했다. 어머니는 왼쪽 손에 성경책을 들고 계속 입속말로 기도문을 중얼거리고 있었다. 어떤 기독교 계통 종파에서 안동 문장산에 기도원을 차린 후로 이적을 나타내고 있다는 소문이 나면서 사람들이 몰린다는 이야기를 강유동은 들은 일이 있었다. 재롱둥이 딸은 여자 코미디언 흉내를 내어 어머니를 억지로 웃게 하고 있었지만 문제는 따로 떨어져 앉은 중학생 아들 녀석이었다. 그는 어머니와 함께하는 이런 여행을 노골적으로 따분해하고 있었다.

　"미치고 말겠어. 돌아버릴 테야" 하는 소리를 거푸 뱉어 내고 있었는데, 요즈음 학생들의 저런 어법이 문법적으로 맞는 것인지 어떤지 강유동은 잘 알 수가 없었다. 앞좌석 할머니들의 잡담에 진력이 난 운전기사는 이미자의 노래 테이프를 크게 틀었는데, 이 중학생은 신해철도 아니고 김건모도 아닌 가수의 노래를 들어줄 인내심을 갖고 있지 않은 모양이었다.

　강유동이 관심을 갖게 되는 제3의 팀은 그의 뒷좌석에 자리를 잡고 있었다. 남자의 나이를 50대 중반쯤으로 눈대중할 수 있다면 여자는 30대 초반쯤으로 겉 세음을 해 볼 수 있을 듯하였다. 계절은 10월도 하순으로 접어들어 벌써 서리 내리는 이른 추위가 한 번 지나갔거니와 이들은 등산복 아니라 스키복 비슷한 화려한 차림으로 멋을 냈다. 강유동은 승강장에서 버스를 기다리고 있을 때 이들이 나누는 대화를 통해 남자가 서울에서 승용차를 몰고 여자를 만나러 왔다는 것이라든가, 갑작스레 지방 여행을 하기로 의견을 나

눈 후 나들이를 위해 화려한 레저복을 산 다음 입고 온 옷은 아파트 단지에 정차시킨 자동차 속에 놓아 두었다는 것 등을 짐작하게 되었다. 자동차도 안녕이고 신사복, 숙녀복도 안녕이고 서울도 부천도 안녕이라고 남자가 우스갯소리를 하는 것을 그는 아까 들었다. 미국 씨아이에이의 캐치프레이즈가 뭔지 아느냐고 남자가 여자에게 묻더니 '익명에의 열정'이라고 스스로 대답하면서 '익명에의 여로'에 응해 준 숙녀에게 감사드린다는 따위의 낯간지러운 소리도 이 남자가 건네고 있었던 것이니, 강유동이 한 번 보고 스칠 얼굴을 두 번 세 번 바라보게 되었던 것이다. 남의 눈은 아랑곳도 하지 않는 활달한 모습을 내보이는 것이야 무어라 할 까닭이 없겠지만, 저희들 은근짜 여행을 광고하려 드는 듯한 모습이 강유동의 눈맛에 좋을 턱은 없었다. 강유동에게 평생 반려는 잔소리가 차츰 큰 소리로 변해 가는 아내가 아니라 폐병이었다. 이놈의 것과의 동고동락에도 엔간해졌다고 여겼는데 이즈막 다시 그의 전신을 들쑤석거려 이러다가는 제명에 못 죽는 게 아닌가 하는 비감한 심사에 잠길 적도 있었다. 병고(病苦)를 양약(良藥)으로 삼으라는 의사이면서 불알친구인 임석균의 공갈협박 같은 진찰이 아니더라도 강유동은 요사이 허황한 몸짓을 내보이는 사람들을 하찮게 여기는 새로운 습관이 붙는 중이기도 했다.

차는 재개발이니 재건축이니 하는 과정을 거쳐 조성된 신시가지들을 에돌며 산업 도로에서 자가용 승용차들과 게으른 싸움을 벌여 나갔다. 중동, 광명, 안산, 반월, 평촌, 군포, 의왕 신시가지로 줄기를 뻗고 가지를 치는 무수한 길들이 등나무처럼 엉키고 칡넝쿨처럼 틀고 꼬였다. 고속도로로 진입되기까지 이 차는 제대로 된 노선을 따라가는 것이 아니었다. 바람난 버스 흉내를 내며 조금이라도 덜 붐비는 도로를 찾아 시골 할아버지 헤매듯 하고 있었다. 원래 이 버스 노선은 서해안고속도로를 타고 안산 분기점에 닿은 다음 안산-신갈 고속국도를 새로이 택해 신갈 인터체인지로 들어서서 영동고속도로로 진입하는 것이었는데 그쪽이 막힌다는 귀띔이라도 있었던지 이날은 엉뚱한 곳으로 가고 있었다. 서울 외곽 고속국도가 부분적으로 개통되기 시작했다는 것이 그 전과는 또 달라진 교통 사정이기도 했다. 경기도 북부 의정부에서 고양을 거쳐 김포비행장의 뒤통수를 돌아 계양산을 넘어 들어오는 외곽 고속국도는 부천에 닿은 다음 안양 쪽으로 길을 내고 있었다. 버스는 안양 시내를 건너뛰는 데에 시간을 잡아먹었다.

　짜증이 난 운전기사는 이미자의 노래를 중단시키고 교통 방송을 틀었는데, 교통 전문가라는 사람이 수도권 도처에 일시적인 정체 현상이 일어나고 있다고 설명하고 있었다. 이런 것을 가리켜 널뛰기 정체 현상이라 부른다고 해설하더니 징검다리 휴일 때문에 수도권 일대 도로마다 곱새춤을 추는 사태가 생긴다고 분석하였다. 버스는 군포, 의왕을 아래쪽으로 내려다보며 학의 분기점을 지나 청계산 터널을 통과해 나갔다. 판교 분기점에서 경부고속도로로 들어선 버스는 분당 신시가지 진입로 부근에서 다시 밑도 끝도 없이 다리쉼을 하고 있었다. 먼 조망으로 해거름 녘의 어두움을 깊이 마시고 있는 분당 신시가지의 고층 아파트들은 도무지 사람들의 주거지로 보이지 않았다. 무슨 거대한 외계인 침략군 기지촌이 갑자기 세워진 것처럼 여겨질 지경이었다. 그 바람에 대탈출극이 벌어져 경부고속도로가 자동차 홍수를 불러일으키는 것 같기만 했다.

　뒷좌석의 남녀는 아까부터 캔맥주를 마셔 대고 있었는데 여자보다 오히려 남자가 혀 꼬부라진 소리를 내고 있었다. 남자는 일보 전진, 다시 일보 전진하는 서울의 진격에 대해서 말하고 있었다. 서울 근교 농촌지대였던 곳들을 대단위 아파트 단지로 개조시켜 놓는 이 시대 삶의 행진곡이 얼마나 역동적이냐고 남자가 주장하였다. 젊은 여자가 조심스럽게 이의를 제기했다.

"땅 장사, 집 장사에게는 그게 서울의 진격이고 돈 잘 벌리는 신나는 행진곡일 수 있을 거예요. 하지만 일보 후퇴, 다시 일보 후퇴 심정에 빠지는 도시 난민의 처지는 다르지 않을까요. 서울 외곽으로만 더욱 떠밀려 자기 삶의 유행가가 더욱 처량하고 처절해진다고 느낄 수밖에 없을 테니까요."

서울 시내에서 바라보는 수도권 풍경하고 부천에서 살피는 것이 벌써 차이가 나는 거 아니냐, 하는 여자의 말에 전 국토의 수도권화, 서울화를 찬미하던 남자가 명강의로 소문난 교수 흉내를 냈다. 이 대목에서 그는 각종 신도시 조성 사업에 참여하고 있는 랭킹 50위 안에 드는 종합 건설 회사가 있다면서 이 회사의 기획을 맡은 책임자 김해남이 바로 자기라고 그의 신원을 자랑스레 드러내기도 했다.

"리스트럭투어링, 리엔지니어링이란 말이 무어길래? 변화는 위로부터 강요시키는 거요. 밑에서 당하는 사람이야 물론 괴롭지."

"아래쪽 사람들은 항상 괴롭다는 것, 그건 불변의 진리겠지요." 여자가 웃었다. "하지만 그래서 느끼는 것도 있는걸요. 변화를 원하는 건 도리어 항상 아래쪽이었다구요. 그런데 위쪽 사람들은 이런 변화 요구는 결코 수용을 않는 거예요. 이용만 할 뿐, 선동만 할 뿐."

"하기야 요새는 더욱 세련되게 더욱 과학적으로 그렇게들 하는 것 아닌가." 남자도 웃었다. "그런데 그게 왜 그럴까?"

왜 그런가, 하고 강유동도 이들의 대화에 흥미를 느꼈다.

"내가 경란이에게 들려줄 이야기가 있구먼."

남자는 갑자기 화제를 바꾸었다.

"내가 말야 지난 수요일 부킹을 하느라 애를 먹어 가며 저기 분당 너머에 있는 골프장에 나갔어. 체크인을 시켜가지고 김만홍 회장하고 우선 옷부터 갈아입고 클럽하우스에서 커피 타임을 갖고 있는데, 마악 필드에서 라운딩을 끝내고 돌아온 엉뚱한 사람들을 보았지."

"누굴 만난 거예요?"

"소설가들이라는 거야. 소설가들이 컨트리로 나온 거드구만. 경란이, 소설 좋아하고 그 사람들 세계 잘 알지? 내가 속으로 중얼거렸어. 음, 됐네 됐어. 아무렴 이쯤은 돼야지 하고 말이야."

"뭐가 말예요?"

"진즉 소설가들은 골프를 쳤어야 했다, 이 말이라네. 소설가들도 그 정도 여유쯤 부릴 수 있는 세상이 진즉 왔어야 했다는 뜻이야. 진즉부터 컨트리맨이 됐어야 했어."

"진즉, 진즉, 진즉 소리가 언제부터 그렇게 입에 발렸나요? 아무튼 실장님 말씀 참 재밌네. 소설가와 골프라, 상쾌한 관점을 제출하신단 말예요, 이따끔씩 김 실장님은……."

"상쾌한 관점이라니?"

"실장님은 소설가들이 컨트리로 나와서 컨트리맨이 되었다고 했는데……."

"컨트리? 컨트리는 과거의 우리 사회에는 없었던 공간 개념인 거라고. 우리는 도시 아니면 농촌에서 살아왔어. 컨트리는 도시는 아니지만, 그렇다고 농촌도 아니야. 전원이라는 말에 가깝지만, 그것두 농민의 전원은 아니고 도시민의 전원이야. 좀 더 캐들어 간다면 소시민 아니라 대시민의 전원인 거지. 컨트리맨 노릇이 얼마나 좋은 건지는 클럽 회원 돼 보지 못해 본 종자들은 짐작도 못 한다구."

"이래 봬두 제가 토익 7백 80점짜리거든요. 핸디 몇 점짜리인지는 모르지만."

"경란이 영어는 지난번 호주 투어 때 이미 알아봤는걸."

"컨트리클럽에 나오는 것을 컨트리 나온다고 편의상 줄여서 말할 수야 있겠죠. 하지만 컨트리는 어디까지나 농민의 전원임에 틀림없는 거예요. 또 컨트리맨이 컨트리클럽 회원을 가리키는 말이란 건가요? 아니에요. 보수적이고 고지식하고 주변머리 없는 농부를 가리키는 영어 단어가 컨트리맨인걸요. 컨트리 뮤직이나 좋아하는 구닥다리 미국인들 말예요."

"어 그런가? 하지만 미국은 그럴지라도 한국에서 한국어처럼 쓰는 이 영어 단어들은 달라."

"다르긴 무어가 달라요? 초가지붕을 뜯어고치고 마당에 잔디를 깔아 가든이 되었다면, 그런 음식점이 대시민의 정원이라는 건가요? 가든이니 컨트리클럽이니 러브호텔이니 그게 다 마찬가지처럼 보이는데두요? 농민은 물질적으로 망쳐 놓고 도시민은 정신적으로 허물어뜨리는……. 그건 그렇고 그날 만났던 소설가들이 누군지 이름을 기억하세요?"

"나야 이광수 빼고는 이름 아는 소설가가 없지만, 나중에 딸애한테 이런 신통한 사람들 만났다고 자랑하고 싶어 사인을 해 달라고 하기는 했지. 여기 수첩에 있을 거야."

사내가 등산 조끼 복에서 꺼내어 펼쳐 보여 주는 수첩을 여자가 들여다보는 모양이었다.

"제가 예상한 그대로의 사인방들이네요." 여자가 깔깔거렸다.

"그 소설가들이 제가끔 골프를 쳐 오기는 했지만, 네 명이 한자리에 모인 건 처음이라드구만. 실은 컨트리클럽 상무가 골프 칠 줄 아는 소설가들이 누구들인가 수소문을 해서 이들을 초대했다는 거야. 회원들 서비스 차원에서였다나 봐. 골프장에서 네 소설가들 인기가 좋았거든. 그들이 즉석 문학 강연 비슷한 소리도 들려줬구 말야."

"뭐라던데요?"

"자본주의 미학이라는 용어를 들먹이면서 정보화 시대의 문학은 바야흐로 한국 자본주의 심장부에 깃발을 꽂을 수 있게 되었다든가 그랬어. 홀 인 원의 쾌감을 문학이 왜 놓치냐는 것이었지. 정보가 곧 자원이 되는 사회에서 소설은 새로운 정보 산업으로 유망할 수 있어야 할 거래는 거야. 김만홍 회장은 왕년의 아웃사이더들이 대거 인사이더로 안방 차지를 하게 되었다든가 그 비슷한 소리를 하면서 감심한 듯한 표정을 지었지. 진즉 우리 소설가들이 이쯤 됐어야 했다고 고개를 주억거리면서 말이야. 나야 문학은 잘 모르지만 그 문인들이 제법 출세한 사람들 행세를 내더라고."

"아, 대한민국 소설가들 신나게 생겼네요. 요점은 그것이겠지요?"

여자가 말하다 말고 하품을 했고, 그래 바로 그거야, 민중문학이니 무어니 하던 간판 내리고 아예 솔직해진 거라드구만 하는 남자의 말이 따른 뒤에 뒷좌석의 대화는 일단 잠잠해졌다.

경부고속도로에서 영동고속도로로 접어들 때쯤부터 버스는 그럭저럭 수도권을 탈출해 나와 먼 지방으로 나선 기분을 내기 시작하였다. 이천 인터체인지를 빠져나와 국도로 들어선 버스는 이 무렵부터 할머니 팀의 성화를 받기 시작했는데 아무 휴게소에서든 쉬어 가자는 재촉이 그것이었다. 하지만 버스는 30분가량을 더 달려서야 특별 선심을 베풀듯 휴게소에 머물더니 15분가량 승객들을 풀어놓았다. 그곳에는 이미 다른 버스들도 정차해 있었다. 문경에서 내릴 손님은 동서울터미널에서 온 다른 버스로 바꾸어 타라는 운전기사의 안내 말이 이때에 있었다. 할머니 팀에서 약간의 승강이가 있었다. 어떤 할머니는 문경읍에서 내리는 게 좋다 했고, 다른 할머니는 그냥 문경시까지 가는 게 낫다 하였다. 점촌이 문경시로 개명이 되었다는 것을 강유동은 이 할머니들의 대화를 통해 처음 알게 되었다. 결국 할머니들은 차를 갈아타지는 않았다.

　버스가 다시 출발했을 때 차내 분위기는 바뀌어 있었다. 우선 할머니들은 호두과자에 사이다에 빵과 사탕 같은 것마저 꾸러미 꾸러미로 싸 들고 다시 승차한 다음 수다 떨 경황도 없이 한꺼번에 먹어 대느라 소리 소문을 내지 아니하였는데, 흡족해하는 것은 운전기사였다. 간질병 환자처럼 사지를 비틀어 대던 중학생 녀석도 얌전해져 있었다. 그 녀석은 더 이상 심심해서 미칠 지경이 되는 처지에서 벗어나 있었다. 워크맨이라는 걸 갖고 있는 녀석은 휴게소에서 어머니를 졸라 대어 에이치오티라나 하는 노래 팀의 테이프를 샀다고 좋아라 하고 있었다. 녀석은 이곳이 디스코장인 것처럼 기분 좋게 착각하면서 간질병 환자에서 몽유병자로 변신을 일으키게 된 듯했다. 그것은 그렇다 치고 휴게소에 들렀을 때 아까 뒷좌석 사내의 말처럼 리엔지니어링의 기분을 얻은 것은 강유동 자신도 마찬가지였다. 그는 부천에서 떠날 때 임처사에게 전화를 걸까 하다가 그만두었는데 미리 연락하여 부담을 주기 싫어서였다. 하지만 마음을 바꾸어 휴게소에서 전화를 건즉 임처사는 그렇지 아니하여도 기별 오기를 기다렸던 중이라며 반색해 마지아니하였다. 당신이 찡그린 얼굴 아니라 웃는 얼굴로 세상을 말할 수 있는 방식을 내가 당신 위해 찾아낼 수 있을 것 같다 하였다. 강유동은 과연 임처사가 무슨 처방전을 내려 주려는 것인지 여간만 궁금하지 아니하여 이 여행이 더 이상 지루하지 않게 된 것이었다.

연령 차이 심한 뒷좌석의 남녀 한 쌍도 아까와는 다른 분위기를 내며 속살거리고 있었다. 대화 내용으로 보자면 이들이 처음 만난 것은 오스트레일리아 패키지 투어 때였다 했다. 남자는 랭킹 50위 안에 드는 종건 사업의 실태와 전망을 이야기하면서 한국 자본주의의 산 증인이 자기라고 주장하였는데, 종건이란 종합 건설 회사를 가리키는 말이었다. 엉터리 인간들이 어떻게 떼돈을 벌게 되는지 밑에서 수발을 들어 주는 노릇밖에는 못한 것이 원통하여 요즈음 인생관이 바뀌고 있는 중이라는 말도 하였다. 남자는 여자의 직장이 어떻게 되는지 알고 싶어 했다. 여자는 이름을 밝히고 싶지 않은 비개방적이지만 전문가적인 벤처 사무소에 다닌다고만 했다. 그녀는 자기가 20대 초반이었을 적에는 세상에 대한 관심이 많았으나 30대 초반에 이르게 되면서는 오로지 나에 대한 관심만을 키워 가게 된다고 했다. 세상에 대한 무관심을 어떻게 나에 대한 관심으로 어떻게 메꾸어 놓은 것인가. 돌연스런 아버지의 죽음으로 가족이 해체되는 개인적인 체험도 있었지만, 그보다도 친구들마저 모두 떠나 버리고 이 세상을 오직 나 혼자서만 감당해 내야 한다는 고립감이 처절하기만 했다고 했다. 외국으로 뜰까 하는 생각으로 토익 점수를 올려 놓았지만 직장이 생겨 일 년에 두 번씩 외국 여행을 다니기로 한 것으로 양보를 했다고 하였다. 원래는 자동응답기도 달지 않은 독신자 아파트의 전화밖에는 연락처가 없었으나 제 또래 한 남자애에게만 이 전화번호를 알려 주다가 상처를 입은 일이 3년 전에 있은 후로는 여성독립만세주의자가 된 것이 자기라고 주장하였다. 작년부터는 삐삐를 찼고 올해에는 이것보다 더 편리한 시티폰으로 바꿔 찼는데 아주 편리한 물건이더라고 설명했다. 특별한 몇몇 남자들에게 아예 자기를 공개시켜 놓고 있는 중인데 만나야 할지 말아야 할지 그 결정은 자기가 내리면 되는 것이므로 이 기계처럼 영리한 향단이가 따로 없다고 말해서 남자의 웃음을 사고 있었다. 첫 번째 만남에서 당신이 특별한 여성인 줄을 알았다고 남자가 말했고, 오늘의 두 번째 만남이 그런 뜻에서 더욱 소중하다고 그는 중얼거리고 있었다. 강유동은 뒤 사내의 두런거리는 이야기에 욕지기를 느끼기보다는 자기가 얼마나 못나고 미련한 족속인가 하는 것만 느끼려 하다가 그마저 그만두었다. 찡그린 얼굴로 세상을 말하지 않기로 한 그였기 때문이었다. 그는 어느덧 잠이 들어 버렸다.

2.

이미 캄캄해진 늦가을 밤이었다. 이곳 농민들이 원터 말이라 부르는 네거리에서 사고는 순간적으로 일어났다. 박산이라는 얕은 산을 우회하여 지나가는 것이 3번 국도였고 여우고개를 넘어 경사 급한 내리막길을 내려오는 것이 608번 지방 도로였다. 그런데 이 지방 도로의 내리막길은 불과 20미터쯤 아래쪽에서 3번 국도와 만나고 있었다. 이 교차로에는 신호등이 설치되어 있었지만 이런 설비가 화근이 되었다. 지방 도로의 여우고개를 한숨에 넘은 지프차는 경사 길 저 아래쪽 신호등이 푸른색인 데다가 다른 차량들도 별로 눈에 띄지 않는 것을 살피게 되자 신호등이 바뀌기 전에 교차로를 통과할 욕심으로 오히려 속력을 돋우었다. 다른 한편 국도를 따라 내려오던 버스는 박산이라는 얕은 산을 우회하느라 시계가 가려져 앞가림 옆가림을 등한시한 채 운행 중이었는데 마침 신호등마저 푸른색으로 바뀌어 그대로 전진하였다. 원터 말 교차로의 기역자(ㄱ) 꼴로 만나는 접점 지대가 코앞에 닿을 위치에 이르러서야 두 운전자는 종류가 다른 두 자동차가 서로 태권도 선수처럼 다가들고 있다는 것을 일순에 본능적으로 깨달았다. 미처 속력을 줄이지 못한 지프차가 꺽꺽거려 댔고 버스는 엉겁결에 오른쪽으로 피한답시고 하였다. 3번 국도의 지형이 왼쪽으로 굽은 사형(蛇形)의 곡선 도로여서 그대로 직진하면 충돌할 것으로 보였기 때문이었다. 지프차 또한 난폭한 키스를 피할 요량으로 급하게 좌회전을 하느라 했음에도 버스의 왼쪽 궁둥이께를 들이박고야 말았다. 버스가 전복되지 않은 것은 노련한 운전사가 충격을 받는 순간 온 힘을 다해 이번에는 핸들을 왼쪽으로 급히 꺾으면서 동시에 브레이크를 밟았던 덕이었다. 하지만 지프차는 그러저러할 경황도 없이 옆으로 쓰러지면서 땅따먹기로 굴러 가드레일을 들이박아 쓰러뜨리고 밭도랑으로 곤두박질을 쳤다.

이 사고를 멀리서 목격한 주민 하나가 고래고래 떠들어 대기 시작하여 미처 초저녁잠에 들지 아니한 원터 마을 사람들이 바깥으로 뛰쳐나와 흥분과 소란 속에서 뒷갈망에 나섰다. 자빠진 지프차로부터 간신히 빼낸 피투성이 청년과 처녀는 119구급차가 도착하기를 기다릴 여유도 없이 동네 타이탄 트럭에 실려 이미 떠나갔다. 버스 부상자는 앞좌석보다 뒷좌석에서 더 생겼다. 자칭 컨트리맨이라 했던 남자가 왼쪽 관자놀이와 귀 있는 데가 찢어져 피를 흘리고 있었고 동행인 여자는 다리를 꼬고 앉았다가 겹질려 제대로 일어서

지를 못하였다. 세 명의 할머니들은 늘상 허릿병을 달고 다니는지라 몸의 균형을 잃어 허리가 삐끗 엇나가며 심한 통증을 느끼게 되었다. 구급차가 도착하여 이들이 먼저 실려 나갔다. 나머지 승객들은 정도의 차이는 있지만 큰 부상들은 아니었다. 강유동은 별로 외상을 입지는 아니하였으나 가슴이 답답하고 기침이 나와서 이따가 병원에 가게 되면 내과 친찰을 받아야겠다고 생각하였다.

조금 뒤에 관할 지서 순경이 본서 교통계 경찰보다 먼저 도착했다. '이장님 사고 쳤던 곳'에서 또 사고를 만났다고 개탄하는 순경의 말에 고개를 끄덕이던 주민들의 얼굴빛이 더욱 싯누레지면서 아예 우리 마을에 동티가 났다고 불길하는 표정들을 지었다. 지서 순경은 본서 교통경찰이 나오기 전에는 버스 운전기사나 나머지 승객이나 현장을 벗어날 수 없으니 조금만 참고 기다려 달라 하였다. 어머니-아들-딸로 이루어진 가족 팀에서 거센 항의가 쏟아져 나왔다. 오늘밤에 치러지는 금식 철야 기도회에 꼭 참석을 해야 하니 비상 대책을 세우라 하였다. 난감하기는 다른 승객들도 마찬가지였지만 어쩌는 도리 없이 한기가 느껴지는 늦가을 초저녁 밤에 그들은 엉뚱한 시골마을 주민들이 이구동성으로 떠들어 대는 이야기를 들으며 마실 나온 기분을 내는 수밖에 없었다.

바로 일주일쯤 전이었다. 이장이 국도변 3백 평 밭에 김장 배추를 심었는데 농사가 잘된 것이 불행의 시작이었다. 배춧값 한 포기에 단돈 백 원을 내겠다는 상인이 없었다. 품꾼 삯에 운반비를 따질 겨를도 없었다. 이 배추를 거두어들일 도리가 없게 되자 그대로 썩힐 값에 이장은 인심이나 베풀기로 하였다. '배추 무료로 나누어 드립니다'라는 팻말을 세우고 그리고 길섶 묵정밭 공터에 배추를 쌓아 놓았다. 오며가며 승용차들이 차를 돌려 세우고 배추들을 가져

가기 시작하였는데 그 행태들이 참으로 볼썽사납기 그지없었다. 공짜라니까 뒷좌석은 물론 아예 트렁크에까지 배추들을 무더기 무더기로 쑤셔 박고들 하였다. 그래도 이장이 생각할 적에는 담뱃값에 보태 쓰라고 다만 몇 푼이나마 쥐여 주는 이들도 있을 거고 하다못해 담배 한 개비 권하는 자는 있으리라 여겼다. 그러나 그동안 고생했는데 안됐다고 겉치레 인사말이나마 건네는 사람마저 아예 없었다. 핫바지 헛고생 어쩌구 조롱의 말을 툭 던지고 내빼는 젊은 쌍들이 있었고, 심지어 머저리 병신 꼴값을 한다고 상소리까지 하는 인간 말종들도 있었다. 바보 같이 나눠 주기는 왜 나눠 준담 혼잣소리를 하며 젠체하는 어떤 승용차 여자 동승자의 말에 이장이 새마을 연수회에서 들었던 '경제 원리'라는 것이 무슨 소리인지 어렴풋하게 알 수 있게 된 듯한 느낌이 들었다. 하지만 이장 부인은 분을 못 참아 했다. 아무리 푸성귀라지만 그래도 생명이 깃든 것이라 썩힐 수는 없다고 생각한 우리가 바보구나 개탄하면서 너희들한테는 배추 한 잎이라도 안 준다 하니까 그 승용차가 주워 담던 배추들을 길바닥에 마구 내동댕이치고 노골적으로 악담을 하면서 달아나 버렸다. 이장 부인이 장탄식을 하며 길바닥에 널린 배추 잎들을 치우는데 지방 도로로부터 승용차 하나가 득달같이 달려들었고 이를 본 이장이 달려 나가 마누라를 간신히 밀어냈지만 그 자신은 미처 피할 수 없었다는 것이 마을 주민들의 말이었다. 지난 1년 사이에 이 교차로에서 이런저런 교통사고가 벌써 네 번이나 일어났고 다시 다섯 번째 사고가 터졌다면서 주민들은 액막이 도당굿이라도 해야지 안 되겠다고들 하였다.

이들의 말에 지서 순경은 원터 말에서 교통사고 잦은 근본 이유는 다른 데에 있다는 주장을 폈다. 전두환 시절 608번 지방 도로를 포장한다고 하였을 때 주민들이 착각을 일으킨 일이 있지 않았느냐 하였다. 608번 지방 도로와 3번 국도가 만나는 교차로는 원래 이곳이 아니라 3백 미터쯤 위쪽이었는데 주민들이 진정서를 넣는 등 우겨서 이쪽으로 끌어온 게 전화위복 아니라 전복위화가 되었다는 게 젊은 순경의 말이었다. 시골 사람들이 포장도로를 탈 수 있을 것으로만 여겼지 깔릴 수도 있을 것이란 생각은 왜 안 했느냐 하는 것이었다.

순경의 말을 놓고 다시 주민들 사이에 갑론을박이 벌어지고 있을 참에 관할 경찰서 교통계 순경 두 명이 현장에 나왔다. 우선 흰 페인트 스프레이로 사고 지점을 표시하는 과정에서 약간의 혼란이 생겼다. 중요한 목격자는 버스 운전자와 먼 곳에서 우연히 사고를 목도했던 60대 할머니 두 사람이었는데 이들의 진술이 달랐기 때문이었다. 할머니는 아무래도 더 끔찍한 중상을 당한, 어쩌면 변고를 입을지도 모르는 그 지프차 쪽 사람들에게 신경이 쓰이는 모양이었다. 지프차에 동승했던 처녀는 이 마을에서 멀지 않은 궁안골 안씨네 둘째 딸이었다. 버스가 변덕스럽게 우회전을 아니했더라면 이런 사고는 일어나지 않았을 것으로 본다고 할머니는 주장했다. 왜냐하면 교차로에 닿기 직전 지프차가 버스와 부딪히는 것을 막기 위해 잽싸게 좌회전을 하려 하고 있었는데 이때 버스가 몸을 비트는 바람에 궁둥이가 툭 튀어나와 바로 여기 좀 때려주소 하는 식이 되었다고 할머니는 진술했다. 버스 운전기사는 너무도 어처구니가 없어 고래고래 고함을 지르지 아니치 못하였다. 마을 주민들은 운전기사가 노인에게 무례한 언동거지를 보인다고 생각하는 표정들을 지었다. 바깥 차들 때문에 안동네 사람들이 그동안 당해 온 갖가지 봉욕들을 떠올리게 되는지 우리 동네는 항상 바깥 것들 때문에 생난리야 하는 소리가 나왔다. 젊은 교통순경이 꽥 소리를 질러 두 패로 나뉜 사람들을 모두 꼼짝 못 하게 만들었다.

구급차가 다시 나타나기는 했지만 미처 후송 안 된 부상자와 버스 기사와 목격자인 할머니, 그리고 임시 이장 노릇을 하는 중년 사내가 함께 우르르 버스에 올라탔다. 먼저 병원에 들러 환자들을 내려놓은 다음 경찰서로 함께 가기 위해서였다. 그런데 운전기사 또한 환자였다. 아까 브레이크를 밟았을 때 핸들에 앞가슴을 심하게 부딪쳐 교통경찰이 대신 운전대를 잡았다. 운전기사의 푸념이 끊일 새 없이 이어졌다. 한 달 23개 만근을 하나도 거르지 않고 먹어 봤자 생계비도 안 떨어지는 게 버스 운전자 생활이라 하였다. 우리 경제를 이만큼 운전시켜 온 으뜸가는 공로자야말로 누가 무어라 해도 운전기사들인데, 봉건 시대 때에도 이런 하인 대접은 없었다고 한탄해 마지않았다. 교통경찰이 그 말을 받아서 한마디 했다.

"97년 자동차 1천만 대 돌파라는데 승용차 7백20만 대에 화물차 2백만 대, 버스 등 승합차는 70만 대가웃이라데요. 길 닦아 놓으면 똥차가 먼저 지나간다는 말이 똑 맞아떨어지는 거라요. 대중교통 수단이 우리 경제를 실어 나르던 시대는 아예 물 건너간 겁니다."

"만근 먹느라 헉헉거리는 이런 기사 노릇 벌써 때려치웠어야 하는 건데…… 이미 웬만한 사람들은 다 빠져나갔고……."

"자동차 사고는 매년 25만 건 이상 발생하고 사망자 연 1만2천 명에 부상자 20만여 명……. 이런 재앙이 다른 방식으로 일어났다 하면 민중 혁명 아니라 내란이 몇십 번이라도 일어났을 거라. 참 괴팍한 세상인기라. 이 세상을 가장 근심하는 철학자는 바로 교통사고 전담 경찰이 아닌가 시럽고……. 물론 교통사고 일어나기를 은근히 바라는 놀부 경찰 또한 없는 건 아니지만……."

읍내의 외곽 지대 한적한 국도변의 3층짜리 건물 옥상에 빨간 네온사인으로 내과, 외과, 산부인과, 소아과 입간판을 달아 놓고 있는 병원은 이 버스로 이십 분쯤 걸리는 곳에 위치하고 있었다. 개인 병원이 아니라 사람들이 흔히 도립병원, 시립병원이라 부르는 지방 공사 의료원이었다. 원무과 직원 두엇이 마치 환영이라도 나온 것처럼 병원 문 앞에 서 있었다. 버스 승객들은 자신이 중환자임에 틀림없음을 예행 연습해 보듯 버스 안에서 머무적거리다가 이윽고 바깥으로 나갔다. 병원 건물 안쪽의 대기실은 어수선하기 그지없었다. 강유동의 눈에 먼저 뜨인 것이 할머니들이었는데, 이들은 전국 온천 품평회를 열던 팔자 좋고 신수 좋은 아까 모습들과는 전혀 다른 모양새들을 하고 있었다.

노인들의 엄살이 대단하였는데, 여기에 신세한탄까지 곁들여졌다. 할머니들의 이야기를 그대로 믿는다면 돕기에 나서야 할 불우 이웃들은 이들을 빼고 달리 있을 수 없었다. 아까 버스 안에서는 남들 보기 민망해 온천장 가기 위해 나섰다고 떠들었지만 실제로는 고려장 치러 가는 길이었다고 이 할머니들은 늘어놓았다. 아랫것들 눈치 보느라 입아구에 자물통 채워 갖고 쥐 죽은 듯 지내오는 게 자식들한테 얹혀 지내는 도회지 생활이라고 할머니들은 눈물을 글썽이며 불효막심한 세상을 한탄했다. 세 할머니 다 비슷한 처지이지만, 한복 곱게 차려 입은 저 할멈이 특히 견딜 수 없어 하기에 노인정에서 세 할머니가 만나 도원결의 비슷한 약조를 했노라 하는 것이었다.

"우리가 가출을 하는 중인 깁니다. 무단 가출을요. 그런데 이렇게 몸뚱이 부서뜨렸으니 잘됐다 지퍼라. 버스회사캉 병원캉 의논을 해서 우리를 빨리 저승으로 보내주소. 우리는 허리가 부러졌는지 꼼짝도 할 수 없으니께네."

　문경 새재에서 백화산을 거쳐 속리산으로 뻗는 산자락에 산막 비슷한 빈집이 한 채 있고 밭뙈기가 삼백 평 정도 있어 세 할머니가 고려장을 치려는 독한 마음으로 들어가 살 생각을 했다는 것이다. 한복 곱게 차려 입은 저 할멈 옷이 이상하지 않느냐면서 그들은 도리어 허허거리고 웃었다. 저 한복이 시집올 때 가지고 온 것이었는데, 전쟁 만나고 피난 다니고 이사 다니고 무수한 떠돌이 생활을 하는 속에서도 시어머니 등쌀 받아 내고 경정대는 남편 바라지에 새끼들 속 썩이는 일 치러 내는 통에 단 한 번도 꺼내 입은 적이 없었더라 했다. 마지막 고려장 치는 길에 한번 호사스럽게 입어 보고 있는 것이라 하였다.

　접수처 앞에서는 어머니-아들-딸의 가족 팀이 승강이를 벌이고 있었다. 중학생 아들 녀석은 한사코 진료를 받지 않겠다고 우기고 있었다. 옆에서 간호원이 거들었다. 교통사고자들이 비록 겉으로는 멀쩡해 보인다 하더라도 내상에 타박상, 골절상이 없는지 각종 검사는 받아야 하므로 일단 모두들 하루 이상의 입원 치료가 불가피하며 더구나 진찰은 기본이라고 설명을 하고 있었다.

　"미치고 말겠어, 돌아버릴 테야" 하고 아들 녀석이 마구 화를 냈다.

　"너 정말 이럴 테냐?" 어머니가 아들을 달래다 못해 화를 냈다.

　"우리 어머니가 나를 유괴하려 한단 말예요." 아들은 모든 사람들으라고 큰 소리로 외쳐 댔다. "어머니가 기도원에 들어가시는 거는 좋단 말예요. 이혼도 해 버렸겠다, 마음도 상하겠다 얼마든지 이해할 수 있다구요. 하지만 왜 나까지 가야 하는 거예요? 내일은 쉬지만 모레는 학교에 가야 하는데 내가 기도원에 틀어박히면 학교를 어떻게 다니느냔 말예요. 예수님이 도우셔서 이런 일이 일어난

거라구요. 어떤 버스든 좋으니깐요, 서울이든 부천이든 나를 좀 태
워서 보내달란 말예요. 난 멀쩡하다구요."

응급실이라 쓰인 곳은 방이 아니라 대기실에서 원장실로 가는
낭하의 한쪽을 막아 침대들을 배치한 곳이었다. 강유동은 목이 마
른 참이어서 자판기에서 음료수라도 빼먹을 요량으로 그쪽으로
가다가 화려한 레저복을 차려 입은 연령 차이가 크게 나는 남녀를
발견했다. 남자는 얼굴에 붕대를 친친 감아 누워 있었고 여자는 등
을 돌려 다른 침대머리에 앉아 있었다.

"실은 나한테 문제가 생긴 거야. 지난 수요일 골프장에 갔다가
돌아오는 길에 김 회장이 심각한 이야기를 하더라고. 워낙 불경기
가 심한 판이라 회사를 반으로 줄이고 그 대신 독립 채산제로 도
시 산업 회사를 내려고 하는데 나더러 그리 가라는 거야. 도시 산업
이 뭐냐면 우리 회사가 왕창왕창 지어 놓기는 했는데 도무지 입주
자가 없어 텅텅 비어 있는 전국 7개 도시의 아파트를 관리하는 거
야. 저승 따라 가라는 거나 진배없지. 나야 현장의 사나이이지 아
파트 경비 셰퍼드는 아니거든. 고민고민하다가 오늘 사표를 쓴 거
야. 아까 버스 안에서 한 이야기는 말짱 헛소리들뿐이었고, 나라는
인간의 실상이 이렇게 엉망이라니까. 실은 이 사회가 나를 온갖 머
슴 노릇으로 부려 먹다가 이제 걷어차 버리는 건지두 모를 일이지
만……."

"며칠 동안 쉬셔야 하겠어요. 저는 그냥 일어설게요." 여자가 실
제로 침대머리에서 일어섰다. "낯선 땅 엉뚱한 곳에 와 있는 저 자신
을 어떻게 설명해야 할지 저도 며칠 동안 고민해 보아야 하겠지요.
아까 휴게소에서 온천장 간다는 할머니들이 손가락질하데요. 저
나쁜 년이라구. 오랜만에 년이라는 소리 듣는 기분이 명쾌하구나

느끼기는 했지만 지금 기분은 또 다르네요. 저 자신이 도무지 명쾌해지지를 않는 거……."

강유동은 자판기에서 대추 달인 물을 담은 깡통을 빼내 천천히 마셨다. 아무래도 가슴이 결리어 그는 간이 휴게소를 겸하고 있는 이곳에서 담배를 한 대 태워 물었다.

응급실의 늙은 남자는 그대로 누워 있었고 젊은 여자가 안내실 있는 쪽으로 갔다가 돌아왔다. 영업용 택시는 동서울터미널을 도착지로 설정해서 17만 원을 받는다는데 15만 원에 갈 수 있겠다고 한다고 여자가 말했다. 남자는 안주머니에서 지갑을 꺼내어 여자에게 돈을 건네면서 무어라 말했는데 그 소리는 들리지 않았다. 여자가 약간 큰 목소리로 되묻고 있었다.

"곁에 있어 달라고요?"

"그래. 오늘 밤만이라도 내 곁에 있어 줘요. 우리가 오늘 바깥으로 나올 때 함께 있고 싶어서였다는 것을 생각해 보면……."

"물론 그랬었지만……. 바깥으로 우리가 잘못 나온 것이란 걸 깨닫게 된 걸요."

"교통사고를 당하려고 나온 건 아니었지 않나? 이럴 줄 알았으면 아까 부천에서 바깥으로 나오는 게 아니었는데 정말이지……."

"바깥길, 그런 외도(外道)를 우리가 잘못하고 있는 중이겠네요. 실장님은 컨트리클럽 나가는 기분 낸다는 게 컨트리로 나와 가지고 엉뚱한 컨트리맨 노릇을 하시는 격이고 말예요. 잘못되기는 저도 마찬가지예요. 아까 제가 무슨 생각을 하고 있었는지 아세요?"

여자는 찡그린 얼굴을 바로 폈다. 전화로 부른 택시가 도착하기까지 시간 여유가 좀 있겠다며 여자가 말을 이었다.

"아까 선생님은 조국을 건설하는 데 앞장서 왔다고 자랑을 하셨지만 이런 분들이 얼마나 이상한 세상을 만들어 놓았는가 저는 속으로 진저리를 내기만 했다는 거, 아세요? 선생님은 가난한 시골에서 태어나 고생고생 해가며 상경하던 이야기, 객지에서 고달파하던 이야기, 건설 회사 들어가 길 닦고 집 짓고 공장 세운 이야기 등등 한국 자본주의의 산 증인이라 하시던데, 그런 고향 타령에 객지 타령 이야깃거리나마 갖고 있으니 얼마나 신나시겠어요? 하지만 전 다른 생각을 하고 있었어요."

여자는 남자를 정면으로 바라보았다.

"한국 자본주의는 물론 천민자본주의였다더군. 아까도 말했지만 내가 그런 천민의 앞잡이였다는 것도 인정해. 학자들은 앞으로 문화자본주의 세상이 와야 한다는 말도 한다는데, 나도 동감이야."

"저는 금화아파트라는 월세방에서 태어났는데, 와우아파트라나 하는 아파트 지을 때 함께 세운 것이라 하데요. 무너진 성수대교, 삼풍백화점의 아버지뻘 되는 게 그 아파트라지요. 제가 태어난 아파트는 내버려 두면 허물어지게 되어 있기 때문에 당국이 부서뜨리기로 하여 우리는 그마저 쫓겨났는데 왜 이런 이야기를 하느냐고요? 저는 무너뜨려 버린 아파트의 3층에서 태어났으니 고향 타령을 할 도리가 없다구요. 허공에서 태어났으니 객지 타령을 해 볼 건덕지도 없어요. 게다가 모든 공터에는 이미 엉터리 건물들이 빼곡하게 들어찼지만 내가 비집고 들어갈 틈새는 없었어요. 안으로 들어갈 데가 없고 바깥으로 뛰쳐나갈 데가 없다면 무얼 어떻게 해야지요? 그래도 안으로 파고 들어가는 거 이외에는 다른 길이 없어요. 나는 두 가지를 가지려 한 거예요. 얼굴이 예쁘지 않으니 개성이라는 걸 살려야 한다는 것 하나에다가, 영어는 떨어지지 않고 지껄여야 한다는 다른 하나예요. 악착같이 돈 모으는 거하고 터무니없이 낭비해 버리는 거를 위해 사는 삶, 이게 우리가 물려받은 세상이에요. 여성독립만세주의라는 건 실상 비참한 현실을 극복하기 위한 몸부림인 거라구요. 가난한 시골에서 태어나 무단 상경을 해 볼 권리가 있던 사람들은 얼마나 행복했을까 진심으로 부러워했지만 지금은 달라졌어요. 선생님은 항상 외도가 필요하셨겠지요. 선생님은 어쩌면 바깥에서만 겉돌았을지 몰라요. 나는 달라요. 나는 바깥으로 나가 본 적이 없어요. 그래서 안으로 되돌아가겠다는 것이지만……."

여자는 이런 말을 멋대로 뱉어 낸 뒤에 실제로 남자를 떼어 놓은 채 떠나가 버렸다. 그러다가 조금 뒤에 다시 돌아왔다. 아까 남자가 건넸던 돈을 여자는 도로 내놓았다. 이 돈을 제가 받으면 앞으로 다시 만나야 할지 모르겠다는 부담이 생겨서 안 되겠네요. 여자가 돈을 내뱉는 이유가 그러하였다. 여자는 진짜로 남자로부터 영영 떠나가는 모양이었다.

자판기 옆에는 공중전화 박스가 있었다. 강유동은 어쩔까 망설이다가 그가 오기를 기다리고 있을 임처사한테 연락을 취하기로 했다. 그들은 젊은 한때 함께 하숙을 한 처지였음에도 근 30년 만에 다시 내왕을 하기 시작한 후로는 반말이 아니라 경어를 쓰고 있었는데, 임처사가 먼저 그렇게 하였기 때문이었다.

"제가 바깥으로 나오기는 나왔는데요……."

"그래 어떻습니까? 바깥이."

임처사는 '바깥'이라는 말로 제 처지를 설명한 일이 있었는데, 강유동이 그때 이 말을 새겨들은 일이 있었다. 임처사는 교직이 자기의 천직이라는 믿음에는 변함이 없다고 하였다. 그래서 안에 있을 적에는 이 천직을 위해 교육에 '노동'이라는 어휘를 얹어놓게 하는 운동에 뛰어들게 된 것이라 했고 바깥에 나왔을 적에도 이 천직을 저버릴 수 없어 교단 없는 수업에 뛰어들게 된 것이었으니 곧 그것이 문필업이 되었다고 했다. 이 천직은 그렇다면 과연 무엇을 하는 것이었던가. 더 나은 세상을 향해 나가는 일, 바로 그런 것이었다. 더 나은 세상을 어떻게 만드는가. 사람의 생각을 바꾸는 일, 바로 그런 것이었다. 사람의 생각을 어떻게 바꾸어 놓을 수 있단 말인가. 사람 속으로 뛰어들어 무엇이 잘못되어 있는지 실상을 밝히고 개선 방안을 마련하여 요구 조건을 내세우고 구호를 외치고 시위도 벌이는 등 온몸으로 시범을 보이던 시대가 있었다. '뛰면서 생각하라' 하던 시대가 있었으나 '꼼짝 말고 틀어박혀 생각하라' 하는 시대가 다가오고 있는 것이라 하였다. 미처 사람들이 일깨우지 못하는 것을 알도록 하는 새로운 작업 형식이 요청된다 했다. 이 작업 형식은 두 가지 기본 뼈대를 갖고 있다고도 했다. 그 하나는 찡그린 얼굴로 세상을 말하지 말라는 것이고, 다른 하나는 남들이 생각해 보지 못한 세상 꿈꾸기라 하였다. 그의 이 같은 설명에 어쩐지 훈장 냄새가 난다고 강유동이 말하며 웃었지마는 다음 대목이 새겨볼 만하였다. 이 천직을 위해서는 바깥으로 나와야 한다는 사실을 요즘 깨닫게 되는 중이라 했던 것이었다.

"바깥에 나오니 이 세상의 어지럼증이 잘 보이기는 보이는데……."

"뭔가를 잘 모르는 사람들은 바깥에 나오니 시원하다고들 흔히 그러는데 우리 강 선생은 뭔가를 잘 아는 사람 같네요." 임처사가 그 목소리에 흥미를 나타내 보였다. "그렇다면……. 그 어지럼증이 두 종류 아니던가요?"

"어떻게 그걸 아십니까?" 법률가 지망생이었던 강이 놀라서 언성을 높였다. 자기가 병원에 와 있다는 사실을 마치 임처사가 집어내고 있는 것처럼 들렸기 때문이었다.

"바깥에 나와서 어지럼증을 느꼈다는 말 속에 이미 대답이 들어 있는 것인데요. 무어, 그러니까 이 세상의 안쪽에서 일어나는 갖가지 일들이 되겠지만 이 세상을 작동하는 것이 무엇인지를 강 선생이 새삼 느끼게 되었다는 증거입니다." 임처사는 전직 교육자의 어조로 돌아와 있었다. 강유동은 임처사가 하는 이야기를 잘 알아듣지 못했다.

"모든 사람들이 실존주의자에서 더 나아가 생존주의자들이 돼 있는 것 아닙니까? 겉으로는 멀쩡해 보이지만 속으로는 골병이 들어 깊은 절망을 안고 있는……. 난파선에서 아우성치는 사람들처럼 말예요."

강유동은 임처사가 무슨 소리를 하는 것인지 알아들었다.

"사람 살기 힘든 세상이라는 게 바로 내가 느끼는 어지럼증의 내용입니다마는……. 알면 알수록 더욱 모르게 돼요, 이 세상이 도무지 어디로 굴러가는 세상이고 이 사람들은 도대체 어떻게 사는 사람들인지."

강유동은 문득 아까 버스 안에서 김해남 실장이란 사람과 여성 독립만세주의자라는 여자가 나누던 대화 생각이 났다. 골프 치는 소설가에 관한 이야기를 강유동은 임처사에게 들려 주었다. 그리고 문필가로서 어떻게 생각하느냐고 그는 임처사에게 물었다.

"좋은 이야기로군요." 임처사가 전화선 저쪽에서 웃었다. "특별한 소설가만 그런 걸 누린다는 게 아쉬운 일이긴 하지만, 달리 따져 볼 수도 있겠네요. 모든 소설가가 골프를 즐기지 못한다는 게 그나마 독자들을 위해서는 다행일 수도 있겠다는……."

강유동은 골프 치러 다니는 사람과 지금 함께 있는 중이어서 내

일 찾아가겠다고 본의 아니게 과장된 말을 하고 나서 전화를 끊었
다. 그는 외상보다도 안으로 썩어 들어가는 가슴이 어떻게 되는지
진찰을 받기 위해 천천히 진료실 쪽으로 걸어갔다.

《당대비평》, 1997년 9월호

비가 오나 눈이 오나
잃어버린 30년

비가 오나 눈이 오나 잃어버린 30년
─90년대 풍속사화를 통한 소설적 단상

1.

강영애는 다섯 살짜리 딸 연해한테 미리 말 연습을 시켜 두었다. 연해는 어머니가 일러 준 대로 외할아버지를 만나자마자 이렇게 물었다.

"외할아버지, 나 보고 싶었어?"

강충식 씨가 웃었다. "그럼 보고 싶었지."

"얼마큼이나?"

강충식 씨가 외손녀를 안고 둥기둥기를 해 주고 있을 때, 영애는 대충 설거지를 하고 난 다음 창문을 활짝 열어젖혔다. 노인 혼자 사는 실 평수 아홉 평짜리 연립주택에서는 온갖 꼬랑내가 다 났다.

강영애가 서울에서 두 번 버스 갈아타서 세 시간 남짓 걸리는 대광실버타운으로 아버지를 찾아가 봐야겠다고 생각했을 때, 그녀의 마음은 전혀 편하지 않았다.

"오지 마라, 오지 마, 애야. 너 찾아오는 거 하나도 반갑지 않다. 귀찮대두 그러니."

그녀가 아버지에게 전화를 걸었을 때 강충식 씨의 대답이 이처럼 통명스러웠다. 그녀는 잠시 어쩔까 망설이다가 이 집안의 맏이인 큰언니의 의견은 어떤지 알고 싶어 다시 그쪽에 전화를 넣어 보니,

"가지 마라, 가지 마, 얘. 노인네가 대학생두 노동자두 아닌 처지에 데모는 무슨 데모라데? 자꾸 받아 주다 보면 밑도 끝도 없어, 얘는."

아버지의 오지 마라 소리가 이 집안의 맏딸 입으로부터는 가지 마라 소리로 바뀌기는 하였으나 그 내용은 같은 소리였다. 오지 마라 오지 마, 가지 마라 가지 마……. 무슨 유행가 가사 같은 이런 소리들이 영애의 뒷골을 울리면서 귓바퀴에 뱅뱅하였다. 오지도 말고 가지도 말라면 과연 나는 도원경 속에서 사는 기분을 내어야 하는 것일까 스스로 되묻게 되었다. 딸만 넷인 강 씨 집안에는 요 근래 약간의 분란이 생겨나 있는 중이었고 보다 못해 셋째 딸이 발 벗고 나서려는 중이었다.

"마요네즈를 만들다 보니 아버지 생각이 난 거예요. 또 길기미가루가 있길래 어제 연해에게 주려구 식혜를 담갔는데 아버지 갖다 드릴라구요."

오지 마라, 오지 마…… 소리만 연발하는 아버지에 대해 셋째 딸 영애가 한 말이었다. 셋째 딸의 이런 소리에 전화선 저 바깥의 아버지는 아무런 대꾸가 없었다. 가지 마라, 가지 마……하는 큰언니에게도 영애는 똑같은 말을 했다. 셋째 동생의 이런 말에 전화선 저 바깥의 큰언니 역시 아무런 대꾸가 없었다. 네 딸은 어렸을 적부터 아버지와는 함께 마요네즈를 직접 만들곤 했었는데, 이런 일마저 옛적 향수를 불러오게 하는 일이 되고 말았다.

"마요네즈는 냉장고 안에 넣어 둘게요. 그리고 식혜는 지금 잡수시구요."

대충 청소를 끝내고 영애는 아버지에게 식혜 그릇을 디밀었다.

"식혜보다두 우리 요기나 하자. 네가 부득부득 온다기에 내가 아직 점심을 안 먹었지 무어냐."

강충식 씨는 눈가를 붉히면서 찬장 안에 넣어둔 전기토스터를 꺼냈고, 식빵과 마가린, 치즈 등을 식탁에 차려 놓았다. 이어서 아버지는 냉장고를 열어 달걀과 식용유를 내놓고 소금 후추 설탕 식초 등속을 찾아 놓았다. 아버지는 오랜만에 셋째 딸과 함께 직접 마요네즈를 만들어 볼 생심을 내었는가 보았다. 영애는 잠시 잠깐 옛일을 떠올렸다.

달걀들을 깨뜨려 노른자위만을 유리그릇에 풀어 스테인리스 같은 금속이 아니라 나무로 만든 주걱을 시계 방향의 한 방향으로만 계속 저으면서 일정하게 식용유를 부어 가노라면 (소금 설탕 후추 식초 등속은 알맞게 가미하면 되는 것이고) 차츰 옅은 노란빛을 띠며 엉기어 가는 마요네즈 만들기는 이 딸부자 집에 항상 풍성한 식탁을 제공해 주게 했었다. 조선 음식만 강조하던 아버지가 네 딸들과 함께 빵이니 마요네즈니 하는 것으로 간식거리를 마련하기 비롯한 것은 어머니가 돌아가신 직후부터의 일이었다.

어머니는 고추 달린 갓난것을 아버지에게 보여줄 욕심으로 네 번째 아기를 가졌었는데 낳고 보니 또 잎사귀였다. 아버지보다 더 낙심했대서 그랬는지 어쨌는지 어머니는 후덧침으로 앓아눕고 병원 출입마저 잦더니만 '우리 양념딸'이라고 특히 귀애하던 화애가 초등학교 들어가던 해에 홀쩍 저세상으로 뜨고 말았다. 화애가 1973년생이니까 그게 79년에 일어난 일이었다. 아버지가 군에서 제대를 한 것도 그 무렵이었다. 큰언니가 열일곱 살이고 둘째 언니가 열다섯 살, 영애가 열한 살이었고 그리고 양념딸 화애가 일곱 살이니 올망졸망한 네 어린것들을 키워 내야 하는 벅찬 일이 아버지에게 떠넘겨진 것이었다. 어머니의 백일 탈상을 마치고 났던 다음 날 아침에 예상 못 한 일이 일어난 것이 그런 연유 때문이었다.

"강부애, 차렷. 열중쉬엇. 편히쉬엇" 아버지는 맏딸에게 이렇게 명령하고

"강귀애, 너에게는 지금부터 아버지가 임무를 줄 거다" 이렇게 이르고

"강영애, 너는 두 언니를 도운다" 하여 셋째 딸을 긴장하게 하고

"강화애, 너는 이제부터 맛있는 음식을 먹게 될 테니 대기하라" 했었다.

아버지는 부, 귀, 영, 화라는 글자를 차례대로 딸들의 이름에 붙여 주었는데 온갖 정성으로 딸 넷을 당신의 품 안의 자식으로 보듬어야 하는 것뿐만이 아니라, 고참 준위로 제대한 사회 초년병의 처지에서 어떻게 하든 생계수단 변통수를 마련해야만 했던 것이었으니이 두 가지 일을 한꺼번에 갈무리해야 하는 노릇이 무척이나 벅찼던 것임에 틀림없었다. 마요네즈 만들기는 딸애들이 제법 재미를 느껴 하며 스스로 때식 끼니를 간편한 식빵으로 때워 나갈 수 있도록 아버지가 착안해 낸 일종의 신생활운동이었던 셈이었다. 아무튼 네 딸들은 마요네즈라는 것을 통해 많은 것을 배울 수 있었고 아울러일깨우게 되는 것들도 있었다. 만들기 어려운 것은 아니지만 인내심이 있어야 했고 혼자 하기는 어려워 함께 달려들어야 하는 일이었다. 어느 때인가는 영애가 나무주걱을 가지고 휘젓는 일을 맡았는데 시계 방향으로만 돌리라는 것을 어기고 호기심에 이끌려 반대방향으로 한번 저었다가 노른자위들이 엉클어지는 바람에 엉망이되고 만 일도 있었고 막내 화애가 부득부득 우겨 식용유 붓는 일을하다가 쏟아 버리는 소동으로 곤죽을 만든 적도 있었다. 가게에서

사다 먹는 마요네즈가 허여멀건 빛깔임에 비해 집에서 만드는 것은 태깔부터가 노리끼리한 데다가 윤이 흘러 사 먹는 게 그냥 좋은 것만은 아니라는 것도 깨우치게 되었다. 이런 과정을 통해 강 씨네 딸들은 밥상을 자작 차리고 간식거리는 직접 만들고 또 반찬 나부랭이들을 간단히 조리해서 먹을 수도 있게 되었다.

강충식 씨는 제대 직후 알루미늄 새시 공장을 어떤 사람과 동업으로 차린답시고 몇 푼 안 되는 퇴직금을 몽땅 부어 넣었다가 그마저 날려 버린 뒤로 위태위태한 몇 개월을 실업자 신세로 지내기도 했었다. 하지만 그에게는 김만욱 대령이라는 동향 소학교 동창생이 있었다. 그들은 1·4 후퇴 때 함경도 원산에서 군함을 타고 함께 월남했고 부산에 도착하는 즉시로 국군 신병훈련소에 들어가 2주간 훈련을 받은 후 현역 육군이 되어 일선에 배치되었었다. 하지만 그 뒤 한 사람은 줄곧 사병으로 남았고 다른 한 사람은 시험을 치러 제3사관학교에 들어간 다음 장교로 입신하여 인생 노선이 달라지게 되었다.

이때에 사병 출신 강충식 씨는 장교 제대자인 김만욱 사장에게 찾아가 딱한 사정을 의논하게 되었다. 김만욱 씨는 공병 장교 출신으로 건설업에 뛰어들어 부동산 경기를 타고 한창 사업체를 늘려 가는 중이었다. 김 회장은 본사 건물과는 별도로 서울 서초동에 8층짜리 건물을 하나 소유하고 있었다. 이 빌딩을 관리하는 일이 만만치 않아 속을 썩이던 참이어서 우직하고 성실한 강충식 씨가 그 관리인으로 특별 발탁이 되었다. 강충식 씨는 이 빌딩에서 하루 스물두 시간을 보내야 했다. 오후 여덟 시부터 열 시까지 두 시간만은 틈을 내어 뿌르르 딸자식들이 사는 시영아파트에 들러 후닥닥 집 안일들을 해치우고 다시 빌딩으로 달려가는 그런 생활이었다.

"바로 어제 황 서방이 다녀갔는데, 무슨 말을 할 듯 할 듯 하면서 그냥 술이나 들다 돌아가더라마는, 오늘은 또 네가 달려오고……. 도대체 우리 집안에 무슨 특별한 일이라도 생겨나고 있다는 거냐?"

강충식 씨가 갓 만들어 낸 마요네즈를 치고 살구잼(이것도 직접 만든 것이었다)을 겹 바르고 상추를 얹어 놓은 식빵을 맛있게 들면서 셋째 딸에게 은근히 물었다. 황 서방은 강충식 씨가 늘상 믿음직하게 여기는 둘째 사위였다.

"그래요, 아버지. 우리 집안에 바야흐로 충격적인 사건이 일어나려 하는 중이에요."

"충격적인 사건? 행복하기 그지없는 우리 집안에 무슨 충격적인 사건이란 말이냐? 나는 멀쩡하고 또 너희들두 다 제 할 일 하며 지내는데."

강충식 씨는 지청구를 트는 건지 딴전을 피우는 건지 이렇게 피해 가는 말을 하였지마는 영애는 갑자기 초라하게 늙어 버린 듯한 피곤기 서린 아버지 얼굴을 감회 어린 눈으로 바라보았다.

2.

"너 매 맞을 짓 했지. 열 대 맞아야겠다."

"예, 제가 매 맞을 짓 했어요. 하지만 저 몸이 아프니 한 대만 맞을게요."

그 어렸을 적에 영애는 이런 엄살을 부렸어도 아버지로부터 매 열 대를 맞는 것을 피할 수 있었던 것은 아니었다. 아버지는 상벌의 기준이 엄격했다. 물론 아버지 매라는 것 자체는 아무것도 아니었다. 나무젓가락 같은 것으로 손바닥을 치는 시늉만 내는 것이었으므로 전혀 아프지는 않았다. 그러함에도 벌을 받는다는 것, '매 맞을 짓'을 했음을 시인해야 한다는 것, 평소 한없이 부드럽고 자상한 아버지가 갑자기 엄격하고 딱딱한 모습으로 달라지는 것을 지켜보아야 하는 일은 참으로 무섭고 겁나는 일이었다. 말랑말랑한 영혼은 그때에 상처를 입지는 않았던 것일까.

"웬만한 아버지라면 어린 딸의 그런 애원에 '그래라 이번 한번은 봐줄 테니 한 대만 맞아라' 하였을 거라구요. 하지만 아버지는 원칙을 어기면 안 된다 하시면서 기어이 열 대를 때리셨지요. 물론 그냥 살살 치는 흉내만 내다 마는 것이었지만……."

영애는 이런 아버지의 원칙주의를 군사문화의 한 형태라고 말했다가 강충식 씨로부터 노여움을 산 일도 있었다. 하지만 영애는 "아버지를 위해서 드리는 말씀인 거라구요" 하면서 강충식 씨가 시대의 변화에 따라 달라져야 할 점이 있음을 간접적으로 내비치곤 하였다. 네 딸들 중에서 셋째인 그녀가 아버지로부터 "넌, 여우다"라는 소리를 듣게 되는 까닭이 이처럼 제 하고 싶은 말은 다 하면서 아버지 기분을 상하지 않게 하는 묘한 친화력을 발휘해 보이곤 했기 때문이었다.

"아버지 시대는 지나갔걸랑요. 냉전 시대, 분단강요 시대, 그리고 군사문화 시대 말예요. 딸들은 반란을 일으키려는 게 아니라 자기 시대에 맞는 삶을 찾으려는 거라구요."

한창 때의 강충식 씨라면 딸의 이런 말을 가만히 듣고 있지는 않았을 것이었으니 확실히 시대가 달라지기는 한 모양이었다.

강충식 씨가 군대에 들어갔던 것이 1951년, 당신 나이로 만 16세 때였다. 이북내기인 그가 나중에 가호적을 만들 때 실제보다 세 살이나 나이를 보태어 등재시킨 것이 군대 들어갈 적에 거짓말을 하였던 데에서 비롯된 일이었다. 아버지의 원래 고향은 평안북도 순천군이라 했는데, 묘한 인연으로 그랬는지 전라남도 순천시 출신의 어머니를 만나 당신 나이 스물일곱 살 되던 해에 미처 혼례식도 올리지 못한 결혼 생활을 시작했었다.

보통 아이들한테는 민족 분단이니 통일이니 하는 단어야 으레껏 교과서에서나 만나는 것일 뿐, 실제 생활에서는 짐짓 모른 체하여도 별로 안타까울 것 없는 일 아니었을까. 하지만 강 씨 집안의 네 딸들에게는 달랐다. 아버지는 반공 사상이 투철하였다. 〈미워도 다시 한 번〉이라는 영화가 그 당시에 히트를 치고 같은 제목의 유행가가 인기를 끌어 어린 딸애들이 이 노래를 흥얼거릴라치면 아버지는 언짢아하기도 했었다. 차라리 '미워, 미워, 끝없이 미워'라는 제목으로 바꾸어 부르는 것이 좋겠다고 주장하였는데 미움과 쉽사리 타협할 수 없기 때문이라 했다. 아버지의 반공주의는 자본주의 이론이 어떻고 사회주의 이론이 어떻고 그런 것을 따진다거나, 자유민주주의의 우월성을 사상적 철학적으로 검증하고 신봉해서 고차원적으로 이루어지는 그런 무엇은 아니었다. 당신을 실향민으로 내몰고 월남민이 되게 한 것은 당신 탓이 아니라 했다. 당신의 인생은 잘못되어 버렸다고 생각하는 나머지 그 원인을 찾으려 하는 데에서 나오게 된 것이 곧 아버지의 반공주의가 아닐까 하고 딸들이 미루어 짐작해 보았을 지경이었다. 딸아이들은 '월남민'이란 단어에 서툴렀는데, 심지어 아버지에게 묻기도 했었다.

"우리는 월남민이라고 아버지는 자꾸 그러시는데, 우리가 월남 사람이란 말예요? 왜 월남민이라구 그러는 거예요?"

월남이 망하고 수도 사이공이 함락되었다고 온 나라 안이 떠들썩하였던 적이 있었다. 우리의 반공 태세를 재정비 강화해야 한다는 초등학교(그 당시에는 국민학교라 했지마는) 교장 선생님의 특별조회 훈화와 뒤이어 담임 선생님의 종례 시간 당부 말씀이 따랐던 그때의 일을 영애는 뒷날까지 똑똑히 기억하고 있었다. 영애는 그때 철부지 초등학생이었지만 큰언니 부애는 이미 아버지에 대한 반항 기질을 조금쯤은 키워 놓고 있었던가 보았다. 아버지가 꼬박 '각하'라고 토를 다는 대통령 이름을 함부로 부르면서 독재자니 어쩌니 하여 그때에는 아직 생존해 있던 어머니와 동생들마저 불안하게 만들곤 했다. 박정희 독재 체제에 반대하던 사람들이 무슨 당 사건이라 하는 것으로 몰려 여덟 명이 사형장으로 끌려갔다는 둥 서울대 농대생 하나가 독재자는 물러가라 외치며 할복자살을 했다는 둥 그런 소리들을 몰래몰래 들려주곤 하여 어린 동생들을 겁에 질리게 만들었다.

1975년 4월 30일은 수요일이었고 둘째인 귀애의 생일이었는데 아버지는 마침 휴가 중이었다. 모처럼 불고기 집에서 맛있게 저녁을 먹고 집으로 돌아왔었는데 군부대로부터 비상이 걸렸으니 빨리 귀대하라는 긴급 전화가 걸려 왔다. 월남이 망하고 사이공이 함락되었으니 한반도 또한 심상치 않게 되었다고 아버지는 심각한 표정으로 말하고 나서 우리 국민들의 반공 태세가 허약한 것에 대해 우려하는 말을 덧붙였다. 그런데 이때 뜻밖에도 큰딸 부애가 이의를 제기해서 그날 이 집안에는 난데없는 사건이 일어났다.

강충식 씨의 자식 사랑은 유별나다 못해 극성스럽기까지 했었다. 철부지 적에는 가끔 엄한 표정으로 다그치는 적은 있었지만 벌써 지나간 일이었을 따름이었다. '우리 공주님들'을 영원히 떠받들어 모시는 충실한 부하가 바로 아버지 자신이라고 거듭거듭 강조해 오곤 하였다. 이러던 아버지가 공주님을 그토록 두들겨 팰 수 있었다니, 영애는 두고두고 그때 일을 잊을 수 없었다.

"똑똑히 새겨들어라. 우리는 월남민이다. 우리가 충청도나 전라도, 경상도, 제주도 출신이라면 독재가 어떻고 떠들어도 상관없어. 하지만 우리는 월남민이니까 그래선 안 된다. 끝없이 충성을 바쳐도 모자란단 말이다."

"아버지는 그럴지 몰라도 저는 아니에요. 서울에서 태어난 제가 왜 월남민이라는 거예요?"

두들겨 맞으면서도 이런 소리를 거듭하며 대들던 큰언니의 그 모습, 그것이 바로 강 씨네 집안에서 일어난 딸들의 첫 번째 반란 사건이었을지도 모를 일이었다.

그러나 강충식 씨는 곧이어 평상시의 자상한 모습으로 되돌아왔고 딸들 또한 그런 구타 사건쯤은 씻은 듯이 잊어버리고 말았다. 어머니 돌아가신 뒤의 아버지는 특히나 딸들에게 애틋한 정을 쏟아부어 '군사문화'의 일종인 원칙주의를 제쳐 놓는다면 어느 면에서는 이상적인 아버지상이 아닐까 딸들은 생각해 오곤 했다. 영애는 어른이 다 된 후에 이런저런 어렸을 적 일을 회상하며 아버지를 간접적으로 공격하는 적도 있었지마는 이는 어디까지나 아버지에 대한 존경심을 바탕에 깔고 하는 말이었을 따름이었다.

"내 유일한 소망이 무언 줄 아느냐. 너희들 잘되는 것, 그 하나뿐이다. 남들은 이런 나를 가리켜 가족밖에는 모르는 사람이라고 비웃더라마는, 그래서 내가 당당하게 외쳤다. 그래, 나는 가족주의자다, 라고 말이야."

강충식 씨는 이북에서 고급중학 1년까지 다녔다 했는데 남한 땅에 내려와서 처음에는 적응이 안 되어 애를 먹었다는 말을 한 적도 있었다. 모든 걸 전체에 맡겨 놓아야 한다는 북한이나 어떤 것이든 개인이 알아서 해야 하는 것으로만 치부하는 남한의 극단적으로 상반되는 삶을 비교할 적에 '가족주의'라는 게 온당한 절충 방식이 되는 것 같다는 당신 나름의 분석도 늘어놓았다. 이기적이고 배타적인 사회에서 가족 빼고는 믿을 게 없고 의지할 데가 없으니 그 이상의 무슨 이데올로기가 따로 있을 수 있겠더냐 하였다. 그러나 강충식 씨의 이런 가족 지상주의가 과연 맞기는 하였던 것이었던지?

강충식 씨는 약간의 여유가 생기자 가장 먼저 시작한 일이 딸 바라지를 위한 장기 투자 계획이었을 정도로 딸들을 챙기는 데에는 참으로 유별난 데가 있었다. 강충식 씨가 서초동 빌딩의 관리인이 된 때로부터 3년을 바라볼 적이었는데, 하루는 김만욱 회장이 그를 불렀다. 김 회장은 강충식 씨가 충직하게 빌딩 관리를 해온 데 대하여 덕담을 늘어놓은 뒤 뜻밖의 제안을 하였다. 사업체가 늘어나 사소한 업무들은 정리 정돈을 해 둘 필요가 생겼다면서 '서초동 빌딩을 아예 자네가 떠맡게' 하던 것이었다. 강충식 씨가 이에 서초동 빌딩 전체를 임대하기로 하는 계약서를 작성하였다. 보증금 십몇 억이란 액수가 놀랄 만한 것이기는 하였지만 이는 입주자들로부터 이미 받아 놓은 것이 있으므로 부담이 되는 것은 아니었고 현금으로 지불하는 월세도 입주자들이 내는 것으로 이미 충분하였다. 강충식 씨는 빌딩 옥상에 가건물을 지어 관리사무소를 차리고 정식 직원 두 명에 청소부, 경비원들을 일당으로 채용하는 사장님이 된 것이었다. 하지만 비용을 아끼기 위하여 웬만한 일은 그 자신이 직접 맡아서 처결하였다. 아울러 여러 시설들을 끊임없이 교체해 가며 빌딩의 각종 기능들을 향상시키고 작업 환경을 고급화시키면서 사무실들의 임대료를 야금야금 인상해 갔다. 법원과 검찰청이 옮겨 오면서 서초동 일대에 사무실 부족 현상이 일어난 것도 한몫을 하였지만, 그는 빌딩 관리 전문 업체로 그의 사업을 키울 수 있게 되었다. 서초동 빌딩 외에도 그는 역삼동의 어떤 빌딩의 관리 용역도 따냈다.

바로 그 무렵의 일이었다. 김만욱 회장이 새로 조성되는 의왕 신시가지에 아파트단지를 건설하게 되는데 2년 후에나 완공된다 했다. 일시불이 아니라 분납이 가능하고 또 3년 거치 5년 상환 등의 융자도 따라붙는 등 분양 조건이 좋은 편이었다. 이에 강충식 씨는 네 딸 명의로 각각 똑같은 15평짜리 아파트를 분양 받기로 계약을 체결하여 김만욱 회장 외에는 아무에게도 알리지 않고 부금을 부어 나간 것이었다. 나중에 이런 사실을 알게 된 딸들은 다른 눈으로 다시 한 번 아버지를 쳐다보게 되었지만, 다만 이 아파트에 조건이 붙기는 했었다. 강충식 씨는 딸들에게 언명하기를 당신 눈에 드는 사위라야 결혼을 시켜서 이 아파트를 내 주겠노라 했던 것이었다. 짐승같이 벌어서 정승같이 쓴다는 말이야말로 강충식 씨에게 해당되었다.

강충식 씨가 딸들의 두 번째 반란 사태 비슷한 일을 만난 것 역시 맏딸 부애로 인해서였다. 부애가 고교 진학을 할 적에 여상을 택한 것은 비록 맏이이기는 하지만 아버지가 딸자식을 대학에 보내줄 것 같지 않았기 때문이었다. 실력은 남자의 몫이고 여자는 무조건 예뻐야만 한다는 것을 가르쳐 주는 게 여상의 교육이더라고 부애는 푸념하곤 했다. 부애는 공부는 잘했지만 삐쩍 마른 것이 아니라 튼실한 체구였고 오밀조밀한 이목구비가 아니라 올망졸망한 얼굴이었다. 여상을 졸업하고 나서 부애는 여러 군데에 원서를 내고 시험도 쳤지만 대기업체에 취직이 되지는 못하였다.

구로공단의 수출 전자제품 생산업체에 경리로 취직이 된 부애는 직장 생활 3년으로 접어드는 해에 아버지에게 조용히 말씀 드릴 것이 있다는 소리를 해 왔다. 같은 공장의 기계반장으로 있는 청년이 프러포즈를 해 왔다는 것이었다. 이에 대해 강충식 씨는 가타부타 일절 말이 없었다. 하지만 특무대라 했다가 보안사로 이름을 바꾸던 부대에서 군 경력을 쌓아 온 그다운 작업에 곧 착수하였다.

강충식 씨는 그 청년 황윤종이 들까불어 대는 성격이 아니라는 것을 좋게 보았다. 노동자라는 것에 대해서 불만을 가졌던 것도 아니었다. 문제는 그 녀석 황윤종이 흔히들 살림밑천이라 부르기도 하는 맏딸의 사윗감으로는 맞지 않는다고 살피게 된 점에 있었다. 강충식 씨는 땅을 사려는 사람 행세를 내면서 황의 고향에까지 다녀오기도 했는데, 시골집의 노부모에게 소홀하게 구는 점이 있음을 알아차릴 수 있었다 했다. 강충식 씨는 은연중에 핵가족이 아니라 대가족주의를 지탱시켜 줄 사윗감을 찾고 있었던 것인지도 몰랐다. 결국 부애는 기계반장과 맺어지지는 않았다.

김의영이란 청년은 부애가 뒤늦게 공부 바람이 불어 전문대라는 곳에 들어가 알게 된 군 복무 마친 복학생이었는데, 슈퍼마켓을 꾸려 가는 집안의 둘째 아들이었다. 강충식 씨가 전혀 다른 동네에 놓인 그 슈퍼마켓의 단골손님으로 드나들기 시작한 것은 그 집안사람들의 됨됨이를 보기 위해서였다. 김의영은 장사에 소질이 있었고 손재주도 있었다. 전산 계통의 기사 자격증을 따기 위해 매달리는 한편, 학교를 졸업하자마자 여의도의 어느 오피스텔 지하상가에 1평 반짜리 문구류 가게를 내었다. 복사기를 들여놓는가 하면 컴퓨터를 구입하여 각종 서류 작성 대행 업무라든가 소프트웨어 깔아 주는 일을 맡아 내기도 하였다. 강충식 씨가 그 문구 가게에 단골로 들락거린 것은 물론이었다. 김의영은 어느 날 단골손님인 강충식 씨가 찾아왔을 때 "어서 오십시오" 소리를 반갑게 하기는 했지만, "자네는 합격이라네, 내 딸을 데려가게" 소리에 깜짝 놀라 혀를 내두르지 않을 수 없는 일을 만났다. 아버지가 대가족주의를 이끌어가기에는 모자라는 점이 있더라도 그 대신 능률주의를 발휘해 볼 수 있는 녀석이라면 그런대로 사윗감으로 괜찮다고 양보를 한 모양이라고 딸들은 수군거렸다.

둘째 딸 귀애는 강충식 씨 속을 썩이지 아니하고 아버지가 미리 마련해 두었던 15평짜리 아파트를 받아 낼 수 있었으니, 황규준이란 청년을 강충식 씨가 처음부터 마음에 들어 한 까닭이었다. 황규준은 강충식 씨의 빌딩 관리 전문 업체에서 장인의 뒷바라지 일을 해내게 되었다. 셋째인 영애 역시 실제로 자유연애를 하였으면서도 아버지와 직접 부딪는 것을 피하여 자기 몫의 아파트를 얻어 내는 '여우짓'을 해서 강충식 씨도 큰 불만은 없었지만, 문제는 막내딸 화애였다.

강화애는 막내 기질 탓만이 아니라 시대 풍조의 영향을 잘못 받기도 한 모양이었다. 세 언니들과는 생판 다르게 '제멋대로 주의자'의 기질마저 발휘하고 있다고 살피게 된 아버지 강충식 씨는 늘상 막내에 대한 염려를 붙들어 매지 못해 하였다. 고명딸은 어렸을 적에는 똑똑하고 명랑하고 재능 있고 얼굴마저 상큼하게 생겼다고 자랑덩어리였지만, 대학 들어가는 해부터 소위 운동권에 발을 들여놓으면서 애물단지로 돌변되었다. 그때가 바로 김영삼 정권이 들어서던 1993년이었는데 대학사회는 전대협이라는 조직에서 한총련이라는 조직으로 물갈이를 하고 있었다. 전대협과 한총련이 어떻게 다른가 하면 전자는 전국 대학생 대표자들을 규합한다 하여 종합대학 이상의 학생회 대표들을 총집합시키는 모임체로 구성된 87

년 6월 항쟁의 산물이었다면, 후자는 종합대학만 아니라 단과대학까지 결집시키고 보다 대중적인 조직을 지향하여 생활 학문 투쟁의 공동체를 추구한다는 취지 아래 91년 강경대 사건과 정원식 문교부 장관의 물세례 이후로 퇴조되기 시작한 학생 운동을 활성화시키기 위해 새롭게 결성시킨 것으로 김영삼 정권이 떠드는 문민정권이라는 것 속에 도사린 파쇼독재성을 적발하고 나아가서 이 정권을 퇴치시킨다는 목표를 내세우고 있다 하였다. 강충식 씨는 막내딸이 대학에 다닐 기회를 가져 보지 못한 둘째 언니와 셋째 언니에게 자랑삼아 꺼내는 이런 이야기를 얼핏 엿들은 적이 있어서 대학이라는 데가 한창 밝게 자라나야 할 청춘들을 어떻게 망쳐 놓고 있는가를 실감하게 되었다. 강충식 씨는 막내딸에게 말하곤 했다.

"너는 세상살이가 얼마나 험한 것인 줄 몰라. 너의 제멋대로주의가 얼마나 위험하고 아슬아슬한 것인지 이 아버지는 진땀이 다 날 지경이지 무어냐."

화애는 이런 아버지의 말씀을 전혀 귀 담아 들으려 하지 아니하였는데, 대학 졸업반이 될 무렵 오명석을 사귀면서부터 더욱 그러했다. 강충식 씨는 막내가 연애놀음에 빠진 것을 전혀 몰랐다가 딸아이가 아르바이트를 다닌다는 소리에 미행을 해서 결국 데이트 현장을 확인해 내게 되었다. 그러나 강충식 씨는 아무런 내색도 하지 아니하였는데, 이는 오명석에 대한 내사에 들어가기 위해서였다.

오명석은 '달맞이꽃 살림터'라는 이상야릇한 사무실을 제 또래 친구들과 차려 놓고 있는 중이었다. 단돈 1만원 안쪽의 자질구레한 살림살이 도구들이나 사무용품들을 받아다가 공장이나 아파트단지로 찾아다니며 출장 판매도 하고 또 가정방문 판매도 하고 우편 판매도 하는 등 그들 나름으로는 열성적이었지만 강충식이가 볼 적에는 될성부르지 않은 장사놀음이었다. 하기사 복덕방이 공인중개사무소로 둔갑하고 보험 아줌마가 생활 설계사로 전문화되는 세상이고 보면 시시껄렁한 외판업이라 해도 사명감을 갖고 판로를 넓히고 조직망을 갖추어 세상을 위해 기여한다면 그것으로 보람을 찾을 수는 있는 일이라는 것을 강충식 씨 또한 이해하지 못하는 바는 아니었다. 문제는 이 녀석이 이른바 불순 과격 용공 좌경 소리 듣는 짓으로 횡하니 8개월가량 감옥도 구경하고 나온 처지에서 제 앞가림이나마 제대로 차려 볼 생념을 내기는커녕 아직껏 정신을 못 차리고 장사를 핑계 삼아 제 또래 불순분자들과 철부지 후배들마저 끌어들이는 패거리 노릇을 청산하지 못하고 있다는 점에 있었다. 하지만 어째서 화애가 저런 부류들과 놀아나게 되었는지 통탄만 하고 있을 수는 없다고 판단하는 것이 강충식 씨였다.

오명석은 어느 날 강 사장이라는 사람으로부터 만나고 싶다는 전화를 받았다. 강 사장은 오명석이 강남의 어느 재벌회사 빌딩 앞에서 점심시간을 이용하여 직접 출장 판매에 나섰을 적에 만났던 기억이 있는 사람이었다. 3천 원짜리 '007수첩'은 겉으로 보자면 주민등록증보다 약간 기다란 정도의 크기에 위쪽에 볼펜이 부착되어 있었는데 액정 시계가 달려 있는 앞쪽을 들추면 각종 증명서와 카드뿐 아니라 동전에 토큰 따위를 넣을 수 있게 되어 있었고 연중 계획표, 지하철 노선도, 전국 관광 지도, 우편번호 따위들이 수록된 수첩도 달려 있었다. 강 사장은 이 수첩을 평안도 고향의 소학교 동창 모임 자리에 친구들 선물로 나눠 주면 좋아하겠다면서 한꺼번에 스무 개가량 샀는데 이때에 그가 한 말이 오명석의 뇌리에 남아 있었다.

"요즈음 청년들은 삐삐니 전자수첩이니 하는 것마저도 촌스러워하는지 몰라도, 나이 든 우리 같은 사람에게는 이런 수첩만으로 벌써 진귀한 귀물이 되는 거라오."

그러니 모든 물건은 다 임자가 따로 있고, 이 세상에 소중하지 않은 것은 하나도 없다고 그는 부연해서 설명하기도 했는데 그가 바로 강 사장이었다. 오명석은 강 사장을 정식으로 만났다.

강 사장은 강남의 고층빌딩에 입주해 있는 회사들에게 사무기기를 납품하는 사업을 벌이고 있다고 자기소개를 한 다음, 자질구레한 잡동사니 물품들을 구해 달라는 경우가 적지 아니하여 곤혹스러울 때가 있다고 말했다. 오명석은 아무리 하찮은 물품 비품일지라도 즉각 구해 드릴 수 있다 하였고 내친김에 '달맞이꽃 살림터'에 대한 피알을 겸하여 자기 사무소 자랑하는 것을 잊지 않았다.

"밑바닥 자본주의를 우리는 훑으려는 겁니다. 유식하게 풀어서 말씀드린다면 지난 시대에 거대담론이라야만 행세를 한 적이 있지만 지금은 미시담론의 시대라고들 하거든요. 거대자본은 물론 아니고 소자본도 못 되는 미시자본이라 할까요, 풀뿌리 민주주의 아니라 풀뿌리 자본주의의 토대로부터 새롭게 출발해 보자 하는 겁니다. 생활자본주의 도덕자본주의 문화자본주의로 저 박정희 시대 이래의 천민자본주의를 무찔러 내기 위한 밑바닥 기초공사인 셈이지요. 지난번 우연히 뵈었을 때 사장님께서는 모든 물건이 다 임자가 있고, 이 세상에 소중하지 않은 것은 하나도 없다고 하셨습니다마는 바로 그런 뜻에서 출발된 새 개념의 시장 공동체 운동이랄 수 있습니다."

강충식 씨는 이 젊은 녀석으로부터 그가 천민자본가라고 지목을 당하여 은근히 비난을 받고 있는 것처럼 느꼈지만 물론 내색은 아니하고 속으로만 한숨을 삼켰다. 비료와 농약을 쓰지 않은 농산물을 직판하는 한살림 운동이 새로운 농민 운동으로 일어나고 있다는 것은 그 또한 알고 있고 실제로 그런 농산물을 사 먹은 적도 있었기에 이 녀석이 그 비슷한 도시 소비자 운동을 펼쳐 보이고 싶어 하는 것이겠거니 이해해 주려고 노력했을 따름이었다. 오명석도 그 비슷한 소리를 했다. 요즈음 재벌회사들이 가격 파괴니 하는 말을 내세우고 있지만, 이를 거꾸로 살핀다면 지금까지 얼마나 터무니없는 가격으로 소비자들에게 덤터기를 씌웠는지 알게 하는 것 아니냐 하였다. 권력의 폭력 다음 단계로 시장의 폭력을 물리치기 위해서는 풀뿌리 시장 운동이 일어나야만 하는 것이며, 운운……

강충식 씨는 오명석을 과연 어떻게 평가할 수 있겠는지 그와 헤어진 후에 곰곰이 따져 보았다. 나와 상관없는 사이라면 저 같은 청년도 이 사회에 있어 주는 게 나쁘지 않겠다고 판단될 수 있는 일이겠는데, 그것이 나의 막내둥이 화애의 인생과 관련이 되는 것이라 할 때에는 아무리 생각해 보아도 '이건 아니야' 쪽으로 심증이 굳어지는 것을 막을 수 없었다.

강충식 씨와 오명석 사이의 거래는 끊어질듯 이어질듯 하면서 6개월 이상 계속되었다. 실은 오명석을 만나기 위한 구실을 강충식 씨는 그런 식의 거래로 지속시킨 것이었다. 강충식 씨 아닌 강 사장은 이 어린 녀석을 술집에까지 끌고 다니며 폭넓은 대화를 즐기는 체했었다. 실제로 그들은 서로 많은 대화를 나누었다. 많은 부문에서 강충식 씨는 일깨움을 받게 되는 것이 있었지만 실상 그보다 더 많은 쪽으로 그는 이 녀석으로부터 비판을 당하고 아울러 비난받고 나아가서 매도되고 조롱당하는 일이 있었다. 그리하여 어떤 소득을 얻었던 것이었던가.

"아버지가 오명석 씨와 거래를 하고 있다면서요?"

어느 날 화애가 심각한 얼굴로 강충식 씨에게 물었다.

"우리 딸이 만나는 남자애라면 당연히 아비로서 어떤 사람인지 알아보아야겠다고 생각을 했던 거란다."

"어째서 아버지가 어떤 분이시라는 걸 밝히지 않고 그를 만나신 거예요?"

"내가 어떤 사람이란 걸 밝히면 그 사람의 참모습을 알아보기 힘들다."

"하지만 그가 어떤 기분이었겠는지는 왜 생각 않으셨어요? 처음에는 그도 몰랐고 물론 저야 더욱 까맣게 몰랐죠. 하지만 아무래도 이상하다고 느낀 그가 이번에는 자기 차례라는 듯 도리어 추적해 보고 뒷조사를 해 보았다는군요. 아무리 아버지라도 이건 월권이고 침해일 수 있다구요. 그는 아버지의 딸을 만나 온 게 아니에요. 강화애라는 인간 자체만을 전인격체로 만나 온 것이었으니까요."

강충식 씨는 꼬치꼬치 따지고 드는 막내딸에 대해 어안이 벙벙하기도 하고 야속하기도 하고 화가 나기도 했다.

"그래 너는 아비가 그 청년을 어떻게 보았는가 하는 데 대해서는 묻지도 않는 거냐? 그래 궁금하지도 않아?"

"물론 궁금해요. 아버지가 오명석 씨를 좋게 보았기를 진심으로 바라고 싶어요. 하지만 저는 도대체 무언가요? 어떻게 되는 처지인가요? 저 자신은 아버지의 막내딸로서 아버지를 존경하고 사랑해요. 그러나 그것이 경계선을 넘어 오명석과 저의 관계에 어떻게 상관이 되고 해당이 된다는 건가요?"

강충식 씨는 이것이 여태까지의 딸들의 반란과는 성격과 유형을 달리하는 대단히 심각한 반란이라고 속으로 느꼈고 아울러 말 못할 비애감에 사로잡혔다. 도대체 아버지란 무엇이고 어떻게 되는 처지더란 말인가. 사랑하는 딸에게 오명석이란 녀석이 어떻게 상관이 되고 해당이 되기에 부녀 관계가 경계선을 넘어 홈런 아니라 페널티 킥이라도 당하고 있는 중이더란 말인가.

"저는 아버지가 오명석 씨를 만나는 것을 더 이상 바라지 않습니다. 위장 사업 거래를 당장 중단해 주세요."

울면서 화애가 뛰쳐나갔고 그리고 일주일이 넘도록 집에 들어오지 않았다. 막내딸이 가출을 감행한 지 8일째 되는 밤, 강충식 씨는 취기가 오른 상태로 집에 들어왔다가 여느 때 없는 일을 했는데 딸애네 방에 찾아 들어간 것이었다. 그때까지도 강충식 씨는 화애의 세 언니들에게는 막내의 가출 사실을 알리지 않고 있었다. 그는 딸애의 방에서 그의 행방을 수소문해 낼 무슨 언턱거리라도 찾아낼 수 있을까 불을 켜고 두리번거렸는데, 책상 서랍에서 이상한 종이쪽을 하나 발견하였다. 낙서장이라고나 해야 할 그 종이에는 알 듯 말 듯 한 이런 문장들이 쓰여 있었다.

천민자본가사회의 중산층적 인간형―강충식.

세상의 모든 일에 대해 무관심하다는 것이 제1차적 특성.

유일의 관심은 오직 '우리 가족'일 뿐이라는 것이 제2차적 특성.

'우리 가족이 먹고 살 만하게 되었다'는 자부심과 긍지와 보람을 혼자서만 만끽하는 '선량한' 인간형일 수 있음. 하지만 그 반대급부 또한 성립됨. '우리 가족'이 혹시나 잘못되지 않을까 불안, 초조, 회의, 우울감에 시달리는 병리현상도 나타나게 됨.

융통성 없음과 너그러움의 기묘한 공존. 가난과 억압이 존재하였던 '과거로부터의 공포'가 한 축을 이루고 있음. 엉망진창인 한국 현실에서 '우리 가족'의 장래마저 불확실할 수 있다는 데에서 오는

'미래로부터의 공포'가 다른 축을 이루고 있음. 반공 아닌 반북이데 올로기의 적절한 활용이 이에 크게 도움이 됨.

천민자본운동 방식—끊임없는 불행감과 불안감을 조성시켜 그 것으로 망상적인 행복감 안정감을 견인해 내기 위한 '에너지 자원'으로 삼는 방식. 곧 미시적 고통의 확대 재생산 구조 틀의 마련이 그것.

'무관심'이라는 이름으로 타인에 대해 냉혹하면서 동시에 '관심'이라는 이름으로 가족에 대해 권위주의적으로 군림하려는 자본제적 가부장과 그에 예속된 가족—창살 없는 감옥, 박제된 해방 속에서 사는 삶.

역사로부터 퇴장당해야 할 '박정희주의'의 복제인간형.

기형적인 한국보수주의 인간형에서 가지를 치게 된 더욱 기형적인 분단사생아적 인간형.

3.

"너희들 소원대로 된 것 아니겠니? 나는 가족주의를 해체하기로 한 것이니까 말이다. 실은 해체에서 더 나아간 우리 가족의 해산이 되겠다마는……."

강충식 씨는 당신의 품 안에서 잠이 든 외손녀 연해를 이따금씩 굽어보며 영애가 끓여 내온 커피를 홀짝거리고 있었다. 지난 몇 개월은 정말이지 악몽 같은 세월이었다. 차라리 노태우는 실명제 보류에 신도시 건설이라든가 부동산 투기의 실질적인 조장 등으로 경제를 활성화시킬 줄은 알지 않았던가. 도대체 김영삼은 무어더란 말인가. 천민자본주의 대신 도덕자본주의 노선으로 옮아 앉기라도 했단 말인가. 김만욱 회장이 어느 날 강충식 씨를 불렀다. 이런 희한한 세월은 처음이라면서 한숨을 쉬더니 부동산 경기가 너무도 오랫동안 침체의 늪에 빠져서 건설업 자체가 무너져 내리고 있다는 말끝에 서초동 빌딩을 팔기로 했다 하였다. 강충식 씨의 빌딩 관리 전문 회사가 뿌리째 흔들리지 않을 수 없었다. 딸들에게 아파트를 사 주느라 돈을 까먹지 말았어야 했다. 그의 수중에는 당장의 운용 자금마저 빡빡하였다.

강충식 씨는 딸들을 독립시킨 후 당신 자신은 서울을 벗어난 전원 지대에 실버타운을 세워 이를 관리하면서 노후를 보내자는 계획을 세워 놓았었다. 그 모든 것들이 물거품이 되었다. 그는 하나의 결심을 하였다. 막내 화애한테는 그 애 몫으로 사 둔 아파트를 결코 줄 수가 없겠다는 것이었다.

'자본제적 가부장과 그에 예속된 가족—창살 없는 감옥, 박제된 해방 속에서 사는 삶' 따위의 어이없는 문구가 강충식 씨의 가슴을 아프게 했다. 강충식 씨는 그 자신 봉건제적 가부장이 아닌 것을 누구보다 잘 느끼고 있었다. 평안도 농촌에 봉건 잔재를 모두 가라앉혀 놓고 혈혈단신 월남한 후 그는 근대 도시인으로 탈바꿈된 것이 아니었던가. 그와 마찬가지로 자본제적 가부장이 자기일 수가 있을 것이라고는 꿈에도 생각해 보지 않았다. 그는 권위주의를 유지하지 못한다 하여 안달이 난 그런 아버지는 아니었다. 다만 '어떻게 살아야 하는가' 하는 데 대해서 딸들에게 알려 주고 싶은 것이 있다고 생각해 왔을 따름이었다. 미국 기준으로 한다면 남한만 한 땅에서는 3백만 명 정도가 살아 내는 것으로도 이미 벅찬 것이라 하였다. 거기에다가 차라리 미국은 오천 년 역사를 가진 것도 아니어서 홀가분할 수도 있겠지만 이 땅덩어리는 과연 어떠하던가. 분단을 가져오게 한 것은 게다가 또 누구들 때문이었던가. 강충식 씨는 미국 실버타운 산업 현장 실습 답사 기획이라는 프로젝트를 내세운 어떤 관광 회사의 광고에 귀가 솔깃하여 미국 여행을 다녀온 뒤로 새삼스레 반미주의자이자 대원군 같은 쇄국 애국주의자의 심정이 되는 체험을 새롭게 해 본 일이 있었다.

'기형적인 분단사생아적 인간형'이라는 형용어에 이르러서는 강충식 씨가 참지 못하고 눈물을 흘리기조차 했었다. 어째서 내가 그렇단 말인가. 분단의 고통이 어떠했던 것인가를 과연 알고나 하는 소리일 수 있단 말인가. 너희 애비들이 설령 못났다고 치자. 하지만 피눈물 흘리며 사람답지 못하게 살아온 너희 애비들이었기에 자식들인 너희에게는 보다 나은 삶을 진심으로 마련해 주고 싶은 것이다. 아울러 너희들 그 좋은 머리로 아무리 깜냥을 해 보아도 이 바닥 삶이 얼마나 힘든 것인가를 도무지 알아낼 수 없을 지경으로 그것이 험난하다는 것을 너무나 잘 알기 때문에 그래도 조금쯤은 편하게 살아갈 방도를 마련해 주자는 것, 그런 진심뿐이었다. 어찌 그리도 물정을 모르고 그 대신 투정뿐이더란 말인가. 좋다. 이 모든 걸 회수하기로 하자.

강충식 씨는 화애에게 주려고 하였던 아파트를 팔기로 했다. 아버지를 '극복'하고 싶다면 그따위 아파트마저도 거부해야 할 것이기 때문이었다. 그는 막내딸에게 이 같은 사실을 알렸다. 막내는 아무렇지도 않게 이를 받아들였는데, 그 애의 언니들이 불공평한 그런 일은 있을 수 없다고 도리어 난리들이었다. 명색은 실버타운이라 하지만 실제로는 농토 한가운데에 볼품없고 허술하게 세워 놓은 연립주택에 불과한 실 평수 9평짜리 한 채를 그는 2천만 원 정도 주고 샀고 나머지 돈은 노후자금으로 쓸 요량에 예금으로 묻어 놓았다. 딸자식들은 아버지가 대학생도 노동자도 아니면서 데모를 하는가 보다고 수군거리는 모양이었지만 강충식 씨의 시골 생활이 그런 것일 리는 만무하였다.

"아버지 이산가족이라는 말은 있었어두, 가족 해산이란 건 금시 초문이에요."

"내가 평안도 고향을 떠나면서 실제로 겪은 것은 이산가족 정도 가 아니라 이미 가족 해산의 고통이었다. 바로 그렇기 때문에 가족 주의니 뭐니 해 가며 그렇게 가족애를 중요시했던 것이다마는……. 이제 다 지나간 일 아니겠니?"

강충식 씨가 이러다 말고 잠든 외손주 연해를 방바닥에 누이고 나서 녹음기를 틀었다. 텔레비전 방송국에서 '사람을 찾습니다'라 는 제목을 내세워 이산가족찾기 운동을 벌이고 있을 때 유행하였 던 〈잃어버린 30년〉이라는 노래가 흘러나오기 시작했다. 비가 오나 눈이 오나…… 잃어버린 30년.

"내가 잃어버린 30년 아니라 60여 년을 살아왔다는 사실을 고스 란히 받아들이기로 했다. 아무리 나는 그런 사람 아니고, 그런 세상 살아온 거 아니라고 우겨도 소용이 없지 않으냐. 그래서 받아들이 기로 한 건데 그러노라니 마음마저 일단은 편해지더구나."

강충식 씨는 눈가로 잔주름마저 일렁거리게 하며 웃고 있었는데 셋째 딸 영애가 본 것은 눈 속으로 핑그르 돌듯 하며 고이는 아버지 의 눈물이었다.

"아버지는 말도 안 되는 분단 세월의 희생자만은 아니세요. 우리 네 딸들이 있으니까요. 물론 하나같이 속을 썩여 드렸지만…… 아 버지로서는 할 만큼 하신 거구 이젠 안식이 또한 필요하실 거예요."

강충식 씨가 잠시 뜸을 들였다가 입을 열었다.

"이 나이에 나한테 안식이 필요하겠지. 하지만 정작 네가 묻고 싶은 것은 화애의 결혼 문제에 대해 아버지가 어떻게 하려구 하느냐 그거 아니겠니? 그게 궁금해서 나를 찾아올 결심을 했을 테고?"

"사실은 그래요. 하지만 그걸 여쭈어 보면 아버지를 다시 괴롭혀 드리는 것 같아 차마 입을 열지 못하겠는걸요. 아버지도 아버지지만 막냇동생 화애의 인생 또한 중요한 것이 사실이기는 하지만요."

"걔는 태어날 때 이미 우리 집안의 축복이었지 않니? 화애가 잘될 거라구 나는 믿는다. 알고 보니 똑똑하기도 하고……."

"그러시면 그 애 결혼에도 축복을 내려 주시는 거죠?"

"당연하지 않니? 내가 그 애 명의로 된 아파트를 결코 주지 않겠다고 한 것이 절반은 사실이지만 절반은 거짓말이었다. 너희 네 명이름으로 된 아파트와 함께 내 명의로 올린 아파트까지 실제로는 다섯 채를 샀었는데, 이번에 내가 이리로 이사 오면서 판 것이 실은 내 명의의 것이었거든."

"어머나, 그러셨군요."

강영애는 아버지 찾아온 후로 처음 밝게, 아주 밝게 웃었다.

"그래서 딸년은 도둑이란 말이 있는 거지. 아니 그래 너희들 몫의 아파트만 장만하고 이 애비 몫은 챙기지조차 아니할 줄로 알았나?"

"아버지가 천민자본가임에는 틀림없으시겠어요. 다섯 채 아파트를 놀렸다면 이는 분명 투기에 해당되는 것이니 말예요."

영애가 일부러 웃기는 소리를 해 보는 체했다.

"이런 애비 덕을 본 너희들은 천할 천, 천민이 아니고 그러면 하늘 천, 천민이라도 된단 말이냐? 도리어 이 시골에 내려와 살면서 나는 과거를 속량하고 하늘 천, 천민으로 되돌아갈 수 있는 것처럼 요 근래 느끼기도 한다. 내가 요 근래 이율곡의 대동사상에 관한 한문글을 읽고 있는 중인데, 어렸을 적 서당글 공부하던 때 생각이 다 나더구나. 이율곡이 선비에는 몇 종류가 있다고 하면서 괜찮은 선비가 은일(隱逸)이고 그보다 더 괜찮은 선비를 가리켜 천민(天民)이라 한다더라고 썼더라. 하늘의 일러 주시는 바에 따라 처신하여 아무런 거리낌 없는…… 요즈음 표현으로 하자면 하늘 천, 천민은 곧 인간 해방자쯤 되겠더라."

잠에서 깨어난 연해가 칭얼거렸고 강충식 씨가 산책을 나가자 하여 셋째 딸 영애가 따라나설 채비를 하였는데, 오랜만에 아버지와 딸은 포근한 시간을 가지게 될 모양이었다.

《한국소설》, 1997년 가을호

레미제라블

레미제라블

(미리 밝히지만, 이 소설은 허구입니다.)

1.

지방자치제가 뒤늦게 한국 땅에서 이루어진 뒤로 '지방화가 곧 세계화다' 하는 투의 이야기가 낯설지 않게 되었지마는, 서울 외곽의 위성도시 개명시의 민선시장 옥갑술이 엉뚱한 행사를 마련해 놓고 있었다. '새로운 천년맞이 문학예술인 한마당'이라는 제목을 붙인 그런 축제를 개명시에서 벌여 보기로 한 것이었다.

"20세기가 저물어 이제 21세기가 되는데, 우리 개명시는 새로운 천년을 어떻게 맞이하려고 하는 것인지요?"

시의원 최 아무개가 시장 옥갑술에게 이런 질문을 던진 적이 있었는데

"무어 이렇다 할 만한 게 없습니다."

시장인 그가 이런 소리를 내뱉기는 싫어서

"실은 뜻깊은 행사를 하나 마련해 볼까 하는 중입니다" 하고 대답하였는데, 그것이 발단이 되었다.

1999년 12월 19일 일요일부터 시작해서 동짓날이 되는 22일까지 나흘 동안 좀 별난 송년 시민 위안 잔치를 벌여 보자 하였던 것인

데, 개명시를 포근하게 껴안아 주고 있는 해발 376미터의 개명산 산신당에서는 동짓날에 동제를 드리는 풍습이 있어 오기도 했었다. 예전에는 동짓날부터 새해가 시작되는 걸로 여겨서 그런 동제를 지냈던 것이었겠지만 이를 새롭게 계승해 보자 한 것이었다. 그러니 동지절(冬至節)로 밀레니엄 축제를 맞이해 보자는 것이 그냥 엉뚱한 착상만은 아니었다.

'이왕이면 좀 색다르게 해 보는 것이 좋기는 하겠는데'라는 생각이 들어 옥 시장이 개명시 차원 아니라 거국적으로 관심을 끌어모을 그런 행사를 하나 집어넣어 볼 수는 없을까 궁리하였는데 그런 것이 있었다.

개명시가 어떤 도시이었던가. 주어진 현실은 척박하기만 하였으니 난민촌에서 공장 지대가 되고 뒤이어 특별 시민 아닌 보통 시민의 아파트촌으로 변해 가는 과정에서 개명시가 한 시대의 얼룩과 덜룩을 고스란히 묻혀 놓는 곳일밖에 없었다. 옥갑술이 대학 다닐 때 횡하니 교도소를 구경하고 나온 일이 있었는데 그리 높은 것도 아니었던 그의 눈높이에다가 개명시의 스카이라인을 새롭게 집어넣고자 하면서 보다 나은 미래를 바라보고자 했던 적이 있었다. 이러는 말은 사람답게 사는 세상을 내 수준에서 어떻게 차지해 낼 수 있겠느냐 스스로 궁리를 해 보면서 이육사의 「광야」라는 시를 깜짝 놀란 느낌으로 접수해 보았던 일이 있었기 때문이었다.

까마득한 날에
하늘이 처음 열리고
어데 닭 우는 소리 들렸으랴
모든 산맥들이

바다를 연모해 휘달릴 때도
차마 이곳을 범하던 못하였으리라

끊임없는 광음을
부지런한 계절이 피어선 지고
큰 강물이 비로소 길을 열었다

지금 눈 나리고
매화 향기 홀로 아득하니
내 여기 가난한 노래의 씨를 뿌려라

다시 천고의 뒤에
백마 타고 오는 초인이 있어
이 광야에서 목놓아 부르게 하리라

　옥갑술이 깊은 생각에 잠겨 있었다. 이 시에서 말하는 '광야'가 북
만주가 아니라 개명시를 가리키는 것인 양 느껴 보기도 하였다. 개
명시가 20세기의 100년간의 고독만 아니라 누천년의 아픔과 슬픔
마저 흥건하게 고이게 하여 눈물처럼 흘러 내려왔던 곳이었음을 그
가 알고 있었기 때문이었다. "다시 천고의 뒤에 백마 타고 오는 초인
이 있어"라는 구절이 그의 가슴을 찌르르 울리게 했다. 개명시에다
가 "가난한 노래의 씨"를 뿌려 천고의 뒤에 백마 타고 오는 초인으
로 하여금 "이 광야에서" 목놓아 그 노래를 부르게 할 수만 있다면
개명시는 서울 주변의 일개 위성도시가 아니라 천고의 역사도시로
자리매김될 수 있는 것이 아니겠는가. 시인이 노래하는 "이 광야에

서"라는 대목에 옥 시장의 관심이 쏠렸고, 급기야 개명시야말로 "이 광야"여야 한다는 집착이 그에게 생겨났다.

개명시에 살면서 지역 문화 운동에도 관심을 표하는 시인 장광태를 옥 시장이 불러서 만났는데, 장 시인이 반색을 하였다. 독일 소설가 귄터 그라스가 노벨문학상을 탔다는 외신이 날아들던 무렵이었다. 이 독일 소설가가 『나의 세기』라는 신작 소설을 발표하기도 했다는데 마치 20세기를 저 혼자서만 가로채려는 것처럼 보여 심기가 불편하던 참이라는 말도 장 시인이 했다. 20세기를 공깃돌 놀리듯 분탕질을 친 것이 저들임은 사실이지만 어찌 그것으로 주인공일 수가 있겠는가. 아시아 대륙의 한국인 모두에게 '우리의 세기'임을 분명하게 아로새기게 하는 작업을 누가 해 주겠는가.

'새로운 천년맞이 문학예술인 한마당'이라는 제목을 붙인 개명시의 이번 축제는 '천고의 뒤에 백마 타고 오는 초인을 위하여'라는 부제를 달고 있기도 하였는데, '밀레니엄' 대신에 '천고'라는 개념을 채택하여 21세기를 맞이해 보려는 것이라고도 하였다. 주최 측 설명에 따른다면 한반도의 20세기는 '다시 천고'를 맞이하기 위한 예비적인 단계에 불과하였던 한 세기라 하였다. 식민 압제의 상황에서는 '가난한 노래의 씨'를 뿌리는 차원 이상으로 나아갈 수는 없었던 것이었고, 그것은 냉전과 분단이 해소되지 않은 현재의 상황에 이어지고 있는 것이라 했다. 이제 21세기로 들어서면서 '가난한 노래의 씨'는 '풍요로운 노래의 열매'를 맺게 되는 것이며, 아울러 백마 타고 오는 초인이 '천고의 뒤'에 재림하는 영광의 후천 개벽 시대가 되어야만 하는 것이겠으니 우리 개명시로부터 맨 앞에 나서서 이 같은 와이투케이의 신세기를 영접해 보련다 하는 것이었다. 사람답게 사는 세상이 펼쳐져야 할 21세기를 전망해 보게 하는 이런 문예 작업, 나아가서 문예 운동에 개명시가 거국적으로 나서고자 하는 것이니, 이 도시를 가난한 노래의 씨를 뿌리는 새로운 영지(靈地)로 삼고, 그리하여 백마 타고 오는 초인이 목놓아 그 노래를 부르게 하는 성소(聖所)를 미리 새롭게 마련해 놓으려 하는 것이라 했다.

새로운 천년맞이를 위해 문학비를 하나 세우려는 계획을 옥갑술 시장이 굳히게 되었다. 해원문학비(解冤文學碑).

옥 시장은 원로 문학예술인들을 내세워 대대적으로 언론 공세를 펴면서 명분은 물론이려니와 실속을 갖춘 여러 행사를 준비해 가기 시작했다. 다만 해원문학비를 세운다는 계획만은 기밀 사항으로 남겨 두었다가 나중에 공개하기로 하였던 것이지만, 문인들의 입이 싼 것이 탈이었다. 그리하여 어떤 일들이 일어나게 되었던가!

아무리 지방 자치 시대라 하지만 중앙정부가 개명시의 이번 축제에 대해 우려하지 않을 수 없다는 견해를 표명했다. 이미 벌써 전부터 서울에서 발간되는 일간 전국지들과 전국네트워크 방송들은 비아냥거리고 있었고 아울러 못마땅해하고 있었다. 축제의 하나로 해원문학비를 세우려 한다는 것이 알려지면서부터 반대 여론이 들끓기 시작한 것이었다.

"개명시에서 이 무슨 푸닥거리란 말인가. 아니면 개명시는 분리 독립 운동을 일으키고라도 있는 것인가."

해원문학비는 20세기를 해원시키기 위해 세우려는 것이었는데 항일애국자들과 친일개화파를 해원시키고 민주공화자들과 인민민주자들을 해원시키고 개발독재자들과 사회민주자들을 해원시키고 5월 광주를 해원시키고 6월 항쟁을 해원시키고……. 그런 순수한 동기에서 해원비를 세우되 그것도 문학비로 세운다는 설명이었다. 해원정치비라든가 해원사회비를 세우면 오해가 생겨날 수도 있겠지만 문학만큼은 순수할 터이니 그 비가 해원문학비가 되는 까닭이라 했다.

그러나…….

문학은 더 이상 순수한 것이 아니게 되었던가. 순수하지도 않고, 순진하지도 아니하며 도리어 불순한 것일 수 있는 일부 문인을 앞잡이로 내세워 개명시가 국론은 물론이려니와 국시에도 맞지 않는 해괴한 짓을 벌이려 한다는 핀잔이 나오는가 했더니 그것이 얼마 후 비난이 되었다. 주최 측이 다른 의도를 갖고 있다는 여론이 우세해졌다. 철딱서니 없는 일부 문예인들을 내세워 국기를 뒤흔들고 아울러 전력이 의심스러운 개명시장이 총선을 앞두고 개인적인 야망으로 정치 쇼를 벌이려는 것이라는 지탄이었다.

5개 청년 단체들과 3개 노인 단체들과 2개 여성 단체들의 회원들이 달려와 문학비를 때려 부쉈는데 그 장면이 대서특필되고 특집방송 되었다. 개명시는 부랴사랴 '국민 여러분께 사과드립니다' 하는 발표를 하였다. 행사 당일인 동짓날을 이틀 앞두고 개명시는 '새로운 천년맞이 문학예술인 한마당' 축제는 이를 중단해 버리기로 한 것이었다.

2.

연변조선족 자치주에서 사는 올해 쉰아홉 살의 시인이자 문학평론가인 임백이 2년여 만에 다시 한국을 찾게 되었다. 1999년 12월 17일 화요일 오후 9시 중국 천진에서 출발하는 서울행 중국민항 비행기 안에 그가 탑승해 있었다. 한 시간이 채 되지도 않아서 비행기는 한국 땅에 들어섰는데 엉뚱하게도 서울이 아니라 청주 쪽의 공항에 착륙했다. 뜬금없는 사고로 김포비행장에 화재가 일어났기 때문이라 했다. 밤 열 시가 지나 있었다.

주무실 분에게는 숙소를 제공하겠고 서울로 가실 분에게는 버스 편을 마련해 주겠노라고 항공사 측에서는 안내했는데 임백이 난처한 처지에 빠졌다. 통관 수속을 일단 마치고 나서 어찌할까 망설이다가 그는 공중전화 부스 쪽으로 다가갔다. 방알지가 이 공항에서 멀지 않은 곳에 살고 있는 게 아닌가 싶었기 때문이었다. 연변에서 그런 소문을 들은 바 있었다. 반년쯤 전에 서울을 다녀온 조선족작가협회 친구 말에 의하면 방알지가 서울 생활 거덜 내고 시골 구석에 처박혀 살고 있더라 하던 것이었는데 혹시나 싶어 그가 전화번호를 적어 두었다.

"내가 그리로 갈 테니 꼼짝 말고 기다리세요."

방알지가 자동차로 모시러 오겠다니 임백은 오히려 전화위복이겠거니 여겼다. 2시간 20분쯤 뒤 방알지가 나타났다.

"멀쩡하시네?"

"완전히 구겨져 버린 몰골일 거라 여겼단 말인가요?"

"그랬지. 소설가가 소설도 아니 쓰고 거기에 지병까지 생겨 체신이며 운신이 한꺼번에 망가져 버려 낙향 아닌 하방을 했다더라 하는 소식이 연변까지 날아들었거든. 이 친구가 유한계급에서 기본계급으로 밀려나고, 거칠던 것 벗겨 내어 얌전한 표정을 짓게 되었나 보다 지레짐작하였던 것이 이상할 게 없지 않았겠소?"

임백이 장황하게 설명을 하니 대머리가 되어 가는 방알지가 웃었다. 그리고 기본계급이 좋은 것임에도 아직 그렇게 되지 못하여 미안하다는 투로 말했다.

"구망인 거구요 또 애일인 거지요."

구망이니 애일이니 무슨 이야기인가. 한자로는 救亡, 愛日이라 표기한다 해서 이 위인이 어떤 뜻의 소리를 하는 것인지 임백은 알아들었다.

"실은 내가 그런 구망, 애일 때문에 이 땅을 찾아오게 된 거요."

"인류사적인 고통을 보물단지인 양 뒤늦게까지 움켜쥐고 있는 참으로 못생긴 애물단지 나라……. 증오의 크기는 한반도를 전 세계적이게 한다"라고 시인인 임백은 첫 번 모국 방문을 하였을 때의 감회를 이런 시구절로 읊었던 적이 있었다. 하지만 임백의 이번 방문은 그런 시를 다시 써 보기 위해서가 아니었다.

임백이 가방에서 누런 봉투를 꺼내어 그 안에 들어 있는 초청장을 방알지에게 보여주었다. 문화축제 팸플릿이었는데 '새로운 천년 맞이 문학예술인 한마당'이라는 것으로 되어 있었다. 서울 외곽의 어느 위성도시가 주최를 하고 문학예술인이 나서 가지고 좀 유별난 페스티벌을 벌이게 되어 있는데 임백이 특별 초청을 받았다는 것이었다.

"동짓날에 팥죽 쑤어 먹는 게 아니라 페스티벌이라니……?"

물론 방알지도 이 축제에 대해서는 들은 바가 있었지만 그냥 어처구니없는 일이라고만 여겼었다. 예전에는 동짓날부터 새해가 시작되는 걸로 따진 적이 있었던지라 동지절로 밀레니엄 축제를 맞이해 보자는 것이 그냥 엉뚱한 착상만은 아닐 듯도 했지만.

방알지네 시골집은 허름했지만 자기 딴에는 전원주택으로 가꾼 척을 하고 있는 모양이었다. 농촌에서 살고는 있지만 다만 방구석에 틀어박혀 컴퓨터로 짓는 농사에만 매달려 있는 것이 미안한 노릇이라 했다. 방알지는 구망의 문학을 위해 사람들로부터 도망쳐서 애일의 겨울을 탐닉하는 중이라는 주장을 폈다.

실천은 진실을 검증하는 최상의 방법이다, 하는 유형의 소리는 그러니까 등소평 이후에 중국이 새롭게 받아들였던 구망을 위한 실사구시 정신이었다. 실용주의 정신 이상의 아무것도 아니라는 비난도 물론 따랐다. 임백이 보기에 방알지에게는 그러니까 실사구시 정신이 명확하지 않았다. 평균 수명이 늘어나 환갑 청년이라는 말도 있는 판에 애일이라는 것이 무슨 건방진 소리인가. 거기에 엉뚱하게 자신의 윤리적인 울분을 비판정신으로 착각하는 좋지 않은 습관을 아직 버리지 못한 듯하였다. 하룻밤과 반나절을 함께 보낸 인상이 그러했다. 그것은 그렇고 19일 일요일의 문학 심포지엄으로부터 '새로운 천년맞이 문학예술인 한마당'이 시작되는지라 임백이 더 이상 방알지네 집에 머물러 있을 수가 없었다. 황황히 서울로 가는 직통버스에 올라타려는 임백에게 방알지가 몇 가지 '요령'을 일러 주었다. 특별 초청을 받은 그가 발제 강연을 하게 되어 있었는데, 고상하고 엄숙한 소리일랑 하지 말라는 당부가 그러하였다.

서울로 온 뒤에는 방알지에 대해서는 까마득하게 잊어버리고 말았지만, 그가 일러 준 '요령'이라는 것을 써먹기는 했다.

"양계초라는 이름은 들어들 보셨겠지요? 호를 임공(任公)이라 하고 또는 음빙실주인이라 하기도 했지요."

개명시가 세인의 관심을 끌기 위해 자기 지역이 아니라 서울 도심의 호텔에서 본 행사에 앞서 문학 심포지엄을 열었는데, 임백은 발제 강연으로 준비해 온 원고는 집어치우고 엉뚱한 이야기를 끄집어냈다. 중국, 일본, 러시아 등지로부터 달려온 동포 문인들은 여비와 체재비를 부담해 주는 주최 측이 모처럼 비싸게 굴려는 것을 얼마든지 양해하고 이해해 줄 태세를 갖추어 놓고 있기도 했었다.

"지금부터 꼭 100년 전입니다. 1899년 12월 31일, 그 그믐밤에 양계초는 태평양 한가운데를 떠가고 있는 배 안에 있었습니다. 물론 그는 1900년 1월 1일 아침을 태평양 한가운데에서 맞았습니다. 19세기를 탈출하여 20세기의 첫 태양을 태평양에서 맞으며 문학인 양계초는 무엇을 느끼고 있었고 어떤 생각을 하고 있었을까요?"

임백은 양계초가 지은 「20세기 태평양가」라는 제목의 시를 자작 번역을 해서 읊어 대었다.

아시아 대륙에 한 선비 있으니

성은 양 씨이고 호는 스스로 임공이라 붙였는데

나랏일에 온 힘 기울였으나 뜻대로 되지 않아

머리 깎고 오랑캐 옷 입고 왜나라로 도망쳤네

일본에 살면서

책이나 읽고 사귄 벗들과 어울리기 1년여

눈, 귀에 정신이며 기운이며 매우 밝아졌네

하지만 젊은 나이에 천하의 근심을 살필 뜻이 있어

감히 동쪽 나라에 편안히 머물러 있을 수만은 없겠네

이제는 저 세계 공화정 체제의 본국이라는 곳으로 건너가

정치를 살피고 연구해서 그 습속을 알아보아야겠네

이에 서기 1899년 12월 31일 그믐날 밤중에

조각배에 몸 실어 태평양을 가로지르고 있네

사람들 잠들고 조각달마저 지고 밤은 적막한데

성난 파도만 차가운 별빛을 부서뜨릴 듯 일렁이네

바다 밑 교룡(蛟龍, 태양)이 잠에서 막 깨어나는 중인가

하품을 하려 하다가 아직 선하품도 아니하고

춤을 추려 하다가 아직 춤도 추지 않은 채

그냥 깊은 물속에만 숨어 있는 듯하구나

이때 이 선비 몸을 똑바로 하고 앉아

마음 비우고 생각 가다듬어 망망한 세상을 바라보네

바로 부처님의 화엄 법계 제3관에 자리 잡고 있는 듯

수많은 세계가 그물처럼 이어진 깊숙한 곳으로부터

무수한 진리의 그림자들 사방으로 떠올라 오고 있네

이 밤은 어떤 밤이며 이곳은 어떤 곳인가 문득 깨달으니

이 밤은 구세기 신세기의 분계점이며

이곳은 동서반구, 그 양반구의 중앙이 아닌가

나보다 앞서지도 않고 나보다 뒤지지도 않는

바로 이 세계와 이 시대의 한 마루에 이 몸이 놓여 있네

가슴속으로 천만 개의 온갖 감회가 치밀어 올라

두주불사로 뜨거운 술기운 창자 속을 채우나니

홀로 마시고 홀로 떠들기 미친 자처럼 굴다가

목청 뽑아 큰 소리로 노래 부르네

'우리의 20세기 태평양가'를

    청중들의 반응은 일단 괜찮았다. 20세기의 장엄한 탄생을 양계초가 태평양에서 보았다는 것이 신선하게 들리는 모양이었는데, 한국에는 「해(海)에게서 소년에게」라는 시를 읊었던 최남선이 있지 않았던가. 아시아 대륙성 문화는 여지없이 무너져 버렸으니 그 황무지에 해양성 문화를 건설하기 위한 선전선동에 있어서만은 청국이건 왜국이건 조선국이건 누구보다도 문학인이 가장 앞장에 나서야 한다는 사명감에 입술이 부르틀 지경이 되어 있었을 터.

    변법 자강 운동을 일으켰다가 좌절을 맛보아 일본으로 가고 다

시 태평양을 건넜던 양계초와 일본에서 현해탄을 건너오며 애국 계몽 자강 운동을 일으켜야겠음을 일깨웠던 최남선의 공통점은 '위대한 항해의 시대'를 뒤늦게나마 맞아들여야 하겠다는 것이었겠는데, 그 뒤로 과연 어떠했던지? 위대한 항해는 곧 제국주의의 물결이었음에도 그런 식으로 상륙하는 군대에 맨 먼저 변절되고 반동이 되어 버렸던 그들의 20세기 문학이?

"20세기 태평양가가 제대로 부른 노래인 것인가 하는 것, 그리고 21세기가를 우리가 어디에서 어떻게 불러야 하겠느냐 하는 것입니다."

신문과 잡지 그리고 방송은 막강했다. 미디어는 그 자체로 메시지였고 나아가서 메시아니즘이었다. 이데올로기 시대는 거하고 미디올로지 시대는 이미 내하였다. 세기와 더불어 달려온 문학이 세기를 넘어서려 하면서 인류 구원을 위한 메시지부터 띄워 보내려는 주최 측의 결연한 문학 메시아니즘 정신은 각종 미디어를 통해 본래의 뜻과는 달리 엉뚱한 방식으로 널리 반포되었다.

12월 22일의 본 행사에 앞서 이루어진 19일의 문학 심포지엄 때만 하여도 새로운 천년맞이 문학예술인 한마당 잔치는 예정대로 진행될 것이라 모두들 믿고 있었다. 엉뚱하게도 이날 임백이 화제의 인물이 되었다.

'양계초의 「20세기 태평양가」는 제대로 부른 노래였던가. 그것은 서투르게 부른 노래였기는 하지만 나름대로 20세기를 표상하는 것이었다고 주장하는 조선족 문인이 중국으로부터 찾아왔다.'

이런 문장으로 시작되는 문화면 기사를 내보낸 신문이 있었다. 요컨대 이번 문학 축제를 준비한 개명시가 큰 착각을 일으키고 있다는 주장이었다. 한반도의 20세기가는 '태평양가'였던 것이고 21세기로 들어서면서 더욱 우렁차게 불러야 할 것도 '태평양가'라고 조선족 시인이 말했다고 그 신문은 적어 놓고 있었다. 임백으로서는 터무니없는 이야기였던 것이니, 그는 전혀 그런 말을 하지 않았던 것이다.

"이미 충분히 어지러웠어요. 20세기는 말이죠. 근대가 탈이 난 것이 탈근대일 것이고 신민이 미처 시민이 못 되어 악악대기만 한 것이 민중일 것이니, 왜 성난 얼굴로 뒤를 돌아본답니까?"

임백이 그 신문사에 전화를 넣어 문학 기자에게 항의했더니 그냥 이런 머퉁이뿐이었다.

"정치는 친미주의, 경제는 속미주의, 사회는 찬미주의, 문화는 탐미주의……. 참으로 좋기만 한 이런 나라에서 사는 행복을 당신이 뒤늦게 누려 보는 것이라 생각하세요."

속이 상해하는 임백을 위로해 준답시고 임서운이 술집에서 꺼낸 말이 또한 이러하였다. 임서운 장광태 최시택 강갑욱 오한만 황여옥 정한미를 임백이 한자리에서 만났는데 모두들 촐랑거리기만 했다. 중국 땅에서 남조선문학을 접해 보기 시작했던 것이 1980년대 중반부터였거니와 한국에서 발간되었던 왕년의 문예지라든가 문학전집에서 이런 이름들을 만났을 적에는 나름대로 대단한 위인들이라고 보았었는데…….

"과연 썩 괜찮은 나라겠소. 더구나 그 나라의 문화가 마음에 드오. 탐미주의 이상 좋은 게 어디 있을라구. 특히 문학예술가들에게 있어서 말예요."

임백이 마지못하여 이렇게 수긍을 할 수밖에 없게 그 술자리 분위기가 나름대로 화기애애하기만 했다. 그러나 임백이 한마디 사족을 붙였다.

"정치는 사회주의, 경제는 자본주의, 사회는 봉건주의, 문화는 먹자주의…… 이런 나라가 어느 나라인지 아시겠소?"

"썩 괜찮은 나라 같소. 더구나 그 나라의 문화가 마음에 드는구면. 먹자주의 이상 좋은 게 어디 있을라구."

화제는 의식주 중에서도 단연 식문화에 관한 것으로 옮아갔다. 음식 천국, 중국. 더구나 술맛이 그렇게 좋을 수 없고 갖가지 안주가 그처럼 풍성할 수가 없는 나라. 중국 예찬이 끝없이 이어지는지라 임백이 한마디 사족을 달았다.

"물론 중국은 20세기에 대한 뚱딴지같은 자부심을 갖고 있지요. 1949년에서 1999년에 이르는 20세기 반백 년의 역사 실험이 전대미문에다가 전무후무한 중국 특유의 성공적인 변혁 운동이었다는 것이었지요. 지난 10월 초 천안문에서 벌어진 50주년 기념 행사가 빽적지근했다오."

"50주년 기념 행사? 우리는 25주년 기념 행사도 못 가졌으니 할 말이 없네. 자유실천 문학운동이라는 걸 1974년부터 벌여 가지고 1999년인 금년에 그 4반세기가 되는 25주년을 맞는 중이지만 우리는 그냥 건망증만 발동시키고 말았거든. 20세기 후반기 분단 한국 문학의 새로운 패러다임이라 하던 그런 문학을 스스로 망명 문학처럼 만들어 버리고 또 무슨 새로운 것을 찾아 헤매노라 하고 있으니……."

과연 한국 문인들은 새로운 무엇을 찾아보려 하는 중일까.

문학 심포지엄이 있었던 다음다음 날, 특별 대담이라는 것을 임백은 어느 문학 계간지 편집실에서 했는데 상대방은 한때 분단 문제를 다룬 그의 작품으로 독자들의 심금을 울리게 했다는 소설가 호별난이었다. 임백은 자기보다 열 살쯤은 아래인 이 녀석을 또한 용정에서 만난 적이 있었다. 뭐랄까, 한마디로 '명성의 가난함'에 분노를 느끼는 위인이라 보았었다.

"선생님의 문제 제기는 실상 잘못된 것으로부터 시작된 것이라고 보입니다."

특별 대담은 호별난의 이런 임백에 대한 공격으로부터 시작되었다.

"문제 제기라니요? '제기'를 했다면 그것 자체로 제게는 영광입니다. 저는 그냥 착잡한 심경에서 좀 차분해지자 한 것뿐이니까요."

"최남선도 그렇지만 양계초도 그렇고 또는 그보다 약간 앞선 후쿠자와도 그랬지만, 동도서기에서 더 나아가 서도서기를 외친 것이라 한다면 그리고 선생님께서 그런 문제의식으로 20세기를 회고하고 아울러 반성적 성찰을 해 보이는 것이라면 용납 아니라 용서가 안 됩니다. 일관된 것은 동도동기이니까요. 용서 아니 되는 것은 이번 행사를 주최한 개명시도 마찬가지이지만 말입니다. 이육사의 「광야」는 우선 그 제목부터가 망발입니다. 그 제목이 「성단」이었다든가 「천단」이었다면 용납을 해 줄 수도 있었겠지만 말예요."

이 친구 드디어 '백발문학가'가 되고 싶어 하는군, 하고 임백은 단박에 깨달았다. 중체서용, 화혼양재, 나아가서 동도서기, 나아가서 탈아입구……. 한쪽에서 이런 소리가 들려올 때 다른 한쪽에서는 존왕양이, 척사위정, 변법자강……. 그런가 하면 또 다른 곳에서는 태평천국, 인내천, 천하대동 소리로 아우성을 치던 일들이 그대로 재탕되고 있는 것인가, 아니면 더욱 퇴보하고 있는 것인가. 구민족주의만 해도 청산해야 한다고들 하는데 신민족주의가 그냥 맛있고 영양가도 높기만 한 것일까. 아이구 골치 아파라.

이어서 방송 차례.

"20세기 태평양가라고요? 차라리 오리엔탈리즘가라고 하지 않는 게 다행이로군요. 지금은 미친놈도 인터내셔널가 따위는 아니

부르고 초등학생마저도 인터넷가를 부르고 있어요."

안문호는 처음부터 게실게실 웃어 대어 임백은 난처하지 않을 수 없었다. 웃어야 하는지 엄숙함을 고수해야 하는지.

역사의 종언을 안문호는 자랑스럽게 내세우고 있었다. 문학인이 문학을 하던 시대는 지났고 독자들이 문학을 영위하는 시대라는 주장이었다. 문학인이 사무치는 열정을 가지고 섬겨야 하며 복무해야 하는 그러한 독자를 그는 독점자본주의의 약자인 것처럼 훈독하는 습관이 생겨났다고도 했다. 생산되는 문학 아니라 소비되는 문학을 활짝 만개시키게 한 것이 독자라 한다면 그는 이미 친미·속미·찬미의 단계를 훌쩍 뛰어넘어 탐미의 경지에 이른 네티즌인 것이니, 국제독점자본주의에 세련되게 순화된 포스트모던한 탈근대인이 될밖에 없는 것이라 했다. 국독자 만세라······.

그의 한국 방문은 성과가 없지는 않았다. 두 가지로, 매스컴을 탄 덕분에 임백이 강연 연사로 초빙되어 내로라하는 한국 명사들의 주소와 전화번호를 수첩에 빽빽이 채울 만큼 되었다는 것이 그 하나라면, 어느 지방의 대학으로부터 1년간 객원교수 초빙을 받을 수 있게 되었다는 것이 다른 하나였다. 그러나 임백은 홀로 쓸쓸하였다. '밀레니엄 문학'이라는 것이 한국에 있어 주어야 한다면, 그것이 그가 예상했던 것과는 너무도 다른 자기 존재 방식으로 제출되어 나오는 것 같았기 때문이었다.

3.

임서운 장광태 최시택 강갑욱 오한만 황여옥 정한미를 임백이 한 자리에서 다시 만났는데, 제야의 종소리가 울려 퍼지는 서울 종각 근처의 술집에서였다. 그들은 축배를 터뜨리고 있었다. 올드 랭 사인 어쩌구 하는 노래를 흥얼거리면서.

있어야 할 것이 없고, 없어야 할 것이 있다고 임백이 말했다.

"그것 이상하군요. 있어야 할 것은 있고 없어도 좋은 것은 없다고 우리는 알고만 있는데요."

장광태가 웃었다. 그는 미리 방패막이를 하면서 임백의 입을 열어 보게 하려나 보았다.

독자는 있는데 문학인이 없는 것으로 보인다고 임백이 말했다.

문학은 추상적으로만 보이고 있고 문학인은 구체적으로는 증발되어 버린 것처럼 보이고 있다고 임백이 부연해서 말했다.

임백은 지난번에 서울 쪽 아니라 청주 쪽의 비행장에 내리는 바람에 만나게 되었던 실종 문인 방 아무개가 했던 말을 떠올렸던 것이지만, 그가 실언을 한 것임을 곧 깨닫게 되었다.

'레미제라블의 문학'은 불가능하게 되어 버린 것이라고 그 자리에 모인 임서운이 말하자 장광태가 아무렴, 하면서 웃었다.

"문학인이 레미제라블인데, 무슨 염치로 독자를 레미제라블이라고 우길 수 있겠는가. 우긴다 한들 독자들이 콧방귀라도 뀔 줄 아는가."

어느 쓸개 빠진 문인이 이런 소리를 해서 요즈음 이 나라 문단에서 화제가 되어 있는 중이라 했다. '가련한 사람들'이라는 것이 레미제라블의 뜻이라는 것쯤은 임백도 알고 있었다.

임백이 한국 땅에 들어온 이래로 이때처럼 화가 났던 적이 없었다.

"이놈들아, 너희들끼리만 실컷 그래 보아라. 나는 아니야. 결코 아니야."

측은지심이야말로 인(仁)의 출발점이거늘, 그것마저 없는 것들 같으니라고. 나의 슬픔과 남의 슬픔이 둘이 아니라 하나라는 데에서 대자대비의 문예 정신이 고래로부터 있어 왔거늘 그마저도 없는 무자비한 것들 같으니라고.

'밀레니엄 문학'이라는 말이 성립된다면 그것은 '레미제라블의 문학'을 근원으로부터 복원시키는 것이 될밖에 없겠다는 것을 임백이 깨달았다. 이육사의 「광야」가 한국의 민중문학으로 따져 제대로 부른 20세기가이고 양계초의 「20세기 태평양가」가 아시아인의 좁은 시야에서 불러 본 일시적인 유행가였다면, 임백이 이처럼 한국 땅에 와서 「21세기 레미제라블가」를 자기 문학관에 따라 나름대로 찾아내게 되었노라 했다.

(임백의 화두가 요상하지만, 일단 이렇게 소설로 꾸며 적어 두는 바이니 큰 허물을 내리지 않기 바랍니다.)

《작가》, 1999년 겨울호

변주와 갱신,
안주하지 않는 자의 피로한 글쓰기

― 1980~1990년대 단편소설

서은주

변주와 갱신,
안주하지 않는 자의 피로한 글쓰기
— 1980~1990년대 단편소설

서은주(용인대학교 교수)

1. 비주류의 전일(全一)적 글쓰기

젊은 연구자와의 한 인터뷰 자리에서 박태순은 문학인으로서의 자신의 삶을 "못난 인생과 못생긴 문학"이라 말한 적이 있다. 소설가 김남일은 박태순을 가리켜 "당당한 비주류 작가"라 칭했다. 작가로서 화려한 스포트라이트를 받거나, 대단한 명작으로 그의 소설이 대중들의 사랑을 받거나 하는 일이 드물었다는 점에서 박태순은 분명 중심·주류와는 거리가 있다. 그러나 출판 활동이나 문학 운동을 포함해 평생 글쓰기를 생업으로 삼아 온전히 '문학인'으로 살았다. 1960년대 중반 '4·19 세대' 소설가로 출발해 소설뿐만 아니라 기록 혹은 보고 형식의 산문, 국토 기행문, 번역문, 문예 운동사 등 실로 정리가 힘들 만큼 방대한 글을 썼다. 대학생으로 4·19 혁명에 참여했고, 5·16 군사 쿠데타 이후의 길고 엄혹했던 시기의 많은 '선언'에는 박태순의 이름이 있었고, 무슨 대회나 조직 결성에 늘 주도적으로 참여했다. 생물학적으로 기성세대가 되었을 때도 특권화되거나 보수화되지 않았고, 어이없는 시비에 휘말려 실망감을 주지도 않았다. 그는 그런 적이 없었다.

1980~90년대 박태순 소설을 읽으면서 느끼는 미묘한 피로감은, 문학을 대하는 작가의 태도가 본질적으로 달라지지 않은 데서 기인한 것인지도 모르겠다. 그는 자본주의적 삶의 비균질성이 확대·심화되는 현장을 결코 떠나지 않았고, 국가 폭력의 자장 속에 있는 역사적 사건과 그 피해자들에게서 시선을 거두지 않았다. 낮은 자리에서 국토의 곳곳을 떠돌며 현실의 부정성을 탐사하고 고발했던 작가의 피로감은 소설에 고스란히 투영된다. 국가가 주도하는 개발 프로젝트는 경제 성장의 논리로 공간을 재편하는 "국토 유신"을 보여 주었고, 그만그만하던 땅들이 개발 가치의 유무에 따라 값이 달라지면서 공간의 빈부 격차는 그 속의 사람들의 삶을 양극화시켜 나갔다. 1970년대부터 시작되어 1980~90년대까지 이어진 박태순의 국토 기행은 산문 형식의 글로 주로 발표되었지만, 그 경험은 다양하게 변주되어 상당수의 소설에 녹아 있다.

박태순은 6살이던 1948년에 해주에서 서울로 이주한 월남민으로서 분단과 전쟁, 이념과 체제 갈등이라는 한국 현대사의 극한적 사태를 대면하면서 개인과 공동체의 함수 관계를 남다르게 경험한다. 특히 국가나 민족의 차원에서 벌어진 역사적 상황이 무수한 민중들의 삶을 예기치 않은 방식으로 주조해낸 사례들에 관심을 가졌다. 1980~90년대의 단편소설에는 각기 다른 사연과 아픔을 안고 국토의 외진 곳에서 은둔자로 살아가는 사람들의 인생 이야기를 발굴해 재현한다. 박태순의 초기 소설이 주로 도시 빈민이나 변두리 하층의 삶에 관심을 집중시켰다면, 후기로 갈수록 역사의 파편에 쓰러지고 상처받은 소외된 사람들에게로 관심을 이동시키고 있음을 확인할 수 있다.

흔히 단편소설은 어떤 글쓰기보다 구성의 기술이 요구되는 장

르라 말한다. 박태순이 그려내는 다양한 인물, 역사의 면면과 겹쳐
지는 기구한 개인사 등은 애초에 단편에 부적합한 소재일지 모른
다. 하지만 캐릭터를 생생하게 조형해 내는 적확한 묘사에, 박태순
특유의 사변이 더해져 느슨하지만 복잡다기한 단편 형식을 만들
어 낸다. 게다가 비평적 분석이 개입되고, 인식적 차원의 서술이 상
당한 비중을 차지하는 그의 소설은, 모더니즘과 리얼리즘의 방법
적 경계를 넘나든다. 박태순은 정치·사회적 현실에 민감한 운동가
형 작가였고, 자신의 글쓰기가 무엇을 향하는가를 논리화하려고
애쓴 지식인 소설가였다. 1980~90년대 박태순의 단편소설에는 이
러한 특징이 여전히 관철되면서도, 과거와는 다른 차원에서 새롭게
직면하게 된 현실의 여러 사태를 어떻게 거리화할 것인가에 대한 고
민이 투영되어 있다. 특히 세기말이라는 시간성이 성찰과 회한의 정
동을 확장하게 만드는 1990년대 말의 소설들에서는 그 고뇌의 그
늘이 짙게 깔려 있다.

2. 가려진 역사, 숨은 인생 이야기의 발굴

박태순은 1971~72년 사이 '한국 탐험'이라는 기획 아래 국토의
곳곳을 다니며 기행문을 썼다. 그 결과물을《세대》에 연재했고, 단
행본『작가기행』(1975)으로도 출간하였다. 1981~82년에는《마당》
에『국토기행』이라는 이름으로 여행기를 발표했고, 이를 묶어『국
토와 민중』(1983)을 발간하였다. 이 작업은 일종의 '한국적인 것'
의 정체성을 찾으려 애썼던 1970~80년대 학술·문화 운동의 맥락
과 흐름을 같이 하는 것으로, 공간적으로 시야를 확대하여 국토

의 구석구석에서 도시적·근대적 생활과는 다른 삶의 방식을 선택한 사람들을 이야기의 전면으로 불러낸다. 국토 기행에서 만난 사람들의 인생 밑자락에는 한국인으로서 공유한 역사적 경험이 켜켜이 쌓여 있다. 여기서는 시간과 공간의 씨줄과 날줄이 엉켜 만들어 낸 질곡의 인생 이야기를 허구의 이야기로 담은 소설들을 일별해 본다.

음악 잡지 《객석》에 발표했던 「앞 남산의 딱따구리」(1984)는 전통 민요인 정선 아라리와 서구 클래식 음악을 대비시켜 두 여성의 이야기를 풀어나가는 특이한 발상의 소설이다. 주인공 오왕근은 1970년대 중반 삶의 방향을 잃고 방황할 때, 친구 유명숙의 추천으로 정선 범바위골을 찾아간다. 그곳에서 만난 김옥분 할머니는 사실 유명숙의 어머니로, "조선 토종의 여인사(女人史)"라 칭해지는 정선 아라리를 완창할 수 있는 인물이다. 김옥분의 부친과 조부는 동학 운동을 하다 산으로 들어온 사람들이었다.

> "세상이 어지러워져 사람들은 이런 산골로 들어오네만, 실은 이런 산골이야말로 난이란 난은 모두 만나는 걸세. 왕조 시대에는 의적들이 모였고 왜정 시대에는 항일 의병장이나 동학 가담자들이 들어왔었지. 화전을 일구며 짐승처럼 살았지. 8·15 해방이 되자 이번에는 이 일대가 빨치산 루트가 되어 숱한 사람들이 죽었지. 그 통에 어이없는 자식들을 낳는 여인네들도 생겨나고……. 알겠나, 정선 아라리도 그러하겠지만 이런 산골짝의 노래라는 건 이런 모든 사연들이 겹겹이 쌓이고 맺혀서 그게 노래가 되는 것이란 말이거든."(52쪽)

그렇게 "어이없이" 태어난 유명숙의 삶도 단순하지 않다. 어려서 민며느리로 시집갔다가 고시 공부하러 산에 들어온 남자를 따라 고향을 등진다. 갖은 고생 끝에 늦게 대학도 가고 이재(理財)에 눈을 떠 '복부인'이 된다. 이 소설은 한국 근현대사의 파고 속에서 기구한 삶을 산 김옥분 할머니와, 그녀와는 달리 주체적으로 자신의 인생을 설계한 유명숙의 삶을 대조시킨다. 유명숙은 "응어리진 삶, 그 자체"였던 정선 아라리로부터 스스로 도망쳤다고 말한다. 클래식 애호가인 그녀는 "인생을 설명해 주는 음악에서부터 인생을 설명해 주지 않는 음악 쪽으로" 의식적으로 달려갔던 것이다. 예술론의 차원에서 반영이냐 혹은 초월이냐로 논쟁할 수 있겠지만, 이 소설의 미덕은 어머니의 삶과 정선 아라리만을 찬양하지 않고 균형감 있게 그려낸다는 점이다. 비록 산업화 시대의 부정성을 상징하는 '복부인'이라 하더라도, 김옥분과 같은 전통적 삶을 거부한 유명숙의 선택도 나름 존중할 가치가 있다고 말하는 것이다.

　「귀거래사」(1984)의 권태룡과 「울력1」(1987)의 권태용은 모두, 은둔자로 사는 인물의 숨겨진 인생 이야기를 전달하는 지식인이다. 「귀거래사」는 구체적인 사연을 펼쳐 보이지는 않지만 이산가족 상봉이 사회적 화제가 된 시기에도 자신의 과거를 철저히 숨기는 우용걸이라는 인물을 초점화한다. 그는 서울 근교 산에 은거해 벌을 치거나 약초를 캐는 것으로 생계를 잇는 인물로, 권태룡이 그의 사연을 궁금해하자 "뭘 캐내려고 하는 건지 과거를 알아서 뭘 어쩌자는 거냐"며 버럭 화를 낸다. 왜 홀로 은둔하냐는 질문에 "내 세상은 이미 오래전에 지났는 걸. 지금은 남의 세상이야."라며 대화를 차단한다. 짐작컨대 우용걸은 타의에 의해 고향을 떠나, 사상 문제나 연좌제 같은 일로 냉전 시대를 외롭게 버텨낸 인물로 보인다. 공안 권력에 빌미를 잡히지 않기 위해 늘 조심하며 폐쇄적으로 살 수밖에 없었던 고독한 인생이 연상된다. 이 시기 박태순이 국토의 곳곳에서 만났던 사람 가운데는 분단과 냉전 상황이 개인의 삶을 타격해 버린 사례가 드물지 않았고, 이 소설의 우용걸 또한 그런 인물의 재현이라 하겠다.

「울력1」에서는 가난의 굴레에서 벗어나지 못하는 농민들의 삶이 그려지는 한편으로, 지식인 권태용의 몇 차례에 걸친 천봉산 입산기가 그려진다. 천봉산 밑 해바라기 마을은 6·25를 전후해 빨치산이 들어와 부역을 했던 시절을 제외하면 조용한 산촌 마을이었다. 이후 그곳이 도립공원으로 지정되면서 돈맛, 도시 바람을 심하게 타며 변화를 겪는다. 순박했던 마을 사람들은 땅 투기에 소송 사건에까지 휘말리며 하나둘 마을을 떠나 버린다. 욕망을 자극하는 도시 문화의 유입으로 농사에 의욕을 잃은 마을 남자들은 등산객을 위한 시설물 공사에 품팔이하는 신세로 전락한다. 반면 잡화상을 하던 노계득은 술집을 내고 마을 장정들의 돈을 긁어모아 마을의 유지가 된다. 돈의 흐름을 따라 마을은 재편되고 도시화된 삶이 산촌 마을을 잠식해 버린 것이다. 한편, 권태용은 1960~70년대 커다란 역사적 사건에 직면할 때마다 이곳을 찾았다. 4·19, 한일 굴욕 외교, 전태일 분신, 10월 유신 등의 정치·사회적 사건이 그의 입산을 자극한 계기로 소개된다. 이후 두 번의 방문은 1978년 박영건의 부음을 받고서, 그리고 현재 천봉산 마을이 큰 수해를 입었다는 기사를 보고 나서다. 어머니의 이모부인 박영건은 "일제 말기의 징병, 북만주의 일본군 생활, 소련군 포로, 사할린 수용소, 바이칼호 부근의 수용소, 그리하여 해방 후의 귀환, 고향에서의 사로청 활동, 소환과 피신, 38선 넘나들기, 6·25에 이리저리 끌려다니기, 이어서 붙잡혀 다니기 등……"을 거친 "고통으로 재벌"인 인물이다. 이 소설에서도 역사의 파고를 정면에서 받아낸 굴곡진 인생 이야기가 발굴, 소환된다. 자연재해조차도 국가의 지원이나 보상이 턱없이 부족해 결국 마을 사람들의 '울력'으로 복구 작업을 한다. 힘겨운 "지겟짐"을 진 마을 사람들이 내뱉는 "힘을 내어 넘어가세"라는 노동요는 민중의 비명처럼 전달된다.

월남민인 박태순의 자전적 요소가 반영된 「사민(私民)」(1984)은 이산가족 찾기가 TV에서 특별 생방송으로 진행되는 현재적 시간에서, 해방 직후부터 전쟁이 끝난 무렵의 어린 시절을 회고하는 권태룡의 이야기를 그린다. 태룡은 6세에 가족과 함께 월남해 서울의 해방촌 판잣집을 거쳐 남산 밑 낡은 적산 아파트에 살게 된다. 어린 태룡의 눈에 비친 난민촌의 일상은 거칠고 위험한데다 소란스럽다. 식민지 때 유곽이었던 이 아파트는 낡고 지저분해서 폐렴, 장질부사 같은 질병이 도는가 하면, 돌계단에서 넘어져 다치는 아이들이 늘 생긴다. 과거 유곽 생활을 했던 일본 여자 아야꼬는 아파트 사람들의 놀림감이 되지만, 그녀도 구박받고 괴롭힘 당한 피해자라며 동정하는 이들도 꽤 있다. 처음에 난민들이 들어와 살았던 유곽은 나중에 힘센 사람들이 들어와 난민을 쫓아냈고, 그 이후에는 적산 규정이 만들어져 더 힘센 사람들과 단체들이 주인 노릇을 한다. 철도 경찰에 투신했던 정매현, 만주, 중국, 시베리아를 다니다 일제 말기 징용으로 끌려가 태평양의 군사 시설 토목 공사장을 전전한 이발사 이해용 아저씨, 우파 청년단이 좌익 학생에게 린치를 가하는 와중에 잡혀간 형문이 아저씨 등이 태룡이의 기억 속에 소환된다.

그때 그 사람들은 다 어디로 갔을까. 철도 경찰로 다니던 정매현 씨는 어떻게 되었는가. 그는 처참하게 죽었다. 전평(全評) 산하 철도 노조 파업을 진압하다가 죽었다. 이해용 씨는 어떻게 되었는가. 그는 6·25가 일어나고 9·28로 서울이 탈환되기 전 달 죽었다. 왕십리 바깥쪽에서 진격해 들어오는 유엔군과 국군, 그리고 남산에 진을 치고 버티던 인민군 사이에 오갔던 폭탄 파편을 맞아 열 시간가량 길바닥에서 신음하며 몸부림치다가 죽어 갔다. 형문이 아저씨는 어떻게 되었는가. 그는 의용군에 끌려간 뒤로 소식이 없었다. 옥금이 아버지는 어떻게 되었는가. 명실이 고모는 어떻게 되었는가. 와실이 고모는 어떻게 되었는가.(112~113쪽)

와실이 고모는 사실혼 관계였던 형문이 아저씨를 잃고 36년이 되도록 "시장 바닥에서 아귀다툼으로 명줄"을 잇고 있다. 간략하게 요약된 그 시절 사람들의 후일담은 어떤 말로도 표현하기 힘든 슬픔을 담고 있다. 과연 그 역사의 희생자들을 어떻게 할 것인가. 월남민으로서 "공민(公民)"으로 살지 못하고 평생을 "실향사민(失鄕私民)"으로 살았다고 한탄하는 권태룡의 마음은 분단의 구조적 비극성을 다시 한번 환기시킨다.

3. 진화하는 속물, 탈주하는 여성

박태순 소설의 중요한 한 흐름을 형성하는 것은, 산업화·도시화 과정에서 삶의 터전을 잃고 열악한 상태로 내몰린 도시 빈민의 삶을 사실적으로 묘파해낸 작품들이다. 「정든 땅 언덕 위」(1966)를 시작으로 '외촌동(外村洞) 연작'이라 묶을 수 있는 1960~70년대의 박태순 소설은, 서울 외곽에 형성된 빈민촌, 판자촌 사람들의 일상적 행태를 때로는 비루한 채로, 때로는 치사하고 그악스럽게 그리면서도 삶에 대한 본능적 애착을 그려냄으로써 '민중'의 형상을 다채롭게 채우는 데 일조했다고 평가받아 왔다. 그런데 1980~90년대 소설에서는 도시 빈민에 초점화된 시선을 확장하면서 다양한 계층의 인간 군상들을 박태순 특유의 풍자와 연민의 시선으로 그려낸다. 경제 발전의 수준이나 양극화의 정도, 경제적 주체와 젠더의 차이, 욕망의 다극화 등이 복합적으로 작용해 단순화하기 어려운 새로운 차원의 갈등을 형상화한다. 「잘못된 이야기」(1983), 「침몰」(1984), 「속물과 시민」(1984)은 가진 자와 못 가진 자들이 서로를 향해 지니는 배타적 시선, 여기에 가부장제·혈연제도·낭만적 사랑 등이 교차하는 복잡한 인간 세사를 담고 있다.

「잘못된 이야기」는 남성 화자가 젊은 시절 향우회 활동을 같이한 두 여성과 재회하면서 벌어진 에피소드를 다룬 소설이다. 이패엽은 젊은 시절 사회 운동으로 감옥에 다녀온 전력이 있는, 현재는 월급쟁이로 겨우 생계를 잇는 인물이다. 이 소설은 남성 화자보다 향우회 총무였던 유정심과 옛 연인 황애재의 이야기에 초점을 맞춘다. 유정심은 재력가 집안의 아들과 결혼했지만, 남편의 복잡한 여자 관계와 채워지지 않는 결혼 생활의 허기로 이혼을 결심한다. 어렵게 이혼을 성취하고 그 위자료로 술집을 차린다. 황애재도 "이패엽을 이수일로 만들고 김중배와 결혼"했지만, 평탄하지 못한 결혼 생활로 결국 이혼한다. 그녀들은 자신의 삶을 실패라 여기지 않으며, "이혼을 쟁취할 수 있는 세상에 살 수 있다는 것"에 감사한다. 자신이 살아온 내력을 말하는 유정심이 이야기 상대를 잘못 골랐다고 후회할 만큼 이패엽은 두 여성의 삶에 공감하지 못한다. 그를 괴롭히는 "리얼리즘"은 1200만 원의 빚이기 때문에, 그녀들의 이혼 쟁취는 그에게 사치스럽게 느껴지고 공허한 이야기일 뿐이다. 이패엽은 그녀들의 이야기를 "잘못된 이야기"로 규정하고, "제대로 된 이야기"를 찾아 나설 것을 다짐한다. 이 소설은 경제적으로 위축된 남성 인물의 피해 의식과, 자신의 속물성을 당당하게 드러내는 여성 인물들의 의외성이 대비를 이루면서 "잘못된 이야기"라는 것이 과연 무엇인지, 그렇게 재단하는 것이 과연 바람직한 것인지를 반문하게 만든다.

「침몰」의 여성 화자도 경제적으로는 부유하지만, 혈연과 연애 관계에서 깊은 상처를 받은 인물이다. 유행숙은 새로 입주한 아파트 단지의 주민이고, 아파트 주변의 서민촌 사람들은 가게를 하거나 파출부, 청소부, 경비, 계란 등을 팔아 생계를 유지하고 있다. 아파트 주민과 주변의 서민촌 사람들은 경제적으로 얽혀 있어 생활의 편의와 생계가 연결될 적에는 서로 공존 관계를 유지하지만, 내심으로는 서로를 멸시하거나 시샘한다. 흥미로운 점은 아파트 주민과 서민촌 사람들의 권력 관계가 경제적 차이에 근거해 단순하게 위계화하지 않는다는 사실이다. 유행숙은 서민촌 남자들이 지나다니는 "여자들을 음침하고 탐욕스런 표정으로 마치 발가벗겨 핥아" 보는 듯한 시선을 느낀다. 그녀는 부유하지만, 일상에서 안전하지 못하다는 불안감에 늘 사로잡혀 있다. 유행숙은 고리대금업으로 돈을 벌어 5층짜리 빌딩을 소유한 독신 여성으로, 과거 동거 남성의 폭력성 때문에 몸과 마음이 만신창이가 되어 항상 약을 지니고 다니는 인물이다. 거기에 시도 때도 없이 들이닥쳐 돈을 요구하는 가족들의 행패에 진절머리가 나 있다. 그녀의 고통은 부자가 되어서도 별반 해소되지 않은 채 지속된다. 그랬던 유행숙은 버스에서 만나 우연히 대화를 나누게 된 하남숙의 순수한 사랑에 감동하고, 타인을 향해 굳게 닫아 두었던 마음의 문을 연다. 하남숙을 자신의 집으로 들이고 그녀의 남편에게 살롱 운영을 맡긴다. 그러나 하남숙의 남편이 시국 사건의 수배자로 체포되면서 그녀도 경찰에 불려 다니게 되고, 결국 그 관계도 끝나고 만다. 그녀는 타인과 긍정적 관계를 맺지 못하는 자신을 "구제불능"이라 규정하고 마음의 문을 닫아 버린다. 이 소설은 다양한 연유로 타인과의 관계에서 실패하는 유행숙의 삶을 통해, 돈의 가치가 전면에 부상하는 세상에서 보편적으로 존중받던 여러 관계마저도 도구적으로 전락하는 세태를 그려내고 있다.

한편, 권력에 기생해 치부하는 부정적인 인물 장영필을 주인공으로 그려낸 「속물과 시민」은 1970년대에서 1980년대로 이어지는 부정 축재의 실상을 본격적으로 낱낱이 고발한 소설이다. 대학촌에서 갈비집 무쇠옥을 운영하는 성공한 자영업자인 장영필은 1970년대 통일주체국민회의 의원을 지내며 사업을 확장한다. 그는 무쇠골의 "유지 중의 유지이며, 도시 새마을운동의 기수이며, 거기에 각종 지도 위원·선도 위원·대책 위원·개발 위원을 두루 겸하고 있는 덕망가"다. 그는 지점과 분점을 내어 엄청난 부를 챙기고, 지역 개발 위원회라는 것을 만들어 지하철 노선이 자신들의 건물 가까이 놓이도록 애쓴다. 서점이 들어오는 것을 견제하며 대학촌인 무쇠골에 면학 분위기를 없애 유흥가로 변질시키는 데 성공한다. 그에게 대학생들은 "불평분자들"로, "열심히 일할 생각은 않고 어째서 근로기준법이니 뭐니 들고 나와 피땀 흘려 사업을 일으킨 사업주들에게 대들고 반항"하는 "못난 것들"이다. 그에게 10월은 '10월 유신'의 달이자 '10·26'이 겹치는, "영광과 시련을 함께 맛보게 한 괴상한 달"

이다. 10·26이 나자 잠시 피신할 정도로 권력에 밀착되어 있었던 장영달은 신군부 등장 후 국세청 조사를 받는 등 잠시 위기를 맞지만 금방 도로 제자리를 찾아간다. 더욱 기고만장해진 장영달은 내연관계인 양인혜를 앞세워 '쉘부르의 우산'이라는 살롱을 차려 문화인들을 상대한다. "문화 장사라는 게 갈비 장사보다 못하지 않다는 것을 짐작"했기 때문이다. 그러나 가정적으로는 운이 없어 장영필의 아내(세 번째 결혼)는 미국 시민권자가 되려고 안달하는가 하면, 외아들은 대마초를 피우고 돈을 물 쓰듯 한다. 장영필에게도 위기가 찾아오는데, 믿었던 양인혜가 자신을 배신하고 살롱의 보증금과 권리금을 챙겨 도망가 버리고, 아들은 자기 명의로 된 빌딩 문서를 헐값에 팔아 버린다. 잠시 장영필이 "역경"을 맞는 듯했지만, 제대로 된 관계 서류도 없이 건물을 산 사람들을 상대로 형사 소송을 제기해 재산과 명예를 되찾는다.

이 소설에서는 장영필이라는 부정적 인물에 초점을 맞추고 있지만, 원래 비슷한 규모로 시작했던 무쇠골의 다른 자영업자들의 태도도 흥미롭게 묘사된다. 무쇠골의 퇴락한 자영업자들이 느끼는 상대적 박탈감을 드러내면서도 그들의 기회주의적 속물성을 가감 없이 보여 준다. 장영필로 대표되는 '속물'은 재력이라는 물적 토대 위에 허구적 권위와 명예가 더해져 어느새 '대시민'으로 존재를 전화시킨다. 그러나 어떻게 명명되는가와 무관하게 이 소설이 그려낸 '속물'이라는 형상은 보편적 공감을 불러일으킨다.

「낯선 거리」(1987)는 박태순의 자전적 체험담으로, 글 작업을 위해 서울의 낡은 건물에 입주한 화자를 통해 이기적 계산에 물들어 있는 다양한 업종의 자영업자들에 대한 관찰을 담고 있다. 이 빌딩에는 찻집 겸 술집, 미용실, 화실 등이 입주해 있는데, 이들 영세한 자영업자들은 전기나 수도, 화장실 사용과 그 비용 책정에 매우 민감하게 반응한다. 자신에게 유리한 규정과 여론을 만들기 위해 각자 필사적이다. 기존의 세입자들은 새로 입주한 권태용을 자기 셈법에 동의하도록 설득하려 애쓴다. 조용한 작업실을 기대했던 권태용은 짜증이 나면서도, 누구의 주장이 옳고 틀리다거나 누가 선하고 악하다는 식으로 그들을 바라보지 않는다. 박태순이 다양한 인간 군상들을 그리는 기본 전제는 단순화나 윤리적 가치 평가를 가능하면 피한다는 것이다. 지식 수준이나 교양과는 다른 차원에서 각자가 살면서 체득한 주요한 삶의 기준들이 있기 마련이다. 서로 조율하며 함께 살 수밖에 없는 도시적 일상을 소품으로 보여준 소설이라 하겠다.

박태순이 새롭게 주목한 인간 유형을 등장시킨 「박테리아」(1987)는, 어느 정도의 경제 발전을 이룬 사회에서 절실한 문제로 부상한 의료·복지 문제가 중심 주제로 다뤄진다. 강구완은 중동에 노무자로 취업차 갔다가 "몸과 정신이 모두 아픈 병"에 걸려 귀국한다. 시립병원의 장기 입원 환자가 된 그는, 어느새 병원 행정과 서무는 물론이고 "환자의 생리학에서 보상 문제를 둘러싼 소송 절차와 법률 지식에 이르기까지 만물박사"가 된다. 자신의 보상 문제를 해결하고 자신감을 얻자 교통사고로 다리를 잃은 젊은 여성, 교사에게 맞은 학생들이 제대로 보상받을 수 있도록 돕는다. 여기저기 문제를 만드는 그를 고깝게 여긴 병원 관계자는 그를 "사회를 부패시키는 박테리아"라고 욕하지만, 부패가 "복잡한 유기물을 단순한 유기물로 변화시켜 물질의 순환에 이바지"한다는 논리로 스스로를 정당화한다. 이 소설은 재벌의 부정부패나 상하급 공무원들의 뇌물 독직 사건들이 언론에 보도되는 현실을 배경으로 끼워 넣으면서, "세상 물정을 알아 간다는 것"은 "악해짐으로써 자기 삶자리를 획득해"내는 것임을 강조한다. 이 소설은 복잡한 세상사 속에서 힘없고 무지한 사람들이 피해를 당하는 현실을 위악적으로 고발하고 있다.

「사랑해선 안 될 사람들」(1986)은 앞의 소설들과는 다소 결이 다른 특이한 구성의 소설이다. 재개발 건설 현장의 '오야지' 김 씨와 하도급 잡역부인 화자 강 형과의 대화, 그리고 노(老)시인과 그의 노동자 아들의 관계가 교차된다. 우연찮게 강 형을 따라 문학 행사를 구경하게 된 김 씨는 말과 붓끝으로 세상을 바꿀 수 없다고 비아냥대며, "노동자 노릇"하면서 노동문학을 떠들면 인정하겠노라 말한다. 반면 강 형은 건설 공사가 "인부 노임 떼어먹는 사다리꼴의 구조"라고 생각하며 자신이 현장에서 직접 체험한 노동자들의 행태를 부정적으로 바라본다.

> 누가 그랬던가, 밑바닥 노동자들은 착한 사람들이고 서로 알뜰히 보살피며 동고동락하는 사람들이라고. 천만의 말씀. 그들은 서로서로 시기하고 이간질하고 쥐꼬리만 한 잇속 챙기기 위해서 저 높은 곳에 위치하는 무슨 무슨 재벌 총수보다도 더 영악스런 인간들인 것입니다.(163쪽)

물론 하청에 재하청으로 이루어지는 이중삼중의 착취 구조가 근본 원인이지만, 그 시스템에서 생존 방법을 찾아야 하는 건설 노동자들의 치사한 행태가 인간성의 바닥을 보여 준다는 점에서 감싸주기 어렵다. 무엇보다 이 소설에서 부각시키고자 하는 대상은 노시인 김광태와 아들 김막난이다. 김막난은 고된 노동을 마치고 밤마다 술에 취해서는, 노시인을 이기주의자라 욕한다. 그의 아버지는 "진실, 정의, 양심" 같은 어휘들을 "문학이라는 이름으로 누리기 위해 가족들을 폐기 처분했을 뿐 아니라 도리어 착취하고 수탈"했다는 것이다. 실제로 노시인은 자신의 체면을 위해 위선과 과시에 익숙하고, 노동과 술로 망가져 가는 아들에게 거짓말로 돈을 요구한다. 속물적 세태를 구체화하는 생생한 인물 군상에 문학인 역시 예외가 아니다. 화자에게 노시인 같은 문학인은 "사랑해선 안 될 사람"이다. 그럼에도 결말에서 화자는 다른 직종에 비해 문학인들이 "적어도 자신과 남을 속이지 않는 종자들"이라는 신념을 거두지 않는다. 세속화의 거대한 흐름에 떠밀려 가지 않으려는 문학인 박태순의 호소라고 읽을 수 있겠다.

4. 세기말의 글쓰기

1990년대에 들어서면서 박태순의 소설 창작은 현저하게 줄어든다. 장르를 가리지 않고 방대한 글쓰기 작업을 수행했던 박태순은 지난 시대의 사회·문학 운동을 정리하고, '87년 체제' 이후 달라진 현실 속에서 탈냉전 시대의 문학적 길을 모색하는 데 집중한다. 사회학자 김동춘과 함께 『1960년대 사회운동』을 집필한 것이나, 「자유실천문인협의회 문예운동사」를 연재한 일이 그 대표적 작업이다. 박태순은 '4·19 세대'의 정체성을 견지하며, 낡아서 조롱의 대상이 되지 않는 민중 문학, 실천 문학의 자리를 늘 고민했다. 몇 편 안 되는 이 시기 소설에는 지난 시간을 반추하고 새로운 세기를 탐색하는 박태순의 착잡함과 담담함이 묻어 있다.

1990년대 후반에 발표된 「비가 오나 눈이 오나 잃어버린 30년—90년대 풍속사화를 통한 소설적 단상」(1997)은, 제목이 다소 거창하지만 실제 내용은 홀아버지와 네 딸들의 가족 이야기다. 월남민이자 군인 출신의 아버지 강충식은 아내가 일찍 사망하자 군대식으로 자식들을 훈육한다. 그는 고향 친구의 빌딩을 관리해 주면서 무려 다섯 채의 아파트를 분양받아 둔다. 박태순 소설에서 자산 형성 방법의 상수로 등장하는 부동산 투기가 이 소설에서는 자식의 삶을 통제하는 수단으로 그려진다. 아버지는 사윗감이 자신의 기준을 만족시키지 못하면 아파트를 상속하지 않겠다고 으름장을 놓는다. 다른 딸들은 그럭저럭 기준을 통과하는데, 넷째 딸만은 그런 아버지에 정면으로 저항한다. 소위 사회 비판적 인물인데다, 투옥 경력이 있는 남자와 교제하며 아버지의 삶을 송두리째 부정한다. 화애에게 강충식은 "천민자본가사회의 중산층적 인간형"이며 "선량한" 척하는 가족지상주의자다.

> '무관심'이라는 이름으로 타인에 대해 냉혹하면서 동시에 '관심'이라는 이름으로 가족에 대해 권위주의적으로 군림하려는 자본제적 가부장과 그에 예속된 가족—창살 없는 감옥, 박제된 해방 속에서 사는 삶.
>
> 역사로부터 퇴장당해야 할 '박정희주의'의 복제인간형.
>
> 기형적인 한국보수주의 인간형에서 가지를 치게 된 더욱 기형적인 분단사생아적 인간형. (316쪽)

자신에 대한 딸의 글을 본 강충식은 울분, 억울함, 서글픔 등 온갖 감정이 교차한다. 홧김에 가족을 해체하자는 극단적인 선언을 하고 귀촌해 버린다. 그러나 소설은 훈훈하게 마무리된다. 손녀를 데리고 아버지를 찾아오는 큰딸들에게 설득되고, "애비 덕을 본 너희들은 천할 천, 천민(賤民)이 아니고 그러면 하늘 천, 천민(天民)이라도 된단 말이냐?"는 푸념 속에서도 "과거를 속량"했음을 밝힌다. 이 소설에서 주목할 부분은 강충식이라는 인물의 부정성만을 드러내지 않고, 기성세대가 처했던 역사적·상황적 조건들을 마치 '변호' 하듯이 동시에 제시한 점이다. 20세기를 마무리하는 시기, 박태순은 자신들의 세대 안에서 그들이 싸웠던 기득권에 대해 미우나 고우나 같은 역사적 파고를 헤쳐 온 세대로서 1980년대 운동권 세대를 향해 균형감 있는 위치를 잡으려 노력한 흔적이라 읽을 수 있다.

「바깥 길」(1997)과 「레미제라블」(1999)은 거대한 한 세기를 끝맺음하는 시점에서 지식인 인물의 자기 성찰과 고뇌를 담고 있어 함께 읽어볼 만하다. 「바깥 길」에서는 전교조 운동, 감옥살이라는 풍파를 겪고 백두대간 깊은 산 속으로 은둔한 임처사를 만나러 가는 강유동이 화자로 등장한다. 그는 아파트 숲을 이룬 분당을 지나며 우연히 버스에 동승한 두 남녀의 대화를 듣는데, 골프 치는 소설가들에 관한 이야기다. 남자는 건설 회사 실장으로 회장을 모시고 골프장에 갔다가 유명 소설가들을 만난다. 골프장 상무가 회원들에 대한 서비스로 "골프 좀 치는" 몇몇 소설가들을 불러 라운딩하게 한 뒤 즉석 문학 강연 자리를 마련했다는 것이다. 그 자리에서 "자본주의 미학"이 어쩌니, "정보가 곧 자원이 되는 사회에서 소설은 새로운 정보산업으로 유망"하다느니 하는 대화가 오갔다고 한다. 골프에 대한 한국 사회 특유의 선망과 혐오가 소환되는 지점이지만, "골프 치는 소설가"를 그저 비난하기에는 변화된 세태와 인식을 무시할 수 없다. 제목의 '바깥 길'은 불륜 남녀의 사례에서 보듯

이 '외도(外道)'를 지시하기도 하고, 임처사의 경우처럼 익숙한 세계에서 벗어나 다른 방식으로 살며 세상을 조망하는 길을 의미하기도 한다. 임처사는 교사직을 떠나 '문필업'을 천직으로 받아들이고, 급기야 깊은 산으로 은둔하게 된 과정을 다음과 같이 요약한다.

> (……) 더 나은 세상을 어떻게 만드는가. 사람의 생각을 바꾸는 일, 바꾸게 하는 일. 바로 그런 것이었다. 사람의 생각을 어떻게 바꾸어 놓을 수 있단 말인가. 사람 속으로 뛰어들어 무엇이 잘못되어 있는지 실상을 밝히고 개선 방안을 마련하여 요구 조건을 내세우고 구호를 외치고 시위도 벌이는 등 온몸으로 시범을 보이던 시대가 있었다. '뛰면서 생각하라' 하던 시대가 있었으나 '꼼짝 말고 틀어박혀 생각하라' 하는 시대가 다가오고 있는 것이라 하였다. 미처 사람들이 일깨우지 못하는 것을 알도록 하는 새로운 작업 형식이 요청된다 했다. 이 작업 형식은 두 가지 기본 뼈대를 갖고 있다고도 했다. 그 하나는 찡그린 얼굴로 세상을 말하지 말라는 것이고, 다른 하나는 남들이 생각해보지 못한 세상 꿈꾸기라 하였다.(292쪽)

임처사의 말은 20세기적 운동 방식이 시효가 다했다는 것을 말하는 것이지만, 강유동은 어지럼증을 느끼며 "모든 사람들이 실존주의자"에서 "생존주의자"로 변했다고 진단한다. 다들 속으로 골병이 들어 "난파선에서 아우성치는 사람들" 같다는 것이다. 새로운 세기를 맞으며 겉으로는 희망과 변화를 말하지만, 신자유주의의 무한 경쟁 사회에서 과거의 무수한 가치들은 설 자리를 잃고 오직 '생존주의'만이 남았음을 강조한다. 이 대목은 박태순이 새로운 세기를 어떤 마음으로 대하는지를 함축적으로 대변하고 있다.

박태순이 쓴 20세기의 마지막 단편소설을 살펴보는 것으로 이 글을 마무리하고자 한다. 「레미제라블」은 서울 외곽 위성도시 개명시의 '새로운 천년맞이 문학예술인 한마당' 축제 기획을 두고 벌어진 상황을 담은 소설이다. 개명시는 "난민촌에서 공장 지대가 되고 뒤이어 특별 시민 아닌 보통 시민의 아파트촌"이 되어 "한 시대의 얼룩과 덜룩을 고스란히 묻혀 놓은 곳"으로 묘사된다. 1999년 12월 동지절을 밀레니엄 축제로 삼아 시민 위안 잔치도 벌이고, 과거의 아픔을 풀어낸다는 차원에서 '해원(解冤)문학비' 건립도 추진할 예정이었다. 그러나 이 기획은 정치적 진영 사이의 갈등으로 비화되고 "정치쇼"라는 언론의 비난이 이어지자 행사는 중단되고 만다. 21세기를 앞두고서도 분단국의 냉전적 사고는 결코 해소되지 못한 채 깊은 갈등의 골을 드러낼 뿐이다. 원래 이 행사에 초청받았던 연변자치주의 시인이자 문학평론가인 임백은 한국의 현실을 씁쓸하게 지켜보며, '밀레니엄 문학'이란 결국 "'레미제라블의 문학'을 근원적으로부터 복원시키는 것"이라 주장한다. 그러나 일부 한국의 문학인들은 임백의 견해에 회의를 드러내며, 21세기 문학의 방향에 대해 비관적인 태도를 보인다. 여기서 임백은 다음과 같이 일갈한다.

> 측은지심이야말로 인(仁)의 출발점이거늘, 그것마저 없는 것들 같으니라고. 나의 슬픔과 남의 슬픔이 둘이 아니라 하나라는 데에서 대자대비의 문예 정신이 고래로부터 있어 왔거늘 그마저도 없는 무자비한 것들 같으니라고. (339~340쪽)

어쩌면 박태순은 스스로 '가련한 자'라 규정하며 자조(自嘲)하는 문학인들에게, 연변 문학인의 입을 빌어 꾸짖는 것이 아닐까. 물론 그 문학인에는 자신도 포함되어 있을 것이다. 1980년대 운동권 세대의 후일담 소설이 쏟아지던 1990년대에, '4·19 세대'를 대표하는 초로(初老)의 박태순은 다시 문학의 초심을 말한다. 1980~90년대의 박태순 단편소설은 작가가 가장 공들여 집중한 글쓰기는 아니지만, 한층 엄혹해진 세태와 문학의 위상 변화 등을 응시하면서 가장 진솔한 내면의 생각을 여과 없이 담아낸 장르임에 틀림없다.

박태순 연보

1942   5월 8일 황해도 신천군 용문면 삼황리 소산동에서 아버지 박상련(朴商縺), 어머니 권순옥(權純玉)의 2남 2녀 중 장남으로 출생하였다. 본관은 밀양이다.

1947   1월, 부친이 가산을 모두 정리한 뒤 해주에서 서울로 이주하였다. 묵정동, 삼청동, 청운동, 원효로, 신당동 등지의 빈민촌을 전전하였다.

1950   12월 하순 대구로 피난했다. 그동안 다섯 군데의 국민학교를 옮겨 다닌 끝에 대구 중앙국민학교를 졸업했다.

1954   환도와 함께 서울로 이사하여 서울중학교에 입학했다. 중학교 2학년 때 막연히 작가가 되겠다고 마음먹었다. 친구와 함께 출판사 동업 중이던 부친이 휴전 이후 독립하여 출판사 박우사를 차렸다. 박태순은 국민학교 6학년 때부터 교정과 편집, 배달 일을 거들었다.

1957   서울중학교를 졸업하고 서울고등학교에 진학했다. 문천회, 바우회 등의 독서 모임에서 활동하였다.

1960   서울고등학교를 졸업하고 서울대학교 문리대 영문과에 입학했다. 곧바로 맞이한 4·19혁명 당시 경무대 앞까지 진출했는데, 함께 있던 친구 박동훈(법대 1학년)의 죽음에 큰 충격을 받았다. 이후 이때의 경험을 바탕으로 단편 「무너진 극장」과 「환상에 대하여」 등을 창작했다. 서울대 문리대 교양학부에서 김광규, 김승옥, 김주연, 김치수, 김현, 이청준, 염무웅, 정규웅 등을 동기로 만났다.

1961   학업에 뜻이 없어 학교에는 거의 나가지 않고 음악다방에만 출몰하였다. 자퇴를 결심하고 친구 따라 강원도 영월군 주천면에 가서 한동안 두문불출하는 생활을 이어 나갔다. 상경한 후에는 본격적으로 신춘문예에 도전하기 시작하였다. 시와 소설을 합해 총 스물한 번 도전하였으며 신림동 난민촌에서 한 달여간 틀어박혀 외촌동 연작을 구상하였다.

1964 대학을 졸업하고 단편 「공알앙당」으로 《사상계》 신인문학상에 입선하였다.

1966 중편 「형성」이 《세대》 제1회 신인문학상에 당선되었다. 단편 「향연」이 《경향신문》, 「약혼설」이 《한국일보》 신춘문예에 각각 당선작 없는 가작으로 입선하였다. 외촌동 연작의 첫 번째가 되는 단편 「정든 땅 언덕 위」를 발표하여 문단의 호평을 받았다.

1967 본격적인 창작 활동을 시작하였다. 《월간문학》에 근무하던 이문구, 《사상계》에 근무하던 박상륭 등과 알게 되어 가깝게 지냈다.

1969 1월에 출간된 《68문학》 제1집에 김승옥, 김주연, 김치수, 김현, 염무웅, 이청준과 함께 참여하였다.

1970 11월 청계 피복 노동자 전태일의 분신 사건을 취재하였다.

1971 르포 「소신(燒身)의 경고-평화시장 재단사 전태일의 얼」을 발표하였다. '광주 대단지 사건'(지금의 성남민권운동)을 취재하고 르포 「광주 단지 4박 5일」을 발표하였다. 이때의 경험을 바탕으로 다음 해 단편 「무너지는 산」을 발표하였다.

1972 4월 15일 김숙희(金琡姬)와 결혼하였다. 창작집 『무너진 극장』(정음사), 『낮에 나온 반달』(삼성출판사)을 간행하였다. 장편 「님의 침묵」(여성동아)을 세 달간 연재하였으며, 연출가 임진택이 「무너지는 산」을 연극으로 각색하고 연출하였다.

1973 인문기행 「한국탐험」을 《세대》에, 장편 「사월제」를 《한국문학》에, 「서향창」을 《주부생활》에 연재하였다. 창작집 『정든 땅 언덕 위(부제: 외촌동 사람들)』(민음사)를 간행하였다. 《중앙일보》에 소설 월평을 연재하였으며, 12월 26일 민족학교 주최 '항일문학의 밤'에 참가하여 시를 낭송하였다.

1974   1월 6일 유신헌법에 반대하여 '개헌 청원 지지 문인 61인 선언'에 발기
인으로 참가하였다. 4월, '문인 간첩단 조작 사건'에 대하여 문인 295
인의 진정서 규합 활동을 하였다. 11월 18일, 광화문에서 '문학인 101
인 선언'을 발표하며 '자유실천문인협의회'의 창립을 주도하였다. 이
날 경찰에 연행되었다가 이틀 후 풀려났다. 장편 「내일의 청춘아」를
《학생중앙》에 연재하였다.

1975   창작집 『단씨의 형제들』(삼중당), 산문집 『작가기행』을 간행하였다.
《한국문학》에 '언사록'이라 하여 개항 이후의 상소문, 격문, 선언문,
민요, 풍요와 유언비어 등을 수집·정리해 3회에 걸쳐 소개하였다. 김
지하의 '오적필화사건'과 연이은 긴급조치 등 폭압적인 유신 체제에
항의하는 의미로 절필을 결심하였다. '동아일보 광고탄압사건'에 항
의하여 자유실천문인협의회 문인들의 격려 광고를 주도하였다.

1976   번역시집 『아메리칸 니그로 단장(斷章)-랭스턴 휴즈 시선집』(민음사)
을 간행하였다. 침묵이 길어지는 동안 「사서삼경」을 독파하였는데,
훗날 이것이 이후의 재창작에 큰 도움이 되었다고 고백한다.

1977   3월 '민주구국헌장'에 서명한 혐의로 고은, 김병걸, 이문구 등과 함께
연행되어 수일간 조사를 받았다. 7월 24일 전태일의 모친 이소선이 구
속되고 평화시장 노동 교실이 폐쇄되자 이후 '평화시장사건 대책위
원회' 결성에 참여하였다. 12월 23일 한국 최초로 발표한 '한국노동인
권헌장' 작성에 참여하여 교열 보완 작업을 하였다. 장편 『가슴 속에
남아 있는 미처 하지 못한 말』(열화당)을 간행하였다. '자유실천문인
협의회 제3선언'에 참가하였다. 장남 영윤(榮允)이 출생하였다.

1978   4월 24일 자유실천문인협의회와 백범사상연구소가 공동으로 주최
한 '제1회 민족문학의 밤'에서 한용운의 시 「님의 침묵」을 낭송하였
다. 이 행사를 빌미로 고은과 백기완이 중앙정보부에 연행되었고, 박
태순과 이문구 등이 고은의 화곡동 집에서 단식 농성을 주도하였
다. 12월 21일 '김지하 문학의 밤' 행사에서 「세계 지식인 및 문학인에

게 보내는 메시지」를 낭독하였다. 장편 「백범 김구」를 《학원》에 연재하였으며, 번역서 『자유의 길』(하워드 파스트, 형성사), 『올리버 스토리』(에릭 시걸, 한진출판사)를 간행하였다.

1979   2월 5일 광주 YWCA에서 열린 '양심범을 위한 문학의 밤' 행사에서 사회를 맡았다. 6월 23일 종로 화신 앞에서 '카터 방한 반대 시위'에 참가했다가 연행되어 김병걸, 김규동, 고은 등과 함께 구류 25일 처분을 받았으며, 정식재판 청구 후 10일간 구금되었다. 8월 31일, '1979년 문학인 선언' 발표와 관련하여 퇴계로 시경 안가로 연행되었다. 11월 13일, 윤보선 전 대통령 집에서 불법 회합을 가졌다는 이유로 계엄사에 의해 염무웅 등과 함께 연행되었다가 경고 훈방 조치를 받았다. 고은, 이문구 등과 함께 무크지 《실천문학》 창간을 주도하였다. 11월 24일, '명동 YWCA 위장 결혼식 사건'에 참가했다가 연행되었다. 장편 『어제 불던 바람』(전예원), 『님을 위한 순금의 칼』(경미문화사)을 간행하였다. 둘째 아들 영회(榮會)가 태어났다.

1980   3월 25일, 무크지 《실천문학》의 창간호가 간행되었다. 여기에 『팔레스티나 민족시집』을 번역하여 소개하였고, '사회과학자가 보는 한국문학' 조사를 발표하였다. 4월 19일 연세대학교 '4·19 문학의 밤' 행사에서 '문학에 있어서 4·19의 의미'에 대해 강연하였다. 장편 『어느 사학도의 젊은 시절』(심설당)을 출간하였다.

1981   번역 시집 『팔레스티나 민족시집』(실천문학사)을 간행하였으며, 번역 소설 『대통령 각하』(앙헬 아스투리아스 , 풀빛), 『민중의 지도자』(치누아 아체베, 한길사), 『파키스탄행 열차』(쿠스완트 싱, 한길사)를 간행하였다. 산문 「국토기행」을 《마당》에 연재하였으며 평론 「문학과 역사적 상상력」(실천문학)을 발표하였다.

1982   장편 「골짜기」를 《실천문학》에 연재하다가 중단하였다. 『무너지는 사람들』(후앙 마르세, 한벗), 『우편배달부는 벨을 두 번 울린다』(제임스 M. 케인, 한진출판사)를 번역 출간하였다. 12월 실천문학사가 전

예원에서 분리·독립하면서 독립문 근처 박태순의 집필실 옆으로 이주하였다. 그로 인해 무크지《실천문학》편집은 물론『문학과 예술의 실천논리』『아프리카 민족시집』등 실천문학사의 초기 출판 목록에 적잖은 영향을 미친다.

1983 『문학과 예술의 실천논리』(실천문학사)에 아시아 아프리카 작가 운동을 집중 소개하였다.「국어교과서와 민족교육」을《교육신보》에 연재하였으며, 기행문『국토와 민중』(한길사)을 간행하였다.

1984 자유실천문인협의회 개편 작업에 참가하였다. 장편「풀잎들 긴 밤 지새우다」를《마당》에 연재하였다. 무크지《제3세계연구》(한길사) 창간호에 팔레스타인의 민족시인 마흐무드 다르위시에 대한 소개글과 르포「잃어버린 농촌을 찾아서」를 발표하였다.『종이인간』(윌리엄 골딩, 한진출판사)을 번역 출간하였다.

1985 연작 소설「고향 그리고 도시의 벽」을《열매》에 연재하였으며,《실천문학》에 보고문「자유실천문인협의회와 1970년대 문학운동」을, 장편「어머니」를 발표하였다. 후자는 미완으로 남았다.「역사와 인간」을《오늘의 책》에,「한국의 장인」을《동아약보》에 연재하였다. 8월 '갑오농민전쟁의 전적지를 찾아서'를 주제로 하는 '제1회 한길역사기행'을 강의하였다.

1986 8월 10일부터 2박 3일간 한길사『오늘의 사상신서』101권 발간을 기념하는 '병산서원 대토론회'에 80여 지식인 학자들과 함께 참여하였다. 창작집『신생』(민음사), 산문집『민족의 꿈 시인의 꿈』(한길사)을 간행하였다. 월간《객석》에「작가가 본 연극무대」라는 공연평을 연재하였다.

1987 4월, 자유실천문인협의회가 주최하는 '시민을 위한 민족문학교실'에 강사로 참가하여 '제도 교육 속의 문학'을 강연하였다. '4.13 호헌조치'에 반대하는 문학인 193인 서명에 참가하였으며, 6월항쟁 이후 자

유실천문인협의회를 '민족문학작가회의'로 개편하는 작업에 참여하였다. 신동엽창작기금을 수혜하고, 무크지《역사와 인간》에「문학은 곧 역사 탐구」라는 창간사를 집필하였다.

1988 '4월혁명연구소'의 발기인으로 나섰다.「광화문」을《월간조선》에, 국토기행「한국의 기층문화를 찾아서」를《월간중앙》에 연재하였다. 중편소설「밤길의 사람들」로 한국일보문학상을 수상하였다.

1989 3월 27일, 민족문학작가회의 대표단으로 남북작가회담을 위해 판문점으로 가던 중 연행되었다. 국토기행문「사상의 고향」(월간중앙), 역사 인물 소설「원효」(서울신문)를 연재하였으며《사회와 사상》에 실록「광산노동운동과 사북사태」「거제도의 6·25 그 전쟁범죄」등을 발표하였다.

1990 사회학자 김동춘과 함께「1960년대의 사회운동」(월간중앙)을 연재하였다. 한길문학예술연구원에서 소설 창작을 강의하고 한길문학기행을 주도하는 등《한길문학》편집위원으로 활동하였다. 역사 인물 소설「연암 박지원」(서울신문)과「원효대사」(스포츠서울),「박태순의 분단기행」(말)을 연재하였다. 10월, 윤석양 이병이 공개한 '국군보안사령부 민간인 사찰 폭로 사건'의 보안사 사찰 대상에 포함된 것으로 밝혀졌다.

1991 사단법인 한글문화연구회의 이사를 맡았다. 4월「신열하일기」(서울신문) 연재를 위해 첫 번째 중국 기행을 다녀왔다. 이때는 대한민국과 중국 간의 공식 수교가 이루어지기 전이었다.

1992 《민주일보》에 객원 논설위원으로 참여하였으며,《한겨레신문》에「역사의 승리자로 남기를」을 발표하였고,《사회평론》에「역사와 문학」을 연재하였다.

1993   충북 중원군 상모면 온천리(수안보)에 집필실을 마련하였다. 역사 인
       물 평전『뇌봉』(실천문학사)을 조선족 동포 최성만과 공동으로 번역
       간행하였다. 부친 박상련이 별세하였다.

1994   일본 후쿠오카 아시아태평양센터 주최 국제학술심포지엄에 '국토
       소설가' 자격으로 참가하였고, 그 방문기를《황해문화》에 발표하였
       다. 역사 인물 평전『랭스턴 휴즈』(실천문학사)를 번역 간행하였으며
       《공동선》에「서울 사람들」을 연재하였다.

1995   계간《내일을 여는 작가》창간호에 첫 장시「소산동 일지」를 발표하
       였다.

1997   《내일을 여는 작가》에「자유실천문인협의회 문예운동사」를 연재하
       였다.

1998   제15회 요산문학상을 수상하였다.《실천문학》에 장편「님의 그림자」
       를 연재하다 중단하였다. 8월 연변작가협회의 강연 초청을 받아 백
       두산과 길림성 일대를 방문하였다.

2000   '안티조선 운동'에 동참하였으며《현대경영》에「고전으로 세상 읽
       기」를 연재하였다.

2001   '광주대단지사건' 30주기를 맞이하여 성남 지역 시민단체들이 마련
       한 심포지엄에 발제자로 참석하였다.

2004   『문예운동 30년사 : 근대운동으로 살펴본 한국문학』(전 3권, 작가회
       의 출판부)을 간행하였다. 이는 훗날『한국작가회의 40년사』(2014)
       집필에 가장 중요한 자료로 쓰인다.

2005 기행문「우리 산하를 다시 걷다」(경향신문)를 연재하였다.

2006 《공공정책》에「박태순의 신택리지」를 연재하였다.

2007 첫 창작집『무너진 극장』(정음사,1972)을 책세상 출판사에서 '소설 르네상스' 시리즈로 재출간하였다.

2008 『나의 국토 나의 산하』(한길사)를 완간하였다.

2009 《프레시안》이 주최하는 '박태순의 국토학교'의 교장으로 취임하며 "찾지 않는 한 국토는 없으며 깨닫지 않는 한 현실은 보이지 않는다" 는 소신을 30여 회에 걸쳐 실천하였다.『나의 국토 나의 산하』로 한국 일보사가 주관하는 한국출판문화상 저술상(교양)을 수상하였으며, 제23회 단재상을 수상하였다. 전통공예의 장인들을 취재한 기록『장 인』(현암사)을 발간하였다.

2013 5월 2일, 모친 권순옥이 별세하였다.

2014 '한국작가회의 30년을 말한다' 좌담회의 첫 대상자로 초청되었다. 한 국작가회의 창립 40주년 기념식에서 문학운동에 관한 각종 기록을 정리하고 보존한 데 대하여 특별 감사패를 받았다.

2019 8월 30일 오후 3시 30분 서울 신촌 세브란스병원에서 향년 77세의 나 이로 타계하였다. 9월 2일 경기도 파주시 파평면 청송로414번길 7-19 망향동산 묘지에 안장되었다.

출전(저본) 정보

작품명	최초 게재지	저본
잘못된 이야기	《소설문학》, 1983년 5월호	『박태순-현대의 한국문학 24』 범한출판사, 1984
앞 남산의 딱따구리	《객석》, 1984년 4월호	최초 게재지와 동일
침몰	《세계의문학》, 1984년 여름호	『신생』 민음사, 1986
사민	《외국문학》, 1984년 여름 창간호	『낯선 거리-박태순 문학선』 나남, 1989
귀거래사	《한국문학》, 1984년 11월호	최초 게재지와 동일
속물과 시민	《연세춘추》, 1984년 11월 19일	『신생』 민음사, 1986
사랑해선 안 될 사람들	《민의》 4호, 일월서각, 1986	최초 게재지와 동일
낯선 거리	《동서문학》, 1987년 1월호	『낯선 거리-박태순 문학선』 나남, 1989
박테리아	《주간한국》, 1987년 6월 7일	최초 게재지와 동일
울력 1	『매운 바람 부는 날-창비신작소설집』 창비, 1987	최초 게재지와 동일
바깥길	《당대비평》, 1997년 9월호	최초 게재지와 동일
비가 오나 눈이 오나 잃어버린 30년	《한국소설》, 1997년 가을호	최초 게재지와 동일
레미제라블	《작가》, 1999년 겨울호	최초 게재지와 동일

박태순 중단편 소설전집 5권

2024년 12월 13일 1판 1쇄 펴냄

지은이	박태순
엮은이	박태순 전집 편집위원회
	김남일 김영찬 김우영 박윤영 백지연 서은주 오창은 이수형 이승철
펴낸이	김성규
편집	김안녕 조혜주 한도연
작품 검수	김사이 노예은 선상미 신민재 안현미 이준재 윤효원 황채연
디자인	신혜연
펴낸곳	걷는사람
주소	경기도 용인시 기흥구 동백중앙로 358-6, 7층(본사)
	서울 마포구 월드컵로16길 51 서교자이빌 304호 (지사)
전화	031 281 2602 / 02 323 2602
팩스	02 323 2603
등록	2016년 11월 18일 제25100-2016-000083호

ISBN 979-11-93412-79-4 04810
ISBN 979-11-93412-74-9 [04810] (세트)